Ulrich Kamp (Hrsg.)
Der Offene Kanal

Schriftenreihe Band 283
Arbeitshilfen für die politische Bildung

Ulrich Kamp (Hrsg.)

Der Offene Kanal

Erfolge und Strukturen

Bundeszentrale
für politische Bildung

Bonn 1989

Herausgeber Ulrich Kamp, Ludwigshafen
unter Mitarbeit von Susanne Kayser und Harald Zehe
Redaktion Tilman Ernst, Bundeszentrale für politische Bildung

Satzherstellung: Froitzheim, Bonn
Druck: Franz Spiegel Buch GmbH, Ulm
ISBN 3-89331-057-6 · ISSN 0435-7604

Inhalt

Vorwort

Die Offenen Kanäle in der Bundesrepublik sind etabliert, in den Mediengesetzen der meisten Bundesländer sind die Grundlagen dazu festgeschrieben. Wenn auch die Idee des Offenen Kanals als einem Bürgermedium für selbstinitiierte und selbstverantwortete Fernseh- und Radiobeiträge nicht überall lupenrein verwirklicht werden konnte, wird doch die kontinuierliche Arbeit am rechtlichen Status, an der optimalen Organisation und einer ausreichenden technischen und finanziellen Ausstattung die weitere Evolution begünstigen. Das Engagement aller Beteiligten für die durch unsere Vefassung legitimierten hohen Ansprüche an eine demokratische Kommunikationskultur wird – so hoffen wir – auch dort Früchte tragen, wo gesetzliche Regelungen zum Offenen Kanal ausstehen.

Wir wünschen allen, die sich ideell und praktisch-aktiv für den Offenen Kanal einsetzen und dessen Verwirklichung im Alltag möglich machen, guten Erfolg. Die Offenen Kanäle sind zunehmend zu einem wichtigen Element einer demokratischen Kommunikationsordnung, einem Faktor urbaner Kultur und einem Instrument sozialer und politischer Beteiligung geworden. Dies ist politische Bildung im besten Sinne.

Das Direktorium der Bundeszentrale für politische Bildung

Horst Dahlhaus Wolfgang Maurus Franklin Schultheiß

I. Einleitung

Dieser Band der Schriftenreihe der Bundeszentrale für politische Bildung steht in der Tradition der Bände 164 (Der Offene Kanal – Kriterien für ein Bürgermedium) und 240 (Der Offene Kanal – Erfahrungen und Perspektiven). Er ist damit auch ein Stück der Geschichtsschreibung zu den Offenen Kanälen in der Bundesrepublik Deutschland, die 1979 begonnen wurde, bevor es »Neue Medien« überhaupt gab, und bevor die Kabelpilotprojekte in Auftrag gegeben wurden.

Allerdings hat es auch schon vor dem Ende der siebziger Jahre Gedanken und Versuche gegeben, neben dem öffentlich-rechtlichen Rundfunk einen anderen und nicht »gemeinnützigen« – zum Beispiel privatwirtschaftlich organisierten – Rundfunk im Mediensystem der Bundesrepublik Deutschland zu etablieren. Das Bundesverfassungsgericht hat in seinen Urteilen dem auch mit dem Argument der Knappheit der Frequenzen immer wieder bis in die achtziger Jahre hinein einen Riegel vorgeschoben.

Das Wortspiel »Kabel und Neue Medien« hat in den frühen achtziger Jahren eine lange und sorgsam geplante Variante des Rundfunks hervorgebracht: Das »private und freie Fernsehen«. Die technische Möglichkeit, über Kabel und Satellit eine Unzahl von Kanälen betreiben – und natürlich auch mit Programmen füllen zu können, hat auch die Offenen Kanäle ermöglicht, sei es nun als »Trostpflaster«, »Morgengabe«, »Vielfaltsreserve« oder genuiner Ausdruck demokratischer Medienpolitik.

Die Bundeszentrale für politische Bildung hat diese Entwicklung seit über zehn Jahren begleitet und das ihre dazu beigetragen, Idee und Realität des Offenen Kanals zu fördern. Die Erfahrungen zeigen, daß sich mit diesem neuen, bürgereigenen und offenen Kommunikationssystem neue Beteiligungsmöglichkeiten für den einzelnen ergeben haben und Felder der politischen Bildung erschlossen wurden. Davon zeugen auch die im Kapitel IV – Gesprächsprotokolle – wiedergegebenen Erfahrungen der Leiter Offener Kanäle und die Erlebnisse und Bewertungen der Nutzer.

Die Fragen der Politikwissenschaft nach dem demokratischen Stellenwert der Offenen Kanäle und die Kriterien und Thesen der Expertengruppe Offener Kanal, wie sie zum Beispiel im oben erwähnten Band 164 entwickelt wurden, sind inzwischen von der Praxis beantwortet und damit zurückgebunden. Der Erfolg der Offenen Kanäle ist nicht allumfassend; die Diskussion über Stand und Entwicklungsmöglichkeiten muß weitergeführt werden.

Dabei muß vor allem einem Mißverständnis vom Wesen des Offenen Kanals immer wieder begegnet werden: Der Offene Kanal legitimiert sich in erster Linie dadurch, daß er ein Bürger*medium* ist; die Inhalte, das »Programm« dürfen nicht in Vergleich oder gar Konkurrenz zu anderen Programmen gesetzt werden.

Um eine Analogie zu gebrauchen: Wie in den frühen Pionier-Tagen der Fliegerei ist die »Nutzlast« unerheblich; Hauptsache, das zerbrechliche Gerät aus Sperrholz, Draht und Leinwand kann fliegen.

Der Herausgeber *Die Redaktion*

II. Rückblicke: Bilanz in Berlin[1]

1. Ludwigshafen: Das Ende des Kabelpilotprojektes

Ulrich Kamp, Werkstatt Offener Kanal Rheinland-Pfalz, Landeszentrale für private Rundfunkveranstalter

Wie sie aus der Tagesordnung ersehen, war ich beim ersten Kabelpilotprojekt in der Mediengeschichte der Bundesrepublik Deutschland in Ludwigshafen für Offene Kanäle zuständig. Ich war Augen- und Ohrenzeuge dieses medienpolitischen Urknalls, der sich eher als medienpolitische Fehlzündung erwiesen hat, aber das betrifft weniger Offene als andere Kanäle.

Die drei Jahre des Kabelpilotprojektes waren für uns unter dem Strich teuer bezahlt. Wir haben die drei Jahre benutzt, alle die Fehler zu machen, die jetzt die Berliner, die Saarbrückener und wie sie alle heißen, nicht mehr zu machen brauchen. Das haben wir für sie für viel Geld praktisch schon erledigt.

Wir hatten ein Versuchsgesetz, das etwas unsinnige Bestimmungen über den Offenen Kanal in Rheinland-Pfalz enthielt. Diese aus damaliger Sicht unsinnigen Bestimmungen erweisen sich aus heutiger Sicht, wenn ich das Landesrundfunkgesetz von Rheinland-Pfalz lese, geradezu als Ausfluß politischer Weisheit. Was das betrifft, haben die drei Jahre wenig gebracht. Die Erfahrungen, die wir gemacht haben, sind in den Gesetzgebungsprozeß trotz unserer Bemühungen nicht eingegangen.

Der erste Strickfehler: Überall sind Offene Kanäle lokale Medien. Das ist in Berlin so, obwohl man hier von lokal kaum im ursprünglichen Sinne reden kann. Es ist in Dortmund so, und es hätte in München so sein können.

Die Offenen Kanäle in Rheinland-Pfalz dagegen, sind sowohl was den Zugang der Nutzungsberechtigten, als auch das Aussendegebiet betrifft, nicht lokal. Zugangsberechtigt sind bei uns alle, die ihren Sitz oder Wohnsitz im Geltungsbereich des Grundgesetzes haben. Das sind rund 61,3 Millionen Menschen. Das müssen Sie sich

[1] Im Juni 1987 veranstalteten die Bundeszentrale und die Projektgesellschaft für Kabelkommunikation (PK) die Tagung »Offene Kanäle – Wie geht es weiter?« in Berlin. Vorträge, Statements und Diskussionsbeiträge kennzeichnen eine entscheidende Phase der Offenen Kanäle: Aus dem »Treibhaus« der Pilotprojekte in die Alltagspraxis.

vorstellen: 1 Kamera, 1 Recorder und einen 61,3 Millionen großen Benutzerring. Das ist schon eine feine Situation.

Der zweite Strickfehler: Unser Aussendegebiet, also das Gebiet in dem die Beiträge der Offenen Kanäle empfangen werden können, ist bisher nicht lokal. Das Kabelsignal wird über Richtfunk verbreitet. Das Gebiet reicht im Norden bis nach Worms, im Westen nach St. Martin und im Süden bis nach Edenkoben. Sie brauchen eine halbe Stunde, um mit dem Auto durchzufahren. Dies ist eine Region mit sehr großen traditionellen und inneren Unterschieden.

Diesen Unsinn mit der Größe des Sendegebietes haben wir versucht abzuschaffen. Das ist uns leider nicht gelungen, da sowohl das Ziel des Kabelpilotprojektes als auch die gesetzliche »politische Hausaufgabe« der Landeszentrale für Private Rundfunkveranstalter (LPR) nicht vorrangig war, Offene Kanäle zu machen. Die »politische Hausaufgabe« war es vielmehr, innerhalb des Kabelpilotprojektes SAT 1 – oder PKS wie es früher hieß – und RTL Plus auf den Satelliten zu hieven und die Programme der Zeitungsverleger auf die UKW-Frequenz zu bekommen. Dies ist gelungen, und die Zugangsvoraussetzungen für diese »neuen Programm-Macher« hat man einfach hinübergeschrieben auf die Offenen Kanäle, ohne sich im wesentlichen irgendwelche Gedanken zu machen, wie das denn sein sollte mit den Offenen Kanälen.

Man hat die Offenen Kanäle mit einer Technik ausgerüstet, die für sie tödlich war. Man hat sie in professionelle Fernseh- und Hörfunkstudios gezwängt, und man hat die Beiträge der Nutzer von sog. professionellen Technikern mit einer tollen technischen Beamtenmentalität abwickeln lassen, was eine bestimmte Form von Nutzung eigentlich provoziert hat. Diese Technik war keine professionelle Technik, wie Sie sie kennen vom ZDF oder vom Sender Freies Berlin. Diese war auch nicht die fast professionelle Technik, mit der jetzt viele kleine Anbieter fahren, also ¾ Zoll High-Band. Wir waren ausgerüstet mit drei ¾ Zoll Low-Band Systemen.

Diese Technik, die vorbemerkten 61,3 Millionen Menschen und eine sehr gut funktionierende Dschungeltelegraphie in der Szene haben dazu geführt, daß in den ersten zwei Jahren kaum ein Ludwigshafener die Chance hatte, unsere Tür zu durchschreiten, weil diese Tür ständig belagert war von Hamburgern, Berlinern, Frankfurtern, Münchnern, die sich weniger für den Offenen Kanal interessierten, und mehr für die drei tollen Farbkameras, die sie kostenlos bekommen konnten, inkl. Schnitt. Für den Schnitt zahlt man sicher auf dem freien Markt pro Stunde 100,– DM, und wir waren die einzige Stelle in der Bundesrepublik, wo man kostenlos 24 Stunden am Tag einen solchen Schnittplatz benutzen konnte. Die genannten Leute interessierten sich, um es klar auszudrücken, einen feuchten Kehricht für die Beiträge im Sinne von Kommunikation und interessierten sich noch weniger für die Leute, die das evtl. sehen würden. Sie hatten ein vorrangiges Interesse daran, ein geschnittenes Videotape mit nach Hause zu nehmen. Dies ist menschlich. Nur, wenn solche Zustände beim Offenen Kanal an die 100%-Grenze herangehen, dann wird es politisch gefährlich.

Wir haben einige Änderungen eingeführt, die sich vorrangig auf die Vorproduktionstechnik bezogen, um dieser Gefahr entgegenzutreten. Einer der wesentlichen Punkte war dabei die Umstellung dieser Technik von ¾ Zoll auf ½ Zoll.

Dann kam die Hürde des Endes des Versuchszeitraumes, am 31. Dezember 1986, 24.00 Uhr. Die Mehrheitspartei des Landes hat ein neues Landesrundfunkgesetz gemacht, das jetzt wiederum etwas seltsame Bestimmungen über Offene Kanäle enthält. Da war das Versuchsgesetz teilweise wirklich besser.

So steht im Landesrundfunkgesetz Rheinland-Pfalz, § 18, Abs. 6 der Satz: »Die Anstalt kann bei unangemessen geringer Nutzung des offenen Kanals Einzelgenehmigungen auf dem Kanal nach § 19 im Rahmen der freien Sendemöglichkeiten erteilen«.

In der Frühzeit des Offenen Kanals Berlin sagte man hier, man hätte einen Offenen Kanal, aber in Wirklichkeit war es doch nur ein Fensterprogramm auf einem weitgehend kommerziellen oder Unterhaltungskanal. Das hat sich erfreulicherweise in Richtung auf die vernünftige Lösung geändert, nämlich den Offenen Kanal wirklich als einen Offenen *Kanal* zu machen. Ein Kanal ist ein Kanal und kein Fenster. Ein Fenster ist auch niemals eine Tür. Die Sprache ist, sagt Martin Heidegger, das Haus des Seins.

Wie stellt in unserem Fall die Behörde fest, daß der Kanal »unangemessen gering« genutzt wird? Wir können als Offener Kanal natürlich auf die Gesetzgebung nur sehr begrenzt Einfluß nehmen, da wir lediglich über Sachargumente verfügen. Damit kommt man nicht sehr weit.

Mit keiner Silbe erwähnt war außerdem die Frage, wie man entsprechende Kanäle nach Ende des Kabelpilotprojektes finanziert, wenn also der Kabelgroschen ausläuft, und wer das dann eigentlich macht. Der Gesetzgeber schreibt nur vor, daß jeder auf eigene Kosten Offene Kanäle zur Verbreitung einzelner, sachlich und zeitlich bestimmter und nicht regelmäßig wiederkehrender Programmbeiträge nutzen kann. Jeder Bürger kann dann also an seinen Wäscheschrank gehen, die Sendeabwicklung herausholen, den TBC, den Player, die Kamera, den Schnittplatz und einen eigenen Computer als Schriftgenerator. Sie sehen, wie die Chancen seitens derer, die das Gesetz formuliert haben, verteilt wurden.

Daraufhin hat es ein bißchen Geschrei gegeben, und dieses Geschrei war auch noch mit sachlichen Argumenten durchsetzt. Man hat dann eine Formulierung ins Gesetz geschrieben, die da lautet: »Die finanzielle Unterstützung bei der Nutzung Offener Kanäle bleibt einer gesonderten gesetzlichen Regelung vorbehalten.«

Das geschah dann auch. Es gibt ein Landesgesetz über die Errichtung einer »Stiftung zur Förderung gemeinnützigen privaten Rundfunks in Rheinland-Pfalz« vom 17. Dezember 1986. Dies ist also direkt vor dem Ende des Kabelpilotprojektes verabschiedet worden. Diese Stiftung soll ein Kapital von 10 Millionen DM aus öffentlichen Mitteln bekommen, die im nächsten Jahr zum ersten Mal Zinsen abwerfen. Jetzt sollen natürlich von diesen Zinsen – nach den jetzigen Maßstäben sind das im Jahr 600 000,– DM – per Gesetz nicht nur Offene Kanäle gefördert werden. Mit diesen Zinsen soll auch der Kanal der sog. gemeinnützigen Einzelanbieter (Bürgerservice) gefördert werden und auch noch eine angemessene wissenschaftliche Begleitung. Das läßt sich schwer rechnen.

Das Stiftungsgesetz schreibt auch vor, daß die Förderung der bestehenden Offenen Kanäle Vorrang vor allen anderen Förderungszielen hat. Zu dem Zeitpunkt, als das Gesetz verabschiedet wurde, gab es an »bestehenden Offenen Kanälen« lediglich die Werkstatt Offener Kanal in Ludwigshafen, für die dann nahezu die gesamte Ertragssumme hätte aufgewendet werden müssen. Für den Bürgerservice und eine wissenschaftliche Begleitung wäre somit kaum etwas übrig geblieben. Ebenso wie für weitere Offene Kanäle im Lande, wo alleine die Erstausrüstung in Technik ca. 150 000,– DM pro Offener Kanal kostet.

Da die im Bürgerservice organisierten Veranstalter politisch durchsetzungsfähiger sind als der einzelne Bürger, dessen Kommunikationsinteressen wir wahrnehmen, haben wir – und das halte ich politisch auch heute noch für klug – über die Stiftung lediglich drei lokale Offene Kanäle »anfördern« lassen und die Werkstatt Offener Kanal an die neuentstandene öffentlich-rechtliche Landesanstalt angebunden.

Wir leiden im Moment immer noch unter den Fehlern des Kabelpilotprojektes. Wir schaffen einiges ab, gestalten einiges um, z. B. daß unsere Sendestraßen zwar noch bundesweit offen stehen, aber unsere Produktionsmittel, von denen im Gesetz nicht die Rede ist, nur noch für die Leute zur Verfügung stehen, die den Offenen Kanal auch empfangen können. Zusätzlich natürlich auch für die, die in unserem Sendegebiet arbeiten, sich in Ausbildung befinden oder sich dort ständig aufhalten.

Unser Ziel bleiben natürlich *lokale* Offene Kanäle. Dabei hilft uns jetzt die Post ein wenig, indem sie eine Gebührenordnung für die Einspeisung lokaler und regionaler Programme überlegt. Das hilft uns, da wir die Argumente dafür bekommen, den Richtfunk, der bei uns die Signale des Offenen Kanals in weitere lokale Einheiten transportiert, aufzugeben, da er dann einfach nicht mehr finanzierbar ist. Im Gespräch ist heute eine einmalige Einspeisegebühr pro Kopfstation von 40 000,– DM und eine weitere monatliche Gebühr in Höhe von 4 bis 6 Prozent dieser Summe an die Deutsche Bundespost und dazu noch die Kosten für den Transportweg des Signals, wenn der Einspeisepunkt und der Sendepunkt nicht mehr als einen Kilometer auseinander liegen. Wenn ich das für Rheinland-Pfalz hochrechne, kommt ein immenser Betrag heraus.

Dann gibt es zwei Möglichkeiten: Entweder wir lassen es gleich, also hören damit auf, weil es nicht mehr finanzierbar ist, oder wir zerschlagen das existierende Richtfunksystem und konzentrieren uns auf die Arbeit, nur eine lokale Einheit zu versorgen. Wir versuchen natürlich anderen lokalen Einheiten diese gleiche Sache schmackhaft zu machen.

Nach dem Ende des Kabelpilotprojektes sind wir unabhängig von der Anstalt für Kabelkommunikation geworden, die nun die Rechtsform einer GmbH hat. Es gibt keine Dienstleistungen mehr, die uns verbinden, das heißt, daß beispielsweise die Sendeabwicklung Fernsehen und Hörfunk in unseren Händen liegt und wir direkt angekoppelt sind an die Deutsche Bundespost. Wir gehen ohne Umweg direkt ins Postnetz.

In Ludwigshafen fehlt etwas, was es z. B. im Kabelpilotprojekt Dortmund gibt, nämlich Medienwerkstätten, in denen bestimmte gesellschaftliche Gruppen oder gesellschaftliche Strukturen, die etwas zu sagen und Geld haben, ihrer Klientel und anderen Leuten Hilfe anbieten hinsichtlich Medientechnik und Medieninhalten. Wir waren der ersten Offene Kanal in Deutschland und sind auch entsprechend heftig bekämpft worden, weil wir mit dem »schrecklichen« Kabel huckepack laufen müssen. In der Pfalz ist es so, daß viele gesellschaftlich-relevante Gruppen, von denen ich eigentlich annehmen würde, daß es zu ihrem Selbstbild gehört, sich auch um andere Menschen zu kümmern (z. B. evangelische Kirche, Gewerkschaften, Grüne usw.), sich ein absolutes Kabelverbot auferlegt hatten, weil sie die Antihaltung gegen »Neue Medien via Kabel« politisch durchhalten mußten. Die erste Ausnahme war die katholische Kirche, die sich zwar zum Offenen Kanal zurückhaltend verhalten hat, aber selber ein Programminteresse und ein Studio hatte und auf einem der Kanäle des Kabelpilotprojektes bis zum bitteren Ende sendete.

Nun zu unserer Funktion: Wir nennen unser Haus nicht mehr Offener Kanal, sondern »Werkstatt Offener Kanal«. Wir meinen damit, daß wir eine Art Schreinerwerkstatt sind, zu der die Leute aus den Orten in Rheinland-Pfalz, die Offene Kanäle machen wollen, kommen können und sich aus unseren großen Schnittmusterbogen die richtigen Teile für ihre lokale Einheit ausschneiden können. Nicht jede lokale Einheit benötigt eine so aufwendige Technik, wie wir sie im Moment noch haben. Wir wollen eine Art Informations- und Clearingstelle. Diese muß an die Landesanstalt angebunden sein und allen zur Verfügung stehen, die einen Offenen Kanal machen wollen und bisher keine Gelegenheit hatten, Kenntnisse darüber zu erwerben oder Erfahrungen zu machen.

Dabei denken wir auch an Leute, die Offene Kanäle in anderen Kabelpilotprojekten machen, und auch an die, die in absehbarer Zeit auf Grund ihrer Gesetzeslage in die Verlegenheit kommen, Offene Kanäle machen zu müssen. Ich finde es einfach sachlogisch, wenn es irgendwo eine Stelle gibt, wo man hinfahren und fragen kann, wie so etwas funktioniert.

Unsere dritte Funktion ist es, in Ludwigshafen, wenn wir den Richtfunk einmal los sind, einen lokalen Offenen Kanal aufzubauen, der auch als Modell für andere Offene Kanäle in Rheinland-Pfalz dienen kann.

Nun stellt sich die Frage: Ist es nun besser oder schlechter als vorher? Die Gesetzeslage ist etwas schlechter als vorher. Aber was noch wichtiger ist: Wir verfügen über eigene Technik und müssen sie nicht mehr mit anderen teilen und uns nach deren Terminen richten. Vorher – in der marktwirtschaftlich arbeitenden Anstalt für Kabelkommunikation (AKK) – war es vollkommen logisch, daß derjenige, der zahlt, das Vorrecht erhält. So flogen die Bürger aus dem Sendekalender, wenn z. B. SAT 1 eine Produktion machen wollte.

Ich habe das immer andersherum gesehen: Das Beste für die Bürger und der Rest für die Kommerziellen. Darüber haben wir in der AKK gemeinsam gelacht, aber meine Vorgesetzten haben verstanden, daß hier ein ernsthaftes Problem ist. Dieses Lachen hat es uns dann erleichtert, aus dem technischen Verwaltungssystem – der Behörde und dieser entstehenden GmbH – auszusteigen und uns in der Technik autonom zu machen. Dies erleichtert Nutzern den Zugang zum Offenen Kanal ungemein, da sie jetzt erstmals die Chance haben, bei Live-Sendungen Ton, Licht, Bilder, Bildschnitt und Tonmischung selbst zu realisieren. Dies führt nicht nur zu einer ganz anderen Form von Kommunikation untereinander; nur dies kann ganz andere Sendeformen hervorbringen.

Ich will ein Beispiel nennen: Ein älterer Herr aus Worms – der dürfte so um die 70 sein – macht ab und zu eine Sendung über Kriegsgefangenenlager. Er bringt seine Lebensgefährtin mit, die ist etwas über 60. Die sind total auf den Inhalt konzentriert, den sie vermitteln wollen. Und dem 70jährigen Herrn den Bildschnitt beizubringen ist sehr schwierig. Dann überlegen wir, wie wir ihm helfen können. Entweder bieten wir ihm drei starre Kamerabilder an oder wir bieten ihm zwei starre Kamerabilder an und er bringt einen Freund mit, der Super-8-Erfahrung hat. Heraus kommt dann eine eher anspruchslose und stille Sendeform, bei der die Technik vollkommen in den Hintergrund tritt, da diese Leute sich nicht dafür, sondern für die Inhalte interessieren.

Der andere Fall ist, daß Leute total auf die Technik abfahren und mit zehn Personen kommen, obwohl nur sechs technische Funktionen zu besetzen sind. Alle zehn wollen alle sechs Funktionen während der Live-Sendung einmal gemacht haben. Aus diesem Interesse entsteht quasi als Abfallprodukt eine Live-Sendung. Meist sind das jüngere Leute.

Unsere Tür steht für all dies und was dazwischen liegt offen. Wir haben kein Reglement. Es funktioniert von Sendung zu Sendung anders. Es kommt auf die Leute an. Wir versuchen herauszubekommen: Was wollt ihr, wie wollt ihr es, könnt ihr es, wo können wir helfen?

Neben all diesem faszinierenden Alltag gibt es ein grundsätzliches Problem. Wir als Mitarbeiter der Landeszentrale für private Rundfunkveranstalter sind Mitarbeiter einer neutralen öffentlich-rechtlichen Anstalt. Wir haben uns selber aus guten strategischen Gründen in der Werkstatt Offener Kanal sehr intensive Selbstbeschränkungen auferlegt. D. h., wir gehen nirgends hin und sagen: »Junge, willst du nicht in den Offenen Kanal?« Wenn wir das gemacht hätten, wären wir schon vom Fenster weg gewesen, denn wir sind als Bestandteil des Kabelpilotprojektes mit großem Mißtrauen beobachtet worden. Wir sind erst jetzt aus dieser Situation heraus, halten aber dieses Selbstbild weiter durch.

Ich versuche allerdings über die Strukturen, die es in einer Stadt gibt, an Multiplikatoren heranzukommen und sie für die Idee des Offenen Kanals zu begeistern. Der nächste Schritt wird sehr schwierig, denn man müßte zu jeder gesellschaftlich-relevanten Gruppe sagen: »Kauft euch für eure Klientel ein Kameraequipment, macht eine Medienwerkstatt auf, kauft einen Schnittplatz.« Dann fragen die mich, woher sie das Geld nehmen sollen.

Wir mit unseren vier Equipments im Haus wären hoffnungslos überfordert, wenn ich eine Lawine des Interesses bei irgendwelchen Gruppen ins Rollen bringen würde. Insofern versuche ich, bei uns bestimmte Funktionen und Dienstleistungen, die der Offene Kanal technisch und organisatorisch einfach erbringen muß, nach außen zu verlagern.

Von der Innenansicht her ist es uns gelungen, Organisationsmuster, Finanzmuster, Personalplanungen, bis hin zur Architektur des Offenen Kanals im Laufe des Kabelpilotprojektes zu entwickeln. Es gibt einen bürgereigenen Sender mitten in der Stadt. Es ist uns auch gelungen, unsere Erfahrung umzusetzen, daß man Offene Kanäle nicht mit einem Sachbearbeiter machen kann. Denn eine Sachbearbeiterstelle hat nur zwei Stempel: Kamera rein – Kamera raus. Hier ist viel mehr gefordert als behördliche Funktionen – und diese Erkenntnis hat sich auch im Laufe des Kabelpilotprojektes durchgesetzt.

In der Außenansicht hatten wir eine eindeutigere Funktion. Wenn Sie mir ein besseres Wort für »Alibi« im Sinne des Duden geben könnten, würde ich versuchen, mich mit diesem Begriff anzufreunden. Natürlich waren wir das Zuckerstück, das draufgeklebt worden ist auf das viele, was gegen den traditionellen öffentlich-rechtlichen Rundfunk aufgebaut wurde im Rahmen dieses ersten Kabelpilotprojektes: »Hier Leute habt ihr die Bürgerbeteiligung, jetzt ärgert euch nicht zu viel über die Verlage und die Banken.«

Zur Außenansicht gehört auch, daß wir in Ludwigshafen mit einem freien Zugang zu Sendestraßen im Hörfunk und im Fernsehen keinen Beitrag vor der Aussendung angesehen oder angehört haben, sondern nur kontrolliert haben, daß vorne der Name des Verantwortlichen draufsteht oder zu hören ist. Damit haben wir ein Vorurteil vom Tisch gebracht, das immer mit der Kommunikationsfreiheit einhergeht: Daß man Angst davor haben müßte, was bei eigenverantworteter und dann medial vermittelter Kommunikation eigentlich passieren kann. Diese Angst haben wir einmal in ein Bild gepackt:

In einer Live-Sendung steht eine Hausfrau mittleren Alters, entkleidet sich, erwürgt mit der linken Hand ein Türkenkind, hält mit der rechten Hand die rote Fahne hoch und singt dazu die Internationale. Diese ironische Überhöhung zeigt in nuce, was bei Offenen Kanälen insgeheim vermutet wurde.

Dahinter steht ein Menschen- und ein Medienbild, das wir von Anfang an nicht mitgemacht haben und das sich im Vollzug von drei Jahren Offener Kanal auch nicht bewahrheitet hat. Ich weiß nicht, wieviel Sendestunden durch die Offenen Kanäle gelaufen sind, habe aber auch noch nie mit dem Staatsanwalt telefonieren müssen und bin noch nie von einem angerufen worden.

Für einige mag es natürlich enttäuschend sein, daß die Bürger nicht zu Kleinkriminellen werden, sobald sie eine Kamera in die Hand nehmen. Vielleicht drehe ich die dahinterliegende Fragestellung einmal um: Nehmen wir an, daß sie der Leidenschaft des Exhibitionismus anhängig seien – würden Sie dieser Lust in der Straße frönen, wo Sie wohnen? Oder nicht lieber die Anonymität eines weit entlegenen Stadtparks vorziehen?

2. Berlin: Harte Arbeit und dunkle Wolken

ANNE FRITSCHE, Verein Offener Kanal Berlin e.V.
MARTINA ZÖLLNER, Verein Offener Kanal Berlin e.V.
HANS FERENZ, Bürgerradio e.V.
CHRISTIANE WEIDNER, Projektgesellschaft für Kabelkommunikation

ANNE FRITSCHE

Ich begrüße Sie recht herzlich, meine Damen und Herren, liebe Freunde, Fachleute, Förderer, vielleicht auch Skeptiker Offener Kanäle. Wir haben inzwischen wieder vier Trägervereine des Offenen Kanals in Berlin. Ich begrüße Sie im Namen des Vereins Offener Kanal e. V., der Musikerinteressengemeinschaft e. V., des Bürgerradios e. V. und des Kabelfunks e. V.

Es hat sich hier in Berlin gezeigt, daß dem Offenen Kanal eine solche Kraft innewohnt, daß trotz aller Schwierigkeiten und trotz einer komplizierten Kompetenzaufteilung ein Offener Kanal entstanden ist, der sich durchaus sehen lassen kann. Schwierigkeiten ergaben sich zunächst aus der Organisationsstruktur.

Schon vor Jahren lagen Untersuchungsergebnisse über Offene Kanäle in Holland vor. Darin war man zu dem Schluß gekommen, daß Großstädte mit unpersönlichem Charakter für die Einrichtung eines solchen Mediensystems weniger geeignet sind. Für einen Offenen Kanal sollte ein Gebiet in soziologischer und kultureller Hinsicht eine Einheit darstellen, und die Bevölkerungsgebiete sollten darüber hinaus auch einen gewissen Grad an Integration aufweisen. Nun, Berlin ist Ihnen allen für das Gegenteil bekannt. Deshalb war und ist es auch noch sehr viel schwerer als in Dortmund, eine Organisationsstruktur um den Offenen Kanal aufzubauen.

Aber, und das spricht für den Gedanken Offener Kanäle, hier in Berlin schlummert der Offene Kanal keineswegs vor sich hin. Er breitet sich langsam, aber doch aus. Günter Grass hat einmal festgestellt: »Der Erfolg ist eine Schnecke.« Sehr langsam bewegt sich auch hier der Offene Kanal, aber er bewegt sich vorwärts, und er breitet sich auch ständig aus.

Wir haben hier eine indirekte Resonanz Umfrageergebnissen entnommen. Nun weiß ich natürlich, daß ich mich, wenn ich mich auf Zuschauer beziehe, auf einem sehr schmalen Grat für Offene Kanäle bewege. Es ist hier in Deutschland ein Bestandteil der Offenen Kanal-Philosophie geworden, daß Zuschauer nicht interessant sind. Auch wir wissen natürlich, daß im Grunde genommen eine Akzeptanz und eine Reichweitenforschung das Wesen eines Offenen Kanals nicht erfassen kann und diesem Medium auch nicht gerecht wird. Für uns sind auch persönliche Erfahrungen der einzelnen, die sich beteiligen, sehr viel wichtiger als zweifelhafte Erfolgsmessungen. Aber in Berlin stehen keine Mittel für eine qualitative Begleitforschung zum Offenen Kanal zur Verfügung.

Um wenigstens einen Trend zu erfassen, haben wir uns die kommerziellen

Untersuchungen näher angesehen. Da ist einmal die Akzeptanz- und Reichweitenforschung, die die Gesellschaft für Marktforschung (GFM) im Auftrag der PK (Projektgesellschaft Kabelkommunikation mbH, Berlin – Red.) und privater Anbieter im April und Mai 1986 in Berlin durchgeführt hat. Zum anderen ist da eine Telefonumfrage, die die Kommunikationswissenschaftler von der Freien Universität durchgeführt haben. Mit aller Vorsicht und Zurückhaltung und auch mit einer gewissen Skepsis in bezug auf die Repräsentativität und die Gültigkeit errechneten wir daraus die Erhebungsdaten für den Offenen Kanal. Bei der GFM war die Basis 495 Haushalte, und bei den Kommunikationswissenschaftlern waren es 600 Telefoninterviews.

Was uns überzeugt hat: In beiden Umfragen gab es trotz unterschiedlicher Methoden gewisse Übereinstimmungen, was die Ergebnisse für den Offenen Kanal betraf. In beiden Umfragen gaben übereinstimmend 57 bzw. 57,9 Prozent der Befragten an, den Offenen Kanal schon einmal gesehen zu haben. Da bekanntlicherweise Berlin ein großes Kabelnetz hat, 270 000 angeschlossene Haushalte mit rund 400 000 Personen, sind dies immerhin 228 000 Berlinerinnen und Berliner, die angeben, den Offenen Kanal schon einmal gesehen zu haben.

Weiterhin errechnete die GFM für den Offenen Kanal eine Tagesreichweite von 1 Prozent. Zum Vergleich: Für den Musikkanal 0,5 Prozent und für den sog. Mischkanal kleiner kommerzieller Anbieter 0,4 Prozent. Das würde bedeuten, daß täglich ca. 4 000 Berlinerinnen und Berliner den Offenen Kanal sehen.

Sechs Monate später erfolgte die Umfrage der Freien Universität. Hier kam man auf eine Tagesreichweite von 1,5 Prozent, was 6 000 Zuschauern entspricht. Unter dem Gesichtspunkt, daß Offene Kanäle nicht einfach als zusätzliches Programm gewertet werden, sondern Planziele haben und Kommunikation stiften wollen, sind diese Zahlen doch schon recht beachtlich.

Ich finde, man kann da nicht mehr, wie so oft geschehen, von einem zuschauerfreien Kanal sprechen. Aus diesem Blickwinkel schon fast astronomisch muten dann die 14-Tages-Reichweiten an. Bei der GFM werden sie mit 11,1 Prozent angegeben, was fast identisch mit dem von der Freien Universität ermittelten Prozentsatz für die 8-Tages-Reichweiten ist. Das wären dann in absoluten Zahlen 46 000 Berliner, die in 8 bzw. 14 Tagen den Offenen Kanal einschalten.

Ich will nochmals betonen, daß ich diese quantitativen Hochrechnungen mit aller Vorsicht wiedergebe. Sie sagen überhaupt nichts aus über die Wirkung, die ein Offener Kanal erzielt. Deshalb ist für uns auch die Bereitschaft, sich aktiv zu beteiligen, wichtiger.

Auch die haben die Kommunikationswissenschaftler erfragt. Auf die Frage, wer Interesse hätte, selber mal eine Sendung zu machen, erklärten von allen, die den Offenen Kanal schon einmal gesehen haben, 26,5 Prozent – das wären also 60 000 Berlinerinnen und Berliner –, daß sie Interesse daran hätten.

Zum Schluß möchte ich noch auf ein Ergebnis eingehen, das aus den Tagebuchbefragungen der GFM für den Offenen Kanal herauskam: Insgesamt waren die Ergebnisse ermutigend: 4,6 Prozent derjenigen, die den Offenen Kanal gesehen hatten, bewerteten ihn mit »sehr gut«. 29,3 Prozent bewerteten ihn mit »gut«, 26,4 Prozent mit »befriedigend«, 14,6 Prozent mit »ausreichend«, 9,5 Prozent mit »mangelhaft« und 2,9 Prozent mit »ungenügend«. Auch die schlechten Bewertungen sind verständlich, denn der Offene Kanal wirkt sicher provozierend, und das soll er ja auch.

Das heißt also, daß von den 227000 Berlinerinnen und Berlinern, die den Offenen Kanal schon gesehen haben, fast 34 Prozent ihn gut bis sehr gut finden. Man kann also davon ausgehen, daß der Offene Kanal in Berlin neben den vielen offiziell Engagierten noch eine große Anzahl heimlicher Fans und auch viele Unbekannte interessiert.

Offensichtlich ist der Kreis viel größer, als wir vermuten. Damit diese vielen Interessierten auch selbst dazu kommen, den Offenen Kanal zu nutzen, lohnt es, sich mit Elan dafür einzusetzen, daß er weiterleben kann und daß er sich auch weiter ausbreiten kann und in anderen Bundesländern eingeführt wird.

Martina Zöllner

Wenn heute jemand den Weg nach Wedding erst einmal gefunden hat, dann bekommt er von der komplizierten Organisationsstruktur unseres Vereins Offener Kanal Berlin nichts mit. Er weiß nichts von den Schwierigkeiten der Vereine, sich untereinander und mit der PK auf nutzerfreundliche Beschlüsse zu einigen. Er kann nur ahnen, wie umständlich und langwierig es ist, einen Halbsatz in der Nutzungsordnung zu verändern.

Was den neuen Nutzer bei seinem ersten Besuch in der PK eher verschreckt, ist die Tatsache, daß die Medienassistenten meist fünf Sachen gleichzeitig machen, nämlich den Schnittplatz betreuen, telefonieren etc., und so für ein ruhiges Gespräch wenig Zeit haben. Allerdings kann dieser Nutzer einen Termin für eine Gruppeneinführung in die Handhabung der Kamera oder in die Schnittechnik bekommen. Solche Schnellkurse werden regelmäßig angeboten.

Der Nutzer erfährt dann – und das ist wahrscheinlich ein Schock –, daß die Kameras über Monate ausgebucht sind und ein Schnittplatz sogar über ein halbes Jahr. Immerhin kann er noch auf die aktuelle VHS-Kamera zurückgreifen oder auf eine normale VHS-Kamera, auf die er nur einen Monat warten muß. Seit neuestem kann er auch ohne lange Voranmeldung im kleinen Studio live senden.

Der Verein Offener Kanal, für den ich spreche, hat zwei hauptamtliche Medienassistenten, und das sind zugleich auch die einzigen Hauptamtlichen aller vier Vereine, und das sind Medienpädagogen. Die sitzen in der PK und haben schon eher Zeit, die ersten Gespräche mit den Nutzern zu führen. Sie können auch Kontakte an andere Nutzer vermitteln, die ähnliche Themenschwerpunkte haben. Eine solche Zusammenarbeit funktioniert. Die Nutzer haben gelernt, auf die Knappheit der Mittel zu reagieren, indem sie sich gegenseitig helfen. Die Hilfe findet vor allen Dingen im Hörfunk statt und bei Live-Sendungen im Fernsehen.

Großprojekte sind ein Renner in Berlin geworden. Das sind Live-Sendungen oder überhaupt größere Veranstaltungen, die die gemeinsame Anstrengung vieler Nutzer erfordern. Diese finden alle paar Monate statt und werden von den Nutzern selbst geplant und durchgeführt. Die Koordination haben wir in der Regel im Griff.
Beispiel dafür ist das OK-Festival im letzten Herbst. Eine Woche war das Programm voll. Es gab eine Einteilung nach thematischen Schwerpunkten, jeder Tag hatte ein bestimmtes Motto. Die Nutzer haben ihre Beiträge in einem improvisierten Studio selbst moderiert und hinterher mit Gästen darüber geredet.

Ein weiteres Beispiel war das »Frühlingserwachen«. Das war die sog. Weiterbildungs- und Aktionswoche im Offenen Kanal. Da gab es Einführungsseminare, Workshops für Kinder und als Abschluß einen Tag der Offenen Tür. Das war ein ziemliches Spektakel, es wurden sechs Stunden live aus zwei Studios gesendet, abwechselnd aus dem großen und dem kleinen. Es gab Musik, Gespräche und Einspielbeiträge. Daran waren 30 Nutzer aktiv beteiligt.

Im September wird es auf der Funkausstellung ein gläsernes Studio geben. Ich erzähle das, weil ich glaube, daß solche Aktionen wichtig sind, weil sie die Idee des Offenen Kanals besser vermitteln. Es gibt dann sowohl bei der Presse als auch bei den Politikern eine Resonanz.

Die Techniker der PK haben immer Schwierigkeiten gehabt in der Zusammenarbeit mit verschiedenen Nutzern. Mittlerweile haben sie offensichtlich eingesehen, daß sie in der Zusammenarbeit mit den Nutzern andere Kriterien, andere Maßstäbe anlegen müssen. Übrigens glaube ich auch, daß die Tendenz zum »do it yourself« bei den Nutzern steigt.

Besonders faszinierend ist nach wie vor die Live-Situation, das trifft sowohl für den Hörfunk als auch für das Fernsehen zu. Es gibt relativ viele Diskussionsrunden, Talk-Shows, Quiz-Sendungen zu sehen und zu hören. Im Hörfunk gibt es kleine Fangemeinden, die hören die OK-Sendungen immer und rufen auch ständig an. Da findet dann auch eine unmittelbare Kommunikation statt.

Im Moment werden in Berlin von verschiedenen Institutionen Medienwerkstätten eingerichtet, auch als dezentrale Produktionsstätten für den Offenen Kanal. Sie haben nichts mit dem Offenen Kanal zu tun. Die werden gefördert im Rahmen der sog. Qualifizierung durch den Berliner Senat. Sie sind dabei Zwängen unterworfen. Trotzdem wird es dort möglich sein, in einer kommunikativeren Atmosphäre als in der PK zu produzieren und ausführlichere Hilfestellungen zu bekommen.

Ich wollte noch etwas zu der Frage sagen, ob der Offene Kanal Berlin eine politische Qualität hat. Ich glaube, daß er das hat, obwohl auf den ersten Blick sehr wenig davon zu spüren ist, denn die Lust am spielerischen, am satirischen Element und an der Selbstdarstellung überwiegt und ist eher charakteristisch für das Programm als der Zwang, gesellschaftliche Politik zu analysieren. Trotzdem glaube ich, daß hier etwas in Gang gekommen ist. Im Offenen Kanal sprechen nämlich Leute miteinander, die sonst nichts miteinander zu tun haben, auch soziale Gruppen, die ganz weit auseinanderliegen. Über gemeinsame Projekte und über den Offenen Kanal kommen sie zusammen.

Hans Ferenz

Ganz kurz zum Verein: Wir kümmern uns um Radio, weil wir denken, daß es das einfachere Medium ist. Die Erfahrung ist, daß im wesentlichen jüngere Leute, die mit der Technik aufgewachsen sind, sich um Video kümmern und daß man dann gerade die älteren Leute, die Videolaien sind, im Hörfunk wiederfindet.

Der Bürgerradioverein ist eine Mischung aus einem Nutzerverein und einem Förderverein für den Offenen Kanal. Die Idee des Offenen Kanals nach unserem

Verständnis ist die, Dinge zu Gehör zu bringen, die sonst in den Medien nicht auftauchen. Der Verein ist gemeinnützig. Ziel ist, jedem Bürger Zugang zum Hörfunk zu verschaffen, wobei wir drei Kriterien berücksichtigen.

Ein Kriterium ist, daß Hörfunksendungen kaum »Sekundärnutzung« haben, sondern das, was produziert wird, dient nur zur Ausstrahlung. Das wiederum macht nur Sinn, wenn viele Leute zuhören. Bei uns ist es sehr wichtig, Informationen in einen großen Raum auszustreuen und dort auch Diskussionen anzuzetteln.

Ebenso wichtig ist für uns die soziale Qualifizierung von Bürgern. Darunter verstehen wir, daß Bürger in Gruppen zusammenarbeiten, sich dadurch kennenlernen und sich dann soziale Prozesse abspielen. Das versuchen wir zu erreichen, indem wir Monat für Monat in andere Bezirke wandern, Informationsveranstaltungen zum Offenen Kanal machen, Zeiten im OK buchen und versuchen, mit den Leuten, die da sind, einen Programmblock zu gestalten.

Dazu kommt die kommunikative Qualifizierung von Bürgern. Das tritt immer dann auf, wenn auf Veranstaltungen neue Leute auftauchen, die gerne wissen möchten, wie man Radio macht. Die machen dann hier entweder Einführungskurse oder, was wir vorziehen, werden in Gruppen untergebracht. Dort lernen sie, wie alles abläuft im Offenen Kanal, um dann später eine eigene Sendung zu machen.

Diesen drei oben genannten Zielen steht eine große Enttäuschung gegenüber. Niemand, der den Offenen Kanal nutzt, muß Mitglied eines Vereins sein. Das bedeutet, daß die Vereine zwar genutzt werden, daß aber die Idee der Vereine – warum sie gegründet wurden, warum sie die ehrenamtliche Arbeit auf sich nehmen – nicht zum Tragen kommt. Vielmehr haben die Leute eigene Interessen, und diese sind nicht zwangsläufig Interessen, die mit dem Verein übereinstimmen.

Dazu kommt, bedingt durch das Prinzip der Schlange, eine Art Anonymität der Nutzer untereinander. Sie buchen das Studio, oder sie machen einen Einführungskurs, sie machen eine Sendung und gehen dann nach Hause, ohne jemanden getroffen zu haben. Wir denken, daß man die Leute dazu bewegen muß einzusehen, daß sie mehr erreichen, wenn sie sich zusammentun, um etwas zu machen.

Die Motivation der Nutzer des Offenen Kanals geht dahin, Training zu bekommen für spätere Gelegenheiten wie z. B. in der Werbung oder etwas Ähnlichem. In Gesprächen mit Nutzern kommt dieses Argument sehr oft. Das extremste Argument ist: »Mich hört hier sowieso keiner, ich übe jetzt hier und versuche es dann woanders.« Ein anderes Argument kommt dann von Gruppen, denen man sagt, macht doch mal Informationssendungen: »Warum sollen wir soviel Zeit investieren, wenn uns keiner hört?« Der Wunsch, über den Offenen Kanal Hörfunk die Öffentlichkeit zu informieren, ist also nicht besonderes groß, weil die Effektivität nicht besonders groß ist.

Wir haben uns dann um andere Sendemöglichkeiten bemüht, und zwar um eine Hörfunkfrequenz über Antenne, haben lange mit Radio 100 verhandelt und dort eine Sendestunde bekommen, jeden Sonntag von 19.00 Uhr bis 20.00 Uhr. Diese Stunde betreuen und organisieren wir. Wir mußten zwangsläufig, um die Offenheit zu erhalten, die Sendezeiten begrenzen, so daß eine Einzelperson bis zu 7 Minuten buchen kann und eine Gruppe bis zu 15 Minuten.

Da war z. B. der Nichtraucherverband, der sich sehr intensiv dafür einsetzte, daß in der U-Bahn nicht mehr geraucht werden sollte. Dann war da der Seniorenbetreuungsclub e. V., der sehr stark dagegen wetterte, daß alte Leute in Altenheimen verkümmern, einfach abgeschoben werden, um zu sterben. Wir hatten dann auch ganz bissige Anrufe von Altenpflegern, die meinten, das wäre gar nicht so.

Für den Verein entstand ein großes Problem mit dem linken Sender Radio 100. Der Verein wollte eine religiöse Sendung machen, die nicht unbedingt für jeden verständlich war, auch wenn er der Kirche zugeneigt war. Die Reaktion von Radio 100 war, daß die nicht mehr senden dürfen. Es kam heraus, daß dieser linke Sender Angst hatte, daß er mit Meinungen in Verbindung gebracht wird, die nicht links sind. Es stellte sich heraus, daß er die Offenheit eines Offenen Kanals doch eher von links interpretieren wollte, wogegen wir uns energisch gewehrt haben. Der religiöse Verein darf nun auch zu den alten Bedingungen, die wir aufgestellt haben, weitersenden.

Die Nutzer treffen sich zwei Stunden vor der Sendung und stellen die Musik selbst zusammen. Die Moderation soll, soweit sich die Leute das zutrauen, von ihnen hergestellt werden. Wir haben am Ende der Sendung ein »phone-in«, wo angerufen werden kann. Aus der Erfahrung heraus, daß diese Sendungen allein durch die größere Reichweite auch andere Beiträge hervorbringen, sehen wir es als Bedingung beim Offenen Kanal an, daß er mit einer höheren Reichweite senden kann.

Christiane Weidner

Berlin ist zur Zeit in einer bedeutenden Umbruchphase, und dies noch während des Kabelpilotprojektes. Wir werden versuchen, den Offenen Kanal in die Eigenständigkeit gehen zu lassen, d. h. eine möglichst weitgehende Trennung von der PK Berlin und der Projektgesellschaft zu schaffen, die als GmbH das Kabelpilotprojekt organisatorisch und wirtschaftlich trägt. Die Funktionsweise des Offenen Kanals kann nicht abhängig gemacht werden von irgendwelchen kommerziellen Begebenheiten und Nichtbegebenheiten.

Der Offene Kanal braucht ein eigenes Haus, er braucht eine starke Eigenidentität, die abgekoppelt ist vom Berliner Kabelpilotprojekt. Und vor allen Dingen müssen wir ausprobieren, wie teuer es eigentlich ist, einen Offenen Kanal für Berlin zu machen. Wir wissen ungefähr, was wir in den nächsten Jahren aus dem Gebührenaufkommen laut Medienstaatsvertrag für den Offenen Kanal Berlin zu erwarten haben, und wir müssen sehen, daß wir mit diesem Geld möglichst effektiv auskommen und beweisen, daß man einen Offenen Kanal hier in Berlin machen kann. Im Medienstaatsvertrag sind 2 Prozent des Gebührenaufkommens des Landes Berlin festgeschrieben. Das sind 3,4 Millionen DM, die für das Land Berlin zur Verfügung stehen. Das Geld geht auch noch in andere Bereiche. Das ist nicht nur für den Offenen Kanal. Laut Aussagen der Anstalt für Kabelkommunikation, die das Geld verteilen wird, werden wir für den Offenen Kanal jährlich etwas über 1 Million DM zur Verfügung haben.

In diesen Zahlen ist die Nutzung des Fernsehstudios der PK Berlin mit einbezogen, also das Fernsehstudio, das nicht zum Offenen Kanal gehört, sondern dem Offenen Kanal nur zur Verfügung steht, solange es nicht von kommerziellen Anbietern ausgelastet ist. Da sind die Abschreibungen mit drin und die ganzen Personalkosten. Bei einem richtigen Offenen Kanal würde so etwas nicht an Kosten anfallen, weil für ihn ein solches Fernsehstudio nicht zur Verfügung stehen würde. Ein solches Fernsehstudio ist nicht finanzierbar, wenn es auch wünschenswert wäre.

Zur Vereinsproblematik möchte ich noch folgendes sagen: Ich bin nicht der Meinung, daß die Vereine abgeschafft werden sollten. Ich glaube, daß die Vereine in der Vergangenheit einen wesentlichen Beitrag dazu geleistet haben, diesen Offenen Kanal zum Laufen zu bringen. Sie haben sehr viel Öffentlichkeitsarbeit gemacht. Ein Offener Kanal kann auf so etwas nicht verzichten.

Ich warne auch davor, in Berlin ein geradliniges Modell zu schaffen, indem man z. B. sagt, die Anstalt für Kabelkommunikation erläßt die Nutzungsordnung und die eigenständige Institution Offener Kanal wickelt ab. Da fehlte dann ein drittes Element, was wir zur Zeit haben, nämlich Trägervereine. Zunächst als Ansprechpartner der Nutzer, denn wo sollen die mit ihren Beschwerden hin? Da muß es irgendeine Instanz geben, die beobachtet, die regelt und die auch irgendwie Sprachrohr ist für den Offenen Kanal.

Das ist eines der Ergebnisse, das ich aus dem zweijährigen Versuch habe, daß, so schwierig diese Balance zwischen PK Berlin, Anstalt für Kabelpilotprojekt und Trägervereinen ist, dieses Modell doch in sich eine gewisse Kontrolle aller beteiligten Instanzen birgt. Es ist ganz wichtig, daß der chancengleiche Zugang zum Offenen Kanal auf Dauer offengehalten wird.

3. Dortmund

3.1 Perspektiven für Offene Kanäle in NRW[1]

ULRICH PÄTZOLD, Universität Dortmund

1. Der OK im Landesrundfunkgesetz

Am 19. Dezember 1986 hat der nordrhein-westfälische Landtag in Düsseldorf das neue Rundfunkgesetz für das Land Nordrhein-Westfalen (LRG NW) verabschiedet. Es eröffnet – wie bereits in anderen Bundesländern – neben dem öffentlich-rechtlichen Westdeutschen Rundfunk Köln (WDR) auch anderen Veranstaltern die Möglichkeit, in NRW Rundfunkprogramme zu produzieren und zu verbreiten. Das Gesetz soll dem Strukturwandel Rechnung tragen, der vor allem durch die Erweiterung der technischen Übertragungskapazitäten, aber auch durch die Vereinfachung und Kostendegression in der Programmproduktion im Rundfunkbereich ausgelöst wurde. Die Gestaltungsspielräume des Landes für eine Neuordnung des gesamten Rundfunksystems halten sich naturgemäß in Grenzen, weil der Wandel des Rundfunks von der internationalen bis zur lokalen Ebene seiner Nutzung einer Vielzahl ökonomischer, politischer und gesetzlicher Einflußkräfte ausgesetzt ist.

Das neue Landesrundfunkgesetz mußte davon ausgehen, daß
- es mehr Programme und Nutzungsarten des Rundfunks geben wird,
- der Rundfunk zugleich großräumiger und kleinräumiger wirken wird,
- im Programmangebot öffentlich-rechtliche und private Anbieter konkurrieren werden,
- Rundfunkveranstalter zunehmend abhängiger werden von überwiegend international aufgebauten Märkten der Programmproduktion,
- die kulturellen Auswirkungen veränderter Rundfunksysteme in der Gesellschaft trotz Kabelpilotprojekten noch nicht zu übersehen sind,
- die politisch-gesetzlichen Gestaltungsmöglichkeiten sich auf die im Land Nordrhein-Westfalen veranstalteten und produzierten Programme konzentrieren.

Im § 34 des LRG NW ist vorgesehen, in Kabelanlagen jeweils einen Offenen Kanal für Hörfunk und Fernsehen freizuhalten. Offene Kanäle sollen durch Arbeitsgemeinschaften koordiniert und unterstützt werden. Für die Zulassung von Offenen Kanälen ist die »Landesanstalt für Rundfunk Nordrhein-Westfalen« (LfR) zuständig.

Im § 34 LRG NW wird im Abs. 1 der Arbeitsgemeinschaft die Aufgabe gestellt, »technische Einrichtungen (einschließlich Aufnahmegeräte und andere technische Produktionshilfen) für einen Offenen Kanal in Hörfunk und Fernsehen bereitzuhalten, in dem Beiträge über Kabel verbreitet werden«.

---

[1] Aus: Presse- und Informationsamt der Landesregierung Nordrhein-Westfalen (Hrsg.), Der Offene Kanal im Kabelpilotprojekt Dortmund, Düsseldorf 1987, S. 143–157.

Die Abs. 2 und 3 des § 34 regeln die Zurücknahme bzw. Widerrufung der Zulassung, Offene Kanäle zu betreiben. Sie entsprechen den Verfahren, die das Gesetz allgemein für die Veranstalter gefunden hat, wie sie in den §§ 5–10 des LRG NW beschrieben sind. Auch die Beaufsichtigung der Rechtmäßigkeit Offener Kanäle obliegt demnach der LfR. Abs. 4 des § 34 stellt fest, daß die Arbeitsgemeinschaft im Falle des Lizenzentzuges keine Vermögensnachteile geltend machen kann.

Offene Kanäle in Hörfunk und Fernsehen bleiben an »Kabelanlagen« gebunden, wie Abs. 5 des § 34 betont. Wenngleich nicht ganz klar wird, was eine Kabelanlage ist und welche Merkmale »Betreiber« dieser Anlagen haben, so muß es sich schon um größere Netze handeln, denn ausgeschlossen sind solche Anlagen, die lediglich »Einrichtungen« und »Wohnanlagen« erfassen (§§ 32/33 LRG NW).

Aufgrund der technischen Gegebenheiten der Koaxialverkabelung dürften deshalb überwiegend lokale Anlagen in Betracht kommen. Denkbar nach der Systematik des Gesetzes wären zwar auch landesweite Offene Kanäle, doch stehen diesen die technischen Merkmale von Kabelanlagen entgegen.

Wer darf im Offenen Kanal Beiträge einspielen, wer kann Produzent im Offenen Kanal sein? Der § 34 LRG NW definiert im Absatz 5 die Produzenten durch eine Negativabgrenzung. Das Gesetz beschränkt die Nutzer der Offenen Kanäle auf »Personen und Gruppen, die nicht als Veranstalter zugelassen sind«. Diese Einschränkung ist eine gewisse Veränderung gegenüber dem Dortmunder Versuch, deren Begründung in der Systematik des Landesrundfunkgesetzes zu suchen ist. Während im Pilotprojekt der Offene Kanal eine Programmform im Rahmen der Versuchsprogramme des WDR ist, wird der Offene Kanal nach dem LRG NW eine eigene Rundfunkveranstaltung sein, unabhängig von den sonstigen Rundfunkträgern. Das setzt voraus, daß Organisationen und Institutionen, die nach § 26 Abs. 1 LRG NW bereits Mitglieder der Veranstaltergemeinschaft sind, wie z. B. Kirchen, Gewerkschaften, Wohlfahrtsverbände, in dieser Eigenschaft nicht Produzenten im Offenen Kanal sein können. Diese Regelung bedeutet aber nicht eine generelle Abstinenz dieser Gruppen gegenüber dem Offenen Kanal. Denn natürlich können Personen und Gruppen aus diesen Organisationen und Institutionen und auch gefördert durch diese Organisationen und Institutionen durchaus Produzenten im Offenen Kanal sein.

Man wird gut daran tun, die Möglichkeiten des Offenen Kanals künftig im Zusammenhang mit den Regelungen des § 24 Abs. 4 zu erörtern. Dort wird vorgesehen, die lokalen Rundfunkprogramme durch Beiträge zu ergänzen, die von bestimmten gesellschaftlichen und kulturellen Gruppen in Eigenverantwortung hergestellt und beigesteuert werden. 15 Prozent der Sendezeit lokaler Programme sollen »Organisationen insbesondere mit kulturellen Zielsetzungen« für eigene Beiträge offen gehalten bleiben. Volkshochschulen, Theater und »sonstige kulturelle Einrichtungen« werden ausdrücklich im Zusammenhang mit § 24 Abs. 4 erwähnt.

Das Gesetz ist in der Frage, ob sich eine Organisation oder Einrichtung in Richtung § 34 Abs. 4 oder in Richtung § 34 LRG NW orientieren soll, manche Klarheit schuldig geblieben. Vielleicht ist das für die nächste Zeit aber gar nicht so schlecht. Denn es läßt Optionen offen, mit Phantasie und mit Kreativität Modelle zu finden, die unabhängig von den üblichen professionellen Programmveranstaltern Rundfunkarbeit unmittelbar in die kulturellen und sozialen Aktivitäten von Gruppen integrieren. Sicher ist es sinnvoll, in den Städten und Kreisen eine Infrastruktur zu fördern, durch die einzelne Bürger wie auch Gruppen, Organisationen und Institutionen in den Stand versetzt werden, von ihren Rechten Gebrauch zu machen, sich über den Rundfunk unmittelbar zu artikulieren. Im Hinblick auf die dafür notwendige Infrastruktur ist es zweitrangig, ob derartige Beiträge nach § 24 Abs. 4 oder nach § 34 Rundfunkprogrammen zugeordnet werden.

Wie eingangs dieser Studie nachgewiesen wurde, hängt die Funktionsfähigkeit der Offenen Kanäle gleichermaßen wie die Sendefähigkeit der gesellschaftlichen und kulturellen Gruppen nach § 24 Abs. 4 LRG NW erheblich von der technischen und organisatorischen Infrastruktur für eine »freie« Programmarbeit in einer Stadt ab. Zu dieser Infrastruktur in Dortmund gehören vor allem auch die Werkstätten. Volkshochschule, Kirchen, kulturelle Einrichtungen und Verbände haben in Dortmund nicht nur den Offenen Kanal attraktiv gemacht, sie haben auch einen wichtigen Beitrag geleistet, Bürger zu ermutigen, das Medium Rundfunk für ihren Anspruch zu nutzen, sich öffentlich darzustellen und sich öffentlich Gehör zu verschaffen. Freie Videoarbeit z. B. wäre auch ohne Rundfunkgesetz möglich. Aber die Integration der technischen Ressourcen, des sozialen und pädagogischen Engagements in einen Programmverbund ist ein Fortschritt, über den auch Medienpädagogen bisher zu wenig nachgedacht haben.

Um diesen Verbund muß es in Zukunft gehen, soll nicht der Offene Kanal auf der Strecke bleiben und die Ergänzung der lokalen Programme durch veranstalterfreie Gruppen gefährdet bleiben. Angesichts der Bedeutung dieses Verbundes wäre eine Interpretation des LRG NW eher nachteilig, die auf strikte Trennung zwischen solchen Einrichtungen und Organisationen besteht, die nur im Rahmen der Lokalprogramme und solchen, die nur im Offenen Kanal aktiv werden können. Das Beispiel Dortmund gibt viele Hinweise, wie reizvoll es sein kann, in der lokalen Rundfunkarbeit Vielfalt durch die Berücksichtigung der einzelnen Bürger und der diversen Gruppen zu fördern.

Es wäre zu wünschen, daß diese Absicht, die ja dem Gesetz zugrunde liegt, im Gesetz noch anwendungsfreundlicher klargestellt würde. Nicht hinreichend deutlich ist die Zuordnung des Offenen Kanals zu den im Gesetz vorgenommenen Definitionen der Programmarten und Programmkategorien (§§ 2 und 3 LRG NW). Nicht einfach ist die Integration des Offenen Kanals in die vom Gesetzgeber vorgegebene Systematik der Rundfunkprogramme (§ 2 Abs. 2–6 LRG NW).

Während als Finanzierungsarten aller anderen Rundfunkprogramme Gebühren und Werbeeinnahmen vorgesehen sind, hängt der Erfolg Offener Kanäle noch gänzlich vom finanziellen Engagement der einzelnen Produzenten oder der Arbeitsgemeinschaft ab. Das ist aber eine unbefriedigende Lösung, die letztlich nur die finanzstärkeren Kräfte unterstützen würde, die individualrechtliche Möglichkeit »Rundfunk« auszuschöpfen.

Abhilfe könnte der Medienstaatsvertrag der Länder schaffen. Durch ihn wird die verantwortliche Stelle im Land Nordrhein-Westfalen einen Anteil am allgemeinen Gebührenaufkommen erhalten. Nach Lage der Dinge kann das nur die Landesanstalt für Rundfunk sein, die noch 1987 errichtet werden muß. Im Gesetz sind ihre Aufgaben festgeschrieben. Das Gesetz wäre zu ergänzen um die Aufgabenbeschreibung, daß die Landesanstalt für Rundfunk die Arbeitsgemeinschaften Offener Kanäle auch finanziell unterstützen soll, die entsprechende Programmarbeit zu ermöglichen. Für die Koordination und Unterstützung entsprechender Arbeitsgemeinschaften sollte die Landesanstalt für Rundfunk einen Landesbeauftragten ernennen.

Eine positive Definition des Offenen Kanals, eine rundfunk-, demokratie- oder kulturtheoretisch abgeleitete Aufgabenzuweisung an ihn fehlt. Da der Gesetzgeber sich dieser Mühe nicht unterzogen hat, mußte § 34 ein für den OK-Außenseiter zwangsläufig schwer verständlicher Fremdkörper bleiben. Die integrative und kulturell befruchtend wirkende Dynamik des OK Dortmund allein auf der Grundlage des § 34 LRG NW in anderen Kommunen zu erzeugen wird ohne sehr intensive Interpretations- und Beratungsprozesse nicht möglich sein. Das krasseste Beispiel dafür beinhaltet Abs. 6 des § 34. Er regelt zunächst, in Anlehnung an den Dortmunder Versuch, daß der Nutzer als Bürger des Verbreitungsgebietes »gegenüber der Arbeitsgemeinschaft Anspruch darauf hat, im Offenen Kanal zu Wort kommen zu können«. Entsprechend den Dortmunder Rechtsgrundlagen und Erfahrungen ist der Individualanspruch des einzelnen Nutzers, den Rundfunk für seine Wahrnehmung des Grundrechts aus Art. 5 GG zu gestalten, höher zu bewerten als irgendwelche Strukturvorstellungen des OK-Trägers über ein effektives oder akzeptables Programm.

Diese individualrechtliche Perspektive wird aber, durch einfachen Verweis im Gesetzestext, verbunden mit einer Anforderung, die nur Bedingung einer institutsrechtlichen Wahrnehmung des Grundrechts aus Art. 5 GG sein kann: Indem »die Beiträge für den Offenen Kanal ... den Bestimmungen des § 12 Abs. 1, 2 Satz 1 und 2, Abs. 4 und des § 14 entsprechen müssen, führt der Gesetzgeber den weltweit gültigen OK-Begriff und die positiven Ergebnisse des von ihm selbst gewollten Dortmunder OK-Versuchs ad absurdum. Denn Offene Kanäle mit einem »Programmauftrag« oder mit »Programmgrundsätzen« sind nicht denkbar, sind ein Widerspruch in sich. In § 12 Abs. 4 LRG NW heißt es aber beispielsweise: »Informationssendungen haben die anerkannten journalistischen Grundsätze zu beachten. Die Nachrichtengebung muß allgemein, unabhängig und sachlich sein. Nachrichten sind vor ihrer Verbreitung mit der nach den Umständen gebotenen Sorgfalt auf Inhalt, Herkunft und Wahrheit zu prüfen. Kommentare sind deutlich von Nachrichten zu trennen und unter Nennung des/der Verfassers/Verfasserin als solche zu kennzeichnen.« Zugleich bestimmt § 34 Abs. 6: »Der Nutzer muß sich schriftlich verpflichten, die LfR und die Arbeitsgemeinschaft von Schadensersatzansprüchen Dritter freizustellen.«

2. Probleme der weiteren Entwicklung des Offenen Kanals

Der Dortmunder Versuch mit dem Offenen Kanal zeigt, daß diese andere Art des Rundfunks von mehreren Faktoren abhängig ist.

a) Der OK benötigt eine Infrastruktur, in der Technik, Beratung und Kommunikationsräume für die Produzenten zur Verfügung stehen. Diese Infrastruktur sollte als Verbund von Gruppen, Organisationen und Institutionen aufgebaut werden, denen an der Förderung der OK-Kultur gelegen ist.

b) Der OK muß über finanzielle Ressourcen verfügen, die seinen Betrieb unabhängig von der Finanzierung durch seine Nutzer machen.

c) Der OK ist nicht nur eine Abspielstelle von Beiträgen, die irgendwie und ohne institutionelles Engagement von Bürgern erstellt werden. Er ist vielmehr ein soziales Experiment der Bildungsarbeit und benötigt pädagogische und kommunikative Kompetenz, um institutionelles Engagement entwickeln zu können.

d) Der OK führt im Fernsehbereich freie Videoarbeit und die Auseinandersetzung mit den Produkten einer freien Videoarbeit in einem neuartigen Kommunikationssystem zusammen. In diesem neuartigen Kommunikationssystem wird die Entwicklung einer Kulturtechnik gefördert, die nicht mehr auf der Grundlage der Schriftsprache Ausdrucksformen hervorbringt, sondern die Rundfunktechnik für die aktive Wahrnehmung der aus Art. 5 GG resultierenden Rechte erschließt.

e) Das neuartige Kommunikationssystem OK benötigt Freiräume, in denen Produktion und Rezeption der Beiträge dem sozialen Lernprozeß der Beteiligten Rechnung tragen. Er ist auf ein hohes Maß an Selbstorganisation angewiesen, auf Autonomie von den Gruppen, Organisationen und Institutionen, die das System tragen und fördern.

f) Auch im Kommunikationssystem OK gibt es Professionalisierungstendenzen und Ansätze zu einer strukturierenden Arbeitsteilung. Es entwickeln sich Kerne durch Mehrfachproduzenten, die Teilbereiche und Teilfunktionen des OK durch ihr Engagement beherrschen können. Wie weit diese Arbeitsteilung und die mit ihr verbundene Professionalisierung gehen wird, ist nach Halbzeit des Dortmunder Experiments noch nicht abzusehen. Die Vermutung liegt nahe, daß die Entwicklung die Rolle der Kommunikationshelfer erweitern wird, daß Elemente der ausgleichenden Gerechtigkeit und der Gewährleistung des Zugangs für alle Bürger gestärkt werden müssen, daß vielleicht sogar Programmstrukturen im OK erkennbar werden.

g) Der OK als ein sich selbst organisierendes neuartiges Kommunikationssystem benötigt neben einem hohen Maß an Autonomie ein ebenso hohes Maß an Protektion. Gerade wegen der individualrechtlichen Haftung für die einzelnen Beiträge wäre eine innovative Entwicklung des Kommunikationssystems OK gefährdet, wenn die Auseinandersetzung mit seinen Programmen vornehmlich über den Rechtsweg gesucht würde.

Der Offene Kanal im Dortmunder Pilotprojekt hat sich viel Mühe gegeben, immer wieder auf Abgrenzungen zum ihn tragenden WDR-Kabelfunk hinzuweisen. So logisch diese Abgrenzung in der Sache erscheinen mag, so richtig dürfte aber auch der Hinweis sein, daß er sich unter dem WDR-Dach idealtypisch entwickeln konnte. Zu den idealtypischen Bedingungen gehören nicht nur die personellen und sachlichen Ausstattungen, das Engagement seiner Mitarbeiter und Förderer, sondern auch ein Klima der Toleranz und Liberalität, das ernsthafte Konflikte vom OK-Dortmund ferngehalten hat.

Diese Verklammerung zwischen Offenem Kanal und einer öffentlich-rechtlichen Rundfunkanstalt wird es in Zukunft nicht mehr geben. Sie war ein Versuch auf Zeit. Der Gesetzgeber zeigt jetzt in eine andere Richtung, indem er die juristische Eigenständigkeit des Offenen Kanals betont und aus der individualrechtlichen Interpretation des Rundfunks Konsequenzen zieht. Wer kompromißlos denkt, wird darauf beharren, daß die Eigenständigkeit des Offenen Kanals in jeder Beziehung Abgrenzungen von den anderen lokalen Programmaktivitäten nach sich ziehen muß. Die Frage bleibt dann allerdings, ob die materielle Existenzfähigkeit Offener Kanäle zu gewährleisten ist.

Die Alternative, entweder Offener Kanal oder Anbindung an die Programme der lokalen Veranstaltergemeinschaften, muß indessen nicht für die lebenswichtige Infrastruktur der beiden möglichen Formen von zusätzlicher Rundfunkarbeit gelten. Für sie sind Modelle denkbar und sinnvoll, die in Dortmund zu erproben noch nicht möglich war. Durchlässigkeiten in der Produktion sollten der Gesamtheit lokaler Rundfunkarbeiten zugute kommen. Wer kann ein Interesse daran haben, die lokale Kommunikation zu bereichern, um gleichzeitig von anderen Aktivitäten beim Aufbau des lokalen Rundfunks ausgeschlossen zu bleiben? Insofern ist das Landesrundfunkgesetz ergänzungsbedürftig.

Die im Gesetz vorgesehenen Arbeitsgemeinschaften haben zu wenig Konturen. Weder ist zu erkennen, ob sie eine bildungs- oder kulturpolitische Aufgabe wahrzunehmen haben, noch gibt das Gesetz einen Hinweis auf irgendwelche kommunikativen Funktionen der Arbeitsgemeinschaft gegenüber den Nutzern des OK, also den Produzenten. Wird es »Kommunikationshelfer« geben? Wird es Kommunikationsräume geben, die sich in Dortmund als so wichtig herausgestellt haben? Wird der OK als Angebot des sozialen Lernens aufgebaut oder wird er primär als technische Einrichtung verstanden? Wird er über Finanzen verfügen, die eine Arbeit in ihm jedem möglich machen, oder wird er die finanziellen Belastungen auf die Nutzer abwälzen?

Immerhin läßt das Gesetz einen entscheidenden Spielraum: Konturen soll der OK erst durch eine Satzung erhalten, die von der LfR auszuarbeiten ist. Das läßt die Möglichkeit zu, daß die LfR sich sehr genau mit den Dortmunder Versuchserfahrungen auseinandersetzen wird. Von ihr wird es sehr stark abhängen, wie weit sie die lokale Dynamik, die in Dortmund eine so große Rolle gespielt hat, in den Städten und Kreisen des Landes fördern wird. Eine entsprechende gesetzliche Konkretisierung ihrer Aufgaben wäre hilfreich.

Die Beobachtungen beim OK in Dortmund können mit einer erstaunlichen Anmerkung abgeschlossen werden: Sie bestätigen insgesamt die Relevanz der Annahmen, die den »Regeln für den Offenen Kanal« zugrundeliegen, die im Herbst 1979 von der »Expertengruppe Offener Kanal« verabschiedet wurden. Aus den »Erläuterungen zu den Regeln für den Offenen Kanal« werden deshalb ein paar Sätze zitiert, die auch heute noch ihre Bedeutung für die Zielsetzung haben:

»Wenn es das Hauptziel ist, bisher unterrepräsentierten Personen, Perspektiven und Bedürfnissen den Weg zur Teilhabe am öffentlichen Leben zu ebnen, hat der Aspekt des sozialen Lernens, des Erlernens von Sozialtechniken durch Erfahrungen mit dem OK, einen höheren Stellenwert als der Aspekt des Erfolgs bei Zuschauern... Wenn es das Hauptziel ist, die kommunikative Kompetenz der Rezipienten gegenüber Massenmedien bzw. öffentlicher Kommunikation zu stärken und besonders bei jenen Nutzergruppen zu verbessern, die im Massenkommunikationsprozeß benachteiligt sind, hat der Aspekt des Rollenwechsels vom Fernsehkonsumenten zum OK-Produzenten einen höheren Stellenwert als die Aspekte der Bereicherung des kommunalen Lebens oder des Erlernens von Sozialtechniken jeglicher Art...

Insbesondere erscheint es unter dieser Zielsetzung wünschenswert, daß ausschließlich die zur OK-Projektausstattung gehörenden Produktionsmittel verwendet werden, um zu verhindern, daß privilegierte Gruppen und Personen durch professionelle Mitarbeiter die Wettbewerbsbedingungen verfälschen. Denn mit dem durch den OK erreichbaren Erfahrungszuwachs von Fernseh-Rezipienten wird die Hoffnung verbunden, daß Wirkungen auf das Massenmedium Fernsehen eintreten zugunsten zuschauernäherer, zielgruppenorientierter, partizipatorisch konzipierter Anstalts-Programme.« (Aus: Fernsehen in Deutschland – Offener Kanal: Eröffnung der Diskussion. Bonn 1984, S. 31–32)

3. Mindestausstattung für Offene Kanäle

Geräte, Studios, Personalstellen und Sachetat sind unbestreitbar wichtig, werden im Vergleich zu anderen Voraussetzungen für einen kommunikativen Offenen Kanal meist aber überschätzt. Unter den drei Offenen Kanälen, die es gegenwärtig in der Bundesrepublik gibt, wird das Modell Dortmund nicht etwa wegen seiner Studios, seiner Sendetechnik und seiner Geräteausstattung beneidet und gerühmt, sondern wegen seines »Klimas«, seiner Dynamik, seiner Transparenz und seiner Sogwirkung auf immer neuere Gruppen der Bevölkerung.

Zwei wichtige Voraussetzungen dafür sind durch das Landesrundfunkgesetz NRW gewährleistet:
- die technische Trennung von Offenen Kanälen und anderen Programmen (eigene Kanäle);
- die Zugangsbeschränkung auf die Bürger einer Stadt (Lokalcharakter ohne Themenbegrenzung).

Neue Offene Kanäle können auch in Kommunen und Regionen entstehen, wo sie in absehbarer Zeit keine anderen lokalen Fernsehprogramme als Konkurrenten haben werden. Es mag paradox klingen: Gerade mit der Nicht-Ausschöpfung des Landesrundfunkgesetzes steigt der Reiz, die kommunale Kommunikation durch Offene Kanäle im Fernsehen zu bereichern. Allerdings besteht dann auch die Gefahr, daß die Offenheit von Offenen Kanälen als einziger Form des lokalen Fernsehens ungleich stärker als im Dortmunder Versuch durch örtliche Interessengruppen bedrängt würde. Vieles wird daher von der Finanzierungsart und von der Bildung der Arbeitsgemeinschaft abhängen. Die richtige Balance zwischen der Einbindung in das lokale Kommunikationsgeschehen und die notwendige Unabhängigkeit von lokalen Einflüssen zu schaffen und kontinuierlich zu erhalten, wird eine Aufgabe der Landesanstalt für Rundfunk sein.

Staatsvertrag zur Neuordnung des Rundfunkwesens (Rundfunkstaatsvertrag) Art. 6 Abs. 1: »Ein zusätzlicher Anteil an der einheitlichen Rundfunkgebühr in Höhe von 2 von Hundert kann für die Finanzierung folgender Aufgaben verwendet werden:
1. Die Zulassungs- und Aufsichtsfunktionen der für private Veranstalter nach Landesrecht zuständigen Stellen,
2. die Förderung offener Kanäle,
3. die Förderung von landesrechtlich gebotener technischer Infrastruktur zur terrestrischen Versorgung des gesamten Landes für den Zeitraum von 4 Jahren ab Inkrafttreten dieses Staatsvertrages.«

Lokale Offene Kanäle können nur offen und damit attraktiv sein, wenn sie nicht in Abhängigkeit geraten von Kommunen (dominierenden Kommunalpolitikern) und wirtschaftlich Mächtigen am Ort, seien dies Zeitungsverleger oder – Beispiel Wil –

ehrgeizige Wäschereibesitzer. Auf der anderen Seite werden sie auf verständnisvolle Kommunalpolitiker und auf finanzielle Unterstützung von Institutionen und Organisationen angewiesen bleiben, wie ja auch schon die Bedeutung der Medienwerkstätten in Dortmund zeigt.

Die lokalen Träger Offener Kanäle benötigen einen zentralen Ansprechpartner, der frei ist von Verdacht und Versuchung, eigene inhaltliche Interessen zu vertreten. Ein Landesbeauftragter für Offene Kanäle, der auch für die Fortbildung und den Erfahrungsaustausch unter den lokalen Kommunikationshelfern zuständig ist, der bei Neugründungen fördernd und beratend tätig wird, der den lokalen Leitern Offener Kanäle bei Verhandlungen mit Verwertungsgesellschaften, mit der Bundespost, beim Aushandeln der Prämiensätze für die Geräteversicherungen, bei der Organisation von Öffentlichkeitsarbeit und bei Rechtsfragen hilfreich zur Seite steht, kann Organe der Mißbrauchskontrolle de facto ersetzen. Im Landesrundfunkgesetz fehlt diese Funktion bei der Auflistung der »Aufgaben der LfR«.

Für Fernsehen und Hörfunk entstehen, setzt man die Raumfragen einmal als gelöst voraus, in folgenden Bereichen Kosten:

- Sendetechnik,
- Produktionstechnik (Live- und Vorproduktion einschließlich Nachbearbeitung),
- Personalkosten,
- Kosten für Leitungswege der Deutschen Bundespost,
- Betriebsmittel.

Sendetechnik: Eine für die Praxis des Offenen Fernsehens geeignete Sendestraße, die Live-Übertragungen, das Abspielen von U-matic- und von VHS-Bändern, die Einblendung von Hinweistafeln und einen Dokumentations-Mitschnitt ermöglicht, kostet rund DM 150 000,–. Sie ist ab Juni 1987 im Keller der Dortmunder OK-Zentrale in Funktion zu besichtigen. Die Abwicklung von Hörfunk, ebenfalls live oder vorproduziert mit Dokumentations-Mitschnitt erfordert eine Erst-Investition von weiteren DM 60 000,–. Der räumliche Bedarf für beide Sendeabwicklungen ist minimal, die Geräte können nach kurzer Einweisung auch von technisch interessierten Laien bedient werden.

Produktionstechnik: Für die Erstausstattung mit mobilem Aufnahmegerät einschließlich je eines Schnittplatzes für U-matic-Lowband und VHS-System und einer für Zwecke des Offenen Kanals zureichenden Hörfunktechnik sind DM 180 000,– zu veranschlagen. Im Fernsehbereich sind dabei drei Kameras mit Zubehör berücksichtigt, so daß für Einweisungskurse, die sich in allen Offenen Kanälen großer Nachfrage erfreuen, in der Regel eine Einheit zur Verfügung bleiben kann.

Personalkosten: Auch ein kärglich ausgestatteter Offener Kanal sollte nicht versuchen, mit weniger als drei Stellen, davon höchstens einer AB-finanzierten, anzufangen. Bei mehr Stellen, wie in Dortmund, sind die Erfolgsaussichten natürlich ungleich größer: Leiter, drei Kommunikationshelfer, davon einer mit Sachbearbeitererfahrung, Sekretärin. Die folgenden Erläuterungen orientieren sich aber an einer Mindestzahl von drei. Die Leiterin oder der Leiter wird vermutlich zugleich die Funktion eines Geschäftsführers der Trägereinrichtung wahrnehmen müssen, darf im übrigen aber mit keiner weiteren, OK-fremden Funktion, etwa in einer Kultur- oder Bildungseinrichtung, belastet sein.

Die zweite Stelle (Kommunikationshelfer) kann notfalls als Arbeitsbeschaffungsmaßnahme finanziert werden. Sie ist jedenfalls gleichzeitig mit der Stelle des Leiters oder der Leiterin zu besetzen, damit von Anfang an ein Mindestmaß von gegenseitigem »Controlling« sichergestellt ist.

Die dritte Stelle (Sekretär/in oder Sachbearbeiter/in) darf, ebensowenig wie die des Leiters oder der Leiterin, unter keinen Umständen AB-finanziert, also von Fluktuation bedroht sein; sie ist für die Gewährleistung der Kontinuität zu wichtig: Kontinuität der Aktenführung und der Archivierung, Kontinuität des »Klimas« in der OK-Zentrale.

Für Urlaubsvertretungen und Aushilfskräfte im Krankheitsfall ist unbedingt Vorsorge zu treffen. Ferien, Wochenenden, Feiertage sind die am meisten frequentierten Produktionstermine in jedem Offenen Kanal.

Kosten für Leistungswege der Deutschen Bundespost: Für die Sendungen im Offenen Kanal gibt es technisch verschiedene Wege, um von der Sendeabwicklung ins Kabelnetz und in die Haushalte zu gelangen: Richtfunkstrecken, Glasfaserkabel, Fernseh- und Tonstromwege einfacher Güte (Telefondrähte). Der Offene Kanal Ludwigshafen hat, bei einer angenommenen Entfernung von 2000 Metern Luftlinie zwischen Sendezentrum und Postübergabepunkt bei angenommenen zwei Stunden Sendedauer täglich, die folgende Vergleichsrechnung erstellt:
- mit Richtfunkstrecke: mehr als DM 10000,– monatlich,
- mit Glasfaserkabel: DM 1540,– monatlich,
- mit TV- und Tonstromwegen einfacher Güte: DM 1040,– monatlich.

Die billigste Lösung wird zur Zeit in Ludwigshafen in einem mehrmonatigen Betriebsversuch mit bisher befriedigenden Ergebnissen erprobt.

Betriebsmittel: Für einen lokalen Offenen Kanal müssen als Betriebsmittel für Bänder-Etat, Reparaturen, Versicherungen, Ersatzbeschaffungen, Öffentlichkeitsarbeit, Telefon mit Anrufbeantworter, Fotokopierer und Büromaterial mindestens DM 120000,– zur Verfügung stehen.

3.2 Kommentar

Christian Longolius, Leiter Offener Kanal Dortmund, Vorsitzender der Expertengruppe Offener Kanal

Den Bewertungen und Mahnungen in Ulrich Pätzolds Abschnitt »Perspektiven für Offene Kanäle in NRW« muß ich – im Oktober 1989, also nahezu zweieinhalb Jahre später – ein erstaunliches Maß an Weitsichtigkeit bescheinigen. Die Perspektiven für Offene Kanäle in Dortmund wie insgesamt in Nordrhein-Westfalen sind nämlich nicht allzu gut, und die Gründe hat Pätzold nahezu lückenlos prophezeit. Seiner Empfehlung, einen Landesbeauftragten für Offene Kanäle zu berufen, ist die Landesanstalt für Rundfunk Nordrhein-Westfalen (LfR) nicht gefolgt. (Sie hat statt dessen ein überaus sachkundiges Team in Dortmund, die »Werkstatt Offener Kanal Nordrhein-Westfalen e. V.«, zeitlich befristet mit bestimmten Beratungsaufgaben betraut;

das ist aber insofern kein Ersatz, als diese Werkstatt keinerlei Durchgriffsmöglichkeiten hat, vom Informationsfluß innerhalb der Landesanstalt abgeklammert ist und anstaltsseitig nach Belieben angehört oder nicht angehört werden kann, so daß OK-relevante Entscheidungen auch an ihr vorbei vorbereitet und beschlossen werden können.)

Der Pätzold-Hinweis auf die unsinnige Gesetzesbestimmung, nach der auch Bürgerproduktionen im Offenen Kanal bestimmte Programmgrundsätze zu beachten haben, ist natürlich richtig; in der Praxis hat er sich aber bisher nicht negativ ausgewirkt, weil sich weder die Mitglieder der Rundfunkkommission der Landesanstalt für Rundfunk Nordrhein-Westfalen noch die Mitarbeiter dieser öffentlich-rechtlichen Anstalt für das interessieren, was in den (bisher drei) Offenen Kanälen läuft. Dies ist sicherlich auch dem Umstand zuzuschreiben, daß es weder im Organ »Rundfunkkommission« noch im Organ »Direktorium« der LfR gesonderte Zuständigkeiten für Offene Kanäle gibt; in beiden Organen wurden die Offenen Kanäle dem für »lokalen Rundfunk« zuständigen Ausschuß/Referat zugeschlagen. Und »lokaler Rundfunk« heißt im Sprachgebrauch und Selbstverständnis von LfR wie Staatskanzlei nicht »lokal begrenzte Veranstaltung von Rundfunk«, sondern »werbefinanzierter terrestrischer Rundfunk im lokalen/regionalen Bereich«, also »verlegerdominierter Werbefunk«.

Die Offenen Kanäle haben in den beiden Organen der LfR keine eigene »Lobby«, keine eigene Interessenvertretung gefunden. Da zudem eine besondere nordrhein-westfälische Apartheit, nämlich die Möglichkeit, daß auch nicht-kommerzielle Gruppen den Werbefunk mit bis zu 15 Prozent der Sendebeiträge bereichern, aus Finanzierungsgründen in begriffliche Nähe zum Offenen Kanal gebracht wurde, geht eigentlich alles drunter und drüber. Pätzold hat ziemlich höflich auf Defizite des damaligen nordrhein-westfälischen Gesetzestextes hingewiesen; zweieinhalb Jahre später kann man sagen, es ist viel, viel schlimmer geworden.

Nun sind Gesetze erfahrungsgemäß nachbesserungsfähig, die Perspektiven für Offene Kanäle sind sicherlich nicht gar so düster, wie sie sich nach Landesrundfunkgesetz und Förderungssatzung der LfR darstellen mögen. Gerade bei letzterer hat eine Orgie von Bürokratie stattgefunden; die Unsinnigkeit, neu entstehende Bürgersender degressiv zu fördern, also mit jährlich abnehmenden Zuwendungen, ist so offenkundig, daß man auf Korrekturen durch Praxis getrost vertrauen kann.

Allerdings steht die Hoffnung auf solche Korrekturen in engem Zusammenhang mit dem Zeitplan der Realisierung von lokalem Werbefunk. Je länger die praktischen Erfahrungen mit der Nutzung der »bis-zu-15%-Nischen« im werbefinanzierten terrestrischen Hörfunk auf sich warten lassen, desto größer wird die Gefahr, daß die bestehenden Offenen Kanäle die Durststrecke nicht durchhalten.

So sind die Perspektiven für den Offenen Kanal Dortmund, was die Zuwendung der Landesanstalt für Rundfunk anbelangt, außerordentlich negativ. In Düsseldorf fühlt sich niemand für den Modell-OK des Landes Nordrhein-Westfalen verantwortlich. Das ist eine Folge davon, daß für das nordrhein-westfälische Kabelpilotprojekt nicht eine neugeschaffene Landesanstalt zuständig war, sondern die Traditionsanstalt WDR mit ihren eigenen, durchaus legitimen Interessen.

Für denkbar halte ich es schon, daß die Idee und die Praxis des bürger-autonomen Fernsehens und Hörfunks in Nordrhein-Westfalen über die Wupper gehen.

III. Offene Kanäle, Politische Bildung und Kultur

1. Politische Bildung: Chancen verpaßt?

HANS-DIETER KÜBLER, Fachhochschule Hamburg

I. Selbstverständnis

Die gloriosen Böllerschüsse sind längst verhallt, aber auch die vehementen Attacken haben sich erschöpft; still ist es geworden um die Medienpolitik, besonders um die Kabelpilotprojekte, der alle umarmende, alles bemäntelnde Kompromiß wurde erzielt, zuletzt im Staatsvertrag der Ministerpräsidenten, den lukrativen Rest besorgt der Markt. Allenfalls in lokalen Zonen flackern hie und da noch kleine Nachhutgefechte auf, doch die Tagesordnung bestimmen andere Themen.

So entgeht eine Tagung wie diese nicht ganz dem Odium, einen im medienpolitischen Kampfgetümmel ohnehin nur als kommunikative Marginalie gehandelten Aspekt künstlich am Leben zu erhalten oder auch nur nostalgisch zu beschwören, mithin den Gepflogenheiten und Interessen weniger Insider und professionell dazu Berufener zu hofieren. Was aber läßt sich von theoretischer Warte aus zu dem von den Veranstaltern mir angesonnenen Thema »Der Offene Kanal als Chance für neue Formen der politischen Bildung« noch Neues, Unbekanntes sagen, zumal es – ohne Fragezeichen formuliert – a priori zwei Prämissen unterstellt und sie mir zur vermutlich zur bestätigenden Explikation aufgibt? Die eine Prämisse lautet: Zwischen Offenem Kanal und politischer Bildung besteht nicht nur ein evidenter Zusammenhang, sondern auch eine kausale Wirkungsbeziehung, plakativ gesprochen: Offene Kanäle bedeuten und/oder bewirken politische Bildung. Die andere Prämisse rekurriert auf die nach wie vor virulente Fortschrittserwartung und unterstellt, daß politische Bildung ununterbrochen zu neuen Ufern aufbricht, und zwar nicht nur in formaler Hinsicht, sondern im Sinne qualitativer Innovation, fortschreitender Verbesserung und Optimierung. Doch mitunter, zumal in wendigen Zeitläuften, kann die Verteidigung und interne Sicherung der alten Errungenschaften schon Ziel genug sein.

Ich, der ich weder die empirische Forschung über die Offenen Kanäle verantworte und bestreite, noch über sie praktische Erfahrungen, nicht einmal hinlängliche Anschauungen habe, kann die Belege hierfür nicht gleichsam im Handstreich herbeischaffen. Darum muß ich um partiellen Dispens aus dem Thema bitten; und von ganz anderer, im Grunde kontradiktorischer Warte aus, kann ich U. Kamps ostentative Verweigerungspose auf einer Fachtagung 1985 in Ludwigshafen ein wenig nachempfinden, er rede »nur (noch) ungern über Offene Kanäle, er mache sie lieber« (Kamp, 1986, S. 21)[1]. Doch auch sie hinderte ihn nicht daran, über diese Tagung den zweiten Band der Bundeszentrale für politische Bildung über »Offene Kanäle« (1986) herauszugeben. Also nun auch von mir weitere Sondierungen und Reflexionen!

Damals sind erneut alle erhabenen, demokratieträchtigen Ziele und Erwartungen hinsichtlich der Offenen Kanäle vor allem von H. Oberreuter ventiliert worden; nachgedacht wurde etwa darüber, welch unverzichtbaren Beitrag gerade die direkte Kommunikation, das Gespräch und der potentielle Rollentausch für die ständig wachsende Freiheitlichkeit unseres Gemeinwesen leistet, welche Chancen und Wirkungspotentiale diese »Teilentmachtung« der selbstherrlichen »Schleusenwärter«, diese Demokratisierung der öffentlichen Kommunikation, zeitige. Was für ein faszinierendes, plebiszitäres Instrument für die kommunikative Selbstverwirklichung des einzelnen der Offene Kanal verkörpere, und dgl. mehr emphatische Metaphern kursierten. Zu Wort kamen offenbar auch, wenn auch weniger ausführlich dokumentiert, die Vorhaltungen der Kritiker, die die Alibifunktion, die Rolle des kommunikationspolitischen Feigenblatts (Stichwort »Vielfaltsreserve«, im Landesmediengesetz von Baden-Württemberg nun sanktioniert), das Los des »Getto- und Alibi-Kanals« abermals paraphrasierten. Aber insgesamt scheinen sich die weniger ambitionierten, pragmatischen, wenn nicht schon konformistischen Positionen behauptet zu haben, U. Kamps Ausspruch war dafür ein erster Hinweis, vergleicht man sie zumal mit den früheren Forderungen und Regeln der »Expertengruppe Offener Kanal« (Longolius, 1980)[2].

II. Ambitionierte Ziele

Vergegenwärtigen wir uns um der eigenen Selbstverständigung willen noch einmal wesentliche Erwartungen und Maßstäbe, die auf den Offenen Kanal gerichtet waren. Dabei braucht man gar nicht auf die prominenten Ahnen demokratischer Kommunikationsforderungen zurückgreifen, auf die Tretjakovs, Vertovs, Brechts, Benjamins, Enzensbergers, Negts und Kluges, obwohl B. Brecht beispielsweise mit gutem politischen Grund die elementare Frage des Brotpreises mit der Revolutionierung der Kommunikationsstrukturen koppelte: Kommunikation bedarf nun einmal der substantiellen Motivation, wenn nicht des existentiellen Rekurses. Rhetorik und kommunikativer Narzißmus, der Galan und der Schwätzer waren früher verpönt, bei den Bauern und Arbeitern übrigens noch länger als bei den rechtschaffenen Bürgern. Nein, ich beschränke mich darauf, einige markante Forderun-

1 Kamp, U. (Hrsg.), Der Offene Kanal. Erfahrungen und Perspektiven (Schriftenreihe der Bundeszentrale für politische Bildung, Bd. 240), Bonn 1986.

2 Longolius, Ch. (Red.), Der Offene Kanal. Kriterien für ein Bürgermedium, Bonn 1980 (Schriftenreihe der Bundeszentrale für politische Bildung, Bd. 164), Bonn 1980.

gen von 1980 zu rekapitulieren, und jeder mag daran ermessen, wie realitätsnah oder -fern sie heute sind, womöglich je waren:

– Der Offene Kanal, so das oberste Credo der Expertengruppe, sei kein weiteres, kein neues Fernsehprogramm, sondern ein neues kommunikatives Verhalten; es sei – heißt es in der fast offiziösen Begriffsbestimmung – ein »Forum für von Nutzungsberechtigten selbstinitiierte (auch selbstproduzierte) und selbstverantwortete audiovisuelle Beiträge aller Art, die keinen Programmrichtlinien und Beschränkungen ... unterliegen« (1980, S. 23).

– Und gleich im nächsten Atemzug werden die damals virulenten, generell hochgeschätzten Reformvokabeln bemüht: die der kommunikativen Chancengleichheit und die der Kommunikationsgerechtigkeit: Besonders begünstigt werden sollten – fordern besagte Regeln – »solche Bevölkerungsgruppen, Themen, Meinungen und Gestaltungsformen ..., die im herkömmlichen Kommunikationsprozeß vernachlässigt werden«. Klarer noch umriß Christian Schurig aus Baden-Württemberg, die bevorzugten Nutzergruppen: »Der Offene Kanal soll bislang ›sprachlose‹, in den Medien nicht berücksichtigte Gruppen und Personen, machtlose und gesellschaftlich möglicherweise nicht relevante Gruppierungen motivieren, ihre Interessen und Vorstellungen öffentlich zu artikulieren« (S. 42).

Freilich, man hütete sich offenbar peinlich davor, sie in soziologischer Hinsicht eindeutiger zu markieren, aber immerhin: eine rudimentäre Analyse der herrschenden kommunikativen Defizite bleibt erkennbar, und einen sich selbst erteilten Auftrag zur offensiven, eben nicht nur passiv gewährenden Bearbeitung derselben kann man den damaligen Verlautbarungen nicht absprechen, auch wenn man ihn für politisch illusionär, zumindest nachträglich, halten mag. Wie sich freilich diese parteiliche Sicht und die verhalten eingreifende Absicht mit der vordergründig indifferenten, insgeheim symptomatischen Etikette »Bürgermedium« und mit der alsbald selbstverordneten Neutralitätspflicht vereinbaren läßt, dieses Problem wurde sofort deutlich, als man sich darüber verständigen konnte, wer bevorzugt für den Offenen Kanal aktiviert werden sollte: Gruppen, und wenn ja welche, oder Individuen. Letztere wurde vornehmlich unter präventiven Auspizien behandelt: monomanische Selbstdarsteller und notorische Querulanten versprachen schwerer wiegende Risiken zu bereiten als Gruppen mit politischen Positionen und dezidierten Interessen. Vielfach standen und stehen diese den Offenen Kanäle in demonstrativer Reserve gegenüber; man sieht, die Privatisierung öffentlicher Kommunikation wurde auch schon bei der Planung gedanklich vorweggenommen.

– Wer bislang kommunikativ Benachteiligte motivieren und zur öffentlichen Artikulation bringen will, Benachteiligte, die im übrigen weiterhin täglich ihre Mißachtung oder Ausgrenzung erfahren, wird nicht umhin können, sie kontinuierlich und behutsam zu ermutigen, zu fördern und zu befähigen. Er kann dies freilich nur angemessen und plausibel tun, wenn er die vorfindlichen kommunikativen Bedürfnisse und Interessen nicht von den alltäglichen und subjektiven Lebenswelten als etwas Besonderes und Künstliches abgetrennt, sondern als integralen Teil begreift. So einleuchtend und umstandslos dieses Postulat zu formulieren ist, so viele objektive, bislang ungelöste, oft schon diskutierte Probleme ergeben sich. Entsprechend unentschieden beschrieb die Expertengruppe Aufgaben und Selbstverständnis der sog. Kommunikationshelfer: Betonte sie 1980 noch nachdrücklich, fast flehentlich deren »Wichtigkeit« (S. 46) und gab sich sogar der Erwartung hin, die »Kommunikationshelfer (könnten) die ›von oben‹ postulierte Chancengleichheit insbesondere für die bisher Sprachlosen verwirklichen« (S. 34), so wollen die Verantwortlichen fünf Jahre später nicht mehr so eindeutig an ihre ehemaligen pädagogischen Ambitionen erinnert werden: Nun sind die Kommunikationshelfer vornehmlich zu technischen Assistenten degradiert, oder sie genügen einfach als Menschen mit dem berühmten guten Menschenverstand und mit gewissen Anleitungsfähigkeiten. Kaum mehr verwunderlich ist es dann, daß jegliche Vorstöße, die Tätigkeitsfelder und Selbstkonzepte der Kommunikationshelfer in wissenschaftliche Untersuchungen einzubeziehen, ohne Resonanz blieben.

Doch nicht die Geringschätzung, wenn nicht Suspendierung der Idee des Kommunikationshelfers markiert den eigentlichen Punkt der Kritik, vielmehr symbolisiert sie abermals die Verabschiedung des einst formulierten kommunikationspolitischen und -pädagogischen Auftrags des Offenen Kanals: Wenn nun plötzlich nur noch die kommunikativen Eigenbefähigungen und genuinen Artikulationsstrebungen des gesellschaftlich indifferenten, nur noch persönlich relevanten Bürgers beschworen werden, dann vermißt man zumindest einige analytische Anhaltspunkte und nachvollziehbare Argumente über diese unverhoffte Metamorphose unserer Kommunikationsverhältnisse, zumal alle anderen einschlägigen, umfassenden Analysen von Postman bis von Hentig, von Kubicek bis Eurich, dadurch als unzutreffend hingestellt werden. Der Verdacht einer tendenziösen Romantisierung des Individuums und seiner kommunikativen Kompetenzen mit solch gefälligen Deklamationen läßt sich zumindest nicht ausräumen.

– Als »zeitlich befristetes Experiment« – so die »Expertengruppe« – sei der Offene Kanal eingedenk seiner skizzierten Vorläufigkeiten und Unwägbarkeiten einzurichten, das unbedingt der wissenschaftlichen Begleitung bedürfe, um nach ihren Befunden und Prognosen begründet über seine weitere Fortführung und Gestaltung entscheiden zu können. Aber wie den Pilotprojekten überhaupt, ist auch den Offenen Kanälen solch seriöses Prädikat nicht beschieden; daran dürfte auch die Dortmunder Begleitforschung nichts mehr ändern. Die Gesetzgeber schlugen jenes nachdrückliche Petitum in Wind, als Erfolg der Offenen Kanäle wird man ihr legislatorisches Vorpreschen wohl kaum bewerten können: »Der Offene Kanal«, so sei abschließend Rainer Kabels normative Vision zitiert, »hat nur eine Berechtigung und eine Chance zum Erfolg, wenn er hilft, die zerrissenen mitmenschlichen Kontakte wiederherzustellen, die wir der Organisation des modernen Lebens in unserer Konsum- und Leistungsgesellschaft opfern mußten.« Und noch ein weiteres verbales Non plus ultra: »Der Offene Kanal ist Hebel gesellschaftlicher Veränderung, soziales Medium. Oder es gibt ihn (bald) nicht (mehr)« (S. 53). Es gibt ihn noch, wie wir alle wissen, nicht zuletzt auch von konservativer Medienpolitik probat instrumentiert: War und ist er jener Hebel gesellschaftlicher Veränderung? Seien wir um- oder nachsichtig und sagen nur: Wir wissen es (vorläufig und noch immer) nicht, aber gründlich untersucht, geschweige denn engagiert betrieben wird es von niemandem.

III. Ernüchternde Perspektiven

Befragen lassen sich diese ambitionierten Ziele auf einige ihrer zwiespältigen Prämissen und ungeklärten Implikationen hin, um daraus am Ende einigermaßen konsistente, freilich ernüchternde Perspektiven für die künftige Arbeit zu gewinnen:

1. Nicht nur bei Rainer Kabels emphatischen Postulaten fällt eine eigentümliche Paradoxie der Argumentation auf: Mißachtet oder sogar absichtlich ausgeblendet wird das gesamte kommunikationspolitische und -strukturelle Umfeld. Das reicht nun einmal von den aus betriebswirtschaftlichen Gründen, um der Rationalisierung und weltweiten Vernetzung willen, eingeführten Informationstechniken bis hin zum individuell genutzten Medium Video. Sämtliche verursachenden Faktoren, die den Offenen Kanal – ohnehin nur spärlich und marginal – hervorbrachten, werden mithin unerheblich, so, als ob man das zarte Pflänzchen schon mit einem Seitenblick verletzten könnte. Von seiner Existenz und seinem Funktionieren werden hingegen alle möglichen gesellschaftlichen Wirkungen, sie können nicht weitreichend und tiefgreifend genug sein, erwartet oder sogar mit scheinbarer wissenschaftlicher Sicherheit prognostiziert. Während man dem Offenen Kanal einen »Paradigmen-Wechsel« der Massenkommunikation attestiert, hält man selbst an der traditionellen, rigiden Fixierung auf die Medien und deren Wirkungen fest. Insofern offenbart diese perspektivische Verengung die Abhängigkeit von der herrschenden Medienpolitik. Man muß dem dagegenhalten: Der kommunikative Auftrag des Offenen Kanals ist nicht notwendigerweise von der technischen Entwicklung der elektronischen Medien abhängig, er gilt für alle Printmedien ebenso, wenn auch unter anderen medialen Modalitäten, und läßt sich sicherlich auch ohne Kabel, z. B. mit den unerwartet entdeckten terrestrischen Frequenzerweiterungen realisieren. Vollends ist der Offene Kanal nicht an bestimmte, derzeit durchgesetzte Organisationsstrukturen öffentlicher Kommunikation gekoppelt. Das Bremer Modell des »Offenen Radios« belegt dies. Warum dann bei solch historisch-politisch bedingten, zwingenden Zuordnungen und Einschränkungen derart weitreichende, vollmundige Wirkungsprognosen für den Offenen Kanal gezogen werden, ist bis heute unerklärlich.

2. Konsequenzen für die Konzeption und Umsetzung des Offenen Kanals haben diese weitreichenden Erwartungen gleichwohl. Ich will nicht nochmals alle Argumente und Befürchtungen hinsichtlich der gravierenden Veränderungen und verheerenden Nivellierungen der gesamten Medienlandschaft wiederholen, die zwangsläufig in Stigmatisierungen des Offenen Kanals als Alibi, als medienpädagogische Spielwiese, wenn nicht als ›kommunikationskompensatorische Sozialstation‹ münden müssen. Sie sind großenteils immer noch richtig und angebracht, werden jedenfalls nicht deshalb falsch, weil sie alle kennen.

Mir geht es um die näherliegenden Kontextbedingungen des Offenen Kanals, und zwar um kommunikationsstrukturelle und mediale im engeren Sinn: Auch noch so überzogenen Visionen können nicht darüber hinwegtäuschen, daß auch die Offenen Kanäle die prinzipiellen Strukturdefizite der Massenkommunikation gegenüber der direkten, der Individualkommunikation nicht aufheben können. Sie können sie bei genügender räumlicher und sozialer Nähe minimieren oder mildern, und über deren konkrete Inhalte gilt es mehr Erfahrungen zu gewinnen und gründlicher zu diskutieren. Aber: Offene Kanäle bleiben Distributionsmedien, ohne die essentiellen Attribute der persönlichen Kommunikation, ohne deren unmittelbare, stets präsente

Wechselseitigkeit und, wichtiger noch, ohne deren ebenso permanente, eigentlich untrennbare kommunikative und soziale Reflexivität, d. h. die ständige, unvermeidliche Rückbezüglichkeit und gegenseitige Vergewisserung.

Ich will diese Strukturmängel nicht überbewerten, doch offensichtlich schlagen sie sich bereits empirisch, soweit man darüber Aufschlüsse erhält, in neuerlichen nicht erwarteten Funktionsaufteilungen nieder, ohne daß sie derart ursächlich verortet werden. So zum Beispiel: Wer für den Offenen Kanal produziert, zählt in der Regel nicht zu den Kabelteilnehmern, zeigt sich sogar mehrheitlich an den Sendungen des Offenen Kanals desinteressiert. Ob die Protagonisten des Offenen Kanals ihre optimistischen Akzente deshalb fast gänzlich auf den Produktionsprozeß verlegt haben? Unter den Produktionsaspiranten scheinen sich grob zwei Nutzungsgruppen herauszubilden: Die übergroße Mehrheit der einmalig Produzierenden, die also der Faszination des Neuen erliegen und einmal ihre kommunikativen Fähigkeiten sowie die technischen Offerten ausprobieren wollen, und die recht kleine Minderheit der Mehrfachnutzer, die freilich mit dem Offenen Kanal ziemlich instrumentelle, wenn nicht kommerzielle Zwecke verfolgen und sich mit ihm semiprofessionell qualifizieren wollen. Ich kritisiere dies nicht, im Gegenteil: ich halte solche Umgangsweisen unter den obwaltenden Umständen nicht nur für verständlich, sondern sogar für konsequent. Ferner: Die überwiegende Mehrheit der Kabelteilnehmer verspürt offenbar keinerlei Neigung, für und im Offenen Kanal produktiv zu werden. Bekannte Wissens- und Aktivitätsklüfte tun sich nun auch für den Offenen Kanal auf; jedenfalls bestätigen diese Befunde in kommunikationssoziologischer Hinsicht meine These von der unaufhebbaren, allenfalls zu minimierenden Rollendetermination.

Bleibt diese Diskrepanz prinzipiell unüberwindlich, dann wird man beiden Seiten, Produzenten wie Rezipienten, größere, mindestens gleichgewichtige pädagogische Beachtung schenken müssen. Ich sage dies, obwohl mir die objektiven Schwierigkeiten bewußt sind, ich keine eilfertigen Patentrezepte vorzuweisen habe und die Sympathie für die Produzenten gut nachempfinden kann. Unter den obwaltenden Kontextbedingungen, die nun einmal auf die Segmentierung und Ausdifferenzierung des Publikums einerseits, auf dessen attraktive Fesselung mittels immer schrillerer, penetranterer Medienereignisse andererseits, abzielen, wird man die notorisch schwache Resonanz der Offenen Kanäle kaum einschneidend verbessern können; Offene Kanäle bleiben eklatante Minderheitenprogramme.

Doch zu bedenken bleibt, daß all ihre bisher vorliegenden Organisationskonzepte fast ausschließlich die Produzenten begünstigen; dadurch ergibt sich eine weitere Resonanzbehinderung. Wenn das Publikum aber wegbleibt, wirkt dieses Manko nicht nur auf Bestand und Weiterentwicklung der Offenen Kanäle zurück, es beeinflußt auch die Motivation, die Gestaltungsformen und nicht zuletzt die Artikulationschancen der Produzenten. Das Prinzip der Schlange etwa, verständliches, wenn nicht unvermeidliches Kriterium für die Produktplazierung, bedeutet für das Publikum nicht nur demonstrative thematische Beliebigkeit, totale Egalität von Personen, Gruppen, Interessen und Positionen, es zwingt auch zu wahllosem, nur noch sequentiellem Konsum, ohne Möglichkeiten der Selektion und Gewichtung. Jedenfalls kann man nicht die Augen davor verschließen, daß auch der Offene Kanal einen Programmkontext produziert, der, gerade weil jede Orientierung und thematische Strukturierung fehlt, noch stärker nivelliert als jedes professionelle Fernsehprogramm. Der einzelne Beitrag hat es furchtbar schwer, aus dem geläufigen oder auch skurrilen Einerlei einprägsam hervorzutreten. Die Zuschauer dürften sich mit den üblichen Gewohnheiten des punktuellen Sehens aushelfen.

Man kann daraus – wie in Dortmund – die Konsequenz ziehen, einschlägige Produktionen vor Ort, in Kneipen und Bürgerzentren vorzuführen – eine Übung, die sich an die kollektive Filmpräsentation anlehnt und die die Videobewegung schon zuvor erprobt hat. Soll heißen: Man lagert die Rezeption von Massenkommunikation wieder in Situationen direkter Kommunikation ein, um damit die Einseitigkeit und Anonymität der Massenkommunikation aufzubrechen. So löblich solche Aktivitäten sind und so nachdrücklich sie gefördert und verbreitet werden sollen, sie kennzeichnen auf ihre Weise wiederum die erkannten Strukturdefizite bzw. das gewachsene Bewußtsein darüber. Zu Ende gedacht, stellen sie freilich das Ideal des Offenen Kanals in Frage und legen dessen tendenzielle Überflüssigkeit als massenmediale Einrichtung nahe. Wie gesagt: in theoretischer Konsequenz, nicht als pragmatische oder taktische Nutzung bestimmter günstiger Situationen innerhalb kommunikationspolitischer Umbrüche und Verlegenheiten. In jedem Fall weisen solche Überlegungen abermals auf die soziale und räumliche Reichweite von Kommunikation hin und deren erst noch zu findende Margen: Technische Verselbständigung und Optimierung entgeht mithin nicht prinzipiell und für immer der absichtlichen oder unweigerlichen Überprüfung ihrer beanspruchten Zweckhaftigkeit.

Dies betrifft auch die medialen Bedingungen im engeren Sinn: Technische Medien, gleich welcher Fasson, distanzieren, entfremden und entsinnlichen reale Erfahrungen und Anmutungen. Je moderner und komplexer sie sind, um so gründlicher und vollständiger, um so unbeeinflußbarer und unmerklicher geschieht dies. Denn sie konstruieren und kreieren bekanntlich zweite, vermittelte Wirklichkeiten – um so schlüssiger und plausibler, um so abstrakter und autonomer, je fortgeschrittener und integrierter ihre Entwicklung ist. Daher sprechen gute didaktische Gründe dafür, gelegentlich auf einfachere, formal eindeutige und damit handhabbarere Medien zurückzugreifen. Auf die Zuschauer wirken diese komplizierten und kompletten zweiten Wirklichkeiten geschlossen, selten motivierend und handlungsstimulierend – zumal sie, wie wir wissen, auch beim Offenen Kanal nur in den seltensten Fällen mit den Produzenten identisch sind.

Auch diese Diskrepanz läßt sich medial nicht aufheben, allenfalls mildern. Jeder, der mit Medien arbeitet, weiß um deren Eigendynamik und abstrahierende Potentiale. Alle Beschwörungen von Authentizität, ungebrochenen Erfahrungen und unmittelbaren Abbildungen verschleiern nur diese unausweichlichen Transformationen, die somit als Teil des medialen Kommunikationsprozesses erkannt und reflektiert werden müssen. Damit soll keineswegs geleugnet oder auch nur in Frage gestellt werden, daß dieser Prozeß nicht lustbetont, sinnlich und befriedigend ablaufen kann, zumal wenn er mit sozialen Erfahrungen und gegenständlichen Auseinandersetzungen untermischt ist. Die Rezipienten hingegen, die ja gemeinhin nicht am Produktionsprozeß beteiligt sind, disponiert er eher zur mentalen Rekonstruktion oder zur psychischen Involvierung, denn zum spontanen und direkten Handeln. Soll dies angeregt werden, dürften die situativen Bedingungen entscheidender sein als die medialen Botschaften; zumindest müßten handlungsstimulierende Kontextfaktoren geschaffen werden oder erreichbar sein. Damit rücken Strukturen, Konstellationen und Reichweiten der Kommunikationsräume, in denen der Offene Kanal angesiedelt ist und in denen er wirken soll, ins Zentrum der Betrachtung.

Die brisante Frage, ob Offene Kanäle nur für großstädtisches Leben angemessen sind, ja von diesem hervorgebracht werden – weil nur in dessen Anonymität, Funktionalität und Wechselhaftigkeit solche kommunikative Kompensationen sozialer Beziehungen erforderlich und plausibel sind –, und ob sie in dörflich-provinzieller Umgebung eher störend oder sogar komisch wirken würden, weil dort noch andere, unmittelbarere Verständigungsformen intakt sind, sollte gestellt werden, die Antwort wäre gewiß aufschlußreich und weiterführend.

3. Offene Kanäle schaffen Öffentlichkeit, lautet eine weitere, breit geteilte Annahme; sie verhelfen gerade den Sprachlosen, den kommunikativ Unterprivilegierten zur öffentlichen Artikulation und damit auch zur öffentlich wirksamen Interessenwahrnehmung. Formal ist diese Annahme sicherlich immer noch richtig; doch die notorische Resonanzlosigkeit dürfte viele Offene-Kanal-Anhänger inzwischen an ihr zweifeln lassen. Aus kommunikationssoziologischer Sicht muß sie mithin relativiert werden: Mit der Vervielfachung der elektronischen Übertragungskapazitäten, besonders der Kanäle, und mit der unweigerlich einhergehenden Segmentierung und Dezimierung des Publikums büßt nicht nur das bislang verwöhnte Fernsehen seine Publizitätsmacht ein – darauf rekurriert ja nicht zuletzt das Konzept des Offenen Kanals – es wird sich über kurz oder lang mit Reichweiten und Beachtungsgrößen zufrieden geben müssen, die man nur noch schwerlich als öffentlich im herkömmlichen Sinn werten kann. Professionelle Medienproduzenten fürchten dieses Risiko schon lange und versuchen mit aller Macht und Finesse dagegenzusteuern.

Für eine Amateurvideogruppe mag diese Echolosigkeit eine recht betrübliche, wenn nicht lähmende Erfahrung werden: Da strebte man mit Engagement und Mühe ins (so gedachte) Fernsehen, um möglicherweise sein als dringlich erachtetes Anliegen öffentlich zu machen und es mit allem Nachdruck den dafür tatsächlich oder vermeintlich Verantwortlichen vorzutragen, und bleibt doch im wahrsten Sinn des Wortes ungehört und ungesehen. Verwunderlich ist es deshalb nicht, daß in solchen Dingen versierte Interessenvertreter lieber – falls vorhanden – die ortsansässigen Matadore der lokalen Medien bemühen, um mittels ihres Prestiges und ihrer Kompetenz der eigenen Sache Gewicht zu verleihen, die dafür Verantwortlichen darauf aufmerksam zu machen und sie auf Trab zu bringen. Die Beliebigkeit und die geringere kommunikative Relevanz des Offenen Kanals befördern offensichtlich nicht die Dringlichkeit und Bedeutung des Anliegens; ja ich fürchte, konservative Politiker begreifen allmählich diese Chance der Relativierung und Beschwichtigung.

Bei der schon lang anhaltenden Überfülle haben Urheber von Printmedien diese Art vielfacher Egalisierung bereits schmerzlich erfahren müssen. Kein Autor kann mehr erwarten, daß sein Buch oder sein Aufsatz von selbst bekannt wird, auch wenn sie publiziert sind. Im elektronischen Sektor bricht diese Vervielfachungs- und Nivellierungstendenz erst an. Was die beiden Sektoren medial unterscheidet, sind die Apparategebundenheit und die Flüchtigkeit der elektronischen Medien: Ein Text, auch ein Flugblatt, kann noch nachträglich Resonanz gewinnen, bei verschiedenen, auch ungeplanten Gelegenheiten und für verschiedene Zwecke. Ein Beitrag in Hörfunk oder Fernsehen, wiewohl nicht weniger engagiert und gründlich erarbeitet, ›versendet sich‹, ist nach ein- höchstens zweimaliger Ausstrahlung verloren – selbst wenn er individuell aufgezeichnet und aufbewahrt wird.

Aus all diesen hier nur angerissenen Überlegungen folgt: Wir werden weiterhin in Fortführung der maßgeblichen Arbeiten, über Wandlungen der Öffentlichkeit über die Veränderung gesellschaftlicher Kommunikation nachdenken und diskutieren müssen; sie nur einzufordern, erhält sie nicht – zumindest nicht in den hochtrabenden Vorstellungen, die seit der bürgerlichen Emanzipation ungeprüft tradiert werden.

4. Offene Kanäle implizieren und verfolgen schließlich noch einmal das großartige Ideal von der Aufhebung gesellschaftlicher Arbeitsteilung, von der allseitigen Befähigung und dem mannigfaltigen Tatendrang der Menschen, wie es seit dem Idealismus ausgemalt und eingefordert wird. Doch das »Reich der Freiheit«, in dem wir ungehindert und spontan unseren Neigungen und Bedürfnissen frönen können, läßt auf sich warten. Mit anderen Worten: auch auf dem Sektor der Kommunikation schreiten Professionalisierung und Spezialisierung scheinbar unaufhaltsam voran, zumal dessen weitere Ökonomisierung und politische Indienstnahme beschleunigt betrieben wird und jene vervielfacht. Solche Einbindungen und Angleichungen der kulturell-kommunikativen Sektoren lassen sich in der Geschichte seit jeher beobachten, und sie prägen sich derzeit besonders gravierend ein – auch bei allen alternativ gedachten Medienformen. M. Köhler (1987)[3] hat dies für die Videobewegung nachgezeichnet, die ungleich dezidiertere politische Ambitionen verfolgte als die der Offenen Kanäle. Bekanntlich hat sie radikaler und grundsätzlicher angesetzt und ist bis heute noch nicht derart intim und prekär in die offizielle Kommunikationspolitik verwoben. Die von M. Köhler angeführten Veränderungen sind ein spürbarer Utopieverlust, die Suche nach und die Schaffung von Existenzgrundlagen aus der Videoarbeit und damit die Orientierung an den Gepflogenheiten und Produktionsweisen des Marktes (wenn auch des eher unkonventionellen), Pragmatismus und Konzessionen an überkommene Sehgewohnheiten, der ständige Drang zur technischen Innovation und Qualitätssteigerung sowie die nachlassende Neigung zur Selbstreflexion und Kritikfähigkeit. Dies scheinen typische Momente der voranschreitenden Professionalisierung und schleichenden Ökonomisierung zu sein, die freilich – dies sei betont – niemandem als persönliches Versagen anzukreiden, sondern als langfristig unumgehbare Konsequenz der regierenden Strukturen zu verstehen sind: Viele Videogruppen unterscheiden sich offenbar nur noch partiell, vielleicht im Spektrum ihrer Aktivitäten und sicherlich im Grad ihrer Selbstausbeutung, von privaten Fernsehproduzenten. So wird auch diese anfangs aufmüpfige, lebendige und quertreibende Spielart der Medienproduktion sukzessive eingefangen und entschärft.

Nach allem, was über die kontinuierlichen Teilnehmergruppen der Offenen Kanäle verlautet, sind dort solche Semiprofessionalisierungs- und Instrumentierungsprozesse von Anfang an vorherrschend; vielfach werden die Einrichtungen des Offenen Kanals als derzeit noch kostenlose Qualifikations- und Trainingsinstrumente benutzt. Zu kritisieren oder gar verwerflich sind solche Usancen gewiß nicht; sie belegen nur wiederum den beschriebenen Trend, der sich bestenfalls partiell und gelegentlich unterbrechen läßt.

All diese Überlegungen und Einwände trage ich weder mit Häme noch mit demonstrativer, larmoyanter Resignation vor; sie kommen mir indes bei der mir zugänglichen Diskussion und Information über die Offenen Kanäle deutlich zu kurz. Aber sie gehören meines Erachtens unbedingt zu den Perspektiven künftiger Arbeit wie auch in den Kontext dessen, was möglicherweise politische Bildung im Zusam-

---

[3] Köhler, M., »Damals war es eine starke Schwarz-weiß-Malerei«. Die Videobewegung im Jahr 1987, in: medien + erziehung, 31 (1987) 1, S. 36–41.

menhang mit dem Offenen Kanal heißen kann und soll. Ich bin der Meinung, daß ihre Reflexion und Diskussion unverzichtbares Aufgabenfeld der Offenen-Kanal-Arbeit sein muß, und will dafür werben, ohne hier schon fertige, zumal überzeugende Rezepte ihrer Bewältigung anbieten zu können.

IV. Prognostische Hinweise

Wage ich abschließend noch einige prognostische Hinweise auf die Zukunft der Offenen Kanäle, mehr als plakative Thesen, denn als bereits begründete und genügend differenzierte Erkenntnisse gedacht, so sind es diese:

1. Der schleichenden Privatisierung von Öffentlichkeit wird wohl keine Spielart medialer Kommunikation mehr entgehen; vermutlich ist Öffentlichkeit nur noch diesseits oder jenseits laufender Mediatisierungen – dann freilich allenfalls rudimentär und sporadisch – möglich.

2. Klare, vor allem politisch dezidierte Grenzen zwischen privater und öffentlicher Struktur, zwischen privatwirtschaftlicher und öffentlich-rechtlicher Organisation werden sich auf absehbare Zeit immer schwerer ziehen lassen; die sogenannte Dualität mutiert längst zu unentwirrbaren Mischformen und Verschmelzungen. Möglicherweise werden sich erst jenseits dieser kommerziellen Durchdringungen klarere Zuweisungen wieder herauskristallisieren.

3. Dies gilt auch für alle Partizipations- und Beteiligungsformen, zu denen ich den Offenen Kanal rechnen will. Seine emphatischen Besonderheiten hat er verloren, besaß er vielleicht stets nur in der Phantasie seiner Protagonisten. Die Modalitäten in Berlin, die lokalen Radios in Nordrhein-Westfalen mit ihren Gruppen-Konzessionen, vollends die Vielfaltsreserven in Baden-Württemberg sind m. E. aufschlußreiche Beispiele, wie man ambitionierte Absichten einbinden und relativieren kann.

4. Seinen strukturellen Geburtsfehler, die Abhängigkeit vom Kabel und damit von den unwägbaren Konjunkturen der Medienpolitik, muß der Offene Kanal abstreifen, freilich bedacht und unter Bewußtmachung der schon eingravierten Konzessionen. Zu eilfertig, wenn nicht opportunistisch mutet das Motto an, man sei schon immer gegen dieses unselige Kabel gewesen. Ohne es, ohne die Pilotprojekte, hätte es mutmaßlich nie Offene Kanäle in der Bundesrepublik gegeben. Doch welche Implikationen zeitigen terrestrische Möglichkeiten – eben unter den obwaltenden kommunikationspolitischen Umständen?

5. Arbeitsteilige Professionalisierung und Spezialisierung werden auch die kommunikativen Arbeitsfelder immer stärker beherrschen – mindestens was deren mächtige, öffentliche Formen angeht. Daneben werden sich vielfältige private Spielarten und Subkulturen herausbilden, entfalten und wieder verflüchtigen, ohne auf die herrschenden Formationen substantiellen Einfluß zu haben. Denn was von jenen attraktiv und lukrativ zu werden verspricht, werden diese absorbieren, den Lauf der Moden nutzend. Sollen hin und wieder und immer wieder neue uneigennützige Vermittlungsformen gefunden und erobert werden, bedarf es wohl sich professionalisierender Vermittler. Das Berufsfeld der Kommunikationshelfer, der Medienpädagogen (oder wie immer man diese Spezies nennen will) ist noch nicht genügend erschlossen und konturiert. Es liegt an den daran Interessierten, ob und wie sie es

durchsetzen können und wollen. Den weiterhin kommunikativ Benachteiligten werden sie so größere Dienste erweisen, als wenn sie deren vorgebliche Eigenkompetenz und Eigenmacht romantisieren.

6. Vermittlungen auch zwischen den Medien müssen immer wieder probiert und hergestellt werden – als Chancen der sinnlichen Eigenentdeckung und -befähigung des einzelnen. Soll heißen, die bereits erreichte (und sich rasant weiter entwickelnde) Komplexität und Komplettheit elektronischer Medien muß immer wieder aufgebrochen und neu kombiniert werden, weil nur so der einzelne nachvollziehen kann, was zivilisationsgeschichtlich eingetreten und kaum mehr reversibel ist. Gerade für einfache und handhabbare Medien, die aus den marktwirtschaftlichen Verwertungsprozessen zumindest partiell herausfallen, eröffnen sich kommunikative Nischen, die es (pädagogisch) zu nutzen gilt. Faszination für das jeweils modernste Medium auch bei Pädagogen und politischen Bildnern ist zwar verständlich, mit Blick auf die Adressaten ein Stück weit unausweichlich, aber nicht immer ratsam und erfolgreich.

Anmerkungen zum Referat von Hans-Dieter Kübler

»Öffentlichkeit, das ist eine ganz bestimmte Person«

Es ist interessant, daß in sehr vielen Beiträgen über den Offenen Kanal Öffentlichkeit auf eine ganz eingeschränkte Weise begriffen wird, nämlich Öffentlichkeit im Sinne der Massenkommunikation. Dann werden Prozentzahlen ausgerechnet, und der Offene Kanal kommt schlecht dabei weg, denn derjenige, der etwas über den Offenen Kanal publiziert, ist plötzlich jemand, der gar nicht in die Öffentlichkeit tritt.

Meine Erfahrung ist, daß der Umgang mit einer bestimmten Öffentlichkeit etwas ganz anderes ist: Z. B. kann eine Gruppe von Behinderten, wenn sie selbst eine Kamera hat, das plötzlich selber machen, was sonst nur die Journalisten machen können, nämlich mit Politikern reden und das dokumentieren und später benutzen. Das ist ein Aspekt der Öffentlichkeitsarbeit, den im Grunde jeder, der Öffentlichkeit mal in anderen Zusammenhängen sieht, sehr wohl begreifen muß.

Wenn ich z. B. etwas Politisches durchsetzen will, dann will ich, daß der Artikel in der Zeitung steht, und zwar nicht, damit es tausend Leute lesen, sondern daß es eine ganz bestimmte Person liest. Das ist doch die Öffentlichkeitsarbeit, bei der man bestimmte Effekte erzielen will. Egal ob das zwei Leute sehen oder 100, denn die Leute sind festzunageln, wenn sie etwas öffentlich gesagt haben. Das ist ein Aspekt, der hier mit hinein gehört.

Mir erschien ein Manko des Vortrags zu sein, daß die Nuancen der Realität der einzelnen Projekte nicht erfaßt wurden. Ein Beispiel dafür die These: »Die Macher sind gar nicht am Offenen Kanal interessiert und beobachten von daher das Programm nicht, es fehlt die Öffentlichkeit in der Kommunikation.« Das stimmt sicherlich zu einem gewissen Teil. Auf der anderen Seite ist gerade Berlin ein Beispiel dafür, daß das Programm auch von den Machern beobachtet wird. Gerade Offene Kanal-Nutzer beobachten das Programm. Natürlich hat sich auch deshalb so etwas herausgebildet, weil es hier eine sehr hohe Verkabelungsdichte gibt. Und auch deshalb, da eine Schicht von Leuten, die aus irgendwelchen Gründen am Offenen Kanal interessiert ist, zuschaut, und die auch immer wieder hineinschaut. Und die versuchen mit sehr kritischer Distanz die guten und interessanten Sendungen zu sehen.

Der Offene Kanal als Vertriebsform für Artikulation?

Mir geht es nur darum, nochmals zu fragen, ist der Offene Kanal denn nichts anderes gewesen als eine 25. Vertriebsform von irgendwelchen gemachten Sachen? Wenn wir uns darauf verständigen können, daß es eine Vertriebsform ist von Leuten, die sich artikulieren, dann brauchen wir keine große Tagung darüber zu führen. Dann sage ich nur, macht das, mache ich auch. Ich kann es nur nicht veröffentlichen.

Der entscheidende Punkt für mich ist, wie kann man es bewerkstelligen im jetzigen Stadium des Versuches, daß nicht das Ganze verloren geht, was da mal gemeint war. So würde ich die Fragestellung begreifen. Wie kann das gewährleistet werden in Zukunft, daß so etwas nicht zugemacht wird? Nicht die Frage, ist es heute schon erreicht, können wir es beweisen? Ich denke, wir können nicht beweisen, daß es erreicht ist. Wir können auch nicht beweisen, daß es in drei Jahren erreicht sein wird. Wir können aber fachkompetent darüber diskutieren, wie wir gewährleisten können, daß das Versprechen nicht zurückgenommen wird.

Offener Kanal und Lokalzeitung

Ich glaube, wir brauchen uns keine Gedanken darüber zu machen, ob wir jetzt noch mit einem Offenen Kanal die Medienwelt, wie sie ist, legitimieren, sondern wir sollten jetzt das Mögliche herausfiltern und gestalten, was da ist.

Ich denke, man muß den lokalen Raum thematisieren. Da bietet sich eigentlich als Bezugsgröße eine lokale Zeitung an. Wo eine Lokalzeitung ist, braucht man ein zweites Medium, das gesellschaftlich anerkannt ist, und nur wenn dann beides da ist, läßt sich der Offene Kanal politisch einigermaßen halten.

Offener Kanal als Mittler zwischen direkter Kommunikation und Massenkommunikation

Das Spannende am Offenen Kanal ist die Vermittlung zwischen direkter Kommunikation und Massenkommunikation. Ich denke, wir müssen sehr viel kleinräumiger arbeiten. Das beißt sich dann mit dem Anspruch Öffentlichkeit, wenn es lächerlich wird, wenn sich zehn Leute über Hörfunk unterhalten, statt in die Kneipe zu gehen, um sich dort zu treffen. Auf der anderen Seite, wo ist die Größenordnung, damit es noch überschaubar bleibt? Berichte sind nur dann interessant, wenn ich das, was darin vorkommt, identifizieren kann als meine soziale und räumliche Nähe, wenn ich auch das Gefühl habe, ich kann darauf Einfluß nehmen. Wo sind also die Grenzen, wo der Offene Kanal und andere elektronische Formen zur Spielerei werden? Es hängt nicht von quantitativen Größen ab, sondern von qualitativen Größen. Das vermisse ich z. B. bei den Kommunikationsatlanten, die für Nordrhein-Westfalen, Baden-Württemberg und Berlin existieren, die quantitativ vorgehen und nicht deutlich versuchen herauszuarbeiten, wo kommunikative Beziehungen bestehen.

Der Offene Kanal und das Kneipenproblem

Sie haben sich über die zehn Leute lustig gemacht, die möglicherweise über das Radio kommunizieren, und darum nicht in die Kneipe gehen. Sie gehen in die Kneipe, aber erst nachdem sie sich über das Radio kennengelernt haben.

Offene Kanal als Stifter direkter Kommunikation

Erster Kommunikationsstifter ist zunächst einmal die Produktion, weil alle möglichen Leute beteiligt sind. Zum anderen führt die Produktion auch zu Kommunikation hin, wenn sie Forderungscharakter hat, wenn Probleme thematisiert werden, die auf eine Fortführung drängen. Ein mobilisierender Anspruch ist da. Es gibt hier in Berlin etliche Beispiele, in denen Tendenzen deutlich werden, daß der Offene Kanal eine Art von Öffentlichkeit wird, eine Art von Kommunikationsraum, der verzahnt ist mit anderen Kommunikationsformen.

Offener Kanal: Ziele wie in einem Gemischtwarenladen

Ich bin kein Medienpädagoge, und ich habe bei den Diskussionen um Medienwerkstätten im Rahmen des Offenen Kanals, an denen ich ab und zu teilnehme, immer wieder Probleme, weil mir die Zielsetzung wie ein Gemischtwarenladen vorkommt. Wenn man da mal nachfragt, dann wird die Frage nach dem einen Ziel beantwortet mit der Erklärung eines ganz anderen Ziels. Ein typisches Beispiel ist die Qualität der Produkte. Wenn man an den Zuschauer denkt, den das interessieren muß, dann wird geantwortet, auch der Lernprozeß von denen, die das machen, sei wichtig. Diese Art von Zielspringen finde ich sehr schwierig in der Diskussion von medienbegeisterten Menschen im Offenen Kanal.

Was mir auch sehr schwierig vorkommt, ist dieses Draufsatteln von politischen Bildungszielen auf diese »Maus« Offener Kanal, die dann pädagogisch umgesetzt werden sollen. Von der Vorstellung, der Offene Kanal würde die Investitionen nur rechtfertigen über diese globale Zielsetzung der Aufklärung und der menschlichen Wohltat für den ganzen restlichen Kreis, sollte man sich verabschieden und ein bißchen redlicher bleiben und sagen, auch für kleine Ziele lohnt es sich, hohe

Investitionen zu erbringen, da braucht man eigentlich kein schlechtes Gewissen dabei zu haben.

Offene Kanäle und öffentlich-rechtliche Rundfunkanstalten

Im Sinne des Bundesverfassungsgerichts sollten eigentlich die öffentlich-rechtlichen Anstalten Träger Offener Kanäle sein. Die Sache ist bekanntermaßen in die Hose gegangen, denn die öffentlich-rechtlichen Anstalten sind nicht mehr Eigentum der gesellschaftlichen Meinungen und ihrer Träger, sondern sie sind Eigentum der organisierten Meinungen und ihrer Träger.

Offene Kanäle sollen auch keine organisatorische Alternative zum Massenmedium Rundfunk sein. Ich verstehe nicht so ganz, was das Massenmedium Rundfunk in diesem Zusammenhang soll, aber die organisatorische Alternative zu was auch immer sind Offene Kanäle auf jeden Fall nicht. Daß der Zug abgefahren ist in der Richtung, daß die Einwegkommunikation nicht mehr umdrehbar sei, das glaube ich allerdings nicht nach soundsoviel Jahren Offener Kanal. Ich habe auch eine andere Vorstellung von dem Wort »technischer Zwang«. Technischer Zwang im Sinne von »Technik erzwingt die Einwegkommunikation« trifft für die herkömmliche Technik zum Verbreiten von Rundfunk zu. Die Technik des Offenen Kanals, über die wir hier reden, erzwingt sie dagegen nicht.

Vergleiche ich privat-wirtschaftlich organisierten Rundfunk und öffentlich-rechtlich veranstalteten Rundfunk, dann ist das beides doch eine verdammt teuere und eine sehr entfremdete Sache. Offene Kanäle sind dagegen eine erschreckend preiswerte Veranstaltung. Und ich frage mich, kann ein mögliches Motiv für die Einführung Offener Kanäle nicht nur die aufkommende Verkabelung oder das Schreckgespenst des kommerziellen Rundfunks an der Wand gewesen sein, sondern einfach die logische Überlegung, daß das öffentlich-rechtliche System – jetzt mal historisch gesehen – in seiner Aufgabe versagt hat und daß das gleiche Recht, das für die Bürger Springer, Bertelsmann, Holtzbrink und die Volks- und Raiffeisenbanken gilt, eigentlich jetzt als Proargument für jeden einzelnen Bürger gelten sollte? Und das ist der Offene Kanal.

Offener Kanal und das Jedermannsrecht

Das ist für mich eine überzeugende Sache vom juristischen Standpunkt aus: Das Jedermannsrecht. Das verwirklicht sich in der Tat im Offenen Kanal. Nur, man soll sich keiner Illusion hingeben, daß die Wirkung und das, was ein Massenmedium ausmacht, damit erreichbar sind.

Sie sind unter Pragmatikern, und nicht unter Theoretikern, die meinen, daß eine Sendung im Offenen Kanal eine Wahl entscheiden und die Welt verändern könnte. Sie kann aber schon **meine** Welt, wenn ich den Offenen Kanal nutze, sehr stark verändern.

Offene Kanäle und benachteiligte Gruppen und Minderheiten

Wir haben ein Problem mit diesen Begriffen: »Benachteiligte Gruppen« und »Minderheiten«. Wenn sie unter Bürgern »benachteiligte Gruppen« und »Minderheiten« im rundfunkrechtlichen Sinne mit mir gemeinsam verstehen, dann sind Offene Kanäle etwas für benachteiligte Gruppen und Minderheiten. Aber nicht in dem Sinne, daß Offene Kanäle benachteiligten Gruppen und Minderheiten, wie wir das in der Umgangssprache verstehen, den ganzen Tag neurotisch nachlaufen. Wenn ich es ernst nehme, daß Offene Kanäle für alle da sind, dann gehören nämlich die benachteiligten Gruppen und Minderheiten mit spezifischen Formen der Behandlung und Beratung selbstverständlich genauso dazu wie alle anderen auch. Das gleiche Recht für alle ist zu ernsthaft, um es mit dem Begriff soziale Romantik packen zu wollen.

Offene Kanäle: Unseriös und unausgewogen

Unter seriös, so wie ich das Fernsehen kenne, stellt sich der Redakteur für ein bestimmtes Thema die Beteiligung der Deutschen Ärztekammer vor. Insofern sind Offene Kanäle total unseriös, und das macht auch ihren Reiz für die Leute, die sie nutzen aus, auf beiden Seiten. Er ist unseriös, als man darin einseitig subjektiv seine ganz persönliche Meinung stundenlang ausdrücken kann. Daß dies möglich ist, ist für den Offenen Kanal sehr wichtig, und dies macht auch den Reiz des Offenen Kanals aus für diejenigen, die ihn passiv nutzen, die ihn angucken. Dies sind in dem Bereich, den ich kenne, zunehmend immer mehr Leute. Insofern sind Offene Kanäle also permanent unausgewogen und unseriös, aber dies macht gerade den Offenen Kanal aus, denn er ist nicht dazu da, die journalistischen Defizite vom SFB oder die journalistische Impotenz von anfangenden privat-wirtschaftlichen Sendern aufzuheben. Das ist nicht sein Job. Es geht nicht um Überforderung oder Unterforderung, sondern der Offene Kanal ist schlichtweg etwas anderes.

Antwort:

Mit diesem Ansatz stimme ich erstaunlicherweise auch wieder überein, weil das die konsequent fortgedachte Außenpluralismustheorie ist. Ich halte dieses Gerede von der Ausgewogenheit auch nicht für in Ordnung. Denn es gibt de facto keine totale Ausgewogenheit, wenn z. B. ein Schüler nur politische Magazine sieht, und dann immer nur Monitor, wird er auch nicht ausgewogen informiert.

Meine Idee für den Rundfunk ist überhaupt so, daß wir wegkommen sollten von der ständigen Frage nach Ausgewogenheit, was oft nur Langeweile bedeutet. Meine Idee ist, daß die vielen Programme in sich akzentuierter sind, daß sie durchaus auch einseitiger sind. Ich vertraue auf die Pluralismustheorie wie in der Politik oder der demokratischen Gesellschaft, daß nämlich für den, der sich vielseitig informieren kann, auch etwas Vernünftiges dabei herauskommt.

Von daher ist der Offene Kanal sozusagen ein Minibeispiel dafür, wie man sich auch Rundfunk insgesamt vorstellen kann. Wir lesen ja auch Tageszeitungen zum Teil prononcierter Art. Es gibt Leute in diesem Kreis, die lesen vielleicht lieber die Frankfurter Rundschau, und andere lesen lieber die Welt, aber es gibt wenige, die die Frankfurter Rundschau und die Welt regelmäßig lesen. Warum soll das im Rundfunk nicht genauso sein?

2. Politische Bildung – politische Beteiligung

Herbert Scherer, Verein Offener Kanal Berlin e. V.

In diesem Beitrag geht es darum, wie sich die in Gesetzen formulierten, aber auch durch das Handeln der beteiligten Personen – unabhängig von gesetzlichen Vorgaben – gesetzten Rahmenbedingungen auf die reale Entwicklung der Offenen Kanäle auswirken.

Die OK-Experimente sollen mit dem Ziel ausgewertet werden, für die Zukunft Rahmenbedingungen zu erarbeiten, die der Sache angemessen sind. Meine Ausführungen bestehen aus drei Teilen. Im ersten Teil werden die Berliner Erfahrungen, teilweise in zeitlicher, teilweise in systematischer Gliederung, dargestellt. Im zweiten Teil wird über Korrekturen berichtet, die sich auf Grund von Lernprozessen vieler Beteiligter bis heute schon ergeben haben. Im dritten Teil wird eine Veränderung des Berliner Gesetzes vorgeschlagen und eine These zur Rechtsform vorgetragen.

Von der Geschichte des Berliner Offenen Kanals gehe ich aus zwei Gründen aus: einmal, weil ich sie besser kenne als die anderer Offener Kanäle, zum anderen, weil am Berliner Beispiel besonders viel zu lernen ist, und zwar über *Webfehler.* So soll denn auch das erste Kapitel heißen

I. Webfehler

Auch – und gerade weil – seine Rahmenkonstruktion recht wenig Nachahmenswertes enthält, kann man von den Erfahrungen des Berliner Offenen Kanals eine Menge lernen.

Da Offene Kanäle als Teile von Kabelpilotprojekten erprobt werden, wäre gegen diesen Aspekt nichts einzuwenden: Das Lernen – auch aus negativen Erfahrungen – ist Teil des Projektes selber. Da es bei den Offenen Kanälen aber immer noch nicht nur darum geht, wie sie nach dem Ende der Experimente weitergeführt werden sollen, sondern ob es sie überhaupt auf Dauer geben soll, können schwerwiegende Konstruktionsfehler schwerwiegende Folgen haben (insofern ist es als positiv zu werten, daß einige von den Ausgangsbedingungen, die im folgenden skizziert werden sollen, nicht erst nach Abschluß, sondern schon während des Experimentes gründlich verändert worden sind).

Die Einführung von Offenen Kanälen hat in Berlin unter einem schlechten Stern gestanden, vor allem war eine kontinuierliche, längerfristige Planung nicht möglich, weil sich die Planungskoordinaten mehrfach von Grund auf änderten.

Das soll auch denjenigen zugute gehalten werden, die am Gesetzgebungsverfahren beteiligt gewesen sind. Es soll deswegen hier keine leidenschaftliche Schelte verteilt werden, aber es sollen – im Interesse des gemeinsamen Lernprozesses – die Konstruktionsfehler dennoch schonungslos aufgedeckt werden.

Als sich die Ministerpräsidenten der Länder 1978 auf die Durchführung von vier

Kabelpilotprojekten einigten, war Berlin einer der beiden sozialdemokratisch regierten Standorte (zu erwarten war dementsprechend ein Pilotprojekt, das Möglichkeiten testen würde, wie die traditionellen öffentlich-rechtlichen Rundfunkanstalten sich der neuen technologischen Möglichkeiten würden bedienen können). Ein sozialdemokratischer Postminister in einer sozial-liberalen Bundesregierung würde darüber hinaus verhindern, daß durch großflächige Verkabelung außerhalb eng umgrenzter Projektgebiete die Rückholbarkeit der Versuche nahezu utopisch würde. Es kam bekanntlich alles anders. Der Wende in Berlin folgte die Wende in Bonn.

Der Beginn des Berliner Kabelpilotprojektes verzögerte sich bis zu einem Zeitpunkt, an dem in der ganzen Republik die medienpolitischen Grundsatzentscheidungen, die mit den Pilotprojekten vorbereitet (manche meinen auch: verzögert) werden sollten, längst gefallen waren.

Die großflächige Verkabelung hatte in Westdeutschland und in Berlin begonnen, und spätestens im Februar 1984 war mit dem Beschluß des SPD-Parteivorstands, unter bestimmten Bedingungen der Einführung von privatem Rundfunk zuzustimmen, die Frage, um die es ursprünglich in den Pilotprojekten gehen sollte, beantwortet.

Die Zielrichtung des Berliner Experimentes mußte also neu bestimmt werden. Vor allem entwickelte es sich bei über 200 000 Kabelhaushalten in der Stadt in Richtung eines Tests für neue Anbieter unter nahezu realistischen Marktbedingungen.

Die Gelder aus dem Kabelgroschen wurden in dieser Situation weniger für die experimentelle Erforschung von Innovationen als für die Beschleunigung der Schaffung einer auf Dauer angelegten technischen Infrastruktur für die neue Medienlandschaft gebraucht.

Der Offene Kanal – als Angebot einer neuen Art von Mediennutzung – spielte unter den Interessen, die hier nunmehr auf dem Spiel standen, verständlicherweise eine ganz untergeordnete Rolle. In den Planungspapieren der Kultusbürokratie tauchte er zuweilen auf, zuweilen glaubte man, auf ihn verzichten zu können. Eine intensive Auseinandersetzung über seine Gestaltungsmöglichkeiten fand nicht statt.

Die Kontinuität der Planungsprozesse wird zusätzlich dadurch unterbrochen, daß der zuständige Referent beim Kultursenator seinen Schreibtisch räumen muß, als aufgedeckt wird, daß er ungerechtfertigterweise zwei Gehälter gleichzeitig bezieht. Als ob das nicht schon genug wäre, kommt es auch noch zu einer Regierungsumbildung in Berlin (1984), bei der Senator Kewenig im Kulturressort durch Senator Hassemer abgelöst wird.

So nimmt es nicht wunder, daß die Art und Weise, wie der Offene Kanal schließlich im Kabelpilotprojektgesetz und seinen Ausführungsbestimmungen auftaucht, nicht auf eine klar durchdachte Konzeption schließen läßt. Nicht erst die spätere Installierung, sondern schon das Gesetz hat *Webfehler*.

1. Ohne Speck fängt man keine Mäuse – oder: Erschwerniszulage für SFB und RIAS

Als mögliche »Anbieter« von Offenen Kanälen sind zwar im Gesetz zuerst der SFB oder der RIAS genannt. Ihre Motivation wird aber nicht gerade gefördert, wenn es einige Zeilen später heißt, daß die Projektgesellschaft für Kabelkommunikation nur dann verpflichtet sei, die erforderlichen Mittel zur Verfügung zu stellen, wenn ein Verein als Anbieter fungiere.

Offene Kanäle in der Trägerschaft eines öffentlich-rechtlichen Rundfunksenders sind zwar nicht unproblematisch, weil hier rechtliche Bedingungen ins Spiel kommen, die nicht besonders gut passen – die Programmverantwortung des Intendanten z. B. –, aber in vielerlei Hinsicht ist ihre Ausgangssituation besser als bei anderen Konstruktionen:

- das Vertrauen, das die Sender als seriöse Institutionen genießen, überträgt sich als Vertrauensvorschuß auch auf solch eine neue Unternehmung,
- die Argumentation, OKs seien ein bloßes Alibi für die Einführung des Kommerzfunks, wird entschärft – das macht den Blick frei für die Besonderheiten des Offenen Kanals,
- über den Rundfunkrat sind die Vertreter von gesellschaftlichen Gruppen, die als Transmissionsriemen zu den Bürgern dienen können, in das Projekt von vornherein mit eingebunden und brauchen nicht erst nachträglich für zusätzliches Interesse geworben zu werden.

Die Berliner Rundfunkanstalten lehnten es, wie unter den dargestellten Bedingungen zu erwarten war, ab, Offene Kanäle zu veranstalten. So wurde knapp ein ¾ Jahr vor dem Start des Kabelpilotprojektes klar, daß es Offene Kanäle nur in der Trägerschaft eines Vereins geben würde.

2. Der verflixte Plural – oder: Definitionsprobleme und Sprachregelungen

Während man bei den Verantwortlichen im Sender, vor allem im SFB, ein gewisses Vorverständnis über das, was ein Offener Kanal sein kann, hätte voraussetzen können (Prof. Kabel als SFB-Verantwortlicher für Neue Medien war immerhin ein langjähriges Mitglied der Expertenkommission Offener Kanal), war das bei einem neugegründeten Verein nicht zu erwarten.

Durch das Gesetz wurde in dieser Hinsicht keine Vorgabe gemacht – eher im Gegenteil: Es wurde bewußt alles offengehalten, um den experimentellen Charakter der ganzen Angelegenheit zu betonen. Äußerungen von Politikern wie: es sei ganz gut, einen Verein zwischen die Bürger und die Sendemöglichkeit zu schalten, weil dadurch die Extremisten und Chaoten herausgefiltert würden (schließlich wisse der Verein ja, was das für Leute seien, die senden, so könne er ggfs. Einfluß nehmen) – ließen gar auf eine seltsame Mischkonzeption schließen, als solle der Offene Kanal doch nicht ganz so offen sein und möglicherweise sogar die Mitgliedschaft im Verein Voraussetzung zur Sendeberechtigung sein.

Damit dabei nicht der offene Zugang ad absurdum geführt würde, wurde eine *offene Vereinsgründung* angestrebt. Die Projektkommission (beobachtende Begleitung des Kabelpilotprojektes) und die PK luden zu einer öffentlichen Versammlung ein, auf der alle Interessenten an einer Vereinsgründung zusammenkommen sollten.

Die Mehrzahl derjenigen, die auf der Versammlung erschienen, hatten sich vorher noch nie über Offene Kanäle Gedanken gemacht und verbanden recht unterschiedliche Vorstellungen mit diesem Begriff – eine Situation, die sich von der üblicher

Vereinsgründungen erheblich unterschied, bei denen in der Regel Leute, die etwas gemeinsam wollen, sich zusammenschließen, um ihre Ziele besser durchsetzen zu können.

Bei der offenen Vereinsgründung wurde nicht bedacht, daß die Offenheit (sprich: Beliebigkeit hier sogar auch in der Zielsetzung) keineswegs eine Garantie für die Offenheit dessen ist, was dieser Verein dann veranstaltet. Allerdings waren in dem Verein dann doch so viele unterschiedliche Leute versammelt, daß die schließlich verabschiedete Nutzungsordnung das Prinzip der Offenheit deutlich enthielt, weil jede der beteiligten Interessen den anderen so sehr mißtraute, daß man durch eine allseits abgesicherte Offenheit auch den eigenen Interessen am besten glaubte dienen zu können.

Der Lohn für diese Bemühungen, die deutlich in die Richtung gingen, sich als Träger- und nicht als Nutzerverein zu konstituieren, blieb allerdings aus. Im Gegenteil: mit der Zulassung immer weiterer zusätzlicher Trägervereine hielt man offensichtlich an höherer Stelle indirekt an der irrigen Vorstellung fest, Offenheit und Pluralismus eines Offenen Kanals werde am ehesten durch Offenheit und Pluralität der Trägerstrukturen erreicht.

Das Gesetz bietet hierfür mit einer mysteriösen Formulierung eine Grundlage: »Anbieter eines offenen Kanals kann (...) ein eingetragener Verein sein. (...) Der Kabelrat legt Kapazitäten für die offenen Kanäle fest.« (§ 26,2 + 4 KPPG). Hier wurde von der Anstalt für Kabelkommunikation und vom Kabelrat der Plural entdeckt. Unter gleichzeitigem Verzicht auf die Definition eines OK als einer vollen Frequenz wurde so im Gesetz eine Grundlage dafür gesehen, daß es »viele kleine offene Kanäle« geben könnte, die jeweils von einem Verein zu gestalten wären.

In der Folge hat sich das verschoben (auch in der Begrifflichkeit): Ohne daß es im Gesetz dafür eine Grundlage gibt, hat man sich – ohne förmlichen Beschluß allerdings – auf eine Sprachregelung verständigt, daß es mehrere Trägervereine für *einen* Offenen Kanal gibt. Von allen Vereinen wird dabei das gleiche verlangt: den chancengleichen Zugang für **alle** zu ermöglichen.

(Wenn wir hier – und anderswo – von Offenen Kanälen im Plural sprechen, steckt dahinter auch eine Sprachregelung: wir interpretieren damit das Gesetz so, als meinte es *je einen* vollen Kanal in Hörfunk und Fernsehen. Der Gesetzgeber und seine berufenen Interpreten hüllen sich hier lieber in Wolken, als genau zu sagen, was sie mit ihrer Formulierung im Sinn hatten.)

Bei der Formulierung, für wen der OK gedacht ist, und bei der Gebührenordnung wird ebenfalls eine Vorstellung vom Offenen Kanal deutlich, die sich eher an Modellen von gemeinnützigem Rundfunk (community-radio) zu orientieren scheint als an der Idee eines direkten offenen Zugangs für alle Bürger (public access).

Wenn es etwa heißt, der OK sollte »insbesondere gesellschaftlichen Gruppen, Organisationen und Institutionen sowie Einzelpersonen Gelegenheit zur Darstellung geben, die nicht selbst Anbieter sind und denen auch nicht zuzumuten ist, Anbieter zu werden«, und wenn die Anbieter (d. h. die Trägervereine) die Hälfte der Gebühren zahlen sollen, die im kommerziellen Bereich erhoben werden, sieht das eher so aus, als ob hier als Ergänzung des kommerziellen Mischkanals eine verbilligte Version für Institutionen und Vereine geschaffen werden sollte, die über weniger Geld verfügen. (In dieser Hinsicht logisch ist dann auch die Unterbringung des Offenen Kanals in Fenstern der kommerziellen Mischkanäle in Fersehen und Hörfunk, wie sie in den ersten Monaten des Kabelpilotprojektes praktiziert wurde.)

Kein Wunder, daß es – begünstigt durch diese Widersprüche – auch innerhalb der Trägervereine immer wieder zu Strömungen kam und kommt, die das Prinzip des chancengleichen freien Zugangs zugunsten eines nach Qualitäts- oder Effektivitätsgesichtspunkten gestalteten Programms hintanstellen wollen.

Für die Ausstrahlungskraft der OK-Idee in der Öffentlichkeit ist das schädlich. Die Idee, die so verlockend und einsichtig zugleich ist: hier könnt Ihr ohne Bevormundung und Zensur Eure eigenen Vorstellungen verwirklichen – ist ja zugleich so revolutionär oder unerwartet, daß die Bürger dazu tendieren, dies Versprechen nicht zu glauben. Und sie sind sehr sensibel für Untertöne, die ihr Vorurteil bestätigen, daß es wohl doch nicht ganz so gemeint sei, wie es propagiert wird.

3. Goldrausch – oder: das klammheimliche Versprechen

Woher sollte in Berlin, wo es im Vorfeld keine – gar als Vereine organisierten – pressure groups für Offene Kanäle gegeben hatte, plötzlich die Motivation kommen, einen Verein zu gründen, der per Definition altruistische Ziele zu vertreten hätte – und dafür, so wollten es die Ausführungsbestimmungen zum KPPG, auch noch bezahlen sollte?

120 Leute waren es, die vor ziemlich genau zwei Jahren im April 1985 auf der Gründungsversammlung dem Verein Offener Kanal Berlin beitraten. Was waren ihre Motive? Drei Interessengruppen waren von Anfang an deutlich zu erkennen: Leute, die im OK einen Arbeitsplatz finden wollten; Leute, die im OK senden wollten; Vertreter von Institutionen und Verbänden, die – meist mit unklarem Auftrag – delegiert worden waren. Ihre Gemeinsamkeit lag vor allem darin, daß alle sich zuerst einmal etwas für sich selbst oder für die von ihnen vertretene Gruppierung versprachen. Es war, als sei eine Goldader entdeckt worden und als müsse man frühzeitig dabei sein, um seinen Claim abzustecken. Klar war: Hier würde es einen Sender geben, in dem man zum Nulltarif senden könnte; hier würden Gelder bereitstehen; hier würden Stellen geschaffen werden – und der Verein, der sich hier gründen sollte, würde über all dies bestimmen können.

Entsprechend erbittert waren die Diskussionen um die Satzung des Vereins, in der es ja um die Festlegung von Machtstrukturen und damit um die Chancen bei dem für die Zukunft erwarteten Verteilungskampf ging. In den Auseinandersetzungen der ersten Monate wurde den meisten Beteiligten dann glücklicherweise doch allmählich deutlich, worum es beim Offenen Kanal gehen würde. Viele Pioniere und Glücksritter der ersten Stunde blieben enttäuscht weg – in den meisten Fällen war das auch gut so.

Exemplarisch hatte sich aber schon einmal gezeigt – und das dürfte für zukünftige OK-Gründungen von Interesse sein –, wer sich aus welchen Beweggründen zuerst einfindet, wenn so ein Phänomen ins Leben gerufen werden soll.

- Diejenigen, die an einer hauptberuflichen Tätigkeit im OK interessiert waren, kamen vorwiegend aus der Medienszene oder waren noch Studenten an der Hochschule der Künste. Ihr Interesse war in der Satzungsdiskussion vor allem darauf gerichtet, den Offenen Kanal so weit wie möglich nach dem Muster eines durch die Beschäftigten selbst bestimmten Kollektivbetriebes zu gestalten, zumindest starke Mitbestimmungsrechte der Beschäftigten bis hin zur Programmgestaltung (!) abzusichern. Im Sendekonzept spielten für diese Gruppe »vorbildliche Filmbeiträge«, die sie selber herstellen wollten, eine große Rolle, wollten sie doch auch eigene Filmemacher-Interessen im Offenen Kanal unterbringen. In der extremsten Ausformulierung dieser Position hätten die Bürger die Funktion von ehrenamtlichen Mitarbeitern bei Magazinsendungen gehabt, die von hauptamtlichen sog. »Teamern« geleitet und redigiert worden wären.

- Diejenigen, die im OK senden wollten und sich an der Vereinsgründung beteiligten, waren verständlicherweise kein bunter Querschnitt durch die Berliner Bevölkerung, sondern fast ausschließlich Medieninteressierte mit Selbstdarstellungsinteresse oder einer ausgeprägten Botschaft – viele hatten es schon einmal mit den bis dahin bestehenden Medien versucht und sich nicht ausreichend durchsetzen können. Diesmal wollten sie sich frühzeitig einmischen, um zu verhindern, daß etwas entstünde, von dem sie wieder ausgeschlossen würden. Es war gut, daß dieses berechtigte Interesse in den Entstehungsprozeß des Offenen Kanals eingebracht wurde. Allerdings kam auch aus dieser Ecke eine Gefahr für die Offenheit, weil die Tendenz bestand, z. B. durch begünstigende Spartenbildung, die eigenen Sendeinteressen gegenüber (und auf Kosten von) Außenstehenden abzusichern.
- Die Vertreter von Institutionen und Verbänden waren meistens mit dem klammheimlichen Versprechen gelockt worden, über den Offenen Kanal würden kostenlos Produktionsmittel bereitgestellt, die für die Öffentlichkeitsarbeit der Institution genutzt werden könnten.

Anders als etwa in Dortmund, wo die Verbände motiviert wurden, sich mit eigenen Anstrengungen aktiv an der Verbesserung der Infrastruktur um den Offenen Kanal herum zu beteiligen, wurden sie in Berlin vor allem in ihrer Begehrlichkeit als potentielle Nutznießer angesprochen.

In einer Phase, wo es gut gewesen wäre, in der Stadt mehr Möglichkeiten für aktive Medienarbeit zu schaffen, wurde das Gegenteil bewirkt: Mit Blick auf die ungeahnten Möglichkeiten, die der Offene Kanal bieten würde, wurden entsprechende Konzepte, wo sie vorhanden waren, erst einmal auf Eis gelegt und durch Mitarbeit im Verein Offener Kanal Berlin ersetzt.

4. ... die ich rief die Geister ... – oder: Teufel und Beelzebub

Was in dieser Phase im Verein geschieht, vollzieht sich weitgehend öffentlich und ist wenig vertrauenerweckend. Daß der Vorstand des neugegründeten Vereins sich vorwiegend aus prominenten Vertretern der linken Berliner Medienszene und des alternativen Spektrums zusammensetzt, ist auch nicht dazu angetan, bei denen, die in der Stadt Machtpositionen haben und Verantwortung tragen, das mißtrauische Gefühl abzubauen, daß sie sich hier ein Kuckucksei ins Nest gelegt haben könnten.

Aber auch das ist eine mehr oder weniger logische Folge der Konzeption einer offenen Vereinsgründung. Die chaotischen Grundsatz- und Geschäftsordnungsdebatten durchzustehen und immer noch bereit zu sein, in diesem Gebilde Verantwortung zu übernehmen, dazu bedarf es schon einer Frustrationstoleranz, die man nur an der Hochschule oder in Bereichen mit basisdemokratischen Ansprüchen erwerben kann.

Und daß in einem Verein, dessen Mitglieder sich noch nicht kennen, erst einmal Prominente gewählt werden, ist auch kein Zufall. Die Gegentendenz zeigt sich übrigens auch schon, allerdings wird dies Signal von außen kaum wahrgenommen: Die meisten Stimmen bei der Vorstandswahl bekommt nämlich Anne Fritzsche, die nicht nur mit den Positionen, die sie vertritt, sondern auch als Person vermittelnd jenseits der Fronten und Festlegungen steht. Sie ist gleichzeitig

- politisch interessierte Privatperson,
- Hausfrau und Mutter,
- Studentin der Kommunikationswissenschaften an der HDK. (Inzwischen diplomiert, Red.)

Nicht verwunderlich, aber für die weitere Entwicklung des OK äußerst hinderlich, ist es, daß sich allmählich der Eindruck breitmacht, der OK-Verein habe sich zu einer rot-grünen Allianz entwickelt. Für Leute, die im Proporzdenken beheimatet sind, ist es von hier ja nur noch ein Schritt bis zu der Überlegung, einen linken Verein mit einem rechten Verein aufzuwiegen. Daß entsprechende Überlegungen angestellt werden, bleibt den Mitgliedern des Vereins Offener Kanal Berlin glücklicherweise verborgen, während sie im Mai 1985 fieberhaft an der Formulierung einer Nutzungsordnung arbeiten, die bis Ende des Monats abgegeben werden muß.

Sonst wäre diese vielleicht anders ausgefallen, weniger offen, »linker« sozusagen. An Versuchen, inhaltliche Vorgaben wie, Beiträge dürften »nicht sexistisch« oder »nicht rassistisch« sein, hat es nicht gefehlt. Sie wurden aber von einer Vereinsmitgliedschaft, die inzwischen in einem tiefgreifenden Lernprozeß begriffen war, abgewehrt.

Bei der Formulierung einer Nutzungsordnung, die das Prinzip des unzensierten, chancengleichen freien Zugangs ernst nimmt und umsetzt, hat nicht nur der vereinsinterne Lernprozeß Wirkung gezeitigt, sondern auch die Einschätzung eine Rolle gespielt, daß der Kabelrat als strenge Kontrollinstanz nur eine Nutzungsordnung zulassen würde, die in jeder Hinsicht fair und offen sei.

Um so größer war die Überraschung und Enttäuschung, als mit der Berliner Bürgergemeinschaft – einer am ganz rechten Rand des demokratischen Parteienspektrums angesiedelten politischen Gruppierung – ein Verein als zweiter Trägerverein zugelassen wurde, der, statt eine detaillierte Nutzungsordnung vorzulegen, nur verkündet hatte: bei uns kann jeder senden, der auf der Freiheitlich Demokratischen Grundordnung steht und nicht gegen die Alliierten oder die Wiedervereinigung Stellung nimmt. Alles Nähere bestimme ein Verantwortlicher des Vereins.

So sollte der Teufel mit Beelzebub ausgetrieben werden, zum Schaden der Reputation des Offenen Kanals, der mit einer Hypothek belastet wurde, an deren letzten Überresten er noch heute laboriert. Statt in der Kontrollfrage auf so verquere Weise Liberalität und Pluralismus zu signalisieren, hätte der Kabelrat sich besser als strenge Kontrollinstanz erweisen sollen. In der Nichtzulassung oder Kommentierung einzelner Passagen aus der vom OK-Verein vorgelegten Nutzungsordnung hat der Kabelrat gezeigt, daß er durchaus die notwendige Sensibilität dafür besaß, die Punkte zu finden, wo Chancengleichheit evtl. gefährdet wäre.

5. *Ein Sündenfall und seine Folgen – oder: Böcke als Gärtner*

Die Zulassung von zwei Vereinen war ein Präzedenzfall. Ihr folgte logischerweise die Aufteilung der Sendezeiten und der Produktionsmittel. Außerdem wurde durch das gewissermaßen außenpluralistische OK-Modell allen, die ihre Interessen in den bestehenden Regelungen nicht ausreichend berücksichtigt fanden, signalisiert, daß der bessere Weg, zu seinem »Recht« zu kommen, nicht in der Beschwerde gegen etwaige ungerechte Bestimmungen und in der Anrufung des Kabelrates als Schiedsrichter läge, sondern in der Gründung eines eigenen »Trägervereins«.

Durch Beschluß des Kabelrates wurde festgelegt, daß regelmäßig alle drei Monate eine jeweils neue »Ausschlußfrist« gelte, zu der man sich neu um diese Funktion bewerben könne. Das tat bald ein Hörfunk-Interessentenverein, der das Schlange-Prinzip als Vergabeform ablehnte und statt dessen die Vergabe von Sendezeiten in einer von den Nutzern selbst organisierten Versammlung propagierte und sich dabei weniger von der Offenen-Kanal-Idee als von community-radio-Vorbildern leiten ließ.

Gleichzeitig beantragte mit der Musiker-Interessengemeinschaft ein Verein die Trägerschaft, der sich eindeutig als Nutzerverein verstand und für den die Trägerschaft vor allem die Funktion hatte, sich eine feste Sendezeit und die dafür benötigten Produktionsmittel vor anderen Nutzern zu sichern.

Diese Entscheidungen des Kabelrates, zu denen er sich durch die einmal gefällte Präzendenzentscheidung zugunsten mehrerer Vereine selber gezwungen zu haben glaubte, scheinen besonders absurd, wenn man einen Blick darauf wirft, welche weiteren Lernprozesse der Verein Offener Kanal Berlin inzwischen durchgemacht hatte.

Im Oktober und November (1985) hatte er nämlich einen befristeten Versuch mit den bis dahin gültigen Rahmenbedingungen durchgeführt und festgestellt, daß bei der bestehenden bedrückenden Produktionsmittelknappheit die Disposition durch Nutzer selber nicht funktionieren könne – zu groß sei die Versuchung, Selbstbedienung zu betreiben. Um von Nutzerinteressen unabhängige Entscheidungen treffen zu können, war beschlossen worden, daß die Vorstandsmitglieder des Vereins, in dessen Mitgliedschaft ja ein starkes Nutzerelement vertreten war, nicht selber nutzen dürften – und daß die Disposition in neutrale Hände gegeben werden sollte (konkret: in die der PK-Angestellten). Der Bock ist ja nicht deswegen als Gärtner ungeeignet, weil er nichts von Blumen versteht, sondern weil sie ihm zu gut schmecken.

Was die Vielzahl der Trägervereine angeht, hat sich in der Zeit bis heute einiges getan. Nach dem Ausscheiden der Bürgergemeinschaft, über das noch zu reden sein wird, haben sich die verbleibenden Vereine auf eine gemeinsame Nutzungsordnung geeinigt. Auch die Nutzervereine sind sich der Aufgaben und Verhaltensweisen, die sich aus der Trägerfunktion ergeben, bewußter geworden, aber die hier lauernden Gefahren sind noch nicht endgültig vom Tisch.

Mit dem Verein Kabel Funk Berlin wurde im letzten November wieder ein Verein zugelassen, der sich trotz seines offiziellen Trägerselbstverständnisses – wenigstens bisher – praktisch als Nutzerverein verhält, indem er sich einerseits für die Öffentlichkeit als nicht erreichbar darstellt und andererseits in nichtöffentlicher Form mit Mitgliedern und Sympathisanten eigene Sendungen organisiert.

So etwas wird von Nutzern registriert, die alle wegen des großen Andranges eigene Wünsche im Interesse aller Nutzer zuweilen zurückstecken müssen. Immer wieder entsteht daraus der Wunsch, auch zu den *Privilegierten* zu gehören und einen eigenen Trägerverein zu gründen, mit dem man sich feste Sendezeiten und andere Vorteile sichern zu können glaubt.

6. Unser kleiner Sender – oder: das Intendantensyndrom

Bei der Aufzählung der in der Gründungsphase des Vereins vertretenen Interessen ist eines vergessen worden, das sich auch nicht so deutlich an einer sozialen Gruppe festmachen läßt: das Reglementierungs-, Verhinderungs- und Gestaltungsinteresse.

Ein leichtes Mißverständnis des Slogans »Jeder sein eigener Intendant«, mit dem zuweilen für die Offenen Kanäle geworben wurde, mag dem zugrundeliegen und die eingefleischte Erfahrung, daß Rundfunk als Massenmedium so viel mit Macht zu tun hat, daß man sich nur schwer an den Gedanken gewöhnen kann, diese Bastion auch Andersdenkenden überlassen zu sollen.

Damit ist diese Motivation für den Offenen Kanal besonders schädlich, auch wenn sie sich hinter den bekannten gutgemeinten Ratschlägen: ... »So müßt ihr das machen, sonst guckt sich das doch keiner an oder hört euch keiner zu« ... versteckt.

Der Offene Kanal ist kein Massenmedium, das ist auch eine Chance, denn so kann er, ohne daß das gleich zu gewaltigen Diskussionen und Pressionen führt, seine Offenheit für die jeweils anders Denkenden, Fühlenden und Handelnden bewahren und entwickeln. Niemand als die für eine Sendung verantwortlichen Nutzer selber soll Subjekt oder Intendant einer Sendung sein.

Daß zwischen die Nutzer und den Sendevorgang – auch in der juristischen Form des »Anbieters« nach § 26,2 KPPG – ein Verein tritt, kann zu dem Mißverständnis führen, hier gäbe es doch eine Art Programmgestalter. Sich als solcher fühlen zu können, kann ein Grund für das Interesse sein, als Trägerverein oder als Mitglied in einem Trägerverein zu wirken. Solch ein Interesse kann auch von Nutzern ausgehen, die ihre Sendungen am liebsten in einem Umfeld sähen, das ihren ästhetischen oder politischen Vorstellungen nicht widerspricht.

In der Anfangsphase des OK in Berlin hat der Kabelrat solche Tendenzen, auch als sie im Handeln der Bürgergemeinschaft ganz deutlich wurden, nicht zurückgewiesen, weil er sich nur als Rechts-, nicht als Fachaufsicht verstanden hat. Wie sie Offene Kanäle definien wollten, war damit im Rahmen der genehmigten (möglicherweise sehr global formulierten) Nutzungsordnung jedem selbst überlassen.

In der Praxis beschränkte sich z. B. das Recht der Nutzer der Bürgergemeinschaft darauf, ihren Beitrag abzugeben. Der selbsternannte Intendant, Herr J., der die Disposition vornahm, stellte aus den teils solchermaßen eingelieferten, teils regelrecht angeforderten Beiträgen (z. B. aus den kommerziellen oder Bürgerservice-Programmen der Kabelpilotprojekte in München und Ludwigshafen) nach eigenen Kriterien ein *Programm* zusammen. Beiträge, die ihm gefielen, konnten zigmal wiederholt werden, andere mußten damit rechnen, ungünstig placiert zu werden. Stirnrunzeln, aber nicht mehr, kam auf, als jeden zweiten Tag »Dick und Doof« als Kinderprogramm lief und unklar war, was das mit Offenem Kanal zu tun haben sollte. Untersagt wurde nur die Ausstrahlung einer Sendereihe des perimed-Verlages, nachdem dieser einen Antrag auf eine Satellitenfrequenz gestellt hatte und damit deutlich wurde, daß ihm nach § 26, 1 KPPG zuzumuten wäre, kommerzieller Anbieter zu werden.

Interne Diskussionsprozesse, nicht Auflagen des Kabelrates, hatten – wie erwähnt – zuvor beim Verein Offener Kanal Berlin dazu geführt, daß die von vielen geforderten Grundsätze, Beiträge dürften nicht rassistisch, nicht faschistisch und nicht sexistisch sein, in die Nutzungsordnung nicht aufgenommen wurden – ein weiser Verzicht auf jede intendantenmäßige Reglementierung, wie sich kürzlich im Rahmen von Radio 100 gezeigt hat, einem neugegründeten linksalternativen Privatsender in Berlin, in der der »Bürgerradio«-Stunde der Garaus gemacht werden sollte, weil einer der gesendeten Beiträge (der sich aus einem christlich-religiösen Fundamentalismus heraus kritisch mit Yoga auseinandergesetzt hatte) »faschistisch« gewesen sei.

Hinter jeder inhaltlich reglementierenden Vokabel, gleich welchen Inhalt sie hat, steht nämlich der Wunsch, nur die zum (erweiterten) eigenen Spektrum gerechneten Vorstellungen zulassen zu wollen, der heimliche Zensur- und Reglementierungswunsch. Dies Signal geht für mich auch von der Nutzungsordnung des Vereins Kabel Funk Berlin aus, in der es – mit Genehmigung des Kabelrates – heißt: »Alle Beiträge sind an die verfassungsmäßige Ordnung gebunden. Sie haben insbesondere die Würde des Menschen sowie die Überzeugungen anderer zu achten. Sie dürfen sich nicht gegen die Völkerverständigung und die Herstellung der Einheit Deutschlands in Frieden und Freiheit richten.« (§ 2,1)

7. *An der kurzen Leine – oder: die Vision als Bonsai*

Statt den Weg zu gehen, dem Verein oder den Vereinen scharf auf die Finger zu sehen und ansonsten das Experiment im Geist der Großzügigkeit zu beginnen, entschloß man sich zu einem umgekehrten Vorgehen: Den Vereinen wurde einerseits weitgehend freie Hand gelassen, auf der anderen Seite wurde die Entfaltung des Offenen Kanals durch Kleinlichkeit beschränkt.

Schon das Gesetz ist da nicht sehr visionär. Es beschränkt die Sendezeit auf 30 Stunden pro Woche oder ⅛ der Sendezeit der neuen Kabelsender. (Nach der Pleite der meisten Hörfunk-Kabelsender könnte das theoretisch jetzt wieder zu einer Beschränkung der Hörfunk-Sendestunden führen, die die 30 Stunden pro Woche schon seit einiger Zeit überstiegen haben.)

In der Geschichte des Projektes spielte das Argument: »Fangt erst einmal klein an, wir werden dann ja sehen, ob überhaupt Bedarf besteht und ggfs. für eine Ausweitung der Kapazitäten sorgen«, eine recht ungute Rolle, obwohl es – wie sich nachträglich herausgestellt hatte – im wesentlichen durchaus ehrlich gemeint war.

Zuerst wurde damit die Unterbringung in einzelnen Sendestunden der kleinkommerziellen Mischkanäle (in Hörfunk und Fernsehen) begründet, die gerade in den ersten Monaten, wo das so wichtig gewesen wäre, die Entwicklung einer eigenen OK-Identität verhinderte. Dann wurde damit die zahlenmäßig dürftige Ausstattung mit Produktionsmitteln gerechtfertigt (zu Beginn war nur eine Ausstattung mit drei Aufnahmeeinheiten und einem Schnittplatz vorgesehen). Gerade dieser Umstand führte schnell zu langen Wartezeiten, und das wirkte auf alle, die sich auf das Versprechen »Hier können Bürger ihr eigenes Programm machen und die dazu notwendigen Produktionsmittel ausleihen« gemeldet hatten, abschreckend. Bald war die Warteschlange sechs Monate lang (das ist sie im semiprofessionellen U-matic-Bereich ja auch heute noch).

Auf der einen Seite waren so rein technisch der Produktion von Sendezeit enge Grenzen gesetzt, auf der anderen Seite wurde in dieser Phase die Erweiterung der Sendezeiten, vor allem aber die evtl. Zuteilung von Vollkanälen, von der Ausnutzung der zur Verfügung stehenden Zeiten abhängig gemacht. Eine negative self fulfilling prophecy, solange man gleichzeitig an U-matic als einzig möglichem Sendeformat festhielt (alle eingereichten VHS-Kassetten mußten auf dem einen, sowieso schon völlig überlasteten, Schnittplatz vor der Sendung umkopiert werden).

Auch diese Rahmenbedingungen begünstigten ein quasi-Intendanten-Verhalten: Programmfüllung mit endlosen Wiederholungen oder mit selbst aquiriertem Material, um leere Sendezeiten und damit die sogar als Drohung im Raume stehende weitere Kürzung der Sendezeiten zu vermeiden.

Daß gleich zwei Frequenzen durch Kabelfernsehsenderpleiten schon wenige Monate nach dem Start des Kabelpilotprojektes frei wurden, war für den OK ein Glücksfall, denn das hat die unselige Koppelung an die Füllung von Sendezeit aufgehoben und ein Klima gedeihen lassen, das schon nach recht kurzer Zeit auch dazu geführt hat, daß viel mehr neue Beiträge zur Sendung gebracht wurden.

8. Über- und Untergrößen – oder: High Tec in Quetschenbroda

Die Devise »Erst mal klein anfangen lassen« war übrigens nicht in jeder Hinsicht ein *Sparprogramm.* Obwohl Erfahrungen über Folgekosten bei ausschließlicher Verwendung von U-matic-Technik im Fernsehbereich aus Ludwigshafen vorlagen, entschied man sich in der PK um der besseren Sendequalität willen auch in Berlin für den U-matic-Standard. Eine Technik-Arbeitsgruppe des Vereins Offener Kanal hatte demgegenüber schon sehr frühzeitig vorgeschlagen, VHS als Basisstandard zu wählen und U-matic als Nebenschiene für höhere Ansprüche mitlaufen zu lassen.

Komplementär zu der Großzügigkeit im technischen Standard (das gilt auch für die überdimensionierte Ausstattung des Hörfunkstudios) ist in fast allen anderen Fragen, die die Entwicklung des Offenen Kanals angehen, bis heute eine Zurückhaltung zu verspüren, die manchmal – ganz freundlich ausgedrückt – an unfreiwillige Komik grenzt.

Standardbeispiel ist die Beschränkung des Briefmarkenkontingents auf 150,– DM im Monat. Wer einmal mitbekommen hat, wie viele Instanzen allein aus diesem Grund beteiligt sein wollen, wenn einmal die inzwischen 600 Nutzer zu einer Versammlung eingeladen werden sollen, muß daran zweifeln, daß die Verantwortlichen in der PK an der kommunikativen Seite – ich möchte behaupten: der Hauptseite – des Offenen Kanals ausgeprägtes Interesse haben.

Auf der gleichen Linie liegt es, wenn es monatelang dauert, bis ein *Hinweisschild* am Gebäude angebracht wird, das den Weg zum recht versteckten Eingang des Offenen Kanals weist. Daß dies Hinweisschild dann ein Format von 2x8 cm hat, stimmt in dieser Hinsicht auch nicht zuversichtlich. Daß es keinen Werbeetat für den Offenen Kanal gibt, ist nicht nur bedauerlich, sondern schlimm.

Auch hier hat sich die Konstruktion mit den Trägervereinen negativ ausgewirkt. Werbung, so die PK, habe mit Inhalten zu tun und sei deswegen Aufgabe der Vereine. Sie, die PK, könne, weil sie zur Neutralität gegenüber den Vereinen verpflichtet sei, Initiativen nur ausnahmsweise unterstützen und nur dann, wenn sie von allen Vereinen gemeinsam getragen seien.

Nach dem Ausscheiden der Bürgergemeinschaft und der Verabschiedung der gemeinsamen Nutzungsordnung gab es hier eine Phase des Aufatmens. Es ist sicher kein Zufall, daß in diese Zeit von seiten der PK sowohl die Initiative zur Gründung eines Fördererkreises für den Offenen Kanal ergriffen wurde, als auch eine Werbebroschüre zusammen mit der Schulsenatorin Frau Laurien herausgegeben werden konnte. Seit der Zulassung eines weiteren Trägervereins, mit dem es (noch?) keinen gemeinsamen Grundkonsens gibt, sind solche Initiativen wieder eingeschlafen.

Nach High-Tec drängt der Bürger nur in seiner besonderen Erscheinungsform als ambitionierter Videomacher oder Tonkünstler. Die Vorliebe der PK für diese Bedürfnisse entspricht sicher auch einer in ihren Kreisen verbreiteten Vorstellung von einem Offenen Kanal, wie man ihn gerne hätte – einem Fernseh- und Radioprogramm, das sich mit dem professionellen vor allem in technischer Hinsicht messen kann. Da hat man auch seinen professionellen Stolz und einen Ruf zu verlieren.

Daß – auch das waren ja aus Ludwigshafen vorliegende Erfahrungen – durch eine hochqualitative Technik eher Leute angesprochen werden, die den Offenen Kanal als notwendiges Übel betrachten und seine Produktionsmittel im wesentlichen für Zwecke der privaten Promotion ausnutzen wollen, wird von den High-Tec-Befürwortern billigend in Kauf genommen.

Sie argumentieren als nur scheinbare Freunde des Offenen Kanals, wenn sie betonen, daß ein Anknüpfen an den durchs große Fernsehen geprägten Seherwartungen des Publikums die Akzeptanz des Offenen Kanals erhöhe – und unterschätzen damit nicht zuletzt das Publikum, das mehr und mehr von dem als eigenständige Angelegenheit empfundenen Offenen Kanal auch etwas anderes erwartet als die bemühte Kopie dessen, was in den anderen Kanälen läuft.

Diese unverständigen Freunde waren es auch, die in den ersten Monaten meinten, es sei für den Offenen Kanal positiv, im kommerziellen Mischkanal untergebracht zu sein, weil er sich damit in einem »attraktiven Umfeld« befinde. Groß war ein halbes Jahr später ihr Erstaunen, als sich in der ersten Akzeptanzuntersuchung herausstellte, daß der Offene Kanal im Durchschnitt doppelt so viele Zuschauer hatte wie der Mischkanal.

9. Mit beschränkter Haftung – oder: der Schwanz, der mit dem Hund wedelt

Hier tut sich nun die Frage auf, wieso überhaupt Meinungen und Haltungen der PK so wichtig für die Offenen Kanäle werden können, ist ihre Rolle doch nach dem Gesetz (§ 19) sehr eindeutig als die eines *ausführenden* Dienstleistungsbetriebes definiert. Die Praxis sah von Anfang an anders aus.

Das Vernunftargument, das hierfür angeführt wurde, war die auf jeweils sechs Monate beschränkte Zulassung der »Trägervereine«. Unsinnig schien es, wenn die Vereine mit ihrer kurzlebigen Lizenz z. B. die technischen Rahmenbedingungen bestimmen könnten; das solle man doch einer Instanz überlassen, die ebenso lange existieren werde wie das ganze Kabelpilotprojekt.

Ausdrücklich steht ja auch im Gesetz, daß die PK keinen Einfluß auf die Verteilung der Sendezeiten nehmen dürfe, was sie – unter den duldenden Augen des Kabelrates, der sich mit diesem Kleinkram nicht abgeben wollte – nicht hinderte, schon in der Vorbereitungsphase des Kabelpilotprojektes Sendepläne zu entwerfen, in der z. B. für den Offenen Kanal im Fernsehen außer zwei Abendterminen vorwiegend die ›attraktiven‹ Vormittagsstunden vorgesehen waren.

Soweit Entscheidungen im OK-Bereich finanzielle Auswirkungen haben – und wann haben sie das nicht? –, behält sich die PK das letzte Wort vor. Ihre Finanzplanungen sind für die Trägervereine, auch was den Offenen-Kanal-Bereich angeht, nicht zugänglich. Vollends absurd wird die ganze Trägerkonstruktion mit den Vereinen als Anbietern dann, wenn zu all diesem noch die Personalhoheit über die Angestellten im Offenen Kanal kommt. Auch das wird gewissermaßen jenseits des Gesetzes, das in § 26,6 eine andere Interpretation zumindest nahelegt, vor allem mit Praktikabilitätserwägungen begründet.

Zum einen könne man doch niemandem zumuten, nur für jeweils sechs Monate beschäftigt zu werden. Zum anderen könnten ja beliebig viele Vereine zugelassen werden – und die könnten dann ja nach dem Gleichbehandlungsgrundsatz dieselbe Ausstattung verlangen, die man den ersten Vereinen zugestanden habe. Deswegen fange man besser damit gar nicht erst an.

Jeder weiß, daß die Gestaltung einer Sache vorwiegend von den Personen abhängt, die sie hauptberuflich betreiben. Damit ist entscheidend wichtig, wer mit welchen Kriterien die Auswahl trifft, die Arbeitsaufträge gibt und Ansprechpartner bei Beschwerden ist.

In Wahrheit bestimmt also sehr weitgehend die PK über die Rahmenbedingungen für die Offenen Kanäle. Die Vereine – lt. Gesetzeskonstruktion die eigentlich Verantwortlichen – haben faktisch nicht mehr als eine Mitbestimmungsrolle; zum Teil erinnert diese, was Kompetenzen angeht, an Schülermitverwaltung. Daß die realen Entscheidungsstrukturen anders sind als die offiziell vorgegebenen, ist vor allem deswegen schädlich, weil es dadurch schwer wird, Verantwortlichkeiten an Personen und Strukturen festzumachen. Auch in dieser Hinsicht ist die PK eine Gesellschaft *mit beschränkter Haftung.*

Warum ist es denn so schlimm, wenn die PK diese Rolle spielt? – oder anders gesagt: warum hat der Gesetzgeber die Rolle der PK so eng an ihre untergeordnete Dienstleistungsfunktion gebunden?

Der erste gute Grund liegt in der wirtschaftlichen Hauptaufgabe dieser GmbH, das Kabelpilotprojekt ökonomisch durchzustehen. Die GmbH ist gehalten, als Wirtschaftsbetrieb zu handeln. Von daher ist sie kein besonders guter Schirmherr für so etwas wie den Offenen Kanal, wo eine Ausgabensteigerung (Investition) in so gut wie keinem Fall zu einer perspektivischen Erhöhung der Einnahmen führen wird. Eine GmbH als Wirtschaftsbetrieb muß sich so verhalten, wie es die PK tut: gegenhalten bei Forderungen z. B. des Kabelrates, für eine best. Ausstattung zu sorgen.

Der zweite gute Grund offenbart sich, wenn wir etwas genauer hinsehen und im Stammbaum dieser GmbH entdecken, daß sie eine 10prozentige Tochter des Landes Berlin ist. Der Kultursenator ist Vorsitzender des Aufsichtsrates, der auch sonst in keiner Weise staatsfern besetzt ist.

Je mehr diese Institution Einfluß auf die Rahmenbedingungen und die Entfaltungsmöglichkeiten von Anbietern bekäme, desto mehr wäre das Prinzip der Staatsferne des Rundfunks in Gefahr; und das ist immerhin ein Verfassungsgrundsatz.

Aber auch unterhalb der verfassungsrechtlichen Ebene kann es hier leicht zu Interessenkollisionen kommen. Dieselben Politiker, die im Aufsichtsrat der PK sitzen, haben z. B. kurz vor Beginn des Kabelpilotprojektes die Abgaben der privatkommerziellen Anbieter, aus denen vor allem die laufenden Kosten für die Offenen Kanäle finanziert werden sollten, drastisch gekürzt und damit sich somit selbst die Grenzen der finanziellen Möglichkeiten gesetzt, über die sie sich dann in ihrer Funktion als Aufsichtsrat bedauerlicherweise nicht hinwegsetzen können.

II. Lernprozesse

Das sieht ja nun wie ein düsteres Szenario aus – der Offene Kanal von Hindernissen umgeben. Doch da setzt nun ein Phänomen ein, das fast alle, die mit Offenen Kanälen intensiver zu tun hatten, schon begegnet ist: *Lernfähigkeit.* Der Offene Kanal hat seine eigene Logik, er führt die Beteiligten zu neuen Erfahrungen; nicht nur die Nutzer, sondern auch die Organisatoren und Verantwortlichen.

Wir haben bisher gesehen, mit welchen objektiv schwierigen und erschwerenden Strukturen es der Berliner Offene Kanal zu tun hatte. Sie wurden beschrieben, um es anderen zu ersparen, dieselben Hindernisse aufzurichten – und um in Berlin einen Prozeß voranzutreiben, der zu einer Veränderung der Rahmenbedingungen und des Gesetzes führen muß. Zum Teil wird damit auf einer formalen Ebene abgesichert werden, was sich in der Praxis schon an positiven Veränderungen entwickelt hat. Der Berliner Offene Kanal ist jetzt schon viel besser als seine Ausgangsbedingungen. Ich will einmal die wichtigsten Punkte kurz aufzählen, an denen Lernprozesse der verschiedenen Beteiligten festzumachen sind:

Die Berliner Bürgergemeinschaft

Hier hat es zwei Lernprozesse gegeben:
- der Verantwortliche, Herr J., hat erkannt, daß der Begriff Offener Kanal von ihm verlangt – wie widerwillig auch immer –, Leute zuzulassen, die nicht auf seiner Wellenlänge senden wollen,
- die Bürgergemeinschaft als Verein hat daraufhin begriffen, daß das dann wohl nicht ihr Ding sei und sich abrupt von der Trägerschaft zurückgezogen.

Der Verein Offener Kanal Berlin

- Ein Ergebnis von Lernprozessen war es, den Offenen Kanal über das Interesse am eigenen Verein zu stellen; d. h. sich nicht in die Schmollecke zu stellen, nachdem sich herausgestellt hatte, daß man nur eine untergeordnete Rolle in dem ganzen Spiel zugeteilt bekommen sollte. Der Verein hat beschlossen, die Nebenrolle aktiv zu gestalten.
- Ein weiterer Lernschritt war es, nicht alles, wie am Anfang noch, von der PK zu erwarten. Das hat zu dem Bemühen geführt, andere Förderungsmöglichkeiten zu erkunden; ABM-Anträge zu stellen; z. B. auch Finanzierungswege für Medienwerkstätten zu erschließen; immer wieder auf die Suche nach Bündnispartnern zu gehen.

- Der Verein hat gelernt, daß es nicht reicht, das gute Gewissen zu haben, daß man das Richtige will; man muß auch denjenigen, die zweifeln, helfen können, die Zweifel loszuwerden – in anderen Worten: Vertrauensarbeit machen. Schritte dazu waren: der Beschluß, daß Vorstandsmitglieder nicht im OK senden dürfen; Überwindung der politischen Verengung des im Vorstand vertretenen Spektrums.

Die Trägervereine MIG und Bürgerradio

Sie haben eingesehen, daß es sinnvoll ist, den Vereinspartikularismus zu überwinden, auch wenn das bedeutet, auf bestimmte Privilegien (wie eigene Sendezeiten und die Möglichkeit, sich als Verein zu profilieren und interessant zu machen) zu verzichten. Aus diesen Überlegungen heraus haben sie sich an der gemeinsamen Nutzungsordnung beteiligt.

Die Anstalt für Kabelkommunikation und der Kabelrat

- Sie haben frühzeitig die Forderung nach einem eigenen Studio für den Offenen Kanal durch Beschlüsse unterstützt und den Aufsichtsrat der PK immer wieder gedrängt, in dieser Hinsicht etwas zu unternehmen.
- Sie haben ihre Position verändert, daß Vollkanäle nur dann zur Verfügung gestellt würden, wenn die Sendezeiten auf dem Mischkanal voll ausgelastet würden.
- Sie haben eingesehen, daß es mit einer sehr liberal aufgefaßten Rechtsaufsicht nicht sein Bewenden haben dürfe und haben deshalb über die Kompetenzen hinaus, die sie sich ursprünglich zugestanden hatten, in das OK-Geschehen durch den Erlaß von Rahmenrichtlinien für Nutzungsordnungen eingegriffen, mit denen verhindert werden sollte, daß durch eine Vielzahl unterschiedlicher Zugangsregelungen Chancengleichheit im Offenen Kanal unmöglich gemacht würde.
- Sie haben bis heute darauf verzichtet, die Gebühren zu erheben, die in den Ausführungsbestimmungen zum Kabelpilotprojektgesetz für die »Anbieter von Offenen Kanälen« unsinnigerweise festgesetzt sind.

Die Projektgesellschaft für Kabelkommunikation (PK)

- Im technischen Bereich hat man immer wieder Bereitschaft gezeigt, Grenzen, die man selber vorher für unverrückbar erklärt hat, dann doch zu überspringen (z. B. Sendefähigkeit von Amateurformaten); es gibt eine wachsende Bereitschaft, andere als high-tec-Standards zumindest für möglich zu halten; zuweilen zeigt sich auch eine dem Geist des OK angemessene Spielfreude und Lust, für unmöglich Gehaltenes als Herausforderung anzupacken, deren Bewältigen Spaß macht.
- Auf der Ebene der Geschäftsführung hat man angefangen, den Offenen Kanal positiv nach außen zu vertreten und das eigene Prestige mit für diese Sache in die Waagschale zu werfen.
- Auch in der Mannschaft des professionellen Studios entwickelt sich langsam aus der Zusammenarbeit mit sehr unterschiedlichen Nutzern ein Gefühl für die

besonderen Qualitäten dessen, was hier produziert wird. Es wird nicht mehr nur an dem mit einer positiven Grundhaltung gearbeitet, was glatt in das eigene professionelle Vorverständnis paßt.

Die Lernprozesse der PK verlaufen sehr sprunghaft. Sie entstehen weniger im Tagesgeschehen als aus Anlaß besonderer Ereignisse, in die von allen Seiten eine besondere Energie gesteckt wird; insofern könnte man von einer gewissen Kampagnenabhängigkeit in diesem Punkt reden. In den Kampagnen wird mehr von dem deutlich, was sein könnte, insofern treiben sie Prozesse voran. Auf der anderen Seite sind sie natürlich auch immer problematisch, weil sie die Illusion erwecken können, es ginge auch ohne kontinuierliche Aufbauarbeit. Diese kann aber durch spektakuläre Aktionen nicht ersetzt werden.

Der Kultursenator Volker Hassemer hat vor allem Standfestigkeit bewiesen gegenüber Mitgliedern seiner eigenen Partei, die enttäuscht sind über die Entwicklung im OK, in der sie als neuer Trägerverein nicht solche Selbstverwirklichungsrechte eingeräumt bekommen wie sie die Berliner Bürgergemeinschaft e. V. in der Frühphase einmal gehabt hatte. In seinen Antworten stimmte Hassemer der Entwicklung, die die OK-Bedingungen genommen haben, zu und weist von egoistischen Interessen bestimmte Interventionen zurück.

III. Öffentliches und privates Recht

Es wäre ein Mißverständnis anzunehmen, daß »(...) die privatrechtlich organisierten und nach kommerziellen Gesichtspunkten ausgerichteten Neuen Medien eine Forderung (erfüllten), die bisher – nur zaghaft – auch an die öffentlich-rechtlichen Systeme gestellt wurde, nämlich die selbstbestimmte, selbstverantwortete und unmittelbare Teilhabe an massenmedialer Kommunikation«[1]. Denn damit würde den privatrechtlich organisierten Medien zuviel Ehre angetan. Nicht nur, daß es erst einen einzigen Offenen Kanal gibt, für den eine privatrechtliche Trägerkonstruktion gewählt wurde, nämlich den in Berlin. Es ist sicherlich nicht das Verdienst der privatrechtlichen Sender, daß es Offene Kanäle gibt, sondern das der jeweiligen Landesgesetzgeber, die damit der Öffentlichkeit, die aus den privatrechtlich organisierten kommerziellen Bereichen der neuen Medienlandschaft ja eher herausgedrängt wird, einen Sektor ließen, der ihr in neuer Weise zur Verfügung steht.

Mir ist bekannt, daß es tatsächlich zwei Herleitungen des Offenen Kanals gibt – eine, die ihn als auf die Spitze getriebenen Privatfunk sieht, weil jeder Zugangsberechtigte in seinen Sendungen nur seinen privaten Interessen und keinerlei öffentlichem Auftrag verpflichtet ist – daneben gibt es auch die zweite Position, die in ihm die höchste Form der Übereignung an die Öffentlichkeit, also des öffentlich-rechtlichen Prinzips sieht.

Für die Frage, welche Rechtsform für die Trägerschaft angemessen ist, ist dieser

---

1 Aus: U. Kamp (Hrsg.), Der Offene Kanal. Erfahrungen und Perspektiven, (Schriftenreihe der Bundeszentrale für politische Bildung, Bd. 240), Bonn 1986, Vorwort des Direktoriums, S. 7.

Streit der Philosophien allerdings relativ irrelevant, weil auch die Verwirklichung der privatesten Rechte zuweilen der öffentlich-rechtlich konstruierten Absicherung bedarf. Für Nichtjuristen ist es sicher etwas schwierig, in diese Materie einzusteigen. Ich will es trotzdem einmal versuchen – mit dem Vorbehalt allerdings, daß ich als Nichtjurist hier durchaus Begriffe einmal falsch benutzen könnte. Ich bitte also gegebenenfalls um Nachsicht und korrigierende Klarstellung.

Wir sind als Verein Offener Kanal Berlin auf die Problematik zum erstenmal gestoßen, als wir im Sommer 1985 in der Zeitung Anzeigen der PK sahen, in denen die *Medienassistentenstellen* für den Offenen Kanal, also die Angestelltenpositionen, ausgeschrieben worden waren – und wir der Meinung waren, daß es – aus den Gründen, die oben geschildert wurden – nach dem Kabelpilotprojektgesetz nicht Aufgabe der PK sein könne, die Mittel zu verbrauchen, die nach unserer Gesetzesinterpretation den Trägervereinen zur Verfügung gestellt werden müßten.

Als wir diese Frage einer juristischen – gerichtlichen – Prüfung zuführen wollten, wurden wir von mehreren Juristen mit ganz unterschiedlichen Auskünften über den einzuschlagenden Rechtsweg beraten. Sollten wir vor das Verwaltungsgericht gehen, weil es sich um eine öffentlich-rechtliche Streitigkeit handelte, oder vor das Landgericht, weil die PK Berlin trotz ihrer Eigenschaft als landeseigene Gesellschaft als GmbH ja privatrechtlich organisiert ist?

Nachdem man sich am Verwaltungsgericht mit dieser Begründung für unzuständig erklärt hatte, wurde uns schließlich vom Landgericht klargemacht, daß wir solange keine privatrechtlichen Ansprüche gegen die PK geltend machen könnten, wie sie nicht gegen mit uns eingegangene vertragliche Verpflichtungen oder ausdrücklich uns begünstigende Anweisungen der Anstalt für Kabelkommunikation verstieße.

In anderen Worten: als privatrechtliche Organisation hat die PK volle Handlungs- und Vertragsfreiheit wie jede andere Formation mit dieser Rechtsform; eingeschränkt wird diese Freiheit nur durch direkte Aufsichtsmaßnahmen der öffentlich-rechtlichen Anstalt für Kabelkommunikation.

Ähnlich ist die Situation der ebenfalls privatrechtlich verfaßten Vereine. Obwohl ihre Aufgabe darin besteht, ein öffentliches Nutzungsrecht der Offenen Kanäle abzusichern, werden ihre Handlungen so bewertet und von Verpflichtungen freigestellt, als könnten sie sich – privatrechtlich – wie eine Privatfirma nach Lust und Laune benehmen. Ihre Grenze läge nur in der – wiederum öffentlich-rechtlich genehmigten – Nutzungsordnung.

Ein Nutzer, der gegen Entscheidungen der Vereine Rechtsschutz suchte, hätte es wohl noch schwerer als wir damals. Hier gibt es eine breite Grauzone für (private) Willkürentscheidungen. Die drei Vereine, die die gemeinsame Nutzungsordnung haben, haben ihre Entscheidungsfreiheit zwar freiwillig stark eingeschränkt (z. B. bei der Bestimmung über Ausnahmeregelungen), aber das ist mit der Vereins-Trägerkonstruktion nicht zwingend verbunden.

Wenn man davon ausgeht, daß Offene Kanäle zur Benutzung durch jedermann und jede Frau gedacht sind – und wenn diese allgemeine Zugänglichkeit und ihre gerechte Regelung in einer Nutzungsordnung ihre Wesenselemente sind, müssen sie als *öffentliche Einrichtungen* unter *öffentliches Recht* fallen wie öffentliche Straßen und Wege, wie Flüsse, Bäche, Seen und Wasserkanäle, wie Sportanlagen und Schwimmbäder, wie Schulen, Hochschulen, Gerichte und Kirchen. Die nächstliegende Lösung, um das sicherzustellen, wäre, das Gesetz in dem Sinne zu ändern, daß es eine öffentlich-rechtliche Konstruktion für die Trägerschaft festschreibt.

Als Minimallösung wäre eine sehr viel engere Einbeziehung z. B. der öffentlich-rechtlichen Aufsichtsbehörde (Kabelanstalt) in die alltäglichen Entscheidungsprozesse im Offenen Kanal zu fordern, damit dem Gesichtspunkt öffentlichen Rechtes mehr Geltung verschafft wird und ggfs. auch leichter der richtige Klageweg offensteht.

Die Offenheit der Offenen Kanäle ist ein zu wichtiges öffentliches Gut, als daß sie bei liberaler Aufsichtsführung privatrechtlich motiviertem Ermessensspielraum zu sehr überlassen bleiben sollte. D. h., für die künftig neu zu bestimmende Trägerschaft kommen weder die PK noch die Vereine in Frage.

In der Experimentalphase, wo sie schnell, unbürokratisch und flexibel reagieren konnten, haben die Vereine eine positive Funktion gehabt. Für eine Dauerlösung sind sie nicht geeignet. Sie haben ihre Schuldigkeit getan und können – wenigstens als »Träger« – gehen. Das muß und wird sie nicht daran hindern, sich als Förderer neue – vielleicht dankbarere – Aufgaben zu suchen.

3. Politische Theorie – drei Leitfragen zum Offenen Kanal[1]

HEINRICH OBERREUTER, Universität Passau

Den demokratischen Wert des Offenen Kanals möchte ich mit drei Fragen erschließen, bevor ich zu einem knappen systematischen Fazit komme.

1. Was macht den Offenen Kanal so faszinierend?

Faszinierend ist er, weil er dem Sinn, den Kommunikation seit jeher hatte, nahekommt: der Suche nach dem Partner für ein Gespräch, das durch den Rollentausch von Kommunikator und Rezipient charakterisiert ist.

In früheren Zeiten und ursprünglich fand Kommunikation in direktem Kontakt statt, sehr frühzeitig aber auch schon indirekt und durch Medien vermittelt über Distanz. Seitdem es Medien gibt, waren sie stets Hilfsmittel zu dem Zweck, räumliche Distanz zwischen Partnern zu überbrücken. Deswegen sind sie überhaupt erfunden worden.

Genau in diesem Sinne ließe sich der Offene Kanal als Instrument nutzen: als ein Versuch, nicht nur den Rollentausch, sondern auch das Gespräch zwischen Partnern in der Gesellschaft neu zu beleben. Idealtypisch betrachtet verschwindet in dieser potentiellen Beziehung der Redakteur als Kommunikator. Seine Aussagen und Meinungen sind nicht mehr gefragt. Wir brauchen ihn im Offenen Kanal nicht mehr als Gehilfen bei dem Versuch, Gesprächsbeziehungen zustande zu bringen. Jemand möchte etwas mitteilen, er erhofft sich Antwort von seinesgleichen und von gleich Betroffenen; jemand nimmt Anstoß und möchte ein Gespräch über den Gegenstand seiner Kritik zustande bringen: Die Schwelle zur Öffentlichkeit überschreiten kann dieser Jemand heute nur, wenn professionelle Kommunikatoren ihm ihr Ohr leihen und wenn sie, vielleicht allzu mühsam, davon zu überzeugen sind, daß Jemands Interessen mitteilenswerte, vielleicht sogar allgemeine Interessen sind. Den Zugang zur Öffentlichkeit verstellt heute ein Apparat, der von einem Personal bedient und bewacht wird, das berufsspezifische Interessen und Ansichten und durchaus auch eigene Intentionen besitzt.

Der Offene Kanal schlägt nun eine Bresche in dieses Gestrüpp der Intention und Interessen der Kommunikationsprofis. Er ist ein Instrument für die kleinen Räume, die wir in ihrer gesellschaftlichen Bedeutung derzeit gerade wieder neu entdecken; für kleine Räume, in denen Distanz zwar vorhanden ist, in denen diese Distanz aber durch die Gemeinsamkeit der Themen und Problemstellungen überbrückbar erscheint und ganz offensichtlich, wie alle Erfahrung lehrt, auch überbrückt werden will. Bedarf es dazu des Mediums? Offensichtlich; denn es gibt eine keineswegs

---

[1] Aktualisierte Fassung aus U. Kamp (Hrsg.), Der Offene Kanal. Erfahrungen und Perspektiven, Bonn 1986, S. 61 ff. (Schriftenreihe der Bundeszentrale für politische Bildung, Band 240).

schichtenspezifisch begründete soziale Distanziertheit, eine Hemmschwelle, sich öffentlich mitzuteilen. Anscheinend ist es eine List des Objekts, daß die mediale Verfremdung solcher Mitteilungen im Nahraum und in den kleinen Kreisen einen Restbestand an Indirektheit und damit zugleich auch eine gewisse kommunikative Intimsphäre wahrt, welche das Individuum zwar nicht grundsätzlich verschließen will, die es aber auch nicht a priori grundsätzlich und spontan zu öffnen gedenkt. Mag es also mit Hilfe des Mediums eine schamhafte Hinwendung zur Öffentlichkeit sein, so ist es eben doch eine Hinwendung, die im Regelfalle, wie viele Beispiele lehren, direkte Kommunikation dann doch zustande bringt. Aus den Erfahrungen der Produzenten im hiesigen Raum ist dieses Thema hier offensichtlich ja schon angesprochen worden: daß durch den Umgang mit dem Medium direkte Kommunikation und gemeinsame Kooperation entsteht und daß dann auch im Bekannten- und Nachbarschaftskreis über die gesendeten Beiträge gesprochen wird. Durch den Einsatz des Mediums entsteht direkte Kommunikation. Da wir dem Menschen aus dem Übermaß rezeptiven Kommunikationsverhaltens heraushelfen wollen und nicht wünschen, daß er die Medien benutzt, um in Gesellschaft zu verstummen – wieso sollten wir dann eigentlich den Versuch mit dem Offenen Kanal nicht konsequent wagen – konsequenter wagen, als dies in der Bundesrepublik im Augenblick im allgemeinen der Fall zu sein scheint? Seine grundsätzliche Anerkennung hat der Offene Kanal mit der Aufnahme in den exklusiven Katalog der besonderen Aufgaben, deren Finanzierung der Rundfunkstaatsvertrag aus einem Teil der Rundfunkgebühr zuläßt, immerhin schon gefunden.

2. Was macht den Offenen Kanal so umstritten?

Eine polemische Antwort auf diese zweite Frage lautet: Umstritten machen den Offenen Kanal genau seine Möglichkeiten. Sehen wir zunächst auf die Politiker: Ihnen, gerade den Lokalgrößen, erwächst ein neues, ein von ihnen nicht beherrschbares und nicht steuerbares Korrektiv, ein unkontrollierbares demokratisches Kontrollinstrument mit unbequemer Unmittelbarkeit. Sodann die öffenlich-rechtlichen Rundfunkanstalten: Sie – in dieser Hinsicht aus naheliegenden Gründen ohnehin alles verschlingenden Molochen gleichend – entdecken den Rundfunkbegriff. Alles, was Kommunikation mit einer allgemeineren Öffentlichkeit begehrend den Kopf erhebt, soll sich nach diesem Verständnis seinen Kopf am alles überwölbenden Dach der Anstalten sogleich wieder anstoßen. Man macht sich – wo kämen wir schließlich hin, wenn der Bürger selbständig werden würde – auf den Weg, den Offenen Kanal mit Rechtsfragen und Ausgewogenheitsproblemen wieder zuzustopfen. Die Medienschaffenden selbst können sich schwer vorstellen, daß es immer noch Leute gibt, deren Kommunikationsbedürfnisse sie nicht ordnungsgemäß verwalten. Ebensowenig können sie sich vorstellen, daß »Jedermann« etwas anderes produzieren könnte als unprofessionellen Quatsch. In dieser Perspektive ist der Offene Kanal ein sujet für Kantinenwitze.

Aber steckt hinter solchen Einstellungen nicht eine gehörige Portion Furcht? Furcht, eine Monopolstellung zu verlieren, Furcht, daß Kommunikationsströme sich auf einmal verselbständigen, andere Wege einschlagen als jene, welche von den

Schleusenwärtern der Kommunikation vorgesehen sind? In der Geschichte hat eigentlich noch nie jemand seiner eigenen Teilentmachtung freudig zugejubelt. Wer hätte so etwas je gesehen? Macht im Kommunikationsprozeß beruht aber stets auf kritikbedürftigen Prämissen. Eine demokratische Kommunikationsordnung hebt an sich schon auf Ermächtigung ab. Sie beruht auf Übermacht – und Übermächtigungsverboten, und sie beruht ganz entschieden auf den Rechten des Individuums.

Erwähnen wir als weitere Position schließlich noch jene der kommunikationspolitischen Volkserzieher, denen der Offene Kanal als trojanisches Pferd gilt, dem, läßt man es in die Stadttore, mächtige Kabeltrommeln entrollen, dazu bestimmt, den Bürger zu verdummen, passiv und von seinen »wahren« Bedürfnissen fernzuhalten. Interessant erscheint mir, daß all diese Einwände, die wir aus der Diskussion seit langem kennen, sich auf die Sache, auf das Instrument selbst nicht einlassen, daß sie sogar an Berührungsängsten gegenüber diesem Instrument zu leiden scheinen.

3. Was macht den Offenen Kanal so unvermeidlich?

Unsere dritte Frage berührt den Kern des Themas. Eine klare erste Antwort lautet: Unvermeidlich machen den Offenen Kanal erneut die ihm innewohnenden Möglichkeiten und Chancen, noch mehr aber – darüber hinausgehend – die verfassungspolitische Ausgangslage. Alle Medien sind nur Hilfsmittel sozialer Kommunikation. Kommunikation selbst ist bekanntlich ein personales Grundbedürfnis. Der einzelne integriert sich durch Kommunikation in die Gesellschaft, und die Gesellschaft selbst integriert sich durch nichts anderes als durch Kommunikation. Kommunikation ist – so sagt es der Vater der Kybernetik, Norbert Wiener – der Kitt der Organisation. Und: Kommunikation ist ein individuelles Freiheitsrecht. Genutzt werden muß von daher jede Möglichkeit, die der Sinnverwirklichung menschlicher Kommunikation am besten dient. Formen und Inhalte ihrer Kommunikation bestimmen in einem freien Gemeinwesen die Bürger selbst – nicht der Staat, nicht die Journalisten und auch nicht die Kommunikationspolitiker mit vielleicht erzieherischem Impetus. Im Gegenteil: Argumente der Professionalität, des Geschmacks, der Inhalte und der Intentionen – solche Argumente sind sämtlich nicht entscheidend, sie sind sogar illegitim. Es geht um die Selbstverwirklichung des Individuums nach seinen eigenen Bedürfnissen und Vorstellungen, mögen andere diese Bedürfnisse und Vorstellungen auch für noch so falsch halten.

Nach unserem Grundrechtsverständnis darf der Staat Freiheitsrechte nicht beschränken. Er muß aber auch eingreifen, um sie in der je konkretisierbaren besten Weise zu verwirklichen.

So sind die kommunikationspolitischen Spielräume wahrscheinlich beschränkter, als dies im allgemeinen gesehen wird. Im Klartext: Ich glaube, daß die verfassungspolitische Ausgangsposition Zwänge enthält, realisierbare Möglichkeiten auch zu nutzen – z. B. die des Offenen Kanals. In einem Bereich, der, wie Karlsruhe sagt, schlechthin konstituierend für eine freiheitliche Ordnung ist, steht es dem Staat nicht frei, nach Belieben zu tun oder zu unterlassen oder gar zu unterbinden. Das sollte man all denen ins Stammbuch schreiben dürfen, die im Augenblick Gesetze zur Veränderung, Entwicklung und Erprobung neuer Medienmöglichkeiten vorlegen und verabschieden, in denen der Offene Kanal nicht vorkommt.

Der Offene Kanal ist kein plebiszitäres Experiment, wie manche in Berührungsängsten glauben. Er ist vielmehr ein kommunikatives Instrument. Genauer: Der Offene Kanal ist nicht mehr und nicht weniger plebiszitär als jede andere Form öffentlicher Kommunikation. Von dieser öffentlichen Kommunikation lebt Demokratie nicht nur ein bißchen, sondern ganz. Demokratie gewährt Kommunikation nicht, sondern Demokratie hat Kommunikation zur Voraussetzung. Und wer glaubt, Bürgerrechte häppchenweise zuteilen zu können, wo ein Buffet zur Auswahl steht, der macht sich eigentlich zum Herren über sie in wahrhaft spätabsolutistischer Attitüde.

Das Bedürfnis nach Kommunikation ist offensichtlich im Bereich unmittelbarer Umwelterfahrung am intensivsten. Insgesamt zeigen die in- und ausländischen Erfahrungen doch, wie mobilisierbar dieses Bedürfnis ist. Nun sind die technischen Möglichkeiten zur Realisierung dieses Bedürfnisses vorhanden. Daher, so meine ich, besteht wohl die grundsätzliche Pflicht zu kommunikationspolitischen Entscheidungen, welche die Nutzung solcher Techniken für die Entfaltung individueller Freiheitsrechte auch ermöglichen. Die Verfassungsrichter haben dies im übrigen stets so gesehen; denn im Rahmen ihrer Urteile, die im Grunde ja auf die gerechte Verwaltung eines festgestellten Mangels hinausliefen, der heute nicht mehr besteht, hatten sie die Forderung stets wörtlich gemeint, daß die gesellschaftlich relevanten Gruppen zu Wort kommen sollten. Der Staat hat kaum eine andere Wahl. Er ist von Verfassungs wegen verpflichtet, alles ihm Mögliche zu tun, um die Möglichkeiten der Bürger zu erweitern und zu erleichtern, miteinander ins Gespräch zu kommen. Diese verfassungspolitische Position muß man ins Gespräch bringen, man muß sie im Gespräch halten. Die Ministerpräsidenten haben augenscheinlich die Notwendigkeit des Offenen Kanals erkannt, sie haben seine Förderungswürdigkeit im Rundfunkstaatsvertrag festgeschrieben. Die Umsetzung ist in den Landesmediengesetzen aber nur teilweise erfolgt. Daher muß man immer wieder auf die verfassungspolitischen Aspekte hinweisen, wenn ein Landesmediengesetz, das den Offenen Kanal bisher nicht berücksichtigt, zur Novellierung ansteht.

Übrigens wird die Bastion der gesellschaftlich Relevanten durch diese Argumentation nicht geschleift. Aber es entsteht ein Freiraum für nur anscheinend nicht Relevantes, das für Gesellschaft und Gespräch wichtiger zu sein vermag als mancher pluralistische Gruppenkampf. Die »Relevanten« können gelegentlich bei der Wahrnehmung mancher Bürgerinteressen ebenso Laien sein wie auch die Journalisten. Manchmal sind eben die betroffenen Bürger selbst die Profis. In Wirklichkeit brauchen wir einen Perspektivenwechsel. Das Problem steht zur Lösung an, nicht aus der Sicht des Staates, nicht aus der Sicht des organisierten Pluralismus und auch nicht aus der Sicht der Medienprofis. Gerade in dieser Frage sollten alle Diener des Bürgers sein. Von daher sind die notwendigen politischen Entscheidungen und rechtlichen Regelungen zu bedenken. Ihre Details folgen aus der verfassungspolitischen Grundentscheidung. Das kommunikationsrechtlich Bestehende darf das im Rahmen der Grundrechtsverwirklichung Bessere und Mögliche keineswegs behindern.

4. Fazit

Damit bin ich bei dem Versuch, ein generalisierendes, vielleicht auch ebenso theoriebezogenes wie praxisnahes Fazit zu ziehen. Ich erinnere an den Ausgangspunkt: Der Offene Kanal ist als ein Instrument der einzelnen und Gruppen zu begreifen, als ein Instrument, mit Inhalten beliebig zu füllen, als ein Forum, das allen ohne Ausnahme offen steht, ohne Berücksichtigung ihrer Intentionen, ihrer Herkunft und ihrer Aussage.

Ich möchte daran erinnern und um Verständnis dafür werben, daß man das Grundgesetz auch hier richtig interpretieren muß. Die richtige Interpretation des Grundgesetzes läuft darauf hinaus, daß die Kommunikationsordnung sozusagen noch ein Stück freier und noch ein Stück liberaler sein und gehandhabt werden muß als die politische Ordnung, also die Ordnung des auf allgemein verbindliche Entscheidungen zentrierten politischen Systems. In einem freien Kommunikationssystem muß es viel mehr Entfaltungsfreiheit geben, selbst für extreme Positionen. Die Möglichkeit, Grundrechte zu verwirken, greift nach dem Verständnis des Grundgesetzes erst sehr viel später ein als bereits in der Kommunikationsordnung. In der freien Kommunikation dürfen radikale Positionen durchaus geäußert werden, und die Möglichkeiten, in diesem Bereich Grundrechte zu entziehen und zu verwirken, sind äußerst gering. Die allgemeine Diskussion begeht den Fehler, die Sanktionen und Schranken vorzuverlagern und gleichsam die im Beamtenrecht für meine Begriffe durchaus sinnvollen Bestimmungen über die Verfassungstreue zu Voraussetzungen für den Zutritt zur öffentlichen Kommunikation zu machen. Wir betreten hier ein diffiziles Feld, und ich möchte keineswegs in den Verdacht geraten, ein Vertreter extremistischer oder verfassungsfeindlicher Positionen zu sein. Aber gemäß unserer Verfassung möchte ich mich dafür einsetzen können, daß in der öffentlichen politischen Kommunikation sehr viel weiterreichende Positionen geäußert werden dürfen und daß die Sanktionsdrohung nicht bereits an der Schwelle zu ihr errichtet wird. Ich werbe dafür, den Offenen Kanal in diesem Sinne nicht durch ein Übermaß an Extremismusfurcht frühzeitig zuzustopfen und ihn als das zu begreifen, was John Stuart Mill einmal als den »free marketplace of communication« bezeichnet hat.

Weiter: Als kommunikationstheoretischer Hintergrund war die Annahme eingeführt worden, daß dieses Instrument eine Chance bietet, der Idealsituation von Kommunikation, dem Gespräch zwischen Partnern, näherzukommen. Natürlich wird der indirekte und mediale Charakter der Kommunikation nicht überwunden. Aber durch die Verlagerung in den kleinen und lebensnahen Raum vermindert sich die Entfremdung der Vermittlungssituation. Der einzelne erkennt sich selbst in zahlreichen Lebensbezügen wieder. Direkte Kommunikation wird dadurch stimuliert und ganz offensichtlich auch die Bereitschaft, sich mit eigenen Beiträgen hervorzuwagen. Ein Problem wird nicht nur sein, wie sich vermeiden läßt, daß sich vor den Offenen Kanal Erwägungen wie jene schieben, die ich gerade diffizil und differenziert anzudeuten versuchte; ein Problem wird vielmehr auch sein, wie sich vermeiden läßt, daß sich vor den Offenen Kanal neue semiprofessionelle Selektionsfilter mit eigenen Intentionen schieben. Anders herum ausgedrückt: Der Bürger, der dieses Instrument nutzen will, braucht Hilfe und Anleitung – und er sollte sie haben. Aber aus dieser unvermeidlichen Hilfe darf nicht neue Bevormundung entstehen. Man braucht über den Offenen Kanal nicht eine Sekunde länger zu diskutieren, wenn er in Gefahr geraten sollte, ein Instrument zur Selbstverwirklichung alternativer Eliten statt ein Instrument zur Selbstverwirklichung aller Bürger zu werden. Sein Reiz und seine Funktion liegen in seiner Neutralität; darin, daß er, wie es ein eidgenössischer Projektleiter einmal formuliert hat, »ein verdammt neutrales« Instrument ist, liegen auch seine Begründungen und Verteidigungen.

Positionelle Unterschiede gegenüber dem eben aufgeworfenen Problem hängen offensichtlich mit verschiedenen Sichtweisen des Menschen im Kommunikationsprozeß zusammen. Mit riskantem Mut zur Verkürzung läßt sich zwischen einem liberaldemokratischen und einem emanzipatorischen Ansatz unterscheiden. Der eine unterstellt, die Menschen seien hinlänglich emanzipiert, um am Kommunikationsprozeß teilzunehmen: da mögen idealistische Grundannahmen mitschwingen, da mag auch die Realität ein wenig zu kurz kommen. Der andere Ansatz geht von der Notwendigkeit aus, das Individuum erst kommunikationsfähig zu machen, durch »Nachbegabung«, durch Kommunikationshilfe auch inhaltlicher Art, die sich auch erstreckt auf die Benennung von Bedürfnissen und von Bewußtseinsinhalten: da aber wird das vielleicht unzulängliche Individuum unter dem Stichwort Emanzipation in Wahrheit entmündigt. In diesem Spannungsfeld steht auch die Rollendefinition des Kommunikationshelfers, ohne den wohl kein Projekt auskommen wird. Hier liegt im Grunde auch die offene Flanke des Offenen Kanals und die potentielle Gefahr seiner Zerstörung von innen her.

Man kann nämlich die Rolle des Kommunikationshelfers dominant definieren und dominant gestalten: dominant hinsichtlich der Bedürfnisse und Bewußtseinsinhalte, hinsichtlich der Vermittlungsintentionen politischer und sozialer Ebenen, hinsichtlich der Interpretation sozialer Verhältnisse oder auch politischer Zusammenhänge. Man kann dieser dominierenden Definition entschieden aber auch eine dienende gegenüberstellen. Dienend an der Kommunikation, für die ein Instrument bereitgehalten wird, dienend an den Menschen und ihren Bedürfnissen, so, wie sie sind und sich artikulieren – und mögen einem Kommunikationshelfer diese Bedürfnisse noch so falsch und unsinnig erscheinen.

Neben übermächtigen Kommunikationshelfern kann aber auch eine überwältigende Struktur, eine künstlich und kunstvoll aufgebaute Bürokratie den Bürger verschrecken und Kommunikation verhindern. Die durch den Rundfunkstaatsvertrag gesicherte materielle Basis des Offenen Kanals darf nicht einen Wildwuchs an Planstellenhierarchien und Haushaltsansätzen mit den damit unvermeidlich verbundenen Formularbergen zeitigen. Der Bürger muß die Möglichkeit bekommen, seinen Kommunikationshelfer ohne lange behördliche Irrwege anzusprechen. Von jenem hat er dann behutsame Anleitung und Hilfe zu erwarten. Zu plädieren ist also für eine anwaltschaftliche Rolle ohne inhaltliche Anmaßung. Gemeint ist eine Anwaltschaft, die Menschen und Gespräche zueinander führen will.

4. Politische Kultur: Bürgermedien in der Kommune – Offene Kanäle als Faktor urbaner Kultur[1]

Dieter Weirich, MdB, Vorsitzender des Bundesfachausschusses Medienpolitik der CDU[2]

»Der Rundfunk wäre der denkbar großartigste Kommunikationsapparat des öffentlichen Lebens, ein ungeheures Kanalsystem, das heißt, er wäre es, wenn er es verstünde, nicht nur auszusenden, sondern auch zu empfangen, also den Zuhörer nicht nur hören, sondern auch sprechen zu machen und ihn nicht zu isolieren, sondern ihn in Beziehung zu setzen.« – Dieses Bekenntnis stammt von Bertolt Brecht; er hat es bereits 1932 in seiner Radiotheorie (Der Rundfunk als Kommunikationsapparat – Rede über die Funktion des Rundfunks) abgelegt. Seitdem ist der »Jedermann-Rundfunk«, der Traum vom »sendenden« Zuschauer bzw. Zuhörer, eine Vision der Medienpolitik geblieben. Und wenn ich hier von »Vision« spreche, dann merken Sie bereits, daß der Rundfunk, daß Radio und Fernsehen, heute immer noch vorrangig »Einbahnstraßen-Medien« geblieben sind. – Eine Beurteilung, die Hörerumfragen und »Wunschfilm«-Aktionen beim besten Willen nur am Rande zu korrigieren vermögen. Und trotz erheblicher Fortschritte – in der Breitband-Kabeltechnik wie beim Satelliten-Rundfunk – steht eine praktikable und finanzierbare Lösung für »interaktiven Rundfunk«, bei dem sich der bisherige Zuhörer/Zuseher über einen »Rückkanal« desselben Mediums in das Sendegeschehen einschalten und sich an ihm beteiligen kann, aus. Telefonspiele und der »TED« des Fernsehens, wie auch die telefonische Hörerrückkopplung beim Radio, sind – bislang jedenfalls – technisch unbefriedigend und noch keine gleichgewichtige Beteiligung. Letztlich wird im Funkhaus Regie geführt, werden Hörerstimmen ein- und ausgeblendet, behalten die Profis des Mediums das Heft in der Hand.

Sicher beinhaltet das Experiment, dieses Heft den Rundfunkprofis – zumindest in einem genau abgegrenzten Bereich – aus der Hand zu nehmen, ein erhebliches Risiko. Ausgewogenheits- und Qualitätsanforderungen, Bildungs-, Kultur- und Informationserwartungen, wie sie gegenüber den öffentlich-rechtlichen Rundfunkanstalten bestehen, können in einem »elektronischen Hydepark« nicht verlangt werden. Um es ganz deutlich zu sagen: Auch wenn es Privatleute sind, die sich bemühen, »Bürgerrundfunk« zu gestalten, dürfen ihnen nicht die aufwendigen Zulassungsprozeduren und schon gar nicht die formalen, qualitativen sowie finanziellen Vorausset-

1 »Bürgermedien in der Kommune – Symposion über Offene Kanäle als Faktor urbaner Kultur«, veranstaltet von der Werkstatt Offener Kanal Nordrhein-Westfalen in Zusammenarbeit mit dem Sekretariat für gemeinsame Kulturarbeit Nordrhein-Westfalen und der Expertengruppe Offener Kanal (EOK) im Rahmen von Kultur 90 am 10./11. Oktober 1988 in Essen.

2 Dieter Weirich wurde am 4. 10. 1989 zum Intendanten der Deutschen Welle gewählt. Mit Amtsantritt werden die politischen Ämter abgegeben.

zungen abverlangt werden, die den gewinnorientierten Veranstaltern privaten Rundfunks zugemutet werden. Zweifelsohne ist das ein Risiko, denn es wird ein Ausnahmetatbestand in einer hochgezüchteten Rundfunklandschaft geschaffen, der nicht auf Spitzenqualität zielt, sondern »ganz unten« ansetzen soll. Muß der sendende Zuschauer/Zuhörer deshalb ein Traum bleiben?

Ich meine nein. Und das will ich nicht als Wechsel auf eine unabsehbare Zukunft, sondern als Statement zur Medienpolitik der Gegenwart verstanden wissen. Um »Jedermann-Rundfunk« auf die Beine zu stellen, brauchen wir nämlich nicht abzuwarten, bis eine erschwingliche Rückkanal-Technik vorhanden ist und die juristischen Grundlagen gelegt sind. Den »Jedermann-Rundfunk« gibt es schon heute. Noch aber ist er ein zartes Schattenpflänzchen mit unsicheren Wachstumsaussichten. »Offener Kanal« lautet die Bezeichnung für den »Jedermann-Rundfunk«, den ich meine und für den ich hier eine Lanze brechen möchte. Dieses »Okay für den Offenen Kanal (O.K.)« ist, wie Sie merken werden, kein Freibrief im Sinne schrankenloser Freiheit. Eine Medienlandschaft jedoch, zu deren wichtigsten Kriterien die Meinungsvielfalt zählt, ist nicht fertig bestellt, wenn Aufsichtsgremien für privaten und öffentlich-rechtlichen Rundfunk mit mehr oder minder ausgesuchten Vertretern gesellschaftlich relevanter Gruppen besetzt sind. Selbst wenn sich Einigkeit darüber herstellen ließe, welche Kräfte als »gesellschaftlich relevant« anzusehen sind, selbst wenn im privaten Rundfunksektor viele Anbieter mit unterschiedlicher »Sendefarbe« für Außenpluralität sorgen und die wesentlichen organisierten Interessen dadurch angemessenen Niederschlag in verschiedenen Programmen finden, dann bleiben immer noch die nicht- oder nicht-so-gut-organisierten Ansichten, Personen und Gruppen auf der Strecke. Sicher, manches ist skurril. Aber zur Sicherung der Meinungsvielfalt gehört es auch, Einzelinteressen, kleinen Minderheiten, Außenseitern und vielleicht auch Exoten eine Bühne zu bieten. Ob sich vor dieser Bühne dann auch Publikum versammelt, ist eine andere Frage. Nur kann das runde Spektrum der Meinungsvielfalt erst dann wiedergegeben werden, wenn sich die Koordinateneinteilung nicht allein auf rechts/links, Gewerkschaft/Arbeitgeber, evangelisch/katholisch beschränkt. Solche Koordinaten können hilfreich sein, wenn es darum geht, wenige Frequenzen für Vollprogramme an wirtschaftlich lebensfähige Anbieter zu vergeben. Meinungsvielfalt läßt sich damit aber nur in groben Zügen herstellen.

Auch wenn dieses System insgesamt hervorragend funktioniert und Gegensätzliches gleichermaßen »stattfindet«, so sind zahlreiche Filter dazwischengeschaltet, bevor etwas gesendet wird: Die Quelle muß »wichtig«, Text oder Bild müssen »Nachrichten« sein, die den Auswahlkriterien der Berufs-Redakteure genügen. Was vielfach herausgefiltert wird, sind die Zwischentöne. Ihnen Gehör zu verschaffen, scheint mir der Offene Kanal das geeignete Instrument zu sein: Dort sind Sendungen »ohne Filter« möglich, sind Zuschauer für kurze Zeiträume einmal selbst »Programmchefs« und sind die Profis lediglich Kommunikationshelfer, die den Laien unterstützen, damit er die gewünschte Sendequalität auch realisieren kann.

Die Chance, die im Offenen Kanal liegt, haben verschiedene Experten immer wieder betont. So umfaßt der Offene Kanal nach Ansicht von Heinrich Oberreuter (in: Uli Kamp, Der Offene Kanal Erfahrungen und Perspektiven, Bonn 1986, S. 47) drei Dimensionen der politischen Bildung:

- Erstens ist er ein Instrument, mit dem Bürger befähigt werden, individuelle Rechte, die ihnen verfassungsmäßig zukommen, auch in Anspruch zu nehmen.

- Zweitens ist er ein Instrument zum Erlernen und Praktizieren sozialen Verhaltens.
- Drittens ist er ein Beitrag zur Entmystifizierung des Mediums durch den Umgang mit ihm.

Bislang »sprachlose«, in den Medien nicht berücksichtigte Gruppen und Personen, machtlose und gesellschaftlich möglicherweise nicht relevante Gruppierungen soll der Offene Kanal nach Ansicht des Geschäftsführers der baden-württembergischen Landesanstalt für Kommunikation, Christian Schurig, (in: Bundeszentrale für politische Bildung [Hrsg.], Der Offene Kanal Kriterien für ein Bürgermedium [Schriftenreihe Bd. 164], Bonn 1982, S. 42f.) motivieren, ihre Interessen öffentlich zu artikulieren. In vielen Bereichen könne er eine aktive Unterstützung der Medienpädagogik sein. Seine Nutzung sei ein zuverlässiges Barometer für das Aussteigen der Bundesbürger aus ihrer passiven »Medienkonsumentenhaltung«. Gegenüber dem Rheinischen Merkur (Konrad H. Teckentrup, Viele werden auf die Nase fallen vom 18. Dezember 1986) sprach Schurig auch schon von der »Ventilfunktion des Bürgerkanals als Ausdruck einer kommunikativen Kompetenz«: Der »Bürgerkanal« eröffne Gruppen, die derzeit noch nicht relevant seien, es aber werden könnten, die Möglichkeit, sich an der lokalen Kommunikation zu beteiligen.

Daß Offene Kanäle dabei weniger ein »lokal-politisches Gegenmedium« darstellen, sondern vielmehr eine kulturelle Einrichtung und Kommunikationsform, hat Susanne Hiegemann (Kabel- und Satellitenfernsehen, Bonn 1988, Seite 82) unterstrichen. Diese neue Funktionsbestimmung werde nicht nur für die künftige Legitimation der Offenen Kanäle benötigt, sondern entspreche insbesondere der Sicht der Nutzer des Offenen Kanals.

Wo haben nun diese Experten Erfahrungen mit Offenen Kanälen in der Bundesrepublik Deutschland sammeln können? (Die folgenden Angaben stammen teilweise aus: Unser liebstes Kind, in: Der Spiegel vom 15. Februar 1988.)

Der »Urknall im Medienlabor« (vgl. das gleichnamige Buch von Stephan Ory/Rainer Sura, Berlin 1987), der Startschuß für den Offenen Kanal, erfolgte Anfang 1984 in Ludwigshafen, und zwar sowohl für Radio als auch für Fernsehen. Der aus Landesmitteln finanzierte Bürgerkanal erreicht wöchentlich über 70000 Haushalte. »Volksfernsehen« ist in Berlin seit 1985 zu empfangen. Der gut ausgerüstete und mit einer Million DM großzügig geförderte »Sonderkanal 8« ist dort rasch zur vielgenutzten TV-Attraktion avanciert. Nach einer von Anne Fritsche vom Berliner Trägerverein vorgelegten Reichweitenstudie sind an der Spree auf der Basis 400000 verkabelter Haushalte jeweils 4000 bis 6000 Bürger vom Offenen Kanal erreicht worden. Viele Sendungen werden in Berlin regelmäßig angeboten, die örtliche Presse behandelt den Offenen Kanal im Programmteil wie alle anderen Angebote, und die »Kanalarbeiter« selbst sorgen durch Kampagnen, Aktionswochen und Skandale dafür, daß ihr Programm im Gespräch bleibt. Das inhaltliche Spektrum reicht dabei vom sozialkritischen Film bis zur Dokumentation (vgl. Mehr als Übungsinseln, in: Horizont vom 30. April 1987).

Nahezu gleichzeitig mit Berlin startete im Dortmunder Kabelpilotprojekt ein Offener Kanal sowohl im Fernsehen als auch im Hörfunk, bei dem der Westdeutsche Rundfunk die Federführung und den Löwenanteil der Kosten übernahm. Dort hat man auf eine enge lokale Bindung der »Macher« des Offenen Kanals großen Wert gelegt, die aus allen sozialen Schichten kommen. Die Angebotspalette reicht dabei von Geburtstagsgrüßen über Talk-Shows bis hin zur Berichterstattung über Stadtteilkonflikte. Im Hörfunk allerdings dominierte »Hitparadenmusik mit Zwischentexten«, »persönliche, originelle Wortbeiträge« blieben die Ausnahme (Susanne Hiegemann, a. a. O., S. 83). Für Christian Longolius, den Leiter der Expertengruppe Offener Kanal und des »Kontaktbüros Offener Kanal der WDR-Projektstelle beim Kabelpilotprojekt Dortmund«, bestätigte dies, »daß für die Produzenten die Ausstrahlung im Offenen Kanal zweitrangig ist und der Spaß und die Probleme der Produktion neben der Beschäftigung mit einem konkreten Thema an erster Stelle stehen« (Susanne Wankell, Zukunft mit Fragezeichen Ein Besuch beim Kabelpilotprojekt Dortmund [II], in: Funk Korrespondenz vom 6. September 1985). Von Anfang Juni 1985 bis Ende Januar 1987 wurden in Dortmund insgesamt 850 Rundfunkstunden gesendet, an deren Produktion sich ungefähr 1 630 Dortmunder beteiligten. 500 Stunden davon liefen im Radio und 350 Stunden im Fernsehen (Norbert Böhmer, Private Bürger machen ihr Programm – Halbzeit beim Offenen Kanal in Dortmund, in: Media-Perspektiven, 2/1987, S. 83).

Aus den Mitteln einer Landesstiftung wird in Neustadt an der Weinstraße ein Offener Kanal finanziert, der seit dem 6. Dezember 1987 auf Sendung ist.

Grünes Licht hat inzwischen auch der »Verein Offener Kanal Duisburg e. V.« von der nordrhein-westfälischen Landesanstalt für Rundfunk erhalten, der im Umfeld der Proteste gegen die Schließung des Krupp-Werkes Rheinhausen gegründet wurde und zunächst über eine Gemeinschaftsantennenanlage der Krupp Wohnungsbau GmbH mit 3 500 Anschlüssen auf Sendung gegangen ist (vgl. Grünes Licht für ›Offenen Kanal Duisburg‹ gegeben, in: Handelsblatt vom 28. Februar 1988; Ein eigener Fernsehkanal für die Stahlarbeiter, in: Die Welt vom 14. Januar 1988; Auf Kanal 6 machen die Kumpel Programm, in: Nürnberger Nachrichten vom 26. Januar 1988; Rheinhausener machen ihr eigenes Fernsehen, in: Frankfurter Rundschau vom 18. Januar 1988). Obwohl in dem Trägerverein neben Krupp-Betriebsrat und Deutschem Gewerkschaftsbund auch Vertreter des Unternehmerverbandes Ruhr-Niederrhein, der Industrie- und Handelskammer, der Kirchen und des städtischen Jugendringes präsent sind, ist im Duisburger Fall die Gefahr nicht von der Hand zu weisen, daß die besondere Situation um das Krupp-Werk Rheinhausen die Sendungen des Offenen Kanals einseitig bestimmt. Aber selbst wenn es in Duisburg zu einer Fehlentwicklung käme, so gibt doch gerade dieses lokale Projekt die Chance, unter besonderen Umständen Erfahrungen mit dem neuen Medium Offener Kanal zu sammeln. Regeln für die Zusammensetzung von Trägervereinen und zur Chancengleichheit interessierter Bürger lassen sich immer noch aufstellen bzw. korrigieren.

Daß die ersten Offenen Kanäle in der Bundesrepublik Deutschland ihre Bewährungsprobe bereits bestanden haben, hat 1987 eine Fachtagung der Bundeszentrale für politische Bildung und der Landesbildstelle in Berlin gezeigt. Diese Bilanz der Pilotprojekte in Ludwigshafen, Dortmund und Berlin hat ergeben, daß zwar viele, die sonst in den Medien nicht zum Zug kommen, die neue Sendemöglichkeit beim Schopf gepackt haben. Dies hat die Offenen Kanäle jedoch keineswegs in Chaotenprogramme verwandelt. Nicht nur hat das »Jedermann-Konzept« inzwischen in den Gesetzen von Hamburg, Nordrhein-Westfalen, Rheinland-Pfalz und des Saarlandes seinen Niederschlag gefunden, auch die Bremer SPD hat es aufgegriffen. Schließlich haben auch die Ministerpräsidenten der Bundesländer in ihrem Medien-Staatsvertrag die Förderung Offener Kanäle aus einem zweiprozentigen Aufschlag auf die Rundfunkgebühr vorgesehen. Und der Berliner Kultursenator Volker Hassemer (CDU) hat mit Recht darauf hingewiesen, daß diese Vorschrift – obwohl nur »Kann-Bestimmung« – doch eine »beruhigende Perspektive« biete.

In Ludwigshafen habe man die ersten drei Jahre dazu benutzt, Fehler zu machen, die andere später nicht mehr machen mußten, sagte der dort für den Offenen Kanal verantwortliche Uli Kamp bei der Berliner Fachtagung. Grundlegender Strickfehler dieses ersten Testes sei es gewesen, einen bundesweiten Zugang vorzusehen. In der Folge seien die Video- und Technikfreaks aus der ganzen Republik an den Rhein gepilgert, um dort kostenlos zu produzieren. Und dieses Beispiel zwingt geradezu, auf die untrennbare Verbindung der Offenen Kanäle mit dem lokalen Rundfunk näher einzugehen. Zuvor jedoch noch ein Wort zu jenen Musikern, die die hervorragenden technischen Einrichtungen in Ludwigshafen dazu genutzt haben, eigene Demo-Bänder oder auch Video-Clips zu erstellen, die nur in zweiter Linie zum Senden auf der Jedermann-Frequenz gedacht waren. Quasi spielerisch ist es hier gelungen, über den Offenen Kanal transparent zu machen, was sich sonst beispielsweise hinter dicken, schallschluckenden Mauern hochsubventionierter »kommunaler Rockstudios« abspielt. Zwar läßt die technische Einrichtung des Offenen Kanals vielfältige Primärnutzungen zu, das heißt jedoch nicht, daß zum Beispiel sekundäre Nutzungen unerwünscht wären, die neben der eigentlichen Sendung auch Katalysator-Funktionen für das kulturelle Leben einer Kommune haben. Im Gegenteil: Es ist sogar vorteilhaft, wenn öffentliche Gelder in ein multifunktionales, offenes Studio fließen, anstatt – Augenblicksbedürfnissen folgend – in ambitionierte Einzelprojekte, die wieder eingehen, wenn sich der Musikgeschmack wandelt oder Bands auseinandergehen. Und der Offene Kanal als kommunaler Kultur-Katalysator beschränkt sich keineswegs auf die Musik: Mundartdichtungen und Autorenlesungen können durch das offene, lokale Radio transportiert werden. Und wenn sich gar kommunales bzw. regionales Fernsehen etablieren kann, dann könnten Volkshochschulgruppen, die Ausstellungen besuchen, eventuell auch eine Videokamera mitnehmen, um im Offenen Kanal zu berichten. Meines Erachtens wäre das die legitime Eigenwerbung einer ohnehin nützlichen Einrichtung, die andererseits Bedürfnisse dort erfüllen könnte, wo im Einschaltzahlen-Fernsehen und in den cineastisch dominierten, öffentlich-rechtlichen »Kultur-Kanälen« immer noch erhebliche Lücken klaffen.

Solch kulturelle Sendungen im Offenen Kanal können natürlich weder mit den Berliner Philharmonikern noch mit Michael Jackson konkurrieren. Sie sollen es in aller Regel auch nicht. Denn oft ist es gerade der lokale Bezug, der Interesse weckt, wo es sonst nur die Millionen-Schallplatten-Auflage vermag. Zum Beispiel, wenn der örtliche Gesangverein oder eine Rockband aus dem Einzugsgebiet im Offenen Kanal auf Sendung geht. Das ist selten perfekt, aber als lokales Ereignis oft ebenso interessant, wie die Übertragung aus der fernen Philharmonie oder dem Londoner Wembley-Stadion. Und so weit weg die »Tagesschau«-Bilder von der Eröffnung einer Gemäldeausstellung in einer anderen Großstadt auch wirken mögen: Wenn die örtliche Volkshochschulgruppe erst einmal dort gewesen ist, rückt das Ganze viel näher, bekommt Farbe, wird zum lokalen Ereignis. Und mit Recht hat der Deutsche Städte- und Gemeindebund in einer Pressemitteilung vom 1. Dezember 1986 darauf hingewiesen, daß der Lokalteil für fast 90 Prozent aller Zeitungsleser erste Priorität habe. Warum eigentlich soll das bei Radio und eventuell auch Fernsehen anders sein? Für das Dortmunder Kabelpilotprojekt hat beispielsweise der Medienwissenschaftler

Ulrich Pätzold in einer begleitenden Akzeptanzanalyse festgestellt, daß »sich lokales Radio zusätzliches Hörerpotential erschließt« (vgl. Wolfgang Posewang, Das Ende einer Durststrecke in: Rheinischer Merkur vom 1. Juli 1988).

Und damit wären wir bei einem Kernproblem des Offenen Kanals: Die Chance, bei der Zulassung privater Rundfunkveranstalter mit lokalen Angeboten eine wirkliche Innovation in unserer Rundfunklandschaft herbeizuführen, ist beileibe nicht überall genutzt worden. Und das ist mit keineswegs schlechten Argumenten geschehen, weil man nämlich den Bestand der überwiegend lokal berichtenden Zeitungsverlage sichern und/oder den wuchernden, landesweiten öffentlich-rechtlichen Rundfunkanstalten eine wirtschaftlich lebensfähige, private Konkurrenz entgegensetzen wollte.

Die Stadtstaaten Berlin, Hamburg, Bremen können wir bei einer näheren Betrachtung ruhig außen vor lassen: Dort – und mit Einschränkungen auch im Saarland – ist landesweiter Rundfunk immer auch Lokalfunk. Ebenfalls auf Lokalfunk gesetzt haben die Südländer Bayern und Baden-Württemberg, ohne daß man deswegen gleich überall Offene Kanäle vorgesehen hätte, die wohl auch teilweise als nicht erstrebenswert gelten. Rheinland-Pfalz steht für ein Mischmodell, während sich die Nordländer Schleswig-Holstein und Niedersachsen zugunsten landesweiter Radiosender entschieden haben. Damit zeichnet sich ein Trend ab, der die Perspektiven für Offene Kanäle verdüstert. Schuld daran ist sicherlich einerseits die Angst verschiedener Politiker vor der »Unregierbarkeit« des Offenen Kanals. Ich glaube, dieses Argument hat die Praxis der bislang existierenden Offenen Kanäle überzeugend widerlegt, was natürlich nicht ohne die eine oder andere Panne abgegangen ist. Aber Offenheit verlangt schließlich auch Offenheit für Ausrutscher – andererseits schafft diese Offenheit keinen »rechtsfreien Raum«, wo Beleidigungen oder Verleumdungen folgenlos blieben.

Offene Kanäle werden auch in Zukunft auf das Kabel als Verbreitungsform angewiesen bleiben. Nicht nur die, für die Hörerbindung erforderliche, regionale Begrenzbarkeit, auch das Drängen der privatwirtschaftlich strukturierten Rundfunkanbieter auf die wenigen, zusätzlich verfügbaren, terrestrischen Frequenzen spricht dafür. Tödlich für die Offenen Kanäle wäre es, wenn bei den elektronischen Medien das Prinzip »landesweit« vor dem Prinzip »lokal« das Rennen machen würde. Denn ein Offener Kanal für ein ganzes Bundesland wäre meiner Ansicht nach zwecklos: Dort würden letztlich doch nur diejenigen auf Sendung gehen, die ohnehin ständig in den anderen Programmen ihre Botschaften verbreiten. Ob es Interessenverbände oder Parteien sind: keiner würde beim Ringen um die Vorherrschaft in der öffentlichen Meinung ausgerechnet den auch ihm Offenen Kanal aussparen, zumal er bei dessen landesweiter Ausstrahlung eine immense Reichweite hätte, die – sofern nicht als Werbespot durchschaubar und damit unzulässig – immense Kosten sparen würde. Ich will aber nicht verhehlen, daß dies eine theoretische Überlegung ist. Schließlich würde die für die Reichweite bestimmende Einschaltquote sehr darunter leiden, wenn ausgerechnet im Offenen Kanal derselbe Meinungskampf vorgeführt würde wie in den übrigen Programmen. Legitim wären entsprechende Präsentationswünsche ohnehin nicht, denn es mangelt ja eigentlich nicht an Präsenz in den elektronischen Medien. Das Ludwigshafener Beispiel, wo ein Offener Kanal im lokalen Kabelnetz bundesweit zum Mekka der Interessenten wurde, sollte uns als Mahnung dienen, den Offenen Kanal beim lokalen Leisten zu belassen.

Das aber macht die Offenen Kanäle abhängig von der sonstigen Organisation des Rundfunks im jeweiligen Bundesland. Bei der schon erwähnten Fachtagung »Offene Kanäle – wie geht es weiter?« vom 23. bis 25. April 1987 in Berlin hat der Kommunikationswissenschaftler Otfried Jarren drei unterschiedliche Entscheidungen der Landesgesetzgeber im Rahmen ihrer Rundfunkhoheit registriert (vgl. Susanne Hiegemann, a. a. O., S. 82):

- Auf Regelungen zugunsten Offener Kanäle wird ganz verzichtet (in Bayern, Schleswig-Holstein, Niedersachsen).
- Aufgrund gesetzlicher Regelungen sei zu erwarten, daß in den entsprechenden Ländern die Offenen Kanäle »scheitern oder vor großen Problemen stehen werden«. (In Rheinland-Pfalz ist der mögliche Wegfall eines Offenen Kanals bei mangelnder Akzeptanz gesetzlich festgelegt.)
- Offene Kanäle seien eher als Experiment, denn als notwendige Einrichtung festgelegt (in Nordrhein-Westfalen).

Das nordrhein-westfälische Beispiel verdient eine nähere Betrachtung. Zwar ist der achte Abschnitt des Landesrundfunkgesetzes (§§ 34–36), das bekanntlich noch einer verfassungsrechtlichen Prüfung standhalten muß, ausschließlich den Offenen Kanälen gewidmet. Andererseits hat der SPD-Medienexperte Jürgen Büssow (Horst Röper, Der Kommerz erobert das Radio, in: Die Zeit vom 20. November 1987) durchgesetzt, daß der Begriff »Offener Kanal« auch auf Vereine ausgedehnt wird, die nach § 24 Abs. 4 des Landesrundfunkgesetzes bis zu 15 Prozent der Sendezeit einer jeden Veranstaltergemeinschaft beanspruchen können. Sicherlich hat das für diese Vereine den Vorteil, ihre Sendeaktivitäten aus dem zweiprozentigen Anteil an der Rundfunkgebühr finanzieren zu können. Doch wenn die »echten« Offenen Kanäle nur halbherzig vorangetrieben werden und der fünfzehnprozentige Kanal-Anteil der Vereine zur Regel wird: Wäre das noch ein »Offener Kanal«? Meiner Ansicht nach kann ein fünfzehnprozentiger Programmanteil niemals »Kanal« sein. Der Zuhörer/Zuschauer kann den »offenen« Programmteil nämlich nur nach intensiver Konsultation des Rundfunkprogramms ausfindig machen und nicht einfach per Knopfdruck einschalten. Letztlich entscheidet die Plazierung im Programmschema über die Akzeptanz des »offenen« Programmteils, der in Wirklichkeit nicht »offen«, sondern einseitig auf Vereine ausgerichtet ist.

Zu den technischen Problemen der Offenen Kanäle will ich Ihnen eine Schilderung aus dem »Zettelkasten« des Ludwigshafener »Kanalarbeiters« Uli Kamp nicht vorenthalten (Uli Kamp, Der Offene Kanal, in: Stephan Ory/Rainer Sura, Der Urknall im Medienlabor. Das Kabelpilotprojekt Ludwigshafen, Berlin 1988, S. 191 ff., 194 f.), die sich auf die Zeit des Kabelpilotprojektes vor 1987 bezieht:

»Die Offenen Kanäle waren derzeit auf dem technischen Stand, daß für den Bereich ›Fernsehproduktionstechnik‹ drei portable U-Matic Low-Band-Systeme mit Recorder, Kamera, Ton, Licht, Stativ und den nötigen Verbindungskabeln für Außenproduktionen verfügbar sind. Hinzu kam eine VHS-portable-Kamera mit Recorder und Ton. Im Hörfunkbereich gibt es zwei portable Aufnahmegeräte, die mit den im Handel befindlichen Standard-Tonkassetten arbeiten, mit Mikrophonen bestückt sind und mit Accus oder Batterie gefahren werden können. Die Ausgabe dieser Geräte geschieht nach Planung durch die Redaktion.

Alle Geräte werden seitens der AKK – Anstalt für Kabelkommunikation – (soweit möglich) gewartet und sind im üblichen Rahmen gegen Diebstahl etc. versichert. Im ›stationären Bereich‹, also zur Vorproduktion in und zur Sendung direkt aus der AKK, gibt es ein Hörfunk-Studio mit zwei Kassettenlaufwerken, zwei Vollspur-Tonbandgeräten und zwei Plattenabspielern, die über ein Mischpult zusammengemischt werden können. Es besteht die Möglichkeit, eine Telefonleitung »auf Sendung« aufzuschalten, live vom Studio aus zu senden oder Vorproduktionen zu machen, die dann nach Planung mit der Redaktion per Bandmaschine in den ›Offenen Kanal Hörfunk‹ eingespeist werden. Die Bedienung dieses Studios liegt bei den Produzenten bzw. livesendenden Produzenten selbst.

Im Rahmen der Planung der Redaktion ist es möglich, die notwendige technische Einweisung zu bekommen, die einen in den Stand versetzt, dieses Studio selber zu ›fahren‹. Anders sieht es beim Fernsehstudio der AKK aus, da es für Bedürfnisse Offener Kanäle vergleichsweise opulent ausgelegt ist: Es arbeitet auf ¾ High-Band-Standard, hat eine Blue-Box, ist bestückt mit drei elektronischen Kameras, 16 Tonwegen, einem auf 199 Lichtabstimmungen programmierbaren Lichtsteuergerät, zwei Bandzuspielmöglichkeiten, einem Schriftgenerator und via hausinterner Verbindung der Möglichkeit, noch diverse MAZ-Maschinen und Dia-Geber zuzuschalten. Das Fernsehstudio der AKK wird von Betriebstechnikern der Anstalt ›gefahren‹ und steht den Produzenten des Offenen Kanals ›nackt‹, also ohne Requisite und sonstiges Hilfspersonal, zur Verfügung.

Da sich die Redaktion der Offenen Kanäle dieses Studio als Produktionsort mit Veranstaltern auf anderen Kanälen teilen muß, ist es zum ›Planungsfaktor‹ geworden; es steht also nicht spontan und bei Bedarf zur Verfügung, sondern nur zu bestimmten, vorgeplanten Zeiten, in die hinein sich mögliche Produzenten per Terminkalender abgleichen müssen. Hinzu kommt, daß die Opulenz dieser Produktions- und Sendetechnik sich sehr vehement auf die sogenannten ›Programmfarben‹, die da produziert und gesendet werden, ausgewirkt hat. Die enge Klammer von Technik und Programm ist mir noch nie so klar geworden, wie hier: Der freie Zugang zu dieser Technik zieht (naheliegend und geradezu magisch) diejenigen an, die einmal sehr im voraus planen können, und jene, die für die Realisierung ihrer Vorhaben (Kommunikate) auf das Vorhandensein dieser Technik geradezu angewiesen sind.

Oder um es konkret und aus dem Alltag zu sagen: Für denjenigen, der sich öffentlich Gedanken darüber machen will, warum neben der Großmülldeponie bei dem Ort, in dem er lebt, so viele tote Vögel herumliegen, ist dieses Studio mindestens eine Nummer zu groß, d. h., er kapituliert letztendlich vor der Quantität der Technik und der sie bedienenden Personen; während die Musik- oder Theatergruppe, die eher ein ›schickes Video‹ von sich selbst als eine Aussendung im Offenen Kanal im Hinterkopf hat, auf diese Technik (die ja irgendwo ›Fernsehstandard‹ hat) geradezu angewiesen ist.«

Das war zwar ein recht ausführliches Zitat, das aber meines Erachtens die Problemlage zutreffend umschreibt, wenngleich seit 1987 in Ludwigshafen auch bereits erhebliche Veränderungen vorgenommen worden sind. Weniger ist halt doch manchmal mehr. Und deshalb bin ich, gerade was den Offenen Fernsehkanal anbelangt, der Meinung, daß nicht unbedingt mit Gerät geprotzt werden muß. Schließlich gibt es heute bereits Videogruppen Jugendlicher, die sich an Versuche wie Stadtfernsehen für Senioren heranwagen und mit Kamera und Videorecorder losziehen, um das Selbstgedrehte schließlich in Altenheimen und Gaststätten vorzuführen. Gerade die flächendeckende Ausstattung von Schulen, Bildungseinrichtungen, nicht zuletzt aber auch Privatleuten mit Videoanlagen ist eine Ressource, für die die Offenen Kanäle offengehalten werden müssen. Bandmaschinen der Spitzenqualität sind oft nutzlos, wenn selbstbespielte VHS-Kassetten nicht ins Kabel eingespeist werden können. Auf solche Aufnahmen greifen ja selbst die öffentlich-rechtlichen Massenprogramme zurück: Denken sie nur an den Flug von Matthias Rust über dem Moskauer Roten Platz. – Aufgenommen hat den waghalsigen Hobbyflieger ein Amateurfilmer mit einer Amateurkamera.

Woran es – sowohl beim Hörfunk als auch beim Fernsehen – oft fehlen dürfte, sind Anlagen zur Bearbeitung des Selbstaufgenommenen und Kommunikationshelfer, die mit Rat und Tat zur Seite stehen.

Uli Kamp hat seine Ludwigshafener Erfahrungen mit dem Kürzel »LADA« charakterisiert: Lokalisierung, Aktualisierung, Dezentralisierung und Ausgliederung (in: Susanne Hiegemann, a. a. O., S. 84). Eine derart »andere« Form des Rundfunks braucht eine starke Lobby, die es irgendwie fertigbringt, die eigentlich unorganisierten Interessen der diversen »Kanalarbeiter« zu vertreten. Ich freue mich deshalb, daß sich inzwischen ein »Bundesverband Offene Kanäle (BOK) e. V.« gegründet hat, um Interessen gemeinsam zu vertreten und Erfahrungen auszutauschen (vgl. Medienspiegel des Institutes der Deutschen Wirtschaft vom 5. September 1988, S. 1).

Obwohl weithin noch eine ungenutzte Chance, ist der Offene Kanal ein Medium, für das zu streiten sich lohnt. Ohne zu aufwendig zu sein, ist der Offene Kanal ein Faktor urbaner Kultur mit belebender Wirkung. Daß er manchmal als »Ausgewogenheitsreserve« interpretiert wird, ist nicht Makel, sondern Empfehlung.

Lassen Sie es mich mit Christian Longolius (in: epd/Kirche und Rundfunk vom 3. August 1985, S. 3f.) sagen: Für den bildschirmprogrammierten Menschen der Gegenwart und nahen Zukunft ist die Existenz Offener Kanäle ein wichtiges Mittel zur Verwirklichung seines Rechts auf freie Entfaltung der Persönlichkeit. Der Offene Kanal fördert die Möglichkeiten zur sogenannten kommunikativen Kompetenz, ist eine notwendige Hilfe für den Fortbestand der Demokratie und ihrer Massenorganisationen.

Zustimmen möchte ich auch Uli Kamp (in: Ory/Sura, Der Urknall im Medienlabor, S. 210): Den »Wert des Betriebskapitals (Offener Kanal) – und sei es auch noch so lokal angelegt – begreifbar zu machen, gehört zu den Aufgaben derer, die im jeweiligen Bundesland (denn es handelt sich hierbei ja um Rundfunk) Politik machen und verantworten. Offene Kanäle gibt es nur einmal.«

Lassen Sie uns dazu beitragen, daß es bald überall Offene Kanäle gibt!

5. Offene Kanäle als Faktor urbaner Kultur – Das Symposion in Essen[1]

Zu einem zweitägigen Symposion über die Zukunftschancen lokaler Offener Kanäle trafen sich am 10./11. Oktober 1988 fünfundzwanzig Kultur- und Medienexperten aus sechs Bundesländern und der Schweiz in Essen.

Unter dem Motto »Bürgermedien in der Kommune – Offene Kanäle als Faktor urbaner Kultur« bewerteten die Fachleute aus unterschiedlichen Perspektiven den gesellschaftlichen Nutzen jener bürger-autonomen Fernseh- und Radiosender, die sich, als oft geschmähte »Kinder der Verkabelung«, seit nunmehr fünf Jahren in der Bundesrepublik entwickelt haben. Allen Überlegungen und Voten lag die weltweit übliche Definition des Begriffs »Offener Kanal« (»public access«) zugrunde, wie sie auch von der mitveranstaltenden ›Expertengruppe Offener Kanal‹ und vom ›Bundesverband Offene Kanäle‹ verwendet wird: ungeteilte Fernseh- und Hörfunkkanäle in örtlichen Kabelnetzen, die ausschließlich der Entstehung und Verbreitung nichtprofessioneller, selbstinitiierter und selbstverantworteter Fernseh- und Radiobeiträge von Bürgern dienen.

In der Klausur begegneten sich der Sachverstand und die Interessen aus den Praxisbereichen der Politik, Verwaltung, Theologie und Publizistik, der konfessionellen und säkularen Gemeindearbeit sowie der Sozial- und Medienforschung. Auch die gewerkschaftliche Kultur- und Medienarbeit war vertreten. Entsprechend unterschiedlich waren die Ausgangspunkte für Forderungen an urbane Kultur und zur Bewertung des lokalen Offenen Kanals.

Sie reichten von der Forderung nach »Kommunikationsgerechtigkeit« (»Die Evangelische Kirche fordert Kommunikationsgerechtigkeit. Sie geht davon aus: Der Rundfunk, also auch jeder Offene Kanal, gehört den Bürgern«; EKD-Vertreter Heiner Michel) über Feststellungen der Forschung (»Der Offene Kanal ist ein wirksamer Faktor urbaner Kultur, das läßt sich empirisch nachweisen«; Prof. Dr. Ulrich Pätzold, und: »Offene Kanäle sind für Städte ein enorm kostengünstiges Instrument, um auch in Zukunft Loyalität, Integration und Identifikation ihrer Bürger zu erreichen«; Arthur Fischer) bis zur Hoffnung des Kulturpolitikers Dr. Richard Erny: »Der Offene Kanal könnte eine Reaktivierung der politischen und kulturellen Kräfte der Bürger zuwege bringen«; vom Appell des Politikwissenschaftlers Prof. Dr. Heinrich Oberreuter (»Wir fördern manches, was viel kostet. Nur: Es gibt kein Grundrecht auf Schwimmen oder Theaterbesuch – wohl aber gibt es ein Grundrecht aller Bürger auf Kommunikation«) über die Warnung des Medienpolitikers Dieter Weirich (»Die ›Was-wäre-wenn Diskussion‹ zu einem Zeitpunkt zu führen, wo die Offenen Kanäle noch in den Kinderschuhen stecken, nützt diesem neuen Medium nichts«) bis zur in Offenen Kanälen belegbar eingelösten Forderung

1 »Bürgermedien in der Kommune – Symposion über Offene Kanäle als Faktor urbaner Kultur«, veranstaltet von der Werkstatt Offener Kanal Nordrhein-Westfalen in Zusammenarbeit mit dem Sekretariat für gemeinsame Kulturarbeit Nordrhein-Westfalen und der Expertengruppe Offener Kanal (EOK) im Rahmen von KULTUR 90 am 10./11. Oktober 1988 in Essen.

des in der Sache engagierten Regierungspräsidenten Dr. Paul Schädler (»Meinung bilden wollen, Menschen interessieren wollen, andere für die eigenen Absichten gewinnen wollen – das sind doch alles legitime Ziele. Wer das einmal mit einem Offenen Kanal erlebt hat, kann sich nur darüber freuen und es auch an anderen Orten wünschen«).

Einig waren sich die Teilnehmer der Essener Runde, daß es unrealistisch und schädlich wäre, vom Bürgerrundfunk kurzfristig die Erfüllung aller Hoffnungen emanzipatorischer Kulturarbeit zu erwarten. Einig waren sich die Teilnehmer aber auch darin, daß sich Offene Kanäle als ungewöhnlich attraktiv gerade für jene Bevölkerungsgruppen und Bildungsschichten erweisen, die traditioneller Kulturvermittlung fernstehen.

Mit den Offenen Kanälen in lokalen Kabelnetzen wächst ein neues, erfolgsträchtiges Angebot der kulturellen, musischen und sozialen Aktivierung von Bürgern, das intensiver Förderung bedarf. Diese Förderung kann nicht auf den Anteil an Rundfunkgebühren beschränkt sein, die nach dem Staatsvertrag zur Neuordnung des Rundfunkwesens vom 1./3. April 1987 für Zuschüsse an Offene Kanäle verwendet werden kann.

Deshalb sind nach Auffassung der Teilnehmer des Essener Symposiums vor allem jene Verwalter von öffentlichen und privaten Kulturetats zur Förderung lokaler Offener Kanäle gefragt, die sich der Ausweitung von kultureller, politischer und publizistischer Teilhabe verpflichtet fühlen.

Es nahmen teil (alphabetische Reihenfolge):

Prof. Dr. Ulrich Battis, Rektor der Fernuniversität Hagen, Landesrektorenkonferenz der Wissenschaftlichen Hochschulen Nordrhein-Westfalen

Dr. Albrecht Beckel, MdL, Vorsitzender des Kulturausschusses im Landtag Nordrhein-Westfalen

Cornelia Bolesch, Süddeutsche Zeitung

Dr. Richard Erny, Schul- und Kulturdezernent der Stadt Bochum, Vorsitzender der Vollversammlung des Sekretariats für gemeinsame Kulturarbeit Nordrhein-Westfalen

Dr. Don Sergio Fappani, Leiter der Missione Cattolica Italiana, Bezirk Dortmund

Arthur Fischer, Geschäftsführer des PSYDATA-Instituts für Marktanalysen, Sozial- und Mediaforschung, Frankfurt

Walter Fischer, Leiter des WDR-Studios Essen

Wolfgang Hahn-Cremer, Mitglied der Medienkommission beim SPD-Landesvorstand Nordrhein-Westfalen, Vorsitzender des für Offene Kanäle zuständigen Ausschusses für lokalen Rundfunk der Rundfunkkommission der Landesanstalt für Rundfunk Nordrhein-Westfalen

Angelika Jaenicke, Geschäftsführerin der Werkstatt Offener Kanal Nordrhein-Westfalen

Ulrich Kamp, Leiter der Werkstatt Offener Kanal Rheinland-Pfalz

Jürgen Andreas Kaub, Leiter des Offenen Kanals Neustadt/Weinstraße

Prof. Dr. Dieter von Kietzell, Evangelische Fachhochschule Hannover

Klaus-Jürgen Lais, MdL, stellv. Vorsitzender der Anstaltsversammlung der Landeszentrale für private Rundfunkveranstalter Rheinland-Pfalz

Jürgen Linke, Leiter des Offenen Kanals Berlin

Christian Longolius, Vorsitzender der Expertengruppe Offener Kanal, Leiter des Offenen Kanals Dortmund

Heiner Michel, Mitglied der Fernsehkommission der Evangelischen Kirche in Deutschland und Redaktionsleiter Kirche und Leben (ev.) beim Zweiten Deutschen Fernsehen

Prof. Dr. C. Wolfgang Müller, Technische Universität Berlin

Klaus Nikodem, Leiter des Offenen Kanals Duisburg

Prof. Dr. Heinrich Oberreuter, Universität Passau, Mitglied des Wissenschaftlichen Beirats der Bundeszentrale für politische Bildung, Bonn

Prof. Dr. Ulrich Pätzold, Universität Dortmund, Mitglied der Wissenschaftlichen Kommission für die Begleitung des Kabelpilotprojekts Dortmund

Wolfgang Römisch, Leiter der Abteilung Medien, Kultur und Freizeit beim DGB-Bundesvorstand

Dr. Paul Schädler, Regierungspräsident von Rheinhessen-Pfalz, Vorsitzender der Anstaltsversammlung der Landeszentrale für private Rundfunkveranstalter Rheinland-Pfalz

Prof. Dr. Klaus Schrape, Projektleiter bei PROGNOS AG, Basel

Dieter Weirich, MdB, Vorsitzender des Bundesfachausschusses Medienpolitik der CDU

Norbert Wortmann, stellv. Leiter des Offenen Kanals Dortmund

IV. Gesprächsprotokolle

1. Gespräche mit Leitern Offener Kanäle

Vorbemerkung des Herausgebers

Die Gespräche mit den Leitern der Offenen Kanäle sind zu einem Teil die Fortschreibung dessen, was während der Tagung in Berlin thematisiert und angesprochen wurde. Von Interesse sind diese Gespräche nicht nur, weil sich OK-Leiter nur selten und ungern vor Mikrofone bringen lassen, um unbefangen und offen über derzeitige, stetig im Wandel begriffene Aktualitäten zu reden oder vergangene Stategien und Überlegungen für die zukünftige Planung offenzulegen, sondern auch, weil sie im Kontext dieser Publikation einen Vergleich mit der Bilanz der Tagung in Berlin erlauben und so die Entwicklung dokumentieren.

1.1 Gespräch mit Jürgen Linke (Offener Kanal Berlin) am 11. Juni 1988

Herr Linke, nach der Tagung in Berlin interessieren mich jetzt die Veränderungen, die in Berlin passiert sind, auf drei Ebenen: organisatorisch, technisch und personellrechtlich. Beginnen wir mit der organisatorischen Ebene.

Im Sommer 1987 hat der Aufsichtsrat der PK-Berlin – der Offene Kanal gehört ja immer noch zur PK-Berlin, also der Kabelzentrale innerhalb des Kabelpilotprojekts – beschlossen, einen eigenen Bereich Offener Kanal einzurichten und einen Leiter für diesen Bereich zu bestellen. Der Aufsichtsratsvorsitzende hat den damaligen Trägervereinen mitgeteilt, daß die bisherige Situation innerhalb der PK zu Vermischungen geführt hat, und zwar hinsichtlich des Zieles des wirtschaftlichen Handelns der PK und der ideellen Zielvorgaben des Offenen Kanals. Diese Vermischung ist zu Lasten des Offenen Kanals gegangen. Daher also die organisatorische Trennung. Sie wurde dann relativ problemfrei im November 1987 vollzogen. Der Offene Kanal ist also ein eigener Geschäftsbereich und handelt ganz weitgehend selbständig.

Wir haben ja seit Januar 88 die Möglichkeit der Finanzierungen der Offenen Kanäle aus der zusätzlichen Rundfunkgebühr. Die rechtliche Änderung im Kabelpilotprojekt, auf die ich dann noch gesondert zu sprechen komme, und diese Finanzierungsmöglichkeit haben nach meiner Meinung dazu geführt, daß jetzt weitere Überlegungen im Gange sind – diesmal ausgehend vom Kabelrat – mit dem Ergebnis, daß der Offene Kanal vom 1. Juli 1988 an zur Anstalt für Kabelkommunikation gehört.

Welche positiven oder negativen Veränderung ergeben sich daraus für die Nutzer des Offenen Kanals, oder merken die das gar nicht?

Also sie werden es kurzfristig, glaube ich, gar nicht mal merken, denn das Geschehen im Offenen Kanal wird sich durch diesen Übergang zur Anstalt für Kabelkommunikation nicht gravierend und schnell erkennbar ändern.

Und was hat sich an Änderungen ergeben bezüglich Produktions– und Sendetechnik und Organisationsstruktur intern, Dinge also die für den Nutzer im Alltagsgeschäft von großer Bedeutung sind?

Wir haben den Bereich Disposition – also Sende- und Produktionsanmeldung – als einen separaten Bereich innerhalb des Offenen Kanals ausgewiesen. Es gibt einen Mitarbeiter, der ausschließlich dafür zuständig ist. Wir haben ja ein relativ hohes Nutzeraufkommen, und deshalb ist dieser Kollege tatsächlich ganztags mit diesen Aufgaben beschäftigt. Hier hat sich außerdem ein Wandel vollzogen von der reinen Buchungstätigkeit hin zu einer intensiven Beratung der Buchung und insbesondere bei der Wahl der Produktionsmittel. Der Nutzer kann in diesem ersten Gespräch seine Pläne erläutern und wird dann beraten, welche Technik er am besten dafür einsetzt. Dies ist ein erstes Gespräch, und der Nutzer wird dann weitervermittelt an den Medienassistenten, um dann dort seine Produktion konkreter zu besprechen. Dies ist zwar erst im Aufbau, aber es zeigen sich schon erste Erfolge. Wir können dadurch die Technik sehr viel besser und zweckentsprechend zur Verfügung stellen. Es wird also nicht mehr automatisch alles, was möglich ist, gebucht, sondern in der Beratung und in dem gemeinsamen Gespräch kommen die Nutzer häufig zu der Erkenntnis, daß sie Dinge technisch anders und teilweise eben auch schneller machen können.

Werden die Medienassistenten aber dadurch nicht zu rein ausführenden Organen von etwas, das jemand anders vorher entschieden hat?

Die Entscheidung über die Inanspruchnahme der Technik, Sendezeiten usw. ist natürlich eine Sache, die nach der Satzung der Disposition obliegt. Aber wie dies umgesetzt wird, ist dann tatsächlich in der Verantwortung der Medienassistenten, und ich glaube, durch diese sehr viel intensivere Vorbereitung können sowohl die Nutzer sehr viel konfliktfreier und erfolgreicher ihre Produktion erledigen, und die Medienassistenten können sich sehr viel intensiver ihren eigentlichen Aufgaben, nämlich der Beratung und helfenden Begleitung der Produktionen widmen.

Nun hat sich ja, soweit ich das gesehen habe, auch im Bereich Technik etwas geändert, also die Vorproduktionssysteme sind jetzt Camcorder. Hat dies nur finanzielle Gründe? Gibt es Auswirkungen etwa im Hinblick auf die Nutzerstruktur.

Also die EB-Einheiten, die bisher ausgeliehen wurden, waren zum großen Teil seit Beginn des Kabelpilotprojektes, also seit August 1985, im Einsatz und müssen schon aus diesem Grunde, weil sie verschlissen sind, ausgetauscht werden. Wir haben also jetzt VHS-Camcorder beschafft, die an sich von den Nutzern begeistert angenommen werden, weil diese Geräte eine durchaus gute Qualität bieten und unkompliziert in der Bedienung sind. Es hat deshalb keine Revolte gegeben; wir werden allerdings eine zweite Schiene eröffnen mit der F 10, so daß Nutzer, die meinen, daß ihre Ansprüche mit Camcordern nicht erfüllt werden, eine zweite Schiene mit höherer technischer Qualität haben.

Und der F 10 müssen sie dann wieder einen Recorder zuordnen. Nehmen sie dann den NV 180?

Nein, wir haben aus den Altzeiten noch Low-Band-Portables, und die werden wir zum Teil weiterbenutzen. Aber ich kann mir vorstellen, daß eine F 10 auch mit einem VHS-Portable ausgestattet wird.

Wie sieht es jetzt finanziell für den Offenen Kanal Berlin aus, im Moment ist es ja noch so, daß die AKK den Offenen Kanal über die PK finanziert, in Zukunft aber ohne diesen Umweg. Wird das einen Unterschied sein, in dem was in die Kasse des Offenen Kanals kommt?

Wir haben im Moment die etwas unglückliche Situation, daß wir ja von der PK-Berlin bezahlt werden. Die PK wird dieses Geld im Wege einer Zuwendung von der Anstalt bekommen, und in dieser etwas unsicheren Situation, was davon wofür ausgegeben werden kann, haben wir einige Schwierigkeiten. Dies wird sich zum 1. 7. ändern, wenn wir unmittelbar zur Anstalt gehören. Dann wird eben ein bekanntes Haushaltsvolumen zur Verfügung stehen, und es wird geregelt sein, für welche Zwecke es ausgegeben wird, so daß wir dann einen größeren und exakteren Handlungsspielraum haben.

Die Medienwerkstätten, die jetzt in Berlin aufgrund von Qualifizierungskampagnen des Senats existieren, stehen die in Kontakt mit dem Offenen Kanal?

Es gibt Medienwerkstätten, bei denen die Verantwortlichen ohnehin schon im OK-Geschehen mit drin waren. Da gibt es natürlich schon gute Kontakte. Andere Medienwerkstätten sind völlig isoliert vom Offenen Kanal und ohne Kontakte entstanden. Hier müssen Kontakte erst noch hergestellt werden. Ein Teil der Medienwerkstätten sind noch in einer Phase, in der man sich schwertut, einen Ansprechpartner zu finden. Die Entwicklung insgesamt ist aber interessant. Es bleibt abzuwarten, wie diese Medienwerkstätten, die ja nach ihrem Konzept auch eine offene Abteilung haben sollen, dies tatsächlich auch realisieren. Ich bin da ein wenig skeptisch, weil diese Medienwerkstätten ja unter privater und sehr unterschiedlicher Trägerschaft stehen. Wir werden uns als Offener Kanal anbieten, und es bleibt abzuwarten, inwieweit dies von den Medienwerkstätten genutzt wird. Es gibt durchaus Kontakte von Nutzern des Offenen Kanals zu Medienwerkstätten. Aber dies ist bisher nicht institutionell, sondern ganz individuell.

Wenn der Offene Kanal später einmal die PK in der Volta-Str. verläßt, fallen ja bestimmte technische Hilfsfunktionen der PK weg. Muß da der Offene Kanal personell aufrüsten, oder denken Sie mehr in Richtung Wartungsverträge mit Videofirmen zu machen, die dann technische Leistungen, etwa Reparaturen, erledigen?

Wir werden hinsichtlich der Wartung einen Vertrag mit der PK abschließen. Wie wir Reparaturfälle erledigen, bleibt abzuwarten. Ich stelle mir vor, daß man ganz normal bei den Reparaturwerkstätten nach deren Konditionen sich erkundigt und dann auf die Angebote reagiert.

Spielen die alten Vereine, die ja mal im Gesetz waren, noch irgendeine Rolle?

Also unmittelbar nicht mehr. Der Verein Offener Kanal engagiert sich aber weiter sehr intensiv für die Idee des Offenen Kanals durch eigene Aktionen, die dann dem Offenen Kanal zugeführt werden. Der Verein Kabelfunk beobachtet das Geschehen um die neue Satzung sehr intensiv. Mitglieder des Vereins sind außerdem engagierte Nutzer des Offenen Kanals. Der Verein Bürger-Radio ist weiterhin im Hörfunk aktiv und Träger einer Medienwerkstatt.

1.2 Gespräch mit Wolfgang Ebersberger Offener Kanal Hamburg, am 11. Juni 1988

Herr Ebersberger, wie ist die Entwicklung des Offenen Kanals abgelaufen?

In Hamburg ist die Debatte um die Einführung von privatem Rundfunk außerordentlich kontrovers gewesen, sicherlich mehr als in manchen anderen Bundesländern. Neben der Absicht, zwei private Lokalradios zu etablieren, deren Anbietergemeinschaften nicht gewinnorientiert arbeiten dürfen, stand bald die Idee, Offene Kanäle für Hörfunk und Fernsehen einzurichten. Die Debatte über diese Idee ist sehr kontrovers geführt worden, und es hat sich gezeigt, daß auch diejenigen, von denen man spontan vielleicht vermuten würde, ihnen müßte die Idee des Offenen Kanals eigentlich sehr nahe liegen, durchaus Probleme mit dem Gedanken an einen Offenen Kanal hatten. Sie haben nämlich die Vermutung geäußert und auch begründet – mit gar nicht schlechten Argumenten wie mir scheint –, der Offene Kanal solle ein Alibi sein für die Einführung privaten Rundfunks, ein Feigenblatt sozusagen. Der Offene Kanal ist dann nach längeren Debatten Bestandteil des Mediengesetzes geworden. Und dort steht: Die HAM richtet einen Offenen Kanal für Hörfunk und einen für Fernsehen ein. Mit dem Fernsehen fangen wir im September im Kabelkanal 2 an. Im Radio haben wir eine Sendezeit von zunächst zweimal drei Stunden als Fensterprogramm bei einem der gemeinnützigen Stadtradios. Dieses Fensterprogramm, das wissen wir, ist natürlich ein Widerspruch zu einer der Grundregeln des Offenen Kanals, nämlich dem Zugang zur Sendung zu jeder Zeit. Ich glaube aber, daß dieser Nachteil kompensiert wird dadurch, daß wir die Möglichkeit haben, den Offenen Radio-Kanal terrestrisch zu verbreiten. Die Erfahrungen andernorts zeigen ja, daß Radio im Kabel eine absolut tote Sache ist. Wir wollen hier versuchen, ob Offener Kanal Radio vielleicht besser funktioniert, wenn man ihn terrestrisch verarbeitet, also über UKW-Sender.

Wie wird die Nutzung geregelt?

Eins der Probleme ist, wie man die einzelnen Sendebeiträge begrenzt. Dazu haben wir etwas in der Satzung. Die Einzelbeiträge dürfen nicht länger als 60 Min. sein. Nun müssen wir mal sehen wie wir zurechtkommen. Wir müssen sehen, wie groß der Bedarf an Sendezeit ist, und wenn er größer ist, als unsere Kapazität, dann müssen wir uns eben etwas einfallen lassen. Es steht ja nicht im Gesetz daß Offener Kanal wöchentlich 6 Stunden oder 9 Stunden stattfindet, sondern daß ein Offener Kanal eingerichtet wird. Das interpretiere ich so: Er hat sich in seinem Angebot zu orientieren einmal am Bedarf der Bevölkerung in dieser Stadt und zum zweiten natürlich an den technischen und finanziellen Mitteln.

In ganz frühen Zeiten, als man über mögliche Organisationsformen Offener Kanäle nachdachte, gab es mal die These: Möglichst weit weg von Anstalten, möglichst nicht an Behörden anbinden, weil die Bürger dann denken, Offener Kanal sei Staat, bedeute eben doch Zensur und dergleichen. Wir wußten nie so genau, wo soll man sich angliedern, und ich habe, als ich mit einer öffentlich-rechtlichen Anstalt im Rücken anfing, ja auch so komische Gefühle gehabt.
Wo liegt der Vorteil für Hamburg in dieser Organisationsstruktur?

Mir leuchtet ein, daß man ganz zu Anfang die Staatsferne oder besser Behördenferne oder Anstaltsferne für etwas sehr Gutes und Wichtiges gehalten hat. Ich bin ganz sicher, ich hätte das voll unterschrieben. Wir hatten ja den unendlichen Vorteil, daß wir lernen konnten und Erfahrungen übernehmen konnten aus Ludwigshafen, Dortmund und Berlin. Und Berlin beispielsweise hat ja die Trägerschaft Offener Kanäle nach langem Hickhack und Hin und Her dann zunächst mal bei einem Verein festschreiben wollen. Dann stellte sich heraus, mit *einem* Verein geht nicht. Was man *einem* zugesteht, das muß man auch *mehreren* zugestehen; und dann war das plötzlich – so sehe ich das – ein Vereinsdurcheinander.

Ich habe eine gewisse Skepsis denjenigen gegenüber, die bisher gekommen sind und sich für die Trägerschaft des Offenen Kanals interessiert haben. Das sind hier in Hamburg z. B. auch Studiobetreiber gewesen. Hamburg ist ja auch ein Werbezentrum, mit unglaublich hohen Studiokapazitäten und einer sensationellen Technik, übrigens natürlich Offener-Kanal-ungeeigneter Technik. Als ich dann gesagt habe, wir brauchten leicht bedienbare – also andere – Geräte, die von Nutzern selbst gehandhabt werden und daß für Nutzer der Zugang bis 22.00 Uhr möglich sein muß – plus Verlängerung bei Bedarf –, daß auch an den Wochenenden Betrieb sein wird, da ließ dann das Interesse doch ganz rapide nach, und mir wurde klar, daß die Begeisterung gar nicht so sehr dem Offenen Kanal gegolten hatte.

Dann tauchte natürlich auch der Gedanke an eine Vereinsträgerschaft auf. Ich bin bisher nicht überzeugt, daß die Menschen, die sich mit einer solchen Idee bei mir mal gemeldet haben und mit denen ich bisher darüber geredet habe, wirklich willens und in der Lage sind, das für den Betrieb eines Offenen Kanals Notwendige auch wirklich zu tun. Das ist einfach eine persönliche Skepsis, die möglicherweise ja abgebaut werden könnte.

Außerdem überträgt das Mediengesetz in Hamburg der Anstalt und dem Beauftragten ganz bestimmte Aufgaben, die auch von einem anderen Träger überhaupt nicht übernommen werden könnten. Die Beratung der Nutzer ist Sache der Anstalt. Wir fragen uns die ganze Zeit: Was tut eigentlich ein Träger? Was soll der denn für Aufgaben haben, soll der Kaffee kochen und die Hausreinigung organisieren? Mich überzeugen solche Überlegungen nicht.

Der Vorstand der HAM hat einen Beschluß gefaßt, der sinngemäß lautet: Bis Ende 1989 liegt die Trägerschaft bei der HAM. In diesem Zeitraum soll geklärt werden, ob andere sinnvolle Trägerschaften möglich sind. Dann wird rechtzeitig vorher entschieden. Dieser Beschluß wird von der Senatskanzlei, unserer Rechtsaufsicht, voll mitgetragen. Wir nehmen diesen Prüfauftrag auch sehr ernst und denken natürlich über alternative Möglichkeiten nach. Was dabei letztlich herauskommt, kann ich jetzt noch nicht sagen. Zwei Dinge halte ich für wichtig: 1. Berlin hat sich von der Vereinsträgerschaft gerade verabschiedet. 2. Wir wollen jetzt hier unsere praktischen Erfahrungen machen und werden dann merken, wo denn evtl. Schnittstellen sein könnten und welche sinnvollen Lösungen sich anbieten.

Welche Anforderungen stellen Sie an die Mitarbeiter im Offenen Kanal?

Stichwort Mitarbeiter, wie ist das Anforderungsprofil für Mitarbeiter hier im OK in Hamburg bzw. die Qualifikationsmerkmale. Gibt's so was überhaupt, wie sucht man da, müssen die Tontechniker, Bildtechniker sein?

Wir haben uns viele Gedanken darüber gemacht, haben uns zum Glück zu einem sehr sehr frühen Zeitpunkt von der Idee verabschiedet, die Mitarbeiter müßten Medienpädagogen sein. Wir haben andersherum überlegt und uns gefragt, was wir nicht brauchen. Wir brauchen **keine** Techniker, **keine** Medienpädagogen, **keine**

Journalisten, keine Psychologen. Die Leute, die wir brauchen, müssen von all dem was können. Und die suchen wir uns jetzt, und woher sie kommen und was sie vorher gemacht haben ist uns erstmal eins.

Eine Kollegin hat beispielsweise viele Jahre lang als freie Mitarbeiterin beim NDR gearbeitet, war zum Schluß aber Leiterin einer Kreisvolkshochschule auf dem Lande in Dithmarschen. Daß sie außerdem mal gekellnert hat in Jazz-Kneipen usw., betrachte ich auch nicht als Fehler. Eine andere Kollegin, die als Verwaltungsmitarbeiterin eingestellt worden ist, hat gesagt: Ich will hier aber nicht nur Sekretärin sein. Das versteht man sofort, wenn man weiß, was sie bisher gemacht hat. Sie war jetzt 6 Jahre lang in der Leitstelle Gleichstellung der Frau bei Eva Rühmkorff und dort Anlaufstelle für alle möglichen Aufgaben, für alles, was per Telefon oder schriftlich kam, und für alle Besucherinnen. Außerdem war sie vorher 6 Jahre Schulsekretärin. Sowas kann, glaube ich, unglaublich hilfreich sein. Ein anderer Mitarbeiter war Aufnahmeleiter bei Studio Hamburg. Da hatte ich zuerst gedacht, der ist ganz bestimmt Technikprofi. Aber dann habe ich gelesen, daß er Zivildienst in der Altenhilfe geleistet hat. Das hat mich neugierig gemacht. Im Bewerbungsgespräch hat er dann erzählt, es sei gar nicht so wichtig gewesen, den alten Leuten die Einkäufe zu machen. Viel wichtiger sei gewesen, zusammen Kaffee zu trinken und miteinander zu reden. Jemand, der so denkt, der bringt schon eine ganze Menge mit, was wir im Offenen Kanal brauchen. Wir haben Leute gesucht, die nicht glatt sind und die möglichst auch so unterschiedlich sind, daß bei der Verschiedenartigkeit der Nutzer immer eine Anlaufstelle sein kann. Hier dürfen nicht alle gleich sein.

Wenn man jetzt so ein System aufbaut innerhalb einer Behörde so einer öffentlich-rechtlichen Anstalt, dann kommt jede Verwaltung logischerweise auf die Idee, sich irgendwann mal Gedanken zu machen, was bezahlen wir diesen Menschen eigentlich. Und das nächstliegende ist dann zu fragen, hat der Abitur, hat der eine abgeschlossene Tanzschule, wie oft hat er seinen Führerschein gemacht und so weiter. Aber ernsthaft, es gibt ja so Kriterien, die sind Tradition.

Ich konnte aber nicht sagen, wie man solche Leute eingruppiert. Ich habe mir einfach diese ominöse Gehaltstabelle hergenommen und habe mir vorgestellt, jemand ist, sagen wir mal, 32 oder 33 Jahre und verheiratet, was muß so ein Mensch, der diese Tätigkeit bei uns macht, bekommen. Da es im Manteltarifvertrag Stellenbeschreibungen für Medienassistenten nicht gibt, haben wir entsprechende Tätigkeitsmerkmale formuliert. Es handelt sich hier um eine hochqualifizierte Tätigkeit, und zwar nicht nur in einem Berufszweig, sondern in mehreren, wie ich vorhin gesagt habe. Wir zahlen nach MTV IVa bzw. III und es werden Überstunden und Zeitzuschläge bezahlt.

Nachtrag: Mehr als ein Jahr nach dem hier wiedergegebenen Gespräch mit Uli Kamp stelle ich mit einigem Erstaunen fest, wie schnell die seinerzeit beschriebenen Verhältnisse sich weiterentwickelt haben aufgrund der sehr guten Akzeptanz des Offenen Kanals Hamburg durch die Nutzerinnen und Nutzer. Deshalb hier einige aktuelle Ergänzungen:

Nach gut einem Jahr sind bei uns weit über 1 000 Einzelpersonen und Nutzergruppen aktiv. Die sechs Stunden Sendezeit wöchentlich im Hörfunk (im Fernsehen steht ein eigener Kabelkanal uneingeschränkt zur Verfügung) reichen längst nicht mehr aus. Durch Wechsel auf die UKW-Frequenz 97,1 MHz wird eine erhebliche Erweiterung möglich: Hörfunk und Fernsehen senden ab Januar 1990 montags bis freitags ab 17 Uhr jeweils bis zu drei Stunden.

Die Überlegungen hinsichtlich der Trägerschaft haben sich als zutreffend erwiesen. Deshalb wird die Hamburgische Anstalt für neue Medien auch über das Jahresende 1989 hinaus Träger und Betreiber des Offenen Kanals bleiben.

Es hat sich auch als richtig erwiesen, als Mitarbeiterinnen und Mitarbeiter keine »Medien-Profis« einzustellen. Durch die im vorangegangenen Gespräch dargestellte Unterschiedlichkeit der Personen und ihrer beruflichen Erfahrungen ist genau die Vielfalt von persönlichen Eigenschaften und Fähigkeiten vorhanden, die einen Offenen Kanal erst lebensfähig sein lassen. Es ist das engagierteste und fähigste Team, mit dem ich je zusammengearbeitet habe – aber auch das unbequemste.

Hamburg, im November 1989.

1.3 Gespräch mit Christian Longolius (Offener Kanal Dortmund) im Juni 1988

Wie war die Entwicklung des Offenen Kanals in Dortmund?

Der Gesetzgeber hatte den Offenen Kanal, wenn man den Text sehr engstirnig auslegt, auch für juristische Personen geöffnet. Das war im Gesetzestext dadurch deutlich, daß drinstand: Jeder, der in Dortmund seine Hauptwohnung, seinen ständigen Aufenthalt oder Sitz hat, ist zugangsberechtigt. Das Wort Sitz gibt es strenggenommen nur für Vereine, Verbände, Parteigruppierungen, Firmen usw., jedenfalls nicht für Menschen, die einen Vor- und Zunamen haben. Uns als ziemlich langfristigen Vordenkern von Offenen Kanälen war aber schon immer klar gewesen, daß Offene Kanäle nur für Menschen mit Vor- und Zunamen oder für Gruppen von Menschen mit Vor- und Zunamen da sind und nicht für Institutionen und Organisationen, obwohl in den meisten Gesetzen denen die Offenen Kanäle auch sozusagen versprochen wurden. Für den Organisator des Offenen Kanals ergäbe sich daraus zwangsläufig die Verpflichtung, auch nachzuprüfen, ob ein einzelner oder ob drei Leute, die jetzt ankommen und einen Beitrag machen, sich eine Kamera ausleihen oder live senden, ob die in der Tat die legitimierten Pressesprecher dieser Organisation sind. Da das organisatorisch völlig unmöglich ist und den Offenen Kanal in einen sehr unfruchtbaren Streit mit Verbänden, Parteien usw. reinbringen würde, war mir von Anfang an klar, daß das nicht möglich wäre: wenn jetzt z. B. die Ortsunion so und so der CDU Dortmund sendet, dann nachzuprüfen, ob der jeweilige Sendeanmelder, also der Ersteller der Sendung, ob der auch befugt ist, für diese Parteigliederung zu sprechen oder nicht.

Wir haben das auch gegenüber den Parteien übrigens ganz offen ausgesprochen, und die hatten sofort dafür Verständnis, daß wir das nicht nachprüfen können und daß wir deshalb nur Menschen mit Vor- und Zunamen akzeptieren können. Das ist bei uns dann durch die Satzung für den Offenen Kanal Dortmund, ich sage jetzt mal etwas despektierlich: »nachgebessert« worden. Durch diese Satzung hatten wir es in der Tat dann nie mit juristischen Personen zu tun und konnten jedem, der ankam und sagte, ich komme vom Ortsverband Dortmund des Lebensrettungsverbandes, dem konnten wir sagen, Lebensrettung ist kein Vorname. Sie kommen als Max Meier und könnten selbst dann Signets dieses Verbandes verwenden, wenn Sie ein Gegner des Verbandes sind, weil wir das gar nicht nachprüfen können, D. h., ein Sozialdemokrat könnte eine Sendung machen, bei der er CDU-Schilder hinter sich an der Wand hat als Dekorationen, weil er für uns nur als Dortmunder Bürger von Interesse ist. Das war eigentlich der einzige Punkt am Gesetz, der zu Bauchschmerzen führte.

Wesentlich größere Bauchschmerzen gab es bei den Planungen, die im WDR vorher geschehen waren. Ich will das aber nicht zu weit auswalzen, denn es gelang, diese Fehlplanungen zu korrigieren; teilweise war es ein sehr langer Prozeß, teilweise hat es bis in das dritte Jahr des dreijährigen Pilotversuchs gedauert, bis das gelang; aber es hatte auch sehr positive Seiten. Eine der Fehlplanungen war, daß überhaupt keine eigene Technik für den Offenen Kanal vorgesehen war, weder Produktions- noch Sendetechnik. Die fehlende Produktionstechnik war aber das kleinste Problem. Es trug nur zur Erheiterung unseres Teams bei, daß, nachdem es jahrelang schon Experten für Offene Kanäle in der Bundesrepublik gab, aus unterschiedlichen Gruppierungen und sogar aus öffentlich-rechtlichen Rundfunkanstalten, daß eine große Anstalt wie der WDR darauf verzichtet hatte, mal einen von den Kollegen um Rat zu fragen, was eigentlich so ein Offener Kanal ist, sondern einfach von sich aus eine Einrichtung zum Beispiel unseres Häuschens plante, die eigentlich nur aus Sitzlandschaften bestand. Als ich die Möblierungspläne sah, dachte ich, daß da jemand eine Flughafenhalle geplant hat anstatt eine lebendige Produktionsstätte, in der viele Sendungen zustande kommen sollten.

Härter, aber vielleicht auch kennzeichnender, war eine Fehlplanung, die darauf hinausgelaufen wäre, daß der Offene Kanal kein Kanal gewesen wäre, sondern ein zeitlich begrenztes Fenster in einem professionellen Programm; die berühmte Frage: ja braucht denn der Offene Kanal einen ganzen Kanal, die man auch erweitern könnte: ja soll denn der Offene Kanal wirklich offen sein, die jedem, der sich ein paar Jahre damit beschäftigt hat, inzwischen zum Halse heraushängt, weil man nur sagen kann: also entweder nimmst du den Begriff ernst oder nicht, ein Offener Kanal hat *offen* zu sein, und es ist *ein* Kanal oder *eine* Frequenz. Der WDR hatte sich gedacht, daß in einem lokalen Fernsehprogramm und in einem lokalen Hörfunkprogramm, was sowieso vorgesehen war, daß dort vielleicht für eine Stunde am Tag oder anderthalb Stunden am Tag oder eine halbe Stunde am Tag dieses Programm geöffnet werden könnte für das, was sich eine Anstalt unter »Bürgerbeiträge« vorstellt. Und zwar war diese Planung von Kollegen festgeschrieben worden, die es nach ihrem Verständnis durchaus gut meinten mit dem, was sie für Offenen Kanal hielten, nämlich: mehr Reichweite, mehr öffentliche Aufmerksamkeit, mehr Publikum. Für jemanden, der den Unterschied zwischen Massenmedien und Offenem Kanal nicht kennt – eine Stelle sendet, und alle sind sich dabei einig in dem Ziel, möglichst viele Leute zu berieseln, möglichst viele Passivfernseher oder Passivhörer zu berieseln –, für den ist es ganz naheliegend zu denken, daß er dem Produzenten des Offenen Kanals auch einen Gefallen tut, wenn er seine Sendung so plaziert, daß sie möglichst abstaubt von der Sogwirkung auf möglichst viele Zuhörer oder Zuschauer, die man durch »attraktive« Programme anzieht. Sie überlegen sich dabei z. B. nicht, daß diese eine Stunde ja eine Begrenzung der Länge dieser Beiträge bedeutet, denn man muß ja dann, wenn man eine Stunde festlegt, genau nach 60 Minuten wieder fertig sein, damit jetzt die Nachrichten oder irgendwas vom WDR kommen kann.

Da der Gesetzestext also ziemlich eindeutig war, ging das auch noch relativ schnell, hat aber nicht zur Beliebtheit des Teams des Offenen Kanals beim Projektträger beigetragen. Um es konkret zu sagen, ich brauchte nur den zuständigen Beamten in der Staatskanzlei anzurufen und zu fragen: Sind wir uns, bitteschön, einig, daß das Gesetz den Offenen Kanal als Kanal und als ganz offen meint und daß da nichts anderes drauf gesendet wird? Und der Kollege sagte: Selbstverständlich, da er Jura studiert hat, ja, das ist ganz eindeutig. Dann konnte ich das so im Funkhaus zitieren, und damit war die Sache gefressen. Diese Fehlplanung aufgrund mangelnder beruflicher Fortbildung hatte aber erhebliche Folgewirkungen, denn indem die Planungsgruppe des Projektträgers davon ausgegangen war, daß der Offene Kanal natürlich kein Offener Kanal sei, waren auch keine eigenen Sendemaschinen vorgesehen und keine Planstellen für spezielle Sendetechniker, die das auch abwickeln würden. Es gab zwar genügend Kanäle, dank Kabel, wie das überall ist. Es gab jetzt einen Kanal 11 im Fernsehen und eine Kabelfrequenz 92,6 MHz im Hörfunk; aber es gab keine Planstellen für Menschen, die das bedienen würden, und es gab keine gesonderten Sendemaschinen. Das führte zu sehr erheblichen Überbelastungen der vorhandenen Technikerschichten, indem die, wenn der Offene Kanal sendete, gleichzeitig auf eine ganze Reihe von anderen Kanälen achten mußten und ohne individuelle Schuld oder ohne daß sie schlechter ausgebildet waren als andere, einfach aufgrund dieser Überbelastung, manchmal erst nach einer Minute, merkten, wenn im Offenen Kanal ein Beitrag zu Ende war und jetzt eigentlich die nächste Kassette eingeschoben hätte werden müssen. Das haben natürlich die Produzenten und Zuschauer des Offenen Kanals auch mitgekriegt, und zwar kontinuierlich. Es führte zu individuellen Ungerechtigkeiten gegenüber den WDR-Ingenieuren, die das fuhren und von denen nur die wenigsten wußten, daß sie aufgrund einer ganz langfristigen Fehlplanung überbelastet waren.

Und dann waren die Sendemaschinen, auf denen dann die Beiträge des Offenen Kanals gefahren wurden, auch nur zum Teil verfügbar, es war kein extra TBC für den Offenen Kanal vorgesehen, der Time-Base-Corrector konnte nur benutzt werden, wenn das Lokalfernsehen gerade keinen benötigte usw.; also eine Fülle von technischen Unzulänglichkeiten, die man hätte vermeiden können, wenn man rechtzeitig einfach mal gefragt hätte oder einen Begriff wörtlich genommen hätte. Also wir hier in Dortmund waren ja im Unterschied zu allen anderen Offenen Kanälen – sei es in Kabelpilotprojekten oder auch zu den jetzt aufgrund der neuen Landesrundfunkgesetze entstehenden Offenen Kanäle – in der Situation, daß eine alte große liberale öffentlich-rechtliche gemeinnützige Rundfunkanstalt der Träger auch des Offenen Kanals war.

Das ist mit Ihren Erfahrungen, Herr Kamp, überhaupt nicht vergleichbar. Sie waren zwar auch eine öffentlich-rechtliche Anstalt, aber der Träger Ihres Ludwigshafener Projekts war eine nicht programmproduzierende Anstalt. Wir hatten als Träger eine öffentlich-rechtliche programm-produzierende und selber Technik organisierende Sendeanstalt. Und da stellte sich die Frage, ob man es als Leiter eines Offenen Kanals eigentlich mit gutem Gewissen zulassen kann, daß dieses Volksfernsehen und dieser Volkshörfunk im Vergleich zu den anderen professionellen Programmen dieser großen Anstalt schlechter behandelt wird, oder ob ich aus meinem Verständnis von Öffentlich-Rechtlichkeit und Gemeinnützigkeit des WDR nicht darauf dringen muß, daß der Offene Kanal ganz genauso, also gleichrangig, behandelt wird wie die professionellen Programme. Ich gebe zu, daß wir damit in dem Bereich sind, den Sie möglicherweise Philosophie nennen. Dies war und ist heute immer noch meine

Philosophie des öffentlich-rechtlichen gemeinnützigen Rundfunks, wenn sich auch – wie ich zugeben muß – die Praxis immer mehr davon entfernt, daß der Rundfunk den Bürgern gehört –, ein altes Zitat des damaligen WDR-Intendanten Friedrich-Wilhelm v. Sell. Der öffentlich-rechtliche Rundfunk muß eigentlich gewährleisten, daß jeder, der eine auf Veröffentlichung angelegte Meinung hat, sei sie nun politisch oder unpolitisch, damit auch zu Wort kommen kann. Da ich an diese Philosophie glaubte und glaube, meinte ich, daß jeder Bürger, der nun dieses Recht direkt wahrnimmt, ohne den Umweg über journalistische Dolmetscher oder Stellvertreter im Rundfunkrat, daß der genau dieselben Ansprüche gegenüber dem WDR habe, möglicherweise sogar noch höhere Ansprüche als jemand, der für die Artikulation seiner Meinung ein Gehalt bekommt.

Vielleicht kann ich mal sagen, daß die Bewältigung dieser Planungspannen im Endeffekt zu einer Realität von Offenem Kanal geführt hat, die ich inzwischen für außerordentlich positiv halte. Insofern, als aus der Not eine Fülle von Tugenden gemacht wurde. Es gab unter den Nutzern des Offenen Kanals und auch im Team der Kommunikationshelfer über zwei Drittel des dreijährigen Kabelpilotprojekts hiweg die Erfahrung, daß man als fünftes Rad am Wagen behandelt wurde. Die professionellen WDR-Programme hatten immer Vorrang in der Ausstattung mit Geräten und in der Sorgfältigkeit der Sendeabwicklung. Bei meinem Projektleiter ging es soweit, daß er die »Bürger« am liebsten von den Parkplätzen des Funkhausgebäudes verscheucht und die Plätze denen reserviert hätte, die für ihre dienende Funktion gegenüber dem Souverän Bürger ein Gehalt bekommen.

Was die Produktionstechnik anbelangt, hatten wir uns relativ schnell unabhängig gemacht. Daraus entstand, sagen wir mal, ein verschärftes Selbst-Bewußtsein, also mit Bindestrich dazwischen, ein verschärftes Selbst-Verständnis von dem, was bürgerautonomer Rundfunk sein könnte, und durch diese Notlagen wuchs sehr viel schneller, als ich es sonst von mir aus eigentlich für möglich gehalten hätte, auch das Gefühl, das kann möglicherweise nicht nur Programmautonomie sein, sondern die Autonomie muß auch noch weiter gehen: Unabhängigkeit auch von den Diplomingenieuren der Anstalt, die normalerweise als einzige befugt sind, eine Sendestraße zu bedienen, weil sie das gelernt haben. Ich meine das berühmte Projekt dieses »Volksbauausschusses«, sich im Haus des Offenen Kanals eine eigene Sendeabwicklung zu bauen, um sich unabhängig zu machen auch von den zahllosen Sendepannen des Funkhauses an der Lindemannstraße. Und dieser Sender, der im Kellergeschoß unseres kleinen Häuschens dann nach eigener Planung der Nutzer des Offenen Kanals in Selbsthilfe gebaut wurde, ohne einen Pfennig Lohnkosten, mit einem Materialkostenzuschuß des WDR, führte ziemlich automatisch auch zu der Regelung, daß, als alles stand, nicht nur Fernsehstudio, Hörfunkstudio, sondern auch Sendeabwicklung, daß dann auch die Sendeabwicklung von produzierenden Bürgern selber geleistet wurde. Das war eine Abrundung der Idee von bürgerautonomem Rundfunk, an die ich am Anfang nicht im Traume gedacht hätte und die sich als sehr positiv erwiesen hat.

Bürger bedient Sendestraßen, gefragt nach Name und Adresse, wie kommt man dazu, in Dortmund eine Sendestraße zu bedienen? Liefert man eigene Beiträge oder auch Beiträge, die andere Leute gemacht haben, und speist die ein? Sind die beim WDR angestellt oder arbeiten die ehrenamtlich?

Wir haben diese Frage erstmal unter uns nach allen Seiten reflektiert und dann mit den Bürgerinnen und Bürgern, die sich besonders aktiv gezeigt hatten beim Ausbau dieses Produktions- und Sendezentrum ausführlich diskutiert. Das war so ein Kreis von etwa 25 Personen, die keinen eigenen Verein gebildet haben (so klug waren die auch), sondern die sich einfach selbst verpflichtet hatten, diesen Keller in der Bauzeit von 5 Monaten auszubauen. Im Einvernehmen mit den besonders aktiven Bürgern, die diesen Ausbau in Eigenarbeit gemacht haben, haben wir sehr früh schon während der Bauarbeiten festgelegt, daß der Raum, an dessen Tür steht »Sendeabwicklung Fernsehen« nicht für jedermann zugänglich sein darf. Einerseits waren die Geräte, die da drin stehen, zu teuer und sind zu empfindlich, und zum anderen, weil die Frage, wer läßt einen Beitrag auf Sendung, auch etwas mit einer Verantwortung zu tun hat, die weit über die Eigenverantwortung des produzierenden Bürgers für seine eigene Sendung hinausgeht. Diese allgemeine Einsicht, die eigentlich niemals stittig diskutiert wurde, führte dazu, daß wir fragten, wer erklärt sich denn bereit, erstmal auf eine Probezeit von 6 Monaten den Sendedienst zu übernehmen. Wir haben dafür in Analogie zu unserer eigenen Berufsbezeichnung Kommunikationshelfer das Wort Sendehelfer erfunden. Wobei die Bereitschaft natürlich auch etwas mit der Zeit zu tun hat.

Es war. z.B. einer darunter, der sehr aktiv beim Ausbau mitgeholfen hatte, der aber einen Piepser bei sich trägt, weil er durch seinen Beruf ständig für seinen Chef abrufbar sein muß. Das war klar, daß der sich nicht verbindlich verpflichten kann, donnerstags immer Sendedienst zu machen. Aus dieser ersten Umfrage ging eine Zahl von vier aktiven Freiwilligen hervor, die beim Ausbau geholfen hatten und die dazu bereit waren. Wir haben dann, glaube ich, weitere ein oder zwei sozusagen als Reservetruppe registriert, und diese ersten vier, von denen inzwischen einer ausgeschieden und durch einen neu dazugekommenen ersetzt worden ist, haben auch alle einen Schlüssel zu dem Senderaum. Diesen Schlüssel hat aber kein anderer, und die dürfen den auch nicht an andere verleihen, das tun die auch nicht, und die Sendetermine werden unter diesen vier Sendehelfern abgesprochen. Meine größte Verblüffung ist, daß das bis jetzt immer geklappt hat. D. h. also, wenn jemand krank ist an dem Tag oder einen Schichtwechsel hat, den er nicht vorhersehen konnte, dann ruft er immer an. Entweder organisiert er selber einen Vertreter, oder er ruft immer zuverlässig an. Also es hat bis jetzt – und dieses Verfahren läuft jetzt seit mehr als einem Jahr, seit nahezu dreizehn Monaten – hat es noch nicht einen Tag gegeben, wo jemand abgesagt hat und nicht gekommen ist. Es hat ein paar Fälle gegeben, wo alle gleichzeitig nicht konnten, z.B. waren alle vier Sendehelfer bei der letzten Funkausstellung, weil sie dort eine Sendung gemacht haben im Offenen Kanal Berlin, das war aber lange vorher bekannt, und dann hat einer der Kommunikationshelfer an diesen zwei oder drei Abenden die Sendestraße bedient.

Zu meinen Erfahrungen in den drei Jahren, die ich auch so nicht vorausgeahnt habe, gehört auch, daß man`sich auf die Klugheit von Bürgern auch planerisch sehr, sehr viel stärker verlassen kann, als ich das nach meinen Lebenserfahrungen vorher jemals für möglich gehalten hätte. Die Klugheit und die Einsichtsfähigkeit von Menschen, die wissen, daß sie für eine bestimmte Tätigkeit kein Geld bekommen, sondern daß sie dies nur dann machen, wenn sie akzeptieren: dies ist Freizeit, dies ist was Neues, auf das ich mich mal einlasse, ist ein Faktor, den man einkalkulieren kann. Die Mitglieder dieser besonderen Helfergruppe haben den Offenen Kanal viel schneller kapiert als 90 Prozent der Medienpolitiker in der Bundesrepublik. Sehr,

sehr schnell kapiert jeder Nutzer die »Ideologie« eines Offenen Kanals und ist bereit, diese auch Dritten gegenüber zu erklären und zu vertreten, und kapiert sehr schnell, daß das Ingroupbilden eine große Gefahr ist für den Offenen Kanal. Da aber Offene Kanäle schon im Rahmen der Kabelpilotprojekte und erst recht bei ihrer Verbreitung in Zukunft immer unterfinanziert sein werden, ist ihr Funktionieren auch angewiesen auf wachsende Kerngruppen von besonders aktiven ehrenamtlichen Mithelfern. Das sind in unserem Fall – und ich denke, daß das woanders genauso werden wird, in unserem berühmten Vorbild Wil bei St. Gallen war es ja genauso – Menschen, die nicht primär ein inhaltliches Interesse haben, auf jeden Fall nicht verwirklichen wollen bei den vielen Stunden ihrer Freizeit, die sie über die Produktion der eigenen Sendungen hinaus im Offenen Kanal verbringen, sondern die Spaß auch an Organisation haben, an zum Erfolg Verhelfen. Ich denke, daß von unseren Sendehelfern weitaus die meisten oder alle einfach auch Spaß am Funktionieren der Technik haben. Sie haben dann irgendwann einmal im Monat oder zweimal im Monat oder einmal im Vierteljahr auch Spaß, eine eigene Sendeidee zu realisieren.

Übrigens gehört es auch zu den Absprachen dieser Kollegen mit uns (auch eine Sache, die völlig unstrittig war, sofort von jedem eingesehen wurde oder selbst vorgeschlagen wurde), daß niemals ein Sendehelfer an einem Tag Dienst tun darf, wo ein eigener Beitrag von ihm gesendet wird. Dies war schon deshalb ganz klar, weil in der Tat das Zulassen von Rundfunksendungen sowas wie ein hoheitlicher Akt ist, und die Gesamtverantwortung für diesen Offenen Kanal in den drei Jahren hatte ich innerhalb einer Hierarchie meiner Anstalt; das heißt z. B. in einem Extremfall, der bei uns nie vorgekommen ist, aber er hat bei diesen Absprachen trotzdem eine Rolle gespielt als Denkmodell, in einem Extremfall habe ich oder mein jeweiliger Stellvertreter die Vollmacht, eine Sendung sofort abbrechen zu lassen. Insofern ist der Bürger, der an diesem Abend als Sendehelfer tätig ist, nicht ein autonomer, sich selbst verwirklichender Bürger, sondern er tut dieses, ob er bezahlt wird oder nicht, als weisungsunterworfener Mitarbeiter.

Das halte ich für eine ganz entscheidende Frage: wer für den Sendebetrieb verantwortlich ist und entscheidet, ob richtig oder falsch, diese Sendung wird jetzt abgebrochen, greift zum Telefonhörer und ruft die Sendeabwicklung an und sagt: Brechen Sie jetzt ab, der kann dann nicht einen Partner auf der anderen Seite haben, der mit ihm anfängt zu diskutieren, sondern es muß dann sofort abgebrochen werden. Das ist eins der Probleme. Im Wortlaut der neuen Landesrundfunkgesetze ist ja der produzierende Bürger oder die produzierende Bürgerin alleinverantwortlich. Diese Formulare haben sie auch bei uns in den drei Jahren Kabelpilotprojekt unterschrieben, sie haben unterschrieben, daß sie keine Gesetze verletzen, daß sie die Sendung einhalten und daß sie den WDR von Schadensersatzansprüchen Dritter freistellen.

Trotzdem war mein Selbstverständnis immer, daß – auch wenn ich mir den Beitrag vorher nicht angesehen habe – ein Rest von Mitverantwortung, nämlich die Verantwortung dafür, den Sender weiter laufen zu lassen, bei mir bleibt. Das war zu realisieren, solange der Projektträger meine Stelle finanziert hat, meine und genügend andere Stellen, so daß immer, wenn der eine keine Zeit hatte, ein zweiter da war und sich die Sendung während der Ausstrahlung anschaute. Inzwischen laufen aber Offene Kanäle, in denen überhaupt keine Planstelle finanziert ist. Ich bin mir nicht sicher, ob der Intendant des WDR – falls er weiß, wo Dortmund liegt – sich vorgestellt hat, daß ich mir Beiträge im Offenen Kanal vorher nicht anhöre oder anschaue. Ich vermute, daß, wenn er zu dieser Frage seinen Justitiar befragt hätte, beide sich einig gewesen wären, daß doch selbstverständlich der Longolius sich die Sendungen vorher anhört oder anschaut. Ich habe auch versucht, diesen Punkt z.B. bei Hörfunkinterviews, die ich im Laufe der drei Jahre auch dem WDR geben mußte, immer auszuklammern, also die Frage nicht direkt zu beantworten oder die Kollegen Hörfunkjournalisten zu bitten, dann das Mikrofon abzustellen oder die Stelle rauszuschneiden.

Zugleich lag mir aber sehr viel daran, daß innerhalb von Dortmund unter den Nutzern des Offenen Kanals bekannt wurde, daß sich niemand von uns ungebeten Sendungen vorher anschaut oder anhört, weil ich das für einen sehr wichtigen Teil unserer Vertrauensarbeit ansah. Ich habe mir zwei- oder dreimal eine Fernsehsendung vorher angeschaut, in den ganzen drei Jahren, und keine einzige Hörfunksendung vorher angehört. Von den zwei oder drei Fernsehsendungen, die ich mir vorher angeschaut habe, waren es ein oder zwei auf Bitten der Produzenten, die an mich als Kommunikationshelfer gerichtet waren wegen irgendwelcher Rechtsfragen oder sowas, und in einem oder zwei Fällen war es ein Produzent, von dem ein Beitrag durch meinen Vorgesetzten moniert wurde, also ein Beitrag, den wir selber nicht für abbruchwürdig hielten, dessen Wiederholung aber verboten wurde. Das führte dann dazu, daß ich mich verpflichtet sah, mir dessen zwei Folgebeiträge, die von demselben Thema handelten, zum Schutz des Produzenten und auch des WDR und mit Wissen des Produzenten des Beitrags, vorher anzusehen.

Die Freistellungserklärungen ob für Duisburg oder für neue Offene Kanäle, seit dem 1. Juni für Dortmund – enthalten den Text, daß der jeweilige Produzent sowohl die Landesanstalt für Rundfunk als auch die jeweilige Arbeitsgemeinschaft von Ansprüchen Dritter freistellt.

Es ist nach dem Gesetz nicht verboten, daß man sich einen Beitrag vorher anschaut, es ist nicht verboten. Es war auch in meinen drei Jahren, über die wir hier reden, ja nicht verboten. Ich vermute, wie gesagt, sogar im Gegenteil, daß im WDR Köln die Hierarchen davon ausgingen, daß wir uns Beiträge vorher angucken oder vielleicht »abnehmen«, wie ja da die Sprachregelung ist. Auch nach dem neuen Gesetz ist es für denjenigen, der vor Ort einen Sendebetrieb abwickelt, der Träger der Kommunikationshilfe und durchführendes Organ der Sendeabwicklung und des Geräte-Verleihs ist, nicht verboten, sich einen Beitrag vorher anzuschauen. Es ist lediglich verboten, die Verbreitung des Beitrags abzulehnen, wenn nicht evidente Strafrechtsverletzungsvermutungen dafür sprechen, wenn nicht eine sichere und evidente, d.h. auch für Nicht-Juristen klare, Vermutung dafür spricht, daß der jeweilige Produzent bei Unterschrift dieser Freistellungserklärung eine nicht-eidliche falsche Erklärung abgegeben hat. Wenn jemand durch Unterzeichnung eines Formulars sagt, ich verletze keine Gesetze mit dem, was ich hier sende, und ich gucke mir den Beitrag vorher an und sehe eindeutig, er verletzt aber Gesetze, dann, denke ich, gehört es zu meinen Pflichten, die Ausstrahlung dieses Beitrages zu verhindern.

Wie sieht die »ideale« Behausung für einen Offenen Kanal aus?

Die Geschäftsstelle des Offenen Kanals – ich gehe mal davon aus, daß die Geschäftsstelle möglichst am gleichen Ort ist wie die Produktionskapazitäten und, wie bei uns inzwischen zum Glück vollzogen, auch wie die Sendeabwicklung – sollte natürlich möglichst zentral gelegen sein, d. h., sie sollte mit öffentlichen Verkehrsmitteln zu erreichen sein. Sonst wäre das eine Benachteiligung von Nicht-PKW-Besitzern. Die Adresse sollte dem Bevölkerungsdurchschnitt bekannt sein oder jedenfalls sehr leicht zu finden, so daß, wenn ich einen Mann auf der Straße frage, wie komme ich dahin, daß der sagen kann, dann nehmen Sie die Straßenbahn soundso. Mindestens genauso wichtig erscheint mir aber, wie das Gebäude selber aussieht und was für Signale das Äußere und das Innere des Gebäudes auf Nutzer ausstrahlt. Das muß ein Gebäude sein, oder es müssen Räume in einem Gebäude sein, die in möglichst vielen unterschiedlichen Richtungen der Bevölkerung Vertrauen erwecken.

Etwa auch ein kirchliches Gebäude?

Das könnte bei Atheisten ein Problem sein. Bei Menschen, die aus der Kirche ausgetreten sind und nichts als negative Assoziationen verbinden mit Chorälen und mit Gebeten usw., könnte das fast ein Ausschlußgrund vom Offenen Kanal sein.

Ungefähr für genauso schlecht geeignet wie ein kirchliches Gebäude würde ich ein respekteinflößendes Verwaltungsgebäude halten mit einem Pförtner, der am Eingang sitzt. Ich fand die Lösung in Ludwigshafen gut; von der geographischen Lage her miserabel, das ist auch oft genug beschrieben worden in der Literatur, auch daß da ein Pförtner am Eingang saß, hat mich zunächst mal negativ berührt –, als ich aber dann merkte, daß Sie da eine organisatorische Regelung gefunden hatten, wonach der Pförtner die Bürger auch nachts einließ und sehr freundlich zu denen war, habe ich mich mit dieser Lösung versöhnt. Es darf auf keinen Fall ein Bürogebäude sein mit einem Pförtner, der nach einem Ausweis fragt, so fängt es an.

Es darf auf der anderen Seite aber auch nicht die Teestube in einem selbstverwalteten Jugendzentrum sein, in der jeder mit Spray seine Sprüche an die Wand sprüht, so daß eine eher konservative Zahnarztwitwe, die ihre Rente aus drei Mietshäusern bestreitet, sagt, dieses ist eigentlich nicht meine Umgebung. Der Raum muß in Besitz genommen werden wollen sowohl von der konservativen Zahnarztwitwe als auch von dem jungen Alternativen mit dem berühmten Bart, von dem Lehrer, von dem Schüler, von dem Finanzbeamten, von den Arbeitern; sie alle müssen die Chance haben zu sagen: Das ist ein Raum, in den ich eigentlich gerne gehe.

Welche Rolle spielt das technische Equipment, die Produktionstechnik, und wie wichtig ist die personelle Ausstattung?

Technik ist nach meinen Beobachtungen – ich nehme an, genauso wie nach Ihren – ein Kinderspiel. Das glaubt zwar kein Techniker in der Rundfunkanstalt, aber es ist so. Sicherlich nicht die Feinheiten von Technik, aber es gehört ja zu diesen wahnsinnigen Erfahrungen beim Offenen Kanal, zu diesen wahnsinnigen und auch viele provozierenden Erfahrungen, die den Offenen Kanälen nicht nur Freunde schaffen, daß die 20 Prozent Nichtperfektion, die bei Bürgerbedienung immer übrig bleibt, die Zuschauer überhaupt nicht stören, wenn der Inhalt sie interessiert – es können auch 40 Prozent sein.

Für absolut unverzichtbar halte ich einen Kern von Hauptamtlichen. Absolut unverzichtbar. Das kann mal in einem kleineren Offenen Kanal mit einem Hauptamtlichen anfangen, aber der ist absolut unverzichtbar und kann nur ein Anfang sein. Das ganze Drum-rum von Sendehelfern, von Ehrenamtlichen, von Technik-Engagierten, von an der Idee Engagierten kann nur entstehen, wenn es einen hauptamtlichen Kern von Menschen gibt, die wissen, was der Offene Kanal sein soll, und die diese berühmte »reine Lehre« vom Offenen Kanal glaubhaft verkörpern, und zwar nicht nur 8 Stunden am Tag. Diese ›nicht-nur-8-Stunden-am-Tag‹ betone ich deshalb, weil Sponsoren, Gönnern, politischen Freunden und Feinden des Offenen Kanals immer wieder klargemacht werden muß, daß man z.B. diesen einen ersten Hauptamtlichen nicht über Arbeitsbeschaffungsmaßnahmen finanzieren kann und auch nicht den Schwiegersohn des Oberbürgermeisters nehmen kann, der irgendwie aus einem anderen Job freigestellt wird, um diese Arbeit vorübergehend zu leisten, sondern es muß jemand sein, der für den Arbeitsaufwand und für das Engagement, den er oder sie leistet, für die Vorbildfunktion, für die Ausstrahlungsfunktion auf die zweiten und dritten Mitarbeiter und auf die Ehrenamtlichen, auch so angemessen vergütet wird, daß er sich unabhängig fühlt von örtlich Mächtigen, z.B. von einzelnen Spendengebern oder auch von einzelnen Mitgliedern seines Trägervereins oder auch von einzelnen Referenten seiner aufsichtsführenden Landesrundfunkanstalt.

Es darf auf gar keinen Fall jemand sein, der kurzfristig in seiner Existenz abhängig ist von den Meinungen und Launen von irgend jemandem, der Partikularinteressen im Offenen Kanal vertritt. Nur wenn es einen solchen Kern von mindestens einem, möglichst aber mehreren Hauptamtlichen gibt, ist es überhaupt diskutabel, sich zusätzliche Mitarbeiter über Praktikantenstellen, über ABM hinzuzuholen oder eben einen solchen erweiterten Kreis von Ehrenamtlichen aufzubauen. Unter diesen Hauptamtlichen muß es auch Kommunikation geben. Denn wenn es in einem neuen Offenen Kanal nur einen einzigen gibt, der aus Projektmitteln bezahlt wird, dann muß er auch die Möglichkeit haben, sich mit Kollegen aus anderen Kommunen mal auszusprechen, mal auszukotzen; es muß eine Art Telefonseelsorge geben.

Die Bezuschussung der Kosten von örtlichen Offenen Kanälen wird im Laufe der Zeit prozentual immer niedriger werden. Es bleibt also Bedarf an Restfinanzierung. Und infolgedessen oder schon deshalb wird auch immer ein Bedarf an ehrenamtlicher Mitarbeit bleiben; ich halte das eigentlich auch für gut, die Bereitschaft zur Mitarbeit, die weit über die Produktion eigener Beiträge hinausgeht.

Manche Landesanstalten halten keine Planstellen für die lokalen Offenen Kanäle vor, sondern setzen voll auf die Ehrenamtlichen. Wie ist das in Dortmund?

Die Landesanstalt für Rundfunk Nordrhein-Westfalen und ihre Rundfunkkommission, die laut Gesetz das eigentliche Sagen hat, weiß das noch gar nicht, weil sie dazu über Dortmund hinaus noch keine Beschlüsse gefaßt hat. In der jetzigen Phase, wo die Landesanstalt und ihre Rundfunkkommission das noch gar nicht wissen, halte ich es für denkbar, daß sich einzelne Politiker in der Kommission vorstellen, das Ganze würde beruhen auf einem ehrenamtlichen Prinzip, daß andere aber aufgrund der Gesetzeslage und aufgrund eigener Einsicht, auch aufgrund von Informationen, die sie z.B. in Dortmund einholen oder in Ludwigshafen oder woanders, davon ausgehen, daß Personalkosten auch zu den zu bezuschussenden Mitteln gehören werden.

Meine persönliche Prognose ist, daß Personalstellen mit zu den zu bezuschussenden Betriebsmitteln gehören werden. Juristisch sehe ich das als eindeutig an, daß auch Personalkosten finanziert werden müssen. Aber in solchen großen Gremien wird ja oft auch »politisch« entschieden, wobei ich als alter politischer Bildner aber immer den Begriff »politisch« entschieden in Schutz nehmen möchte gegen das, was so im Sprachgebrauch darunter verstanden wird; wenn nämlich jemand sagt »politisch entschieden«, dann meint er, in der Regel »nach Willkür und ohne Sachkenntnis entschieden«.

Also ich gehe davon aus, daß der Offene Kanal Duisburg schon in kurzer Zeit eine oder zwei Stellen aus Rundfunkgebühren nach Tarif bezahlt. Unser Vorstand ist gerade dabei, einen solchen Mustertarif für Dortmund auszuhandeln, und Sie haben ja auch einen Tarifvertrag in Rheinland-Pfalz abgeschlossen. Gerade in einem sozialdemokratischen Land wie Nordrhein-Westfalen kann ich mir nicht vorstellen, daß eine Rundfunkkommission einen Beschluß faßt, der zu einer außertariflichen oder untertariflichen Bezahlung von hauptamtlichen Kommunikationshelfern führen würde.

Wie sieht die Infrastruktur für die Offenen Kanäle aus, gibt es Fördervereine oder Arbeitsgemeinschaften? Wer ist Träger?

Also »Fördervereine« hat bei uns in Nordrhein-Westfalen einen völlig anderen Begriffsinhalt; der Begriff ist besetzt von Leuten, die Programme für den Werbefunk machen wollen.

In Dortmund gibt es zwar zwei eingetragene Vereine, die was mit Offenen Kanälen zu tun haben, aber den Offenen Kanal Dortmund trägt nur einer dieser Vereine. Der andere Verein ist der Träger der Werkstatt Offener Kanal Nordrhein-Westfalen, d.h., der sendet nicht, sondern der nimmt Aufgaben wahr, die in anderen Bundesländern schon von Anfang an durch die öffentlich-rechtlichen Landesrundfunkanstalten selbst wahrgenommen worden sind.

Da hat sich bei uns zunächst mal die Rundfunkkommission so entschieden, daß diese zentralen Beratungsaufgaben zur Entlastung der Landesrundfunkanstalt von der Werkstatt Offener Kanal Nordrhein-Westfalen wahrgenommen werden mit Mitteln der Landesrundfunkanstalt, und deren Rechtsform ist nun mal ein eingetragener gemeinnütziger Verein geworden. Der Offene Kanal Dortmund wird organisatorisch abgewickelt von den Arbeitnehmern eines Vereins, der heißt Offener Kanal Dortmund e.V., und daneben ist bis jetzt nur zugelassen der Offene Kanal Duisburg. Aber noch in diesem Jahr werden sicherlich mehrere andere örtliche Organisatoren von Offenen Kanälen ihre Lizenz erhalten. Die heißen, das ist richtig, die heißen im Sprachgebrauch der meisten Medienpolitiker dieses Landes »Arbeitsgemeinschaften«; dieses furchtbare Wort hat eine kurze Geschichte, ich finde es deshalb furchtbar, weil es zu Verwechslungen mit anderen Gemeinschaften aus demselben Landesrundfunkgesetz führt, nämlich mit Veranstaltergemeinschaften. Nun habe ich nicht nur persönlich ein Vorurteil gegen Gemeinschaften, da denke ich immer an Kraft durch Freude oder sowas, weil ich als Kind noch die Nazi-Zeit miterlebt habe. Die Vorgeschichte ist aber so, daß in dem ersten Referentenentwurf für das Landesrundfunkgesetz Nordrhein-Westfalen drinstand, die Offenen Kanäle werden organisiert von Arbeitsgemeinschaften. Diese Formulierung hat aber nie Gesetzeskraft erreicht, sondern bei den Anhörungen zu diesem ersten Gesetzentwurf haben viele gesellschaftlich relevante Gruppen – darunter z.B. die evang. Kirchen in Nordrhein-Westfalen – gesagt, diesen Begriff Arbeitsgemeinschaft würden wir gerne durch etwas konkreteres abgelöst sehen im Gesetz, denn Arbeitsgemeinschaft ist kein juristisch definierter Begriff. In der dann tatsächlich zum Gesetz gewordenen Formulierung steht drin, es sollen juristische Personen oder auf Dauer angelegte Personenvereinigungen sein, dahinter steht in Klammern »Arbeitsgemeinschaften«. das war zwar ein Bezug auf die erste Fassung, auf den ersten Referentenentwurf, aber die Formulierung heißt »juristische Person oder auf Dauer angelegte Personenvereinigung«.

Tatsache bleibt, daß die Rechtsform dieser juristischen Personen durch das Gesetz nicht bestimmt ist. Es steht nicht drin, es müssen eingetragene Vereine sein. Es könnten nach dem Wortlaut dieses ersten Satzes von § 35 genauso BGB-Gesellschaften sein. Es könnten auch Verbände sein, es könnten irgendwelche Firmen sein. Das wird sicherlich im Verfahren der Zulassung von örtlichen Organisatoren von Offenen Kanälen noch zu manchen Diskussionen führen. Es spricht vieles dafür, diesen gemeinten Sinn des § 35 ausschließlich zu realisieren durch die Rechtsform des eingetragenen Vereins, weil BGB-Gesellschaften nicht ausreichend garantieren würden eine Pluralität der Organisatoren von Offenen Kanälen und eine für die Kontrolle der Zuschüsse auch sehr wesentliche Trennung von persönlichem und Vereinsvermögen.

Bis jetzt zugelassen sind also ausschließlich eingetragene gemeinnützige Vereine, aber nach dem Wortlaut des Gesetzes wären auch andere Rechtsformen denkbar, Stiftungen z. B. Ihre Frage geht aber auch dahin, wer denn nun eigentlich der Träger der Offenen Kanäle ist. Das Wort Träger kommt im Landesrundfunkgesetz Nordrhein-Westfalen nicht vor. Da aber die Landesanstalt für Rundfunk nicht nur mit dem Gesetz operiert, sondern auch eine sehr genaue Satzung für die Nutzung und Durchführung der Offenen Kanäle aufgestellt hat, so daß der einzelne e.V. vor Ort sehr wenig Wahl hat, Details seines Offenen Kanals noch durch Satzung anders zu regeln, ist wohl unterm Strich die Landesanstalt für Rundfunk der Träger aller Offenen Kanäle. Die einzelnen Organisationen vor Ort, die also eine Lizenz beantragen können und eine Lizenz bekommen, werden lediglich mit der Aufgabe betraut, für die Bereithaltung von technischen Geräten zu sorgen und Kommunikationshilfe zur Verfügung zu stellen.

Der Wortlaut der beiden Lizenzen, die bis jetzt erteilt worden sind, verpflichtet die örtlichen Organisationen nicht dazu, Träger eines Offenen Kanals zu sein; verpflichtet sie z. B. auch nicht dazu, die notwendigen Vereinbarungen mit der Deutschen Bundespost oder mit anderen Kabelnetzbetreibern zu treffen. Auf jeden Fall sind durch den Wortlaut der Lizenzen die örtlichen Organisatoren nicht dazu verpflichtet, sich darum zu kümmern. Nach dem Gesetz muß jeder Kabelnetzbetreiber in Nordrhein-Westfalen für einen Offenen Kanal, wenn er sich bildet und lizenziert ist, je einen vollen Kanal für Fernsehen und Hörfunk zur Verfügung stellen. Den Kanal zu kriegen, ist also nicht das Problem, und am Beispiel Duisburg-Rheinhausen ist auch schon geklärt worden, daß dies nicht ausschließlich die Kabelnetze der Bundespost betrifft, sondern ganz genauso die großen Gemeinschaftsantennenanlagen etwa von Wohnsiedlungen.

Wer ist Träger des Offenen Kanals in Dortmund?

Die Landesanstalt für Rundfunk. Die Landesanstalt für Rundfunk war bis jetzt nicht in der Verlegenheit, die Postgebühren zu zahlen, sie hat die entsprechenden Mittel dafür, und nach einem Konsenspapier der Rundfunkreferenten der Staatskanzleien über die Zweckbestimmung dieser Mittel ist sie auch befugt, diese Mittel für Postleitungsgebühren auszugeben. Es hat bisher nach meiner Kenntnis noch kein Überweisungsvorgang von der LfR an die Deutsche Bundespost für Postleitungsgebühren stattgefunden, weil die Frage, ob Offene Kanäle nach ihrem besonderen kulturellen und gemeinnützigen Charakter überhaupt Gebühren an die Bundespost bezahlen, zumindest auf Landesebene noch nicht ausdiskutiert ist.

Wie sollte ein Offener Kanal von der Organisations- und Rechtsform – also z. B. öffentlich-rechtlich – verfaßt sein?

Also öffentlich-rechtlich ist ja zunächst mal eine Rechtsform, die nur größeren Körperschaften, für die es gesetzliche Grundlagen gibt, vorbehalten ist. Man kann nicht als ein Zusammenschluß von 20 Bürgern, sei man auch noch so honorig, beschließen, wir sind jetzt öffentlich-rechtlich, sondern die Öffentlich-Rechtlichkeit kann nur verliehen werden durch ein Gesetz. Wir alle haben ja von Anfang an gewollt, daß Offene Kanäle lokal sind. Ich halte das auch nach wie vor für richtig; der Zugang und der Vollzug im Alltag müssen in der Tat vor Ort organisiert werden, und insofern brauche ich auch vor Ort irgendeinen Rechtsträger, irgend jemanden, der sagt, ich bin jetzt der Arbeitgeber der Kommunikationshelfer.

Auch die Mitglieder eines Vereins Offener Kanal Duisburg machen ja nicht das Management im Offenen Kanal Duisburg, sondern die Mitglieder eines Vereins sind Leute, die sich und ihren Namen zur Verfügung gestellt haben, um nach außen zu signalisieren, alle Gruppen der Bevölkerung sind hier willkommen, wir halten dieses für eine zentrale Idee von Demokratie, und um nach innen, nämlich gegenüber den hauptamtlichen Mitarbeitern, zum Ausdruck zu bringen, ihr seid hier nicht Einzelkämpfer, sondern ihr habt uns hinter euch, und wenn ihr mal Probleme habt, dann könnt ihr mich anrufen; und wenn ihr absolut aus dem Ruder lauft, dann werdet ihr auch abgesetzt oder zur Rechenschaft gezogen. Also die Mitglieder dieser Vereine machen nicht die Arbeit, sondern die Arbeit machen selbstverständlich Leute, deren Job es ist, den Bürgern dabei zu helfen, ihre kommunikativen Absichten zu verwirklichen. Und das sind natürlich Angestellte. Diese Angestellten brauchen Arbeitgeber. Der Arbeitgeber könnte theoretisch eine landeszentrale Anstalt sein. Wenn er es heute noch nicht ist, könnte er es möglicherweise werden. Aber in Nordrhein-Westfalen ging die Entscheidung dahin, daß die Landesanstalt für Rundfunk nicht selber Anstellungsträger der Mitarbeiter von Offenen Kanälen wurde.

Zur Verdeutlichung: Der Duisburger Longolius heißt im Augenblick Klaus Nikodem und bekommt sein Gehalt von nirgendwoher. Das ist aber nur ein vorübergehender Vorgang, weil in den nächsten Tagen erst der Förderungsantrag gestellt werden kann, und die Perspektive von Herrn Nikodemo ist selbstverständlich, daß er ein Gehalt bekommt vom Offenen Kanal Duisburg, der wiederum dieses Gehalt einsetzt in seinen Förderungsantrag bzw. aus diesen 2 Prozent Rundfunkgebühranteil das Gehalt als durchlaufenden Posten bekommt. Insofern wird der Herr Nikodem in Duisburg vom deutschen Rundfunkgebührenzahler finanziert, genauso wie Herr Stolte vom ZDF. Nur daß in Herrn Stoltes Gehalt noch Werbeeinnahmen stecken; Herrn Nikodems Gehalt wird etwas niedriger liegen.

Ich sehe an sich die größte Gefahr der Ungleichbehandlung in der Möglichkeit, daß der Angestellte eines örtlichen Vereins örtlichen Einflüssen sehr stark ausgesetzt ist. Damit das nicht eintritt, ist eine Infrastruktur unter den unterschiedlichen Leitern und Mitarbeitern Offener Kanäle absolut notwendig, ich will das nicht unbedingt eine »Gewerkschaft« nennen, aber jedenfalls ein Forum für Interessenaustausch und Erfahrungsaustausch. Es muß eine Kommunikationsebene über die eigene Stadt hinaus geben, um das Selbst-Bild und das Selbst-Verständnis zu stärken; es muß zentral betreute Fortbildungsmöglichkeiten geben usw. usw. Je weiter weg von der Basis solche Austauschmöglichkeiten sind, desto besser, denn ich denke, daß auch die örtlichen Offenen Kanäle langfristig oder mittelfristig davon profitieren werden, wenn bundesweit die Offenen Kanäle in einheitlicher Definition immmer bekannter und immer stärker werden. Der örtliche Verein, der das Gehalt von Herrn Nikodem als durchlaufenden Posten bekommt, kann daraus keine individuellen Anmutungen an Herrn Nikodem ableiten, jetzt mach mal das oder verhindere mal jenes.

Sollte die Lizenz für einen Offenen Kanal zeitlich unbegrenzt sein?

Also da geht es für mich um eine Abwägung. Erstens mal sind die drei Jahre schon ein Fortschritt (Duisburg hat sogar nur eine Lizenz für zwei Jahre), denn das erste Gesetz, das eine zeitliche Befristung der Zulassung von Offenen Kanälen vorsah, war das für das Kabelpilotprojekt Berlin, und da war die Lizenz jeweils befristet auf ein halbes Jahr. Das hatte zur Folge, daß die Vereine, die diese Zulassung für ein halbes Jahr bekamen, noch nicht mal sinnvolle ABM-Anträge stellen konnten und daß da praktisch überhaupt keine Planung möglich war, weil alles vor der Frage zitterte, wird denn überhaupt unsere Zulassung verlängert. Demgegenüber halte ich die Regelung in Nordrhein-Westfalen für einen gewaltigen Fortschritt.

Ich habe auch selber in Nordrhein-Westfalen gegenüber dem Gesetzgeber für eine zeitliche Befristung plädiert, weil ich mir sagte, daß in dem Zeitpunkt, wo es ziemlich viele Offene Kanäle in einem so großen Land wie Nordrhein-Westfalen gibt, ich dort gerne eine Gewähr dafür hätte, daß man sich in angemessenen Fristen das Funktionieren eines Offenen Kanals von einer zentralen Stelle aus mal angucken muß. Es ist ja denkbar, daß in einem relativ kleinen Ort ein Offener Kanal läuft, mit dem alle zufrieden sind und der überhaupt kein Offener Kanal ist, weil dort ausschließlich die Honoratioren Programm machen. Es gab in den Niederlanden entsprechende Beispiele. Wenn es eine kleinere Stadt wäre, wo niemals ein Beschwerdeverfahren für einen abgelehnten Beitrag eingeleitet wird, dann würde in der Zentrale in Düsseldorf niemals jemand davon erfahren, daß dieser Offene Kanal schon längst nicht mehr offen ist. Und insofern hielt ich es für gut, durch das Gesetz einen Zwang zu schaffen, daß die Zulassung eines Offenen Kanals von Zeit zu Zeit auf Wiedervorlage kommt, damit nach diesen zwei bis vier Jahren – wie es im Gesetz jetzt heißt – jemand (einer genügt mir ja, einer, der weiß, was ein Offener Kanal ist) mal hinfahren muß und mal an einer Vorstandssitzung oder an einer Mitgliederversammlung dieses Vereins teilnehmen muß und sich mal ein Bild machen muß, ist das überhaupt ein Offener Kanal.

Es gibt noch einen zweiten Punkt. Ich bin nicht sicher, ob das Management eines Offenen Kanals, wenn man es richtig macht, ein Lebensjob ist. Also ob das ein Beruf ist, den man auf 10, 20 oder 30 Jahre gut ausüben kann. Dazu weiß ich noch zu wenig über diesen Beruf. Ich denke, daß die Kollegen, die einen solchen Ehrgeiz hätten, vielleicht zu früh auf dem Friedhof landen würden.

1.4 Gespräch mit Hermann-Josef Echterhoff, (Offener Kanal Meckenheim) am 13. September 1989

Herr Echterhoff, ich wüßte gerne etwas über die Entstehungsgeschichte des Offenen Kanals Meckenheim. Wann ging das los, und wie ging das los? Und was ist jetzt daraus geworden?

Also angefangen hat das Ganze vor ziemlich genau zwei Jahren im Juni, da habe ich mich als bis dahin einziger Interessent für so etwas an die Fraktionsvorsitzenden der im Rat vertretenen Parteien, an die Kirchen, an andere Institutionen gewandt und habe versucht, Leute dafür zu interessieren, so was hier in Meckenheim auf die

Beine zu stellen, nachdem die gesetzliche Grundlage dafür da war. Dann haben wir ein Jahr lang mehrere Werbeveranstaltungen gemacht, Informationsveranstaltungen, und haben uns bemüht, einen Konsens herzustellen.

Wozu war dieser Konsens denn nötig?

Einen Offenen Kanal mit Dissens am Anfang, wo sich nicht alle erreichbaren gesellschaftlich wichtigen Gruppen einig sind, das ist so gut wie Selbstmord, man halst sich wahnsinnige Probleme auf, und deswegen haben wir uns ein ganzes Jahr Zeit gelassen, bis wir so weit waren, daß wir glaubten, einen Trägerverein gründen zu können, dem man bescheinigen konnte, und zwar von allen Seiten, daß er die Stadt Meckenheim – natürlich nie ganz vollständig, aber so gut wie es geht, abbildet. Jeder Bürger sollte einen Ansprechpartner in dem Verein haben, zu dem er einen kurzen Weg hat.

Wie sieht denn dieser Verein in seiner Struktur aus? Wer ist vertreten?

Also erstens ist er klein. Wir sind nur neun Personen. Zweitens sind in ihm alle im Rat vertretenen Parteien vertreten. Nicht mit prominenten Mitgliedern und auch nicht ganz Unbekannten, sondern mit Mitgliedern, die auch sonst noch Kontakte haben und sich dafür interessieren. Das ist hier bei uns die CDU, die FDP, die Unabhängige Wählergemeinschaft und die SPD, die allerdings zur Zeit im Verein noch nicht vertreten ist. Dann haben wir hier eine alte christliche Gemeinde, die in den letzten zehn Jahren von einer rein katholischen Gemeinde zu einer fifty-fifty Gemeinde geworden ist. Die besteht jetzt also zur Hälfte aus Protestanten. Wir haben eine Person gefunden, die für die Katholiken, eine andere, die für die Protestanten da sein sollte.

Wie sieht der Verein denn seine Aufgabe?

Ja, das möchte ich auch gerne mal wissen. Das versuchen wir gerade zu bestimmen. Also die Leute im Verein, das muß man ihnen bescheinigen, waren alle sehr sehr bereit, etwas zu tun. Die waren von der einfachen Idee des Offenen Kanals ehrlich begeistert und angetan. Diese Leute haben alle ihre Aufgabe darin gesehen, daß sie ihren Teil dazu beitragen, daß der OK hier zustande kommt. Dieses Engagement war zwar ehrlich und schön, aber es hatte den Nachteil, daß sich diese Leute um zu viele Dinge kümmerten, um die sie sich gar nicht hätten kümmern müssen. Dabei entstehen dann auch Fehler insofern, als daß sie eben nicht verstehen wollen oder können, daß sie nur ein Trägerverein sind und kein Macherverein. Ab und zu werfen sie das durcheinander und leiern dann von hinten herum selber Sendungen an, was mich doch sehr stört. Ich sage ihnen immer wieder, daß der Trägerverein, wenn er in der Öffentlichkeit selbst als Produzent in Erscheinung tritt, unweigerlich das Mißverständnis auf den Plan ruft, daß der Offene Kanal vom Verein selbst gemacht wird und nicht von den Bürgern. Und jedes Mal, wenn irgend jemand von uns mit Geräten in der Öffentlichkeit auftaucht, wird das Mißverständnis unterstützt, und das ist schlecht.

Welche Rolle spielt denn der Leiter des Offenen Kanals in der Meckenheimer Öffentlichkeit?

Diese Frage kann ich natürlich als Betroffener schwer beantworten. Ich hatte mir, nachdem ich Leiter geworden war, vorgenommen, daß ich mich selber so bekannt wie möglich mache, über intensive Pressearbeit z. B., damit die Leute mich kennen und, wenn sie irgendwann in den Offenen Kanal kommen, sagen: »Ach ja, das ist der ja, der ist da zuständig.« Das wollte ich nicht unbedingt aus Eigenliebe, sondern ich wollte unbedingt die Identifikation des Offenen Kanals Meckenheim mit Leuten aus dem Trägerverein dadurch verhindern, daß sie sich eher mit meinem Namen beschäftigten, als mit den Vereinsmitgliedern. Ich habe das die ersten Wochen relativ erfolgreich gemacht, da habe ich jede Pressemitteilung mit meinem Namen versehen. So lange, bis ich das Gefühl hatte, jetzt reicht es, und dann habe ich aus allen Pressemitteilungen meinen Namen rausgelassen und nur noch vom Offenen Kanal gesprochen, aber auch nie vom Verein. Und jetzt ist das alles viel einfacher geworden, da wir eine eigene Anschrift haben und ein eigenes Telefon und Räumlichkeiten, wo wir keinen Namen mehr brauchen, sondern den Leuten nur klarmachen müssen, daß sie dahin kommen können.

Wie sieht es denn im Alltag aus, es gibt also Räume, es gibt Technik, und es gibt ja seit dem 30. Juni d.J. die Sendestraße.

Nein, wir senden seit dem 1. Juni. Da haben wir auch noch von dem hiesigen, sehr berühmten Antennenturm gesendet. Das hieß, daß ich die Technik, die in einem Keller war, immer in den Antennenturm bringen mußte. Dann haben wir von da gesendet und haben sie wieder zurückgebracht. Ich mußte mir da immer den Schlüssel vom Antennenturm holen und ihn wieder zurückbringen, und während dieser Zeit konnte nicht geschnitten werden. Seit drei Wochen haben wir jetzt die Räume, die wir schon längst von der Stadt hätten bekommen sollen. Das war aber kein böser Wille von der Stadt, daß sie die nicht fertig bekam, da waren einfach andere Sachen zu machen, und es war wirklich nicht anders möglich. Wir sind also relativ spät in eigene Räume gezogen, allerdings nur provisorisch. Hier haben wir jetzt eine eigene Sendestraße, also ein eigenes Kabel, mit dem wir in die Antennenanlage einspeisen können. Aus einem Teil dieser Strecke ist auf Kosten der Stadt, bzw. der Entwicklungsgesellschaft, ein Rückkanal gemacht worden. Wir haben da drei Räume, einen sehr großen und zwei mittelgroße. In einem Raum ist die ganze Technik, der Schnittplatz, und von da senden wir. In dem anderen ist ein kleines Büro und weitere Geräte. Der dritte große Raum ist für später vorgesehen als Gruppenraum, da macht der Verein im Moment seine Sitzungen. Später werden wir noch mindestens drei Räume dazu bekommen, inkl. Studio, aber wir sind jetzt schon mal recht zufrieden.

Wer trägt denn welche Kosten?

Alle Kosten, die bisher angefallen sind im Zusammenhang mit dem Offenen Kanal, sind von den ehrenamtlich Tätigen getragen worden: Fahrtkosten, Telefonkosten, Porto.

Und die Miete?

Miete auch, in der Zeit als wir noch im Keller waren, habe ich das ja bezahlt. Und jetzt, wo wir in den städtischen Räumen sind, tritt die Stadt sozusagen unbemerkt auf, in Vorleistung, indem sie das einfach zur Verfügung stellt. Eigentlich müßte sie Miete dafür nehmen. Das wird auch irgendwann kommen, aber es hat uns noch niemand hier herausgeschmissen, weil wir säumig sind. Und wird das auch nicht tun. Was die Technik angeht, das haben wir alles zum Nulltarif, weil wir die Geräte von der Werkstatt Offener Kanal Nordrhein-Westfalen haben. Den Rest haben wir alleine getragen. Wir haben jetzt auch eine Spende von der Volksbank bekommen. Damit wird es mir möglich sein, evtl. noch am heutigen Nachmittag einen Monitor zu kaufen. Den brauchen wir dringend, weil wir nicht wissen, was im Kabel ist, wenn wir senden, denn wir haben keinen Kontrollmonitor.

Was hat denn der Offene Kanal mal in Ihrem Keller gemacht?

Das lag an dieser schon erwähnten Verzögerung. Die Räume der Stadt waren vorgesehen und standen auch leer. Da mußte nur noch was umgebaut werden, aus versicherungstechnischen Gründen. Wir wollten aber nicht warten bis die soweit sind, sondern, als die Dortmunder bereit waren, uns die Geräte zu geben, haben wir gesagt, sie sollen die sofort bringen. Ich habe einen großen Kellerraum, einen Hobbyraum mit Heizung, den ich nicht benutze. Da haben wir die Geräte hineingestellt, damit wir zum Zeitpunkt des Sendebeginns auch schon Produktionen vorliegen hatten. Das hat auch ganz gut funktioniert bis auf die Tatsache, daß ein Raum zu wenig war. Er wurde außerdem hauptsächlich von Jugendlichen benutzt, die sich nichts daraus machten, bei fremden Leuten im Keller bis Mitternacht Filme zu schneiden, während ich bei älteren Leuten glaubte zu bemerken, daß das denen nicht so angenehm war, in einem Privathaus ein öffentlich verbrieftes Recht wahrzunehmen. Deswegen bin ich auch froh, daß wir umgezogen sind.

Wie reagieren die Meckenheimer denn jetzt darauf, daß sie einen Offenen Kanal haben?

Die blödeste Reaktion hörte ich, als ich irgendwann auf der Straße erkannt wurde. Ich lief vorbei, um in ein Büro zu gehen, und man dachte wohl, ich würde mich dort länger aufhalten, denn als ich wieder heraus kam, überraschend schnell, weil ich nur was holen mußte, hörte ich noch: »Wie kann man nur so einen Scheiß senden.« Das bezog sich auf eine Sendung, die sehr schlecht ausgeleuchtet war. Die Dame, die ihren Satz angefangen hatte, mußte ihn dann auch zu Ende sprechen, obwohl ich inzwischen wieder draußen war. Die sagte dann sowas wie: »Sollen die doch vorher besser üben, ich schau mir das nicht an, da ist mir alles zu dunkel.« Wir hatten in der Tat viele Probleme mit dem Licht, weil wir diese alten JVC-Kameras haben. Aber ansonsten sind wir gerade nach den letzten Sendungen, bei denen wir keine Lichtprobleme mehr hatten, zum ersten Mal während einer Sendung angerufen und gelobt worden. Was heißt wir – man lobt und man fand das alles ganz toll, was da so lief. Die örtliche Presse ist sehr freundlich zu uns, was eine Ausnahme ist. Wir sind jede Woche in der Zeitung, sehr oft auch mit Bild, wenn wir welche haben. Ich hatte mir allerdings vorgestellt, das würde schneller in die Gänge kommen. Im Moment richte ich mich auf ein geduldiges Jahr ein, weil die Gruppen, die nach der Idee des Offenen Kanals gerade den Offenen Kanal nutzen sollten, weil sie sonst in der örtlichen Presse nie zu Wort kommen, zwar schon öfter bei uns eine Kamera ausgeliehen und auch schon ab und zu was aufgenommen haben, aber noch nicht gesendet haben. Das ist so was wie eine lang erworbene Lethargie: »Das klappt ja doch nicht, das geht nicht.«

Ansonsten sind die meisten Leute stolz. Man geht zum Metzger und wird angesprochen: »Das ist aber toll, sie sind doch der Soundso«. Man wird auch oft angerufen – also das Interesse ist groß.

Wie sieht es denn auf der personellen Seite aus?

Das ist ganz einfach, da bin ich und da ist der Christoph Bock, den wir Ende letzten Jahres nach Dortmund geschickt haben. Besser gesagt, der wollte dahin, und wir haben das unterstützt, damit er an einem lebenden und funktionierenden Offenen Kanal sieht, worauf es ankommt. Wir hatten hier ja noch keine praktischen Erfahrungen. Christoph Bock hat dann in Dortmund hospitiert, kam zurück, und ohne ihn geht hier nichts mehr. Er konnte alle Kamerakurse machen, bei technischen Problemen kannte er sich auch schon gut genug aus, und das Erstaunlichste für mich war, daß er in der kurzen Zeit seiner Hospitanz in Dortmund auch die Ideen des Offenen Kanals, auch in kleinen Problemen des Alltags, völlig drauf hatte. Er ist ein sehr guter Mann.

Wie sieht die finanzielle Zukunft aus?

Alle sagen, sie sieht rosig aus. Aber wir wissen es eben nicht. Alles, was wir wissen ist, daß in den nächsten Wochen oder Monaten in der Landesrundfunkanstalt in Düsseldorf entsprechende Satzungen erlassen werden, nach denen wir dann unsere Förderung beantragen können. Die Zahlen, über die gemunkelt werden, sind sehr groß. Die liegen über 200 000,– DM für die Grundausstattung, sagt man mir. Für die laufenden Kosten über die Jahre gibt es ein Modell der degressiven Abschreibung, das ich noch nicht verstanden habe. Das heißt aber indirekt, daß doch auf die Stadt eine relativ hohe Eigenbeteiligung zukommt. Der Stadtdirektor hat das gleich erkannt, der ist ja unser Geschäftsführer. Er will jetzt unbedingt genaue Zahlen haben, weil das ja Gegenstand der mittelfristigen Finanzplanung der Stadt ist, damit diese Mittel auch bereitgestellt werden können.

Könnte das dann heißen, daß es im Etat der Stadt Meckenheim einen Etatposten gibt, der »Offener Kanal« heißt?

Genau.

1.5 Gespräch mit Manfred Scharfenberger (Offener Kanal Schifferstadt) am 9. September 1989

Herr Scharfenberger, wie ist die Lage in Schifferstadt?

Der Offene Kanal Schifferstadt entstand am 31. 7. 1988. Er hat folgende Besonderheiten im Aufbau: Die Mitglieder des Offenen Kanals, es sind genau sieben an der Zahl, sind Repräsentanten gesellschaftlich-relevanter Gruppen. Das heißt, das sind nicht Nutzer, die Interesse daran haben, mit Mitteln des Offenen Kanals Kommunikation zu betreiben, sondern der Offene Kanal Schifferstadt ist ein »von oben gewollter« und geförderter Offener Kanal, der von Vertretern der Stadtratsfraktionen und der Konfessionen, nämlich der evangelischen und katholischen Kirchengemeinde in Schifferstadt, repräsentiert wird. Weitere Mitglieder sind die Vertreter der Kultur- und Stadtverbände, d.h. also z.B. der Sport und sonstige Vereine in Schifferstadt. So ist quasi die gesamte Schifferstadter Bevölkerung stellvertretend in diesem Offenen Kanal vertreten. Ich selbst bin nicht Mitglied im Offenen Kanal, ich bin Mitarbeiter der Stadtverwaltung Schifferstadt und mit einem Teil meiner Arbeitskraft für diese Aufgabe abgestellt.

»Von oben gewollt« könnte ja so klingen, als wenn man mir was vorsetzen würde, das von oben gewollt ist. Da würde ich erst mal mißtrauisch werden.

»Von oben gewollt« meine ich in Anführungszeichen, ich hätte eher sagen sollen »von oben gefördert«. Es gab in Schifferstadt in der vergangenen Zeit Versuche, einige Produzenten, Videonutzer, in einem Verein »Offener Kanal« zusammenzuschließen. Die Versuche sind mehr oder minder gescheitert, und man hat dann die Zeichen der Zeit erkannt und die Wege geebnet, um diesen Leuten mit dem jetzigen Offenen Kanal die Möglichkeit zu geben, ihre Produktionen anderen Bürgern zu zeigen und damit zur Kommunikation in Schifferstadt beizutragen.

Gibt es denn ich Schifferstadt auch sowas wie einen »harten Kern«? Es gibt ja die Befürchtung, wenn es irgendwo einen Offenen Kanal gibt, dann wird er von 10 Leuten in die Hand genommen und die anderen haben keine Chance mehr.

Es gab am Anfang einen »harten Kern« von Nutzern, das waren eben genau diese Leute die ich schon angesprochen habe, die schon im Vorfeld versucht hatten, so etwas ähnliches auf die Beine zu stellen. Das waren drei oder vier Personen die versuchten, diesen Offenen Kanal quasi für sich in Besitz zu nehmen und nach ihren eigenen Ideen und Vorstellungen zu organisieren und die Öffnungs- und Sendebedingungen dahingehend zu definieren. Wir haben das mit viel Reden und Überzeugungsarbeit inzwischen abgestellt. Wir haben im Moment einen Nutzerstamm von ca. 35–40 Personen, vorwiegend Jugendliche und junge Erwachsene, so daß man von einem »harten Kern« oder einer Clique, die. versucht, andere auszugrenzen, bei uns nicht sprechen kann.

Der Förderverein, dieser kleine, »repräsentative« in Anführungszeichen, welche Rolle spielt er im Alltag des Offenen Kanals?

Der Förderverein Offener Kanal e.V. tritt für den Nutzer zunächst überhaupt nicht in Erscheinung. Die Arbeit des Fördervereins beschränkt sich darauf, Produktionsmittel – die Räume und die äußeren Gegebenheiten – bereitzustellen, damit der Nutzer seine Produktionen bearbeiten, schneiden, evtl. vorproduzieren kann. Für den Nutzer, der direkt mit dem Offenen Kanal in Verbindung tritt, existiert der Förderverein in der Praxis überhaupt nicht. Der einzige mit dem er in Verbindung kommt, bin ich als Geschäftsführer, der ihm Tips gibt, der ihm die Technik näherbringt und der dann Sendezeiten, Schnittzeiten usw. mit ihm vereinbart.

Und wie ist das Verhältnis zwischen dem Förderverein und ihnen als Geschäftsführer geregelt?

Das Verhältnis zwischen dem Förderverein und mir als Geschäftsführer ist, grob gesagt, so geregelt: Wir haben alle drei Monate eine Vorstands- oder Mitgliederversammlung, was in unserem Verein im Prinzip das gleiche bedeutet. Ich berichte dann aus dem laufenden Betrieb über neue Erfahrungen, neue Richtungen, neue Nutzer, neue Bedürfnisse. Der Förderverein entscheidet dann, je nach meinen Stellungnahmen, ob evtl. irgend etwas geändert wird, ob Zulassungsbeschränkungen erlassen werden, ob irgend etwas finanziell gefördert wird, ob neue Technik angeschafft wird oder nicht.

Und was meinen Sie mit »Beschränkungen erlassen«, das könnte mißverständlich klingen.

Mit Beschränkungen meine ich keinesfalls Beschränkungen, um die Nutzung des Offenen Kanals für einen einzelnen einzuschränken, sondern ich denke dabei an Beschränkungen oder Erweiterungen im Rahmen von Sende- und Öffnungszeiten. Normalerweise kann zwar jeder senden wann er will, wenn er das im voraus anmeldet. Wir müssen aber natürlich aufgrund unserer Personalstruktur gewisse Zeiten vorhalten, und es kann z.B. nicht einer verlangen, daß am Freitagabend zwischen 23.30 Uhr und 0.30 Uhr eine Sendung läuft, wenn zu dieser Zeit niemand vom Personal da ist.

Wenn sich jetzt jemand in Schifferstadt über eine Sendung aufregt oder beschweren will, wie läuft das – falls das schon mal vorgekommen ist – im Alltag ab?

Das ist bisher noch nicht vorgekommen. Wenn es vorkommen würde, würde ich diesen Bürger zunächst an den Produzenten verweisen, der ja auch bei jedem Sendebeitrag am Anfang und am Schluß vermerkt ist. Er müßte sich dann mit diesem über die Punkte auseinandersetzen, die ihm in diesem Beitrag nicht gefallen haben. Sollte dieses Gespräch zu keinem Ergebnis führen und es würden weitergehende Schritte nötig sein, dann müßte Rücksprache mit der Werkstatt Offener Kanal in Ludwigshafen gehalten werden, die ja die sogenannten Rechteerklärungen und Feistellungserklärungen erteilt. Jeder Nutzer, der irgendeinen Beitrag bei uns im Offenen Kanal sendet, stellt ja mit seiner Unterschrift unter die Rechteerklärung den Offenen Kanal selbst von jeglichen Haftungsansprüchen frei, d.h. er versichert, daß er im Besitz sämtlicher Rechte an seiner Produktion ist.

Wie ist denn das Verhältnis der Nutzer untereinander in Schifferstadt? Sie haben ja in Schifferstadt drei Kameras und zwei Schnittmöglichkeiten, wovon eine gleichzeitig die Sendestraße darstellt. Das ist ja hinten und vorne zu wenig, so etwas kann ja auch zu Spannungen führen.

Man kann nicht generell sagen, daß die drei Kameras zu wenig sind. Aber es gibt immer wieder sogenannte Brennpunkte, wenn sich lokale Ereignisse überschneiden, wenn z.B. von mehreren Vereinen irgendwelche Veranstaltungen stattfinden. Dann möchten natürlich viele Leute möglichst alles aufnehmen und auch senden. Dann haben wir große Probleme mit unseren Kameras.

Es gab aber hauptsächlich in der Vergangenheit einige Probleme, denn wir haben diese dritte Kamera ja erst seit einigen Monaten. Wir haben mit zwei Kameras angefangen, und das war viel zu wenig. Da hatten wir teilweise Wochenenden dabei, an denen diese zwei Kameras von sieben bis acht Nutzern belegt waren, d.h.: Freitagabend Nutzer 1, gibt Samstagmorgen die Kamera weiter an Nutzer 2, Nutzer 2 gibt Samstagabend die Kamera für Samstagnacht an Nutzer 3, und der gibt sie Sonntagnachmittags wieder an Nutzer 1 zurück. Das ist inzwischen etwas besser geworden. Ich muß allerdings sagen, daß diese Form der Kooperation zwischen unseren Nutzern hervorragend geklappt hat, trotz kontroverser Meinungen, trotz Rivalitäten zwischen Nutzern.

Es gibt ja diesen gewissen Stolz unter den Nutzern, und es ist ja irgendwie auch ganz in Ordnung, daß jeder versucht, der Beste zu sein und seine Produktionen auch als die besten angesehen haben möchte. Wir vom Offenen Kanal versuchen, uns grundsätzlich aus solchen Diskussionen über Qualität, oder was auch immer, herauszuhalten, neutral zu bleiben, keine Position zu beziehen. Die Leute wissen zwar, daß sie bei uns reden und ihre Meinung vertreten können. Wir sind allerdings nicht die, die dann sagen: »Ja, Sie haben vollkommen recht, Sie sind bei uns von allen Nutzern derjenige, der die besten Schnitte macht oder die beste Farbqualität abliefert.« In dieser Richtung werden wir uns nicht äußern.

Wir haben inzwischen unsere Kamerasituation etwas entschärft, und zwar nicht von unserer Seite, sondern von Nutzerseite aus, denn es haben sich einige Nutzer in den letzten Wochen und Monaten auf privater Basis neue Kameras gekauft. Zwei unserer »ganz tollen« Nutzer verfügen im Moment sogar über VHS-Schnittplätze, so daß die Kapazität unseres Studios im Moment ausreichend ist.

Und lassen diese Leute, die privat Schnittplätze haben, in Engpaßzeiten auch andere Nutzer an die Technik bei sich zu Hause?

Das kann ich nicht genau sagen. Ich weiß allerdings aus Gesprächen zwischen

Nutzern im Studio, daß es schon mal vorkommt, daß irgendeiner beim anderen seinen Film schneidet oder daß er sagt: »Ich kann mit meiner Anlage nicht so gut Insert-Schnitte machen, das geht bei dir besser, kann ich morgen abend zu dir kommen?« Dafür hat er selbst dann vielleicht vier Recorder übereinanderstehen und kopiert ihm seinen Beitrag viermal. Es gibt also in der Richtung eine Kooperation. Es gibt diese Kooperation auch in bezug auf Schnittzeiten in der Art, daß man sich gegenseitig verständigt, daß z.B. der Herr Müller auf zwei Stunden Schnitt verzichtet, weil ein anderer Nutzer einen aktuellen Bericht gerne noch am nächsten Abend senden möchte. Also diese Form der Absprache und der Zusammenarbeit ist absolut gegeben.

Wie sieht es denn aus mit Professionalisierungstendenzen?

Dieses Problem der Professionalisierungstendenzen gibt es in allen Offenen Kanälen, allerdings nur zu einem ganz geringen Prozentsatz. Bei uns ist es im Prinzip eigentlich nur einer, der das fast schon zum Nebenberuf gemacht hat. Das ist derjenige, der über einen Super-VHS-Schnittplatz und über zwei Super-VHS-Kameras verfügt. Er hat mehrere Stative, er hat kleine LCD-Bildschirme, die er zum Aufzeichnen mitnimmt, damit er gleich überprüfen kann, wie die Qualität ist. Dieser Mann versucht dann auch andere Nutzer in seinen Sog zu ziehen, indem er denen sagt: »Mit so einer Qualität würde ich nie an die Öffentlichkeit gehen.«

Wir versuchen das abzuschwächen, indem wir immer wieder sagen, daß jeder das bringt, was er kann und was er für gut hält. Wenn Herr A. sagt: »Mir gefällt das so«, dann ist das in Ordnung. Wenn Herr X. sagt: »Mir ist das viel zu schlecht, ich würde das niemals senden«, so ist das seine Meinung, und er kann seine Qualitätsansprüche in seinen Beiträgen auch verwirklichen.

Ein kleines Beispiel von letzter Woche: Zwei Jugendliche hatten einen ganz aktuellen Beitrag von einem Fest gemacht und haben den drei Tage später ausgesendet. Natürlich so wie Jugendliche sind: das Karussell mal auf den Kopf gestellt und die Boxautos senkrecht nach oben fahren lassen. Das hat denen unheimlichen Spaß gemacht, so was den Leuten zu zeigen. Natürlich hat irgend jemand angerufen und hat gefragt, ob das überhaupt normal ist, daß man sowas im Offenen Kanal sendet. Das war wieder einer, der die Idee des Offenen Kanals nicht verstanden hatte und der sie vielleicht jetzt, nach unserem Gespräch, verstanden hat.

Wie ist denn das Verhältnis zwischen Politik und Offenem Kanal? Man könnte ja vermuten, daß mit so einem Kommunikationssystem in einer kleinen Gemeinde, die ja doch recht festgefügt ist was die Strukturen angeht, ein Störfaktor reinkommt oder etwas, das mit sehr viel Mißtrauen beobachtet wird.

Zu Beginn des Offenen Kanals Schifferstadt wurde häufiger der Ausdruck »Bürgermeisterfernsehen« gebraucht, und da war auch die Angst, daß ein solches Medium entsteht. Das war ganz einfach deswegen so, weil dieser Offener Kanal Schifferstadt, wie schon gesagt, von kommunaler Ebene aus stark gefördert wird.

Unsere Politiker, wie auch die Kritiker und Skeptiker, haben allerdings bald gemerkt, daß es absolut unmöglich ist, in einen funktionierenden Offenen Kanal hineinzuwirken. Denn der Offene Kanal an sich, als Träger- und Förderverein, hat auch keinen Einfluß auf Inhalt und Qualität der Beiträge, die gesendet werden. Und genausowenig kann auch ein Kommunalpolitiker oder ein Vereinsboß oder wer auch immer Einfluß nehmen auf den Offenen Kanal. Was vielleicht befürchtet wurde, daß über mich, als städtischen Angestellten, Einfluß ausgeübt werden könnte, indem jemand zu mir sagt: »Dieser Bericht, der gestern abend gelaufen ist, der sollte nicht wiederholt werden.« Oder daß jemand anruft und sagt: »Sind sie so gut und fahren sie das Ding runter, mir gefällt diese Sendung nicht, weil ich da in irgendwelchen Äußerungen unvorteilhaft gezeigt werde.« Also die Angst wurde zwar zu Beginn gehegt, aber es hat bis jetzt noch keine Versuche gegeben, dahingehend auf unser Programm oder unserer Struktur einzuwirken.

Hat sich irgendwas im Verhältnis von Gruppen in Schifferstadt untereinander getan? Ist da irgendwas an Kontakten entstanden, was mit dem Offenen Kanal zu tun haben könnte?

Wir haben mit sehr vielen Vereinen Kontakt im Offenen Kanal. Jugendgruppen kommen immer verstärkt zu uns, konfessionelle Gruppen im Rahmen ihrer wöchentlichen Gruppenstunden, die sich dan statt »Mensch Ärger Dich Nicht« oder »Halma« zu spielen, die Kamera ausleihen und eine Videoproduktion machen und so praktisch einen Teil ihrer Jugendarbeit in der Videoarbeit sehen. Zum Thema Vereine hat es sich bei uns als sehr vorteilhaft herausgestellt, zusätzlich die interessanten Vereinstermine mitzuteilen. Bei uns im Rolltitel läuft dann z.B. am Samstag und Sonntag als Ankündigung das »Waldfest des Angelsportvereins in der Waldfesthalle«, am Dienstag der »Treff des Hausfrauenbundes in der Gaststätte zur Kanne« und am Donnerstag der »Kinderfilm in der Grundschule Süd« oder auch Blutspendetermine usw. Also alles, was für den Bürger aus dem Vereinsleben interessant ist zu wissen, kann im Offenen Kanal rübergebracht werden. Das hat natürlich eine ganz tolle Schiene ergeben zwischen Vereinsmanagement, Vorsitzenden, Schriftführern, Abteilungsleitern. Die kommen dann zu uns und sagen: »Wir haben dies und das, könnt ihr das in dieser Form ansagen?« Wir haben auch schon einige auf die Möglichkeit hingewiesen, dies auch mal live zu senden. Es gibt Vereine, die dabei sind, eine Jahreschronik auf Video zu erstellen. D.h. also, bei allen wichtigen Ereignissen wird die Videokamera vom Offenen Kanal geholt, und jeweils zum Jahresende wird dann eine Chronik des Vereinslebens im vergangenen Jahr gesendet.

Wie ist denn das Verhältnis der Zeitung zum Offenen Kanal, Sie haben ja zwei Blätter in Schifferstadt?

Wir haben eigentlich sogar drei, allerdings hauptsächlich die »Rheinpfalz« und unser Lokalblatt, das »Schifferstadter Tageblatt«. Die Rheinpfalz hat eigentlich bis jetzt zum Offenen Kanal noch keine Meinung geäußert. Ich habe allerdings zu der Lokalredakteurin ein sehr gutes Verhältnis, und wenn wir irgendwelche Presseinformationen über den Offenen Kanal haben, dann ruft sie grundsätzlich bei mir an, wenn sie die Information bekommen hat, und fragt mich nach Details. Das zeigt mir, daß da doch ein ganz positives Verhältnis besteht. Die andere Zeitung, das Tageblatt, das, wie gesagt, lokal auf Schifferstadt begrenzt ist und vielleicht daher im Offenen Kanal am Anfang eine Konkurrenz gesehen hat, hat mich einmal in Form einer Äußerung eines Redakteurs vor jeglicher Form von Werbung gewarnt. Dann würde man rigoros gegen uns vorgehen. Anscheinend hat man Angst gehabt, der lokale Offene Kanal könnte Werbekunden vom Schifferstadter Tageblatt abziehen. Ich habe das dann mit dem Mann besprochen, und seitdem sind im Verhältnis auch keine Spannungen mehr da.

Bringen denn auch Nutzer Pressemeldungen direkt an die Zeitung über Sachen, die sie gedreht haben?

Die Nutzer bringen auch Meldungen über ihre Beiträge direkt zu der Zeitung, wenn sie der Meinung sind, daß der Beitrag, den sie senden, für die Allgemeinheit sehr interessant ist. Sie rufen dann meist am Tag der Sendung an, sagen, daß am Freitagabend um 19.00 Uhr der Bericht »Richtfestumzug 1988« – oder was auch immer – im Offenen Kanal läuft, und fragen, ob das veröffentlicht wird. Dann steht das an diesem Freitagmorgen im Lokalblatt drin, und die Leute lesen das auch und rufen bei uns an, beklagen sich dann teilweise, weil sie den Offenen Kanal nicht empfangen können, obwohl sie das gerne sehen würden, weil sie es nicht schaffen, den Sonderkanal 20 auf ihrem Fernsehgerät einzustellen. Dann ist es nicht selten der Fall, daß ich ganz schnell ins Auto springe und zu denen hinfahre. Es sind meistens ältere Leute, die sich mit der Technik nicht so auskennen, aber gerade die sind ja oft auf Informationen über den Fernseher angewiesen. Ich erkläre dann den Leuten die Sache und stelle das Fernsehgerät auf den S20 ein. Die sind dann meistens sehr dankbar, daß sie in der Lage sind, den Offenen Kanal zu sehen.

Wenn sie freie Hand hätten, finanziell und planerisch, wie würden sie den Offenen Kanal in Schifferstadt weiterentwickeln im nächsten Jahr?

Ich würde als erstes versuchen, Live-Sendungen oder zeitversetzte Sendungen zu forcieren, und zwar dadurch, daß ich eine bessere technische Ausstattung zur Verfügung stelle. D.h., ich würde einen transportablen Mischer für Video und Audio kaufen, so daß man von irgendwelchen Schauplätzen, die nicht über Leitungen vom Studio aus zu erreichen sind, mit zwei Kameras den Bericht schon fertig abmischen kann und am Ende einer Veranstaltung eine sendefertige Kassette in der Hand hat, die man dann nur noch zum Offenen Kanal zu tragen braucht und sie dann im Fernsehstudio einlegen kann.

Das ist das große Problem im Moment: Viele Beiträge verlieren einen Teil ihrer Aktualität dadurch, daß sie über Veranstaltungen sind, die über mehrere Stunden gehen, und daß dann eben die Schnitt- und Bearbeitungszeit dementsprechend lange ist. So können wir die Beiträge meistens erst 8 oder 10 Tage später senden. Wenn es möglich wäre, daß der Bericht schon fertig geschnitten von der Veranstaltung kommt und wir nur noch einen Vorspann und einen Nachspann, der ja auch schon vorproduziert sein könnte, dranhängen müßten, dann könnten wir entweder noch am selben Abend oder am Tag darauf so etwas senden. Ich denke dabei vor allem an Stadtratssitzungen, an Jubiläen, an Ehrungen im Vereinsleben.

Ich habe inzwischen auch schon eine andere Maßnahme ergriffen. Wir haben einen großen Stamm von ungefähr 10 oder 12 jüngeren Nutzern so zwischen 16 und 22 Jahren. Ich werde mit diesen Leuten als Basis versuchen, einen Videostammtisch oder einen Offenen-Kanal-Stammtisch in Schifferstadt aufzubauen, bei dem der Veranstaltungskalender des folgenden Monats durchgesprochen wird. Sofern sich nicht andere Bürger melden, die diese Ereignisse, die Schifferstadt betreffen, aufnehmen und senden wollen, werden wir uns absprechen und dann zu solchen Veranstaltungen gehen und entweder live oder dann zeitversetzt Schifferstadter Vereinsleben und Kommunalgeschehen darstellen. Dazu ist dieser Anreiz mit den technischen Möglichkeiten sehr wichtig.

Ansonsten sind wir vom technischen Standard und von der Ausstattung her in Schifferstadt sehr zufrieden. Die Geräte laufen alle einwandfrei. Was passiert, wenn die ersten Abnutzungserscheinungen auftreten, wird sich zeigen. Ob wir dann weiter mit VHS fahren oder ob man dann Super VHS nimmt, das ist eine

Entscheidung, die sich in den nächsten Jahren wahrscheinlich von selbst ergeben wird.

1.6 Gespräch mit Klaus Helf (Offener Kanal Saarland) am 12. September 1989

Herr Helf, wie kam es dazu, daß die hiesige Landesanstalt für das Rundfunkwesen (LAR) Träger des Offenen Kanals ist?

Das war wohl eine Entscheidung des Gesetzgebers, der im Landesrundfunkgesetz vom August 1987 festlegte, daß die LAR die Trägerschaft für den Offenen Kanal übernimmt. Gleichzeitig ist es auch möglich, daß in der Satzung für den Offenen Kanal festgelegt werden kann, daß man die technische und organisatorische Durchführung auf Dritte überträgt. Weiterhin wird im Gesetz die Möglichkeit gelassen, in der Satzung zu bestimmen, nur ein bestimmtes Teilgebiet des Saarlandes für die Dauer von höchstens fünf Jahren mit einem Offenen Kanal zu versorgen. Dies ist dann auch geschehen; im Offenen Kanal Fernsehen hat die LAR nur für ein bestimmtes Teilgebiet des Saarlandes versuchsweise einen Offenen Kanal eingerichtet. Gerade in der Aufbau- und Anlaufphase schien es wohl sinnvoll zu sein, sowohl die Trägerschaft als auch die technische und organisatorische Durchführung bei der LAR zu belassen. Nach dieser Versuchsphase wird man sich wohl mit allen positiven und negativen Erfahrungen auseinandersetzen müssen und diese Frage neu diskutieren und entscheiden. Der Versuchscharakter des Offenen Kanals für die Dauer von höchstens fünf Jahren und für ein bestimmtes Teilgebiet des Saarlandes bedeutet die Klärung der Frage, ob der Offene Kanal überhaupt in der Bevölkerung angenommen wird und ob er weiter ausgebaut, dezentralisiert wird. Im Gesetz ist ja auch festgelegt, daß nach Ablauf dieser Versuchsphase der Vorstand der LAR der Landesregierung einen Bericht über die Erfahrungen mit der Durchführung des Offenen Kanals vorlegt; dieser Bericht wird eine sehr hohe Bedeutung für die weitere Zukunft des Offenen Kanals haben, vor allem in der Frage der Dezentralisierung und Ausweitung und der Frage der technischen und organisatorischen Abwicklung.

Und die Grundlage für diesen Bericht wird von der »Wissenschaftlichen Begleitforschung« geliefert?

Die »Wissenschaftliche Begleituntersuchung« ist natürlich vom Anspruch und von der Wortwahl her ein bißchen hochtrabend formuliert. Hier sind Wissenschaftler am Werk, die mit wissenschaftlichen Instrumentarien die Anfänge der organisatorischen, inhaltlichen, technischen und personellen Ausgestaltung und des Wachsens des Offenen Kanals kritisch begleiten, beraten, kontrollieren und steuern sollen. Das ist eigentlich eine Art »Unternehmensberatung«. Meine Hoffnung ist, daß Fehler, aber auch positive Seiten, registriert werden und daß dann entsprechend gehandelt werden kann; mögliche Fehler, Schwachpunkte des Offenen Kanals können damit aufgedeckt und rasch korrigiert werden. Da beim Offenen Kanal vor allem kommunikative, soziale und kulturelle Gesichtspunkte im Vordergrund stehen, kann es bei der »Wissenschaftlichen Begleituntersuchung« weniger um quantifizierende Akzeptanzforschung gehen (Einschaltquoten etc.) als vielmehr um Interaktionsforschung, hier stehen vor allem die Fragen nach der Zugänglichkeit zu den Kommunikationsangeboten, die Fragen nach der Verfügbarkeit von Kommunikationsangeboten und die Frage nach der Teilnahme an kommunikativen Gestaltungen im Vordergrund. Weitere Fragen, die uns interessieren, sind Ausgestaltung der Technik, die Einweisungen in die Technik für die Nutzerinnen und Nutzer, die Atmosphäre der Räumlichkeiten, die Frage der Verwaltungsabläufe innerhalb des Offenen Kanals usw. Also sehr praktische Fragen, die da untersucht werden sollen.

Welche Vorteile sehen Sie in der Trägerschaft durch die Landesanstalt?

Die Vorteile sehe ich vor allem darin, daß man in der Versuchs- und Aufbauphase eine solide Finanzierungsmöglichkeit hat. Außerdem darin, daß man bei der Arbeit eine große politische Rückendeckung hat. Im Saarland haben wir, zumindest von seiten der Repräsentanten aller Parteien und Gruppierungen, eine große Zustimmung zum Offenen Kanal, obwohl wir erst jetzt im November des Jahres auf Sendung gehen. Das dritte ist, daß wir bei technisch-organisatorischen Dingen, wie z. B. Anmietung von Kabelkanälen und Räumlichkeiten, bei personellen und organisatorischen Angelegenheiten durch die LAR eine ungeheure Entlastung haben, da sie eine Anstalt öffentlichen Rechts ist und ihr damit wesentlich mehr Möglichkeiten gegeben sind als z. B. einem Förderverein für Offene Kanäle. Auf der anderen Seite gibt es durch diese Konstruktion für den Ablauf im Offenen Kanal selbst eine größere Rechtssicherheit, d. h. auch Chancengleicheit für die Bürgerinnen und Bürger, die im Offenen Kanal produzieren und senden wollen. Nachteilig wirken sich manchmal Verfahrensweisen aus, die bei öffentlichen Verwaltungen vorgeschrieben und notwendig sind, so z. B. die Bindung an die Vorschriften der Landeshaushaltsordnung. Diese Vorschriften sind einerseits notwendig und wichtig, da ja auch im Offenen Kanal öffentliche Gelder ausgegeben werden. Diese Ausgaben müssen wirtschaftlich sinnvoll und effektiv erfolgen. Da der Offene Kanal gleichzeitig ein Kultur- und Kommunikationsforum ist, müssen bürokratische Überwucherungen auf ein absolut notwendiges Minimum reduziert werden. Ich halte dies aber nicht für eine unlösbare Aufgabe; diese Probleme tauchen auch bei Stadtbüchereien, Jugendzentren, Bürgerhäusern auf.

Auf alle Fälle stelle ich mir für die Zukunft eine Dezentralisierung des Offenen Kanals im Saarland vor, wobei ich noch nicht genau weiß, wie diese konkret aussehen kann. Ich denke, wir müssen die Versuchsphase im Saarland abwarten und die Beispiele in anderen Bundesländern, vor allem in Rheinland-Pfalz, genau beobachten. Dort habe ich Beispiele kennengelernt, die für mich zum Teil abschreckend sind. Ich denke da z. B. daran, daß Vereinsvorsitzende von Trägervereinen des Offenen Kanals meinen, sie könnten sich bestimmte Rechte herausnehmen, was z. B. die Sendezeiten angeht, oder wenn andere versuchen, privat-kommerzielle Werbung versteckt zu plazieren. Da wäre es mir nach jetzigen Überlegungen und Erfahrungen doch lieber, wenn jeweils ein Beauftragter oder Angestellter einer »Werkstatt Offener Kanal« vor Ort wäre. Was die Dezentralisierung angeht, glaube ich, daß wir hier im Saarland auf eine sehr positive Resonanz im gesamten gesellschaftlichen Raum stoßen. Bereits jetzt, in Städten wie Saarlouis, Neunkirchen oder Homburg, rufen sie schon regelrecht nach Offenen Kanälen vor Ort oder zumindest nach Produktionsmöglichkeiten. Das ist so in etwa meine Zwischenbilanz und Perspektive, die ich ziehen kann.

Können Sie etwas zur Resonanz auf den Offenen Kanal im Saarland sagen?

Was wir hier an Resonanz und Feed-Back mitbekommen haben, war überwiegend sehr positiv. Keine Ablehnung, etwas Zurückhaltung im grünen-alternativen Bereich und bei etwas mehr ländlich organisierten und strukturierten Verbänden und Vereinen. Etwas Zurückhaltung, aber auch staunender Unglauben, daß das alles kostenlos sein soll. »Und wo ist hier der Haken?« ist eine häufig gestellte Frage. Bemängelt wird manchmal, daß es keine festen Sendezeiten im Offenen Kanal gibt. Vor allem Vereine und Organisationen möchten gerne regelmäßig und zu festen Sendeplätzen über ihre Organisationen und deren Aktivitäten berichten. Es gibt hier im Saarland meiner Einschätzung nach einen großen Bedarf in der Bevölkerung, in den Vereinen, in den Verbänden und Organisationen, über deren Aktivitäten zu berichten und zu informieren und informiert zu werden. Der Saarländische Rundfunk kann dies nicht leisten und will es auch nicht tun; die einzige landesweite Zeitung kann offensichtlich dieses Bedürfnis auch nicht befriedigen. Ob diese Vereine und Organisationen auch in der Lage wären, regelmäßig für die von ihnen geforderten Sendeplätze auch Programme zu produzieren und zu liefern, steht auf einem anderen Blatt. Wir werden in den nächsten Jahren sehen, wie groß und auch wie regelmäßig gerade der Andrang von Vereinen und Organisationen sein wird. Dann wird man sich eventuell neue Möglichkeiten eines Bürgerrundfunks überlegen müssen. In diesem Zusammenhang muß erwähnt werden, daß außer dem Offenen Kanal das Saarländische Rundfunkgesetz keine weiteren Möglichkeiten eines gemeinnützigen Rundfunks bisher vorsieht. Im Gegensatz etwa zu Rheinland-Pfalz, wo es den Bürgerservice gibt, oder im Gegensatz zu Hamburg, wo gemeinnützige Radios vorgesehen sind. Ich weiß, daß diese Formen der Bürgerkommunikation medienpolitisch sehr umstritten sind und die finanzielle Grundlage nicht als solide und tragfähig bezeichnet werden kann. Trotzdem sollte man aber meiner Meinung nach diese Ansätze weiter verfolgen und neu bedenken.

Wie erklären Sie sich, daß der Offene Kanal im Saarland von allen Gruppierungen so positiv aufgenommen wurde?

Wie bereits gesagt, gibt es im Saarland offensichtlich eine erhebliche Kommunikations- und Informationslücke im lokalen und regionalen Bereich. Ich denke, daß dies der Hauptgrund ist, daß der Offene Kanal bisher als Form der Bürgerkommunikation begrüßt wird. Ob die Wünsche und Vorstellungen, die vielleicht in dieses Projekt Offener Kanal hineinprojiziert werden, auch in Erfüllung gehen können und nicht enttäuscht werden, steht auf einem anderen Blatt. Es kommt jetzt vor allem darauf an, diese positiven Grundeinstellungen zu nutzen und die Bedeutung des Offenen Kanals als soziale und kulturelle Bereicherung herauszustellen. Weniger positiv wird in der Bevölkerung nach meinen bisherigen Erfahrungen aufgenommen, daß der Offene Kanal Fernsehen nur über Kabel zu empfangen ist. Das hängt damit zusammen, daß die Anschlußdichte ans Kabel im Saarland bisher nicht hoch ist, die Ablehnung gegenüber der Verkabelung medienpolitisch relativ weit verbreitet und verwurzelt ist. Ähnlich wie in Hamburg wird der Offene Kanal im Radio terrestrisch abgestrahlt und empfangbar sein, was in vielen Gesprächen als sehr sinnvoll und nützlich bezeichnet wird.

Sie finden also, daß die Verbreitung über die Luft positiv für OK Hörfunk ist?

Das ist positiv, weil wir erstens eine geringe Verkabelungsdichte im Saarland haben, und zweitens, weil wir aufgrund der hohen Kanalgebühren der Deutschen Bundespost zur Zeit nur einen Teil des Saarlandes in den Offenen Kanal Fernsehen einbeziehen können. Außerdem wird Radio im Kabel nicht gehört. Das sind ja auch Erfahrungen, die man in Ludwigshafen/Vorderpfalz oder sonstwo gemacht hat. Inwieweit es Probleme und Schwierigkeiten geben wird, wenn man mit einem anderen Anbieter, hier mit dem Saarländischen Rundfunk, sich eine Frequenz teilt, kann bislang noch nicht eindeutig beantwortet werden. Das wird auch damit zusammenhängen, wie groß die Bereitschaft sein wird, Programmbeiträge von Laien zu akzeptieren. Aber ich lasse mich da gerne überraschen. Wir werden noch andere Denkansätze und Modellversuche für den Radiobereich überlegen müssen, einige Modellvorstellungen existieren bereits. Erstrebenswert wäre natürlich, sowohl für das Fernsehen als auch für das Radio jeweils eine terrestrische Frequenz zu haben. Aber das ist wohl eine Utopie, die in weiter Ferne liegt. Utopien haben aber immer die gestalterische Phantasie beflügelt.

Erwarten Sie Einfluß oder gar Zensur, wenn Sie eine Frequenz teilen müssen und quasi ein Fensterprogramm anbieten?

Für die einzelnen Programmbeiträge sind grundsätzlich die jeweiligen Produzenten verantwortlich, nicht der Offene Kanal bzw. die Landesanstalt für das Rundfunkwesen. Eine Zensur kann daher nicht möglich sein. Wir haben kein »Fensterprogramm« beim Saarländischen Rundfunk, sondern teilen uns die Frequenz. Ein Fensterprogramm wäre eine inhaltliche und programmliche Erweiterung und Ergänzung eines Rahmenprogramms. Dies ist aber bei unserer Konstruktion im Saarland nicht der Fall. Die Programmbeiträge des Offenen Kanals haben nicht das geringste mit dem Programm zu tun, das der Saarländische Rundfunk ausstrahlt. Inhaltliche oder gestalterische Parallelitäten, die eventuell aufkommen könnten, sind nicht beabsichtigt, sondern eher zufällig. Der Saarländische Rundfunk erfüllt einen gesetzlich vorgeschriebenen Auftrag der informationellen Grundversorgung. Sein Programm ist professionell gemacht und liegt in der Programmverantwortung des Intendanten. Die Programmverantwortung, ebenso die Verantwortung für Gestaltung und Form der Beiträge des Offenen Kanals Hörfunk liegen ausschließlich bei den jeweiligen Produzenten. Ein Programmauftrag existiert für den Offenen Kanal nicht. Jedes Bundesland muß seine gesellschaftlichen und politischen Rahmenbedingungen beachten. Jedes Land muß seine eigene Entwicklung, seine eigene Variation der Weiterentwicklung Offener Kanäle finden. Eine einheitliche bundesweite Entwicklung der Offenen Kanäle werden wir so schnell wohl nicht bekommen. Aber es ist gut, zumindest an bestimmten Grundsätzen festzuhalten. Wir sind daher auch bestrebt, im Bundesverband Offener Kanäle vertreten zu sein. Es wird wohl auch nicht mehr lange dauern, bis dies geschieht. Grundsätzlich begrüßen wir die Entstehung eines solchen Dachverbandes, denn der ist dringend notwendig. Es darf allerdings nicht dazu führen, daß man im Verband alle möglichen Einzelheiten und Entwicklungen der einzelnen Bundesländer einheitlich vorschreiben und reglementieren will. Es geht darum, bestimmte Grundsätze des Offenen Kanals hervorzuheben, daran gemeinsam festzuhalten und zu versuchen, diese auch medienpolitisch durchzusetzen.

Da Sie ja noch nicht auf Sendung sind mit dem Offenen Kanal, was passiert denn im Herbst im Offenen Kanal?

Wir werden am 7. November 1989 im Offenen Kanal Radio auf Sendung gehen. Die Vorbereitungen für diesen Sendestart laufen bereits jetzt auf vollen Touren. Im Fernsehen werden wir ab März/April 1990 in einem Kabelkanal der Deutschen Bundespost auf Sendung gehen. Auch die Vorproduktionen für das Fernsehen laufen bereits jetzt an, alle fünf Kamerarekorder, die wir zur Ausleihe zur Verfügung stellen, sind fast immer unterwegs. Die Bildschnittplätze sind häufig fast alle belegt. Wir machen weiter verstärkt Werbung für den Offenen Kanal. Wir haben eine neue Broschüre konzipiert, ebenso neue Aufkleber, die wir in den Vereinen, Verbänden, Schulen und Kommunikationsorten verteilen. Wöchentlich finden öffentliche Veranstaltungen im ganzen Saarland statt zum Thema Offener Kanal. Diese Veranstaltungen sind recht gut besucht. Zur Zeit konzipieren wir einen Schulversuch »Offener Kanal in Schulen«, bei dem die Landesanstalt für das Rundfunkwesen, das Kultusministerium und verschiedene Schultypen zusammenarbeiten. Hier sollen Schülerinnen und Schüler, Lehrerinnen und Lehrer als potentielle Nutzer des Offenen Kanals gewonnen werden.

Der Offene Kanal ist auf dem Telefilm-Saar-Gelände untergebracht, das etwas außerhalb der Stadt liegt. Liegt das in Ihrem Interesse?

Ja und nein. Natürlich liegt es eher in meinem Interesse, den Offenen Kanal mitten in der Stadt in einem Kulturzentrum anzusiedeln, wo man tagein, tagaus herein und heraus gehen kann. Leider war das nicht möglich. Dies lag vor allem an finanziellen und räumlichen Bedingungen. Vielleicht werden wir dies in ein paar Jahren nachholen. Andererseits muß man sagen, daß die etwas abseits gelegene Situation es möglich macht, genügend Parkplätze und verkehrstechnische Anbindungen zu haben. Der An- und Abtransport von technischen Geräten, von Personen usw. ist hier problemlos. Allerdings muß ich auch darauf hinweisen, daß der Offene Kanal am Rande eines dichtbebauten Wohngebietes liegt, außerdem gibt es hier in der Nähe auch etliche Schulen.

In der saarländischen Satzung für den Offenen Kanal der LAR steht für den Offenen Kanal die Definition »Kultur- und Kommunikationsforum« – was ist damit gemeint?

Der Offene Kanal des Saarlandes ist bisher der einzige Offene Kanal, der diese Zielsetzung in seiner Satzung verankert hat. Im Offenen Kanal stehen nach unserem Verständnis vor allem kommunikative, soziale und kulturelle Gesichtspunkte im Vordergrund. Wenn man unter Kultur versteht die Art und Weise, wie ich mit mir selbst, mit anderen, mit der Natur umgehe, und die Art und Weise, wie ich Arbeit und Freizeit gestalte, so habe ich einen »weiteren« Kulturbegriff, der auch auf den Offenen Kanal zutrifft. Der Offene Kanal ist zwar **auch** Rundfunk, aber vor allem soll hier der Mensch, die Kommunikation im Vordergrund stehen. Der Offene Kanal ist nach meinem Verständnis eine Werk-Statt, ein Ort, an dem produktionsorientiert gearbeitet, probiert und experimentiert wird. Also der handwerkliche Herstellungsprozeß, ebenso wie die kommunikative Auseinandersetzung über Inhalte, Themen und Formen spielen eine wichtige Rolle. In unserem Verständnis ist das Medium Hörfunk/Fersehen nicht als technischer Selbstzweck zu betrachten, sondern funktional zu sehen, also um bestimmte Themen, Probleme aufzuarbeiten und zu verbreiten. Die Themenbereiche behandeln vor allem das Alltägliche. Der Offene Kanal ist daher also ein soziales und kulturelles Dienstleistungszentrum, ähnlich wie das Jugendzentrum, die Stadtbücherei, das Bürgerhaus. Von daher soll ein Offener Kanal zum selbstverständlichen Bestandteil einer lokalen und regionalen Kulturarbeit werden. Offene Kanäle sind aber auch kulturelle Werkstätten und Lernorte, nicht nur für ihre Nutzerinnen und Nutzer, sondern auch für die dort beschäftigten Mitarbeiter und Mitarbeiterinnen. Sie sind Foren, in denen Begegnung und Kommunikation stattfindet und auch gefördert wird. Diese Überlegungen haben dazu geführt, daß die LAR den kulturellen und kommunikativen Auftrag des Offenen Kanals als ersten Satz in der Satzung festgeschrieben hat.

1.7 Gespräch mit Klaus Nikodem, (Offener Kanal Duisburg) im September 1989

Herr Nikodem, wie sind Sie zum Offenen Kanal gekommen?

Das war reiner Zufall. Wir haben in Rheinhausen zu Beginn der Auseinandersetzung um das Stahlwerk hier die Kollegen unterstützt. Wir haben eine Wache vor Tor 1 aufgestellt, die Tag und Nacht besetzt war, ein halbes Jahr lang. Es war auffällig, daß viele Kollegen schon sehr früh begannen, die Aktionen, an denen sie teilgenommen hatten, mit der Videokamera festzuhalten. Die haben dann auch einen Videorecorder und einen Fernseher in der Mahnwache aufgestellt. So waren wir also informiert über das, was die Kollegen gemacht hatten.

Die Berichterstattung in den Medien ließ zu wünschen übrig. Vieles wußten die Kollegen aus der konkreten Situation heraus eben besser, als die Journalisten aus den öffentlich-rechtlichen Rundfunkanstalten es wissen konnten. Die Kollegen hatten vieles auszusetzen an dieser wirklich sehr oberflächlichen Berichterstattung. So ist man auf die Idee gekommen diese Beiträge, die ursprünglich für den privaten Bereich gedacht waren, die also Verwandten, Nachbarn gezeigt wurden, zu vervielfältigen und in Rheinhausen in Schaufenstern, Kneipen, Jugendheimen, Altentagesstätten zu zeigen. Ich habe beim Kopieren der Beiträge geholfen, habe geholfen, Geräte zusammenzuschnorren.

Dann sind wir, 8 Rheinhausener Bürger, irgendwann vom Offenen Kanal nach Dortmund eingeladen worden. Dort lief an diesem Tag eine Sendung, die sich mit der Situation in Rheinhausen beschäftigte. Das war dann der auslösende Punkt. Wir dachten, wenn es so etwas in Rheinhausen geben würde, könnten wir uns die ganze Kopiererei sparen, bräuchten wir nicht diese Beiträge durch ganz Rheinhausen zu fahren und sie abends wieder einzusammeln, nachts dann wieder überspielen um einen neuen Beitrag zu verteilen.

Rheinhausen ist zwar nicht verkabelt, es gibt aber Großantennenanlagen. Als Krupp vor 12 Jahren dieses Stahlwerk hier gebaut hat, war seitdem das Fernsehprogramm gestört. Die Kollegen konnten kaum noch etwas sehen. Krupp Wohnungsbau hat sich dann entschlossen, eine Großantennenanlage zu errichten und hat alle Wohneinheiten, die erreichbar waren, an diese Großantennenanlage angeschlossen. Das war natürlich für uns ideal. Es ging uns zu Beginn wirklich darum, das Medium zur Information zu nutzen. Wir brauchten auch Unterstützung. Es traf sich natürlich hervorragend, daß es gerade die Kollegen waren, die den Kanal empfangen konnten. Das war ursprünglich die Idee, man wollte die Kollegen informieren, ihnen berichten was passiert war. Was den Offenen Kanal wirklich ausmacht, das hat sich erst so mit der Zeit herauskristallisiert.

Die von Krupp waren nicht unbedingt begeistert von der Idee, daß wir auf einem Dachboden sitzen und ihre schöne Antennenanlage benutzen und dann noch die

Kollegen mit angeblich einseitigen Informationen beliefern. Krupp hat dann von Juristen prüfen lassen, inwieweit diese große Antennenanlage überhaupt ein Kabelnetz im Sinne des Landesgesetzes ist. Wir haben den Leuten von Krupp geholfen, indem wir direkte Kontakte mit dem Postministerium aufgenommen haben. Die haben uns klipp und klar gesagt, daß die Kabelnetze freigegeben werden müssen, daß die von Krupp nicht darum herum kommen. Nachdem diese ersten Unklarheiten beseitigt waren, klappte die Zusammenarbeit ganz gut. Wir haben das Studio auf dem Dachboden ein halbes Jahr lang mietfrei genutzt und haben jetzt ganz offiziell einen Mietvertrag über die Nutzung der Antennenanlage. Wir zahlen DM 100,– im Monat. Darin sind auch die anfallenden Stromkosten enthalten, damit kann man leben. Die Leute sind also inzwischen ziemlich kooperativ.

Wir haben dann am 12. Januar den ersten Beitrag gesendet. Da hatten wir noch eine Duldungserklärung, keine Genehmigung. Man wollte seitens der LfR prüfen, ob so etwas möglich wäre. Also hat man irgendwie gesagt: »Laß die mal machen«, obwohl man auch erkannt hat, daß es sich eigentlich nicht verhindern läßt. Man hat wohl ein bißchen Angst davor gehabt, auch vor den Kruppianern und vor deren Reaktion. Aber das ist jetzt vorbei und seitdem geht das ganz gut.

Versuchen denn Gruppen, z.B. die Gewerkschaften oder andere, Einfluß auf den Offenen Kanal zu nehmen?

Nein. Die Gewerkschaften hier haben auch nichts dagegen, wenn Beiträge kommen, die die Gewerkschaften massiv angreifen.

Es war am Anfang häufig so, daß wir Anrufe von Bürgern bekamen, die sich durch eine Sendung auf den Schlips getreten fühlten. Wir haben dann gesagt: »Wenn es dir nicht passt, dann komme doch morgen vorbei, dann kannst du selbst etwas sagen.« Das war dann auch so. Derjenige ist gekommen und hat eine Gegensendung gemacht.

Hat sich eigentlich das Nutzerspektrum geändert, jetzt, da der Arbeitskampf offiziell vorbei ist?

Ja, es hat sich geändert. Es kommen zwar weiterhin Leute, die von Anfang an dabei gewesen sind, vielleicht nicht mehr ganz so häufig, sondern nur noch alle 14 Tage. Dazu sind aber viele neue Leute gekommen, wie z.B. Schülergruppen. Anfangs waren die nur technisch angesprochen, waren fasziniert von den Möglichkeiten, die so eine Videokamera hat. Da kam es dann zunächst nicht so darauf an, was, die haben alles gefilmt, was sich in Rheinhausen bewegt hat. Das war wohl der Einstieg für diese Leute. Inzwischen machen sie auch andere Sachen, z.B. einen Beitrag über den Zoo oder über ein Feuchtbiotop.

Dann gibt es noch eine Gruppe, die zusammen mit türkischen Jugendlichen einen Beitrag über das Leben türkischer Jugendlicher in dieser Stadt macht. Es kommen auch ausländische Arbeitnehmer. Es gibt einen Kollegen, der in der Türkei war, seine eigene Videokamera mitgenommen hat und einen Beitrag über die Türkei gemacht hat. Er möchte jetzt den Beitrag so gestalten, daß er sowohl für türkische, als auch für deutsche Kollegen interessant wird.

Was war ihr schönstes Erlebnis im Zusammenhang mit dem Offenen Kanal?

Da fallen mir mehrere Sachen ein. Der Kollege z.B., dessen Frau ins Krankenhaus gekommen ist, gerade als er Nachtschicht machen mußte, und der nicht wußte, wohin mit den Kindern. Der kam dann rauf zu uns, wir hatten gerade eine Live-Sendung, und hat gefragt, ob er mal ein paar Worte sprechen kann und es wurde ihm gestattet. Er hat dann über den Sender gesagt, daß seine Frau ins Krankenhaus gekommen ist und daß er drei kleine Kinder hat. Er hat dann gefragt, wer bis morgen Früh auf seine Kinder aufpassen kann. Daraufhin kamen spontan drei Familien, die sich um die Kinder gekümmert haben.

Ein anderes Erlebnis war auch bei einer Live-Sendung. Da kam eine ganze Hochzeitsgesellschaft hier herauf – es war eine goldene Hochzeit – und hat über den Offenen Kanal ihre Eltern beglückwünscht und ihnen ein Lied gesungen. Wir sind dann anschließend auch eingeladen worden zu der Hochzeitsfeier.

Bei Live-Sendungen kommen immer mal wieder ein paar Leute zu uns rauf und schauen was bei uns los ist, wie das abläuft. Die bringen dann oft auch eine Kanne Kaffee mit.

Mir fällt noch ein lustiges Erlebnis ein. Der Begriff »Medien-Werkstatt« wird doch schon mal mißverstanden. Einmal kam ein älterer Herr, der war schon an die 80 Jahre alt, und fragte: »Ist das hier die Medienwerkstatt?« Ich habe das bejaht und daraufhin sagte er: »Ich habe da ein Problem. Ich habe da einen Rasierapparat, der ist kaputt. Können Sie den mal reparieren?« Das haben wir dann auch gemacht.

2. Gespräche mit Nutzern des Offenen Kanals

Vorbemerkung des Herausgebers

Schon im Verlauf der Tagung der Bundeszentrale für politische Bildung in Ludwigshafen 1986, die sich mit bereits existierenden Offenen Kanälen beschäftigte, wurde die Frage erörtert, ob und mit welchen Konsequenzen sich Nutzer des Offenen Kanals auch als Mitgestalter eines Gesprächs- und Erkenntnisprozesses sehen.

Während der Berliner Tagung – so wollte es die Dramaturgie für eine erste bundesweite Bilanz der Entwicklung Offener Kanäle – sind die Nutzer Offener Kanäle argumentativ zu kurz gekommen.

Was Nutzer Offener Kanäle über ihre Kontakte, ihre Alltagserfahrungen und Probleme mit dieser neuen Dimension der lokalen Kommunikation zu sagen haben, soll mit den folgenden Gesprächen exemplarisch gezeigt werden. Die Äußerungen sind vielleicht »unwissenschaftlich« lang, aber sie sind originär und vermitteln in dieser Form wohl am besten ein Gespür für Wert und Wirkung der Kommunikationsform Offener Kanal.

Gespräch mit Person A

Mein Name ist A. Ich wohne in Frankenthal, komme aber aus Niedersachsen, aus Osnabrück. Wir fühlen uns hier sehr wohl, schon alleine wegen des Wetters und auch vielleicht wegen des Weines hier in der Pfalz. Was mache ich? Hausfrau, Lehrerin und seit ca. 2 Jahren auch Mutter. Trauen Sie es mir bitte zu. Es ist ein Adoptivkind aus Brasilien. Was mache ich sonst noch? Sport, Biologie, Erdkunde und nun leider oder Gott sei Dank auch Videofilme.

An was denken Sie als erstes wenn Sie den Begriff Offener Kanal hören?

Erstens, schade daß nicht laufend von 15.00 bis 21.00 Uhr Sendungen sind. Zweitens schade, daß die Leute, die sich so bemühen und ganz nette Sendungen bringen, nicht ein bißchen geschult werden. Was heißt das? Die Leute müßten näher an das Objekt herangehen und dieses von verschiedenen Seiten filmen. Neben der zur Verfügungstellung der Gerätschaften und der Räume müßten die Leute noch ein bißchen mehr geschult werden und nicht nur in die Geräte eingeführt werden. Das wäre eine ganz neue Idee.

Also beim Schneiden wird man ja hier prima bedient. Man kann immer wieder fragen, man kann die Sache wieder vergessen und immer wieder kriegt man es ganz geduldig erklärt. Und neue Ideen kriegt man auch noch gesagt. Aber was das Filmen anbetrifft, es müßte möglich sein, daß diese fabelhaften jungen Leute die hier arbeiten, den Leuten die hier Filme bringen noch etwas mehr das Filmemachen beibringen.

Haben Sie eine Idee, wie die Mitarbeiter Ihnen oder auch anderen Nutzern des Offenen Kanals besser helfen könnten?

Ich finde es z.B. sehr schade, daß man hier keine Kritik bekommt. Ich habe zwar

Verständnis dafür, denn es ist schwierig, beim Menschen Kritik anzubringen, nicht jeder verträgt sie. Aber man könnte ja schon erstmal mit loben anfangen, das wird ja nicht einmal getan. Man ist so stolz auf sein Werk und es wäre schön, wenn man zumindest zu hören bekäme: also das war jetzt schon viel besser als das letzte Mal. Das wäre ja schon ein bißchen was. Ja und nun, ich hoffe, daß es für die jungen Leute hier zeitlich, arbeitstechnisch möglich ist, daß die Produzenten dem zuständigen Mitarbeiter ihre Filme vorführen können und dieser dann – das kann er sicher aus dem Ärmel schütteln, da bin ich sicher – dem Produzenten einige seiner grundsätzlichen Fehler sagt. Das kommt natürlich darauf an, ob die Arbeitskräfte hier die Zeit dafür haben.

Wenn Sie mal so zurückdenken, was hat Sie eigentlich bewogen zum Offenen Kanal zu kommen?

Ich habe gehört, dort gibt es eine Werkstatt, dort kann man seinen Film schneiden. Ja, und das ist die Sache. Mein Bruder hat immer schon Filme gemacht. Daher weiß ich, daß das Schneiden seine Filme immer gut gemacht hat. Aber er mußte eben immer schneiden und kleben und tun. Hier, beim Umgang mit Video, braucht man nur ein paar Knöpfchen zu drücken und schon kann man seinen Film schneiden. Das muß man zwar ein bißchen lernen, aber man kann dann aus dem Material welches man hat einen richtigen Film zusammenstellen. Das finde ich großartig. Man hat also 2 Stunden Bandmaterial und daraus macht man z. B. eine halbe Stunde Film und diese ist dann ein bißchen attraktiv.

Und seit wann machen Sie Filme im Offenen Kanal?

Videofilme mache ich, also Video fotografieren tue ich seit 1½ Jahren, seit Weihnachten 1986.

Sehen Sie den Offenen Kanal in Konkurrenz zu den anderen Medien, also zu ARD, ZDF?

Letztendlich ja. Warum sind wir da? Wir möchten doch gesehen werden. Wir möchten, daß die Menschen sich die Sendung angucken. So, und nun sind wir noch nicht so gut wie ZDF usw.. Aber ich bin der Überzeugung, daß wir denen auch was bieten können, auf unsere Weise nämlich. Und ich glaube, daß die einzelnen Leute, die hier Filme machen, was auszusagen haben. Es ist doch interessant, das jetzt einfach ein Otto-Normalverbraucher, ein ganz x-beliebiger Mensch, der sich außer für den Beruf auch noch für Video interessiert, daß dieser Mensch wirklich nur daran interessiert ist, daß seine Ideen weitergebracht werden.

Glauben Sie eigentlich, daß Sie die täglichen Fernseh- und Hörfunksendungen besser beurteilen können, seit Sie selbst Filme machen?

Ja, in gewisser Weise ja. Ich gucke mir die Filme ganz anders an, ich bewundere oft die Filme, wie wunderbar die Perspektiven sind, wie genau richtig die Zeitlängen sind.

Erstellen Sie Ihre Beiträge eigentlich immer allein, oder auch zusammen mit anderen?

Nein, ich kriege nur von denen Kritik und habe mir die erbeten. Man hat mich sogar angerufen nach diesen Kinderliedern. Ich war richtig glücklich. Mein Mann, der muß mich auch immer wieder beraten. Ich hatte z. B. eine Szene mit Schafen zu einem Kinderlied ausgewählt. Das fand mein Mann zu langweilig, weil dort gar keine Kinder zu sehen waren. Die Szene habe ich dann herausgenommen und durch eine Szene mit Kindern ersetzt.

Welcher Themen haben Sie sich bisher im Offenen Kanal angenommen?

Einmal Projekttag an meiner Schule, dann Pflanzen als Frühjahrsboten. Das war übrigens ziemlich langweilig. Schon Kinder finden Pflanzen langweilig und Tiere interessant.

Haben Sie Anrufe bekommen, wo die Leute gesagt haben, daß es langweilig ist? Oder woher wissen Sie das?

Nein, es haben mir Leute gesagt, die ich kenne. Ich hatte gute Musik unterlegt, ich glaube das Klarinettenkonzert von Mozart. Da habe ich gesagt: Na ja, schon allein wegen der Musik hättet Ihr euch das ja bis zu Ende ansehen können.

Das nächste war dann ein Film über Lanzarote, Eindrücke einer Reise. Und nun mein Film »Kinderlieder in Ton und Bild«.

Ideen habe ich genug. Aber inzwischen weiß ich besser was ankommt. Nur über Pflanzen, das ist eben einfach zu langweilig. Da müssen auch Menschen mit dabei sein.

Woher nehmen Sie denn die Ideen für Ihre Filme?

Ich gehe ja jetzt sowieso mit ganz anderen Augen durch die Welt. Ich möchte am liebsten immer alles filmen. Leider habe ich ja nicht immer meine Viedokamera dabei. Das Gute am Offenen Kanal ist, daß man sein Werk durch ihn an andere weitergeben kann. Das ist genauso, wie mit der Lebenserfahrung. Gute Lebenserfahrung möchte man ja auch an andere Menschen weitergeben, glaube ich jedenfalls. Ich gebe einfach gerne gute Ratschläge weiter.

Ich habe selbst jetzt schon wieder Filmideen. Ich möchte z. B. einen Film über die BASF machen. Wie sieht die BASF von außen aus. Und das möchte ich positiv und negativ machen, denn alles schimpft über die BASF. Den Geruch der BASF kann man ja zwar nicht im Film festhalten, aber die verschiedenen Eindrücke möchte ich dann doch vermitteln. Die BASF kann ja aber auch sehr schön aussehen. Ich fahre jeden Tag mit dem Auto daran vorbei. Im Dunkeln sehen die vielen Lichter und der Rauch dahinter einfach schön aus.

Wie würden Sie Ihre Beiträge mit einem Sammelbegriff beschreiben?

Die Menschen meiner Umwelt. Sind Sie damit zufrieden?

Ja, wenn Sie es so ausdrücken möchten.

Was ist Ihnen eigentlich wichtiger: Die Erstellung eines Beitrages oder wenn der Beitrag fertig ist?

Das Erstellen des Beitrages ist das Wichtigste. Das ist ja eigentlich auch das schöne. Wenn er dann fertig ist, dann möchte ich ihn am liebsten in die Ecke schmeißen und etwas neues anfangen.

Das schöne ist ja auch, daß man jeden Film auch immer noch verbessern kann, immer wieder verbessern. Denn während eines Films verbessert man sich ja auch immer.

Wie entsteht eigentlich bei Ihnen so ein Beitrag?

Unser 2½ jähriges Kind, ds ist die Hauptursache für meine Videofilme. Er kommt ja auch in dem Film über die Kinderlieder oft vor. Mein nächster Film hat wahrscheinlich die Kinder der Prinzregentenstraße zum Thema. Damit hat zwar der Michael nichts zu tun, aber die sehe ich hier und die sehe ich auch Michaels wegen heute mit ganz anderen Augen. Ich möchte Tage und Wochen damit verbringen, darüber einen Film zu machen.

Irgendwann möchte ich hier Kritik anbringen. Dafür muß Zeit sein. Es ist einfach ein Jammer, daß man um seinen Schneidetermin kämpfen muß. Ich würde es einfach schön finden, wenn ich hier zwei Tage hintereinander schneiden dürfte. Ich würde sogar Geld dafür bezahlen.

Das ist ja das Gute, daß es hier alles kostenlos ist.

Ja, das ist es. Aber wenn so viel Zeit zwischen den einzelnen Terminen vergeht, dann muß ich mir erst alles wieder im Kopf zusammensuchen; auch wenn ich es mir aufgeschrieben habe. Man kommt einfach wieder raus, wenn es erst wieder in 14 Tagen weitergeht. Das ist eigentlich das schlimmste. Wenn ich das Geld hätte, dann würde ich mir einen eigenen Schnittplatz kaufen.

Gucken Sie eigentlich nur Ihre eigenen Beiträge oder sehen Sie sich auch andere Beiträge an?

Ja auch andere, andere Beiträge viel lieber. Meine Beiträge sehe ich mir nur an, damit ich kontrollieren kann, ob sie auch richtig ausgesendet werden, oder ich erlebe die Filme dann noch einmal richtig entspannt. Von anderen Filmen sehe ich mir diejenigen an, die gut sind. Ich sehe Fernsehen so: Ich probiere alle Kanäle immer wieder durch. Ich lerne so allmählich die einzelnen Kanäle kennen und dann schalte ich immer wieder auf den Offenen Kanal. Und dann denke ich wieder: Wieder so ein Film, wo zu 90 Prozent Landschaft gezeigt wird, irgendeine blöde Landschaft und nicht ein bißchen Menschen gezeigt werden. Sie sollten mal näher herangehen. Und dann kommt aber auch mal wieder ein Film von den ca. 40 Prozent, wo ich sage: Herrlich, toll, großartig wie das wieder gemacht ist. Ich habe einmal einen Film von Herrn K. im Offenen Kanal gesehen, da habe ich mir schnell eine Kassette geholt um es zu überspielen. Dann habe ich mir den Film zu Ende angesehen, habe dann die Telefonnummer mitgeschrieben und habe ihn gleich angerufen und ihm einfach begeistert gesagt: »Herrlich, großartig«.

Wenn Sie zurückdenken, welche Probleme hatten oder haben Sie noch im Zusammenhang mit dem Offenen Kanal?

Am Anfang, hauptsächlich mit der Technik. Mir hat ein junger Mann, mit wirklich viel Geduld eine Stunde lang die ganze Sache am Schnittplatz erklärt. Ich habe alles mitgeschrieben, aber es war viel zu viel für diese kurze Zeit. Man darf nicht am Anfang gleich alles erklärt bekommen. Am Anfang sollte man wirklich nur das notwendigste lernen. Vertonung, Insert-Schnitt usw. erst später. Man sollte alles allmählich nacheinander lernen. Heute kann ich manches schon richtig flott. Aber ich muß immer wieder fragen, immer wieder gibt es etwas. Aber es wird zum Glück immer weniger. So, und dann haben Sie noch gefragt was heute mein Problem ist: Ich habe leider nicht immer Zeit. Mein Mann ist oft nicht da in der Woche und so muß ich versuchen zwischen 15.00 Uhr und 21.00 Uhr den Babysitter zu bekommen. Das ist schwierig.

Sie haben eine eigene Kamera?

Ja, das Gott sei Dank. Wenn ich da auch noch auf den Offenen Kanal angewiesen wäre, dann würde ich glaube ich aufgeben. Wenn ich auch noch beim Filmen warten müßte und dann vielleicht bei Regen und Schnee filmen müßte, weil ich dann gerade, ausnahmsweise, glücklicherweise, einen Kameratermin hätte, ja dann würde ich aufgeben. Ich habe es ja ausprobiert und habe eine unschöne Story mit dem Offenen Kanal erlebt. Da wollte ich zu einem bestimmten Zeitpunkt eine Kamera haben und nach Möglichkeit auch zwei. Und ich habe gesagt: »Ich will ja nie mehr von euch eine Kamera haben aber gebt mir doch bitte jetzt eine«. Aber es hat nicht geklappt und da war ich ganz sauer auf den Offenen Kanal. Ich wollte den Offenen Kanal eigentlich nie wieder sehen. Ich bin hier nur wieder hergekommen, weil es nichts besseres gibt und weil ich es nötig habe. Sie wollen ja daß ich ehrlich bin, nicht wahr?

Wenn Sie ein Bekannter fragt: Sagen sie mal Person A, wozu nutzen sie eigentlich den Offenen Kanal? Was würden Sie dem antworten?

Ich sage: Es gibt private Fernsehveranstalter. Der Offene Kanal ist ein Fernsehveranstalter, der nicht kommerziell ist. Der für jeden – und das glauben die mit immer nicht –, der wirklich für jeden Menschen da ist. Und das finden die dann auch großartig. Jeder Mensch kann hier filmen wenn es schon einigermaßen erwachsen ist und was kann. Es ist also eine ungeheuer soziale Einrichtung. Und die Filme, egal wie sie sind, werden auch gesendet.

Nutzen Sie den Offenen Kanal eigentlich eher um sich persönlich weiterzubilden oder nutzen Sie den Offenen Kanal hauptsächlich um anderen Menschen etwas mitzuteilen?

Ich finde es einfach toll. Ich hätte eigentlich nie gedacht, daß ich selbst Filme schneiden kann. Zum Thema Weiterbildung: Ich denke kaum daran, daß man sich bei der Videoarbeit technisch weiterbildet. Aber ich finde es gut, daß ich es kann, weil es einfach nötig ist.

Im Vordergrund steht bei mir einen Film zu machen. Und dafür ist es nötig, daß ich technisch einfach besser werde.

Welches war eigentlich Ihr schönstes Erlebnis im Zusammenhang mit dem Offenen Kanal?

Wenn man das erste Mal seinen Film im Fernsehen sieht und dann sagen kann: Am Sonntag, da könnt ihr meinen Film sehen und die Freunde und Bekannten dann ganz erstaunt sind. Dann wird man richtig bewundert, denn die wissen noch nicht wie einfach dies eigentlich ist. Die Menschen haben noch viel zu viel Hochachtung vor einem Fernseher, vor dem ZDF oder vor der ARD, vor diesen mächtigen Institutionen. Ich bin so froh, daß wir hier Kabel haben, alleine schon deswegen, damit diese Herrschaften von ARD und ZDF endlich einmal Konkurrenz bekommen. Die ist dringend nötig, denn diese sind ja Herrgötter. Ich bin sicher, daß sich das Verhältnis sehr verschieben wird, daß die anderen Fernsehinstitutionen besser werden und daß sich ARD und ZDF mächtig bemühen müssen.

Und wenn ich Sie nach dem schlechtesten Erlebnis im Zusammenhang mit dem Offenen Kanal frage?

Daß ich nicht sagen kann: Für den und den Termin brauche ich eine Kamera. Ich bin ja früh genug gekommen. Daß das nicht möglich ist! Es ist einfach der totale Starrsinn, daß die Ausleihzeiten nur dann und dann sind. Es müßte möglich sein, daß man sich mit dem anderen Entleiher kurzschließen kann. Wie ich die Kamera hatte, lag sie 2/3 der Zeit im Schrank. Da hätte ein anderer sie nutzen können. Es ist einfach grausam, daß dies nicht besser geht. So etwas Schreckliches. Es hatte zur Folge, daß mein Film nicht gut wurde. Es hatte sehr viele schreckliche Folgen, aber die will ich nicht aufzählen.

Wie sollte Ihrer Meinung nach ein Offener Kanal in fünf Jahren aussehen?

Der Offene Kanal ist wahnsinnig wenig bekannt. Das habe ich festgestellt bei all den Leuten, denen ich gesagt habe wann mein Film läuft. Der Offene Kanal ist hier bei den Menschen viel zu wenig bekannt. Warum kritisiere ich das als erstes? Wenn er mehr bekannt wäre, würden mehr Leute hier herkommen. Dann würden sich auch mehr Leute den Offenen Kanal ansehen. Dann würde ich z. B. Kameras kaufen, damit nicht noch mehr Menschen in diesen engen Zeiträumen ein Kamera leihen müssen. Sie haben ja im Moment vier Kameras im Verleih. Es müßten aber nicht vier, sondern vierzig sein, oder sagen wir zwanzig oder wenigstens zehn, dann sähe die Sache doch schon ganz anders aus.

Zu den Schnittplätzen: Wo in der Industrie und in der Landwirtschaft werden solche Gerätschaften – und das sind ja phantastische Gerätschaften die sie hier stehen haben – nur 6 Stunden am Tag genutzt. Dies ist doch ein Luxus sondergleichen. Dies kann sich keine Industrie leisten. Eigentlich müßte sie Tag und Nacht genutzt werden können, dann würden auch die Produkte besser.

Man hätte mehr Zeit. Meine Produkte würden besser, wenn ich kontinuierlicher am Schnittplatz arbeiten könnte. Man muß als Nutzer auch mal die Möglichkeit haben sagen zu können: Ach, morgen komme ich wieder, dann mache ich weiter, ich bin gerade so gut drin. Dies ist nicht möglich. Man könnte ja auch unter Behinderten mehr Werbung für den Offenen Kanal machen. Habe ich hier je einen Behinderten gesehen? Es ist zwar ein Behinderten-Klo vorhanden, aber Behinderte habe ich hier noch nicht gesehen. Wieviel Behinderte sitzen in der Kneipe oder zu Hause herum und sagen: »Ich bin nichts wert«. Hier bekommt man doch das Gefühl etwas zu können.

Gespräch mit Person B

Mein Name ist B, ich bin am 13. 12. 1925 geboren in Frankenthal. Meine Eltern sind 1929 nach Oppau gezogen. Da wohne ich heute noch. Ich habe den Beruf des Elektoinstallateurs gelernt bei der BASF. Ich habe es dann dort bis zum Mehrfachmeister gebracht. Ich bin in der Zwischenzeit auch mal Soldat gewesen und war in russischer Kriegsgefangenschaft. Bin 1949 dann wieder nach Hause gekommen. Jetzt bin ich in Pension, das gefällt mir besonders gut.

An was denken Sie als erstes, wenn Sie den Begriff »Offener Kanal« hören?

Da ich ja in der Zwischenzeit weiß was der Offene Kanal ist, bin ich gut darüber informiert und kann sagen: Es ist eine Einrichtung, in der man seine Beiträge die man produziert auch senden kann.

Wenn Sie einmal zurückdenken, was hat Sie eigentlich dazu bewogen zum Offenen Kanal zu kommen?

Ich habe mir einen Kabelanschluß legen lassen und habe dann alle Programme eingestellt; u. a. eben auch den Offenen Kanal. Da bin ich dann einmal in eine wirklich gute Sendung hineingeraten. Und dann habe ich es noch öfters probiert. Es waren zum Teil gute Sachen, zum Teil nicht so gute und es waren auch sehr schlechte Beiträge dabei. Und dann habe ich mir gesagt: Also das kann ich mit meinen Super-8-Filmen aber auch, denn ich bin seit 30 Jahren Super-8-Filmer. Und dann habe ich mal ein paar Filme zusammengepackt und bin hier hoch gekommen. Dort habe ich mich dann erkundigt. Da waren dann zwei nette Damen, die mir erklärt haben, wie es funktioniert. Denen habe ich dann meine Super-8-Filme gegeben. Die wurden dann draußen bei der AKK auf Videoband überspielt und die habe ich dann gesendet. Dies war eigentlich der Weg zum Offenen Kanal.

Haben Sie auch selbst schon einmal eine Live-Sendung gemacht?

Nein, das Interesse an Live-Sendungen ist bei mir nicht so groß. Da scheue ich die viele Arbeit, die viele Vorbereitung und die viele Organisation. Ich arbeite lieber so im stillen Kämmerlein für mich.

Bis vor kurzem habe ich alles alleine gemacht. Jetzt vor kurzem habe ich einen Beitrag mit drei Videokollegen zusammen gemacht. Wir haben uns lose zusammengefunden zu einer Arbeitsgemeinschaft unter meiner Federführung. Wir haben einen Beitrag zusammengestellt, der demnächst hier im Offenen Kanal läuft. Es geht dabei um »Kunst im Bauernhof« hier aus Oppau. Es war der erste Beitrag, den wir zu dritt gemacht haben.

Welcher Themen haben Sie sich bisher im Offenen Kanal angenommen?

Viel Reiseberichte, über Sportvereine habe ich zwei Berichte gemacht, einmal das zehnjährige Jubiläum eines Tennisclubs und dann allgemein über einen Schützenverein. Dann eben jetzt wieder die »Kunst im Bauernhof« und das andere waren mehr oder weniger Reisebeschreibungen, Reisefilme und Urlaubsfilme. Diese hahe ich aber so hingetrimmt, daß sie nicht als Familienurlaubsfilm erscheinen, sondern einen nicht belehrenden aber informativen Inhalt von dem Reiseziel haben, wo ich war.

Woher nehmen Sie eigentlich die Ideen für Ihre Filme?

In manchen schlaflosen Nächten fallen mir zum Teil gute zum Teil schlechte Sachen ein und die möchte ich dann verwirklichen. Das ist manchmal so, daß ich in der Nacht aufstehe und mir Texte aufschreibe, weil ich es sonst wieder vergesse. Das versuche ich dann zu verwirklichen. Auch unter Umständen mit einer extrem weiten Reise.

Sehen Sie sich Ihre Filme selbst an wenn sie gesendet werden?

Ja, immer!

Was ist Ihnen wichtiger an Ihren Filmen: Die Erstellung eines Beitrags oder das Senden dieses fertigen Beitrags?

Die Erstellung eines Beitrags macht mir viel, viel mehr Spaß und Freude als der fertige Beitrag.

Wenn Sie jemand fragt: Herr B., wie machen Sie eigentlich Ihre Beiträge? Wie läuft das ab? Könnten Sie das kurz beschreiben?

Ja, das kann ich kurz beschreiben. Wenn ich auf Reisen bin, dann habe ich natürlich kein Drehbuch. Dann nehme ich einfach mal auf und es kann sein, daß ich Aufnahmen von einer Stunde oder anderthalb Stunden oder gar zwei Stunden mache. Dieses Material sehe ich mir dann zu Hause an. Es wird dann alles aufnotiert in welcher Reihenfolge es auf der Kassette liegt und bei welcher Nummer. Dann sehe ich mir das Material ein zweites und ein drittes Mal an. Dann habe ich es so ziemlich im Kopf und habe sozusagen einen roten Faden im Kopf. Dann erstelle ich mir ein Drehbuch und schreibe mir darin genau auf, welche Szene wo hin kommt. Dies alles schön der Reihe nach: Szene eins, Szene zwei, Szene drei. Und dann schreibe ich mir auf, auf welcher Kassette unter welcher Nummer ich sie finde, damit ich dann beim Schneiden alles zur Hand habe.

Der andere Weg ist der, daß ich vorher ein Drehbuch erstellt habe. So z.B. bei meinem Film über den Tennisclub. Dann mache ich die Aufnahmen nach dem Drehbuch, aber natürlich nicht der Reihe nach, denn das geht ja nicht, das ist einmal vom Wetter abhängig, einmal von der Veranstaltung abhängig usw.

Ich habe auch schon Filme gemacht, wo ich am Anfang den ganzen Text hatte.

Das war damals über die Insel Lanzerote. Und nach diesem Text habe ich dann einen ganzen Film gemacht. Es gibt also verschiedene Arten.

Sehen Sie sich im Offenen Kanal auch Beiträge von anderen Nutzern an?

Ja, Beiträge habe ich viele gesehen: Politische Beiträge, einschlägige Beiträge sagen wir einmal, die mir nicht so zusagen, die auch technisch nicht unbedingt immer gut sind.

Was sind denn einschlägige Beiträge?

Ich will jetzt hier keine Namen nennen. Z.B. über verschiedene Protestaktionen, mit denen ich nicht unbedingt immer einverstanden bin. Sie können recht sein oder auch nicht recht sein, da läßt sich drüber streiten.

Und dann sehe ich manchmal Beiträge von Veranstaltungen, da steht die Kamera am Ende eines Saales und filmt stundenlang das Geschehen am anderen Ende des Saales. Da tut sich nichts und da tut sich nichts, und dann ist die ganze Sendung so aufgezeichnet. Da ist dann überhaupt gar kein Zwischenschnitt drin, das ist dann einfach langweilig. Ich habe dann öfter die Leute angerufen und habe am Anfang gleich gefragt, ob sie Kritik vertragen. Die haben dann ja gesagt, aber anschließend, wenn ich Kritik äußerte, sind sie dann sehr böse geworden. Ich habe z.B. gesagt: »Sie haben die Kamera so hin und her geschwenkt, da bin ich richtig seekrank geworden.« Das ist dann zuviel gewesen.

Ich sehe mir also viele Beiträge an im Offenen Kanal. Ich will einfach wissen auf welchem Stand ich selbst bin, ich will einfach wissen, wo ich mich einordnen kann.

Wenn Sie einmal zurückdenken, mit welchen Problemen hatten oder haben Sie im Zusammenhang mit der Erstellung Ihrer Beiträge am meisten zu kämpfen: Mit der Technik des Offenen Kanals, mit dem organisatorischen Ablauf beim Offenen Kanal, mit Ihren Themen oder mit Ihrer Freizeit?

Mit der Freizeit habe ich keine Probleme. Die Technik im Offenen Kanal habe ich noch nicht viel benutzt. Ich habe alles zu Hause und arbeite lieber im stillen Kämmerlein. Wenn ich die Technik hier benutzen würde, dann wäre ich zeitgebunden. Wenn ich hier den Schnittplatz bestelle, dann muß ich genau zu dieser Zeit meinen Film machen. Dann habe ich aber vielleicht keine Muse. Das geht nicht. Ich muß arbeiten, wenn ich wirklich Lust und Liebe dazu habe und das kann ich nicht vorprogrammieren.

Ist für Sie etwas im Offenen Kanal verbesserungswürdig?

Es wäre vielleicht doch ratsam, wenn hier irgendjemand mal Kritik an den Beiträgen äußern würde. Nicht in der Öffentlichkeit, sondern gegenüber dem Nutzer des Offenen Kanals. Ich wäre gerne empfänglich für Kritik an meinen Beiträgen, um zu wissen, was kann man noch verbessern, was war schlecht, was war gut. Das fehlt mir eigentlich.

Sollte die Kritik eher technischer oder inhaltlicher Art sein?

Inhaltlich auch, technisch und inhaltlich, komplett. So eine Instanz fehlt eigentlich.

Hat sich Ihr privater Umgang mit dem Medium Fernsehen geändert, seit Sie selbst Filme machen?

Ich sehe es vielleicht mit etwas anderen Augen. Aber das ist schon immer so gewesen, da ich ja schon seit 30 Jahren Hobbyfilmer bin und ich mir im Fernsehen immer schon angesehen habe, wie die Perspektive gewählt ist. Das habe ich aber vor dem Offenen Kanal auch schon gemacht. Das hat mit dem Offenen Kanal allein nichts zu tun.

Sehen Sie den Offenen Kanal in Konkurrenz zu ARD, ZDF, SAT 1 usw.?

Nein, ich sehe es nicht als Konkurrenz, abwohl hier manche Anbieter den Kommerziellen vielleicht gerne Konkurrenz machen möchten und hier Sendungen aufziehen wollen, die man auch dauernd in den anderen Programmen sieht. Interviews und solche Sachen z. B.. Das kommt aber bei mir nicht an.

Beurteilen Sie die kommerziellen Programme nach den gleichen Kriterien wie den Offenen Kanal, oder gibt es da Unterschiede?

Ja, die Sendungen müssen natürlich viel viel besser sein als die Sendungen im Offenen Kanal. Sie müssen technisch einwandfrei sein, wenn ich mir so einen kommerziellen Sender ansehe. Da bin ich sehr sehr kritisch, wenn da mal eine Panne ist. Dann sage ich: »Siehst du, da klappt es auch nicht immer.«

Also so kritisch sind Sie dann beim Offenen Kanal nicht?

Nein, nein, das kann man nicht sein. Das ist unmöglich, denn wir sind ja alles Laien. Wenn ich als Privatmann so einen Film erstelle, dann muß ich ja alles machen: Ich muß schneiden, ich muß den Kameramann machen, ich muß die Szenen zusammensuchen, ich muß die Texte zusammensuchen, ich muß vertonen, ich muß dies und ich muß jenes machen. Da arbeiten bei den kommerziellen gar drei oder vier oder fünf Personen dran. Wenn sie das alles allein machen, das kann einfach nicht so werden. Es ist einfach unmöglich daß sie alles können, so schätze ich mich einfach nicht ein.

Wozu nutzen sie den Offenen Kanal?

Ich habe schon immer Filme gemacht und habe immer viele Gäste zu Hause gehabt die meine Super-8-Filme betrachtet haben und die sich immer gefreut haben wenn etwas neues kam. Und als dann die Möglichkeit bestand die Filme im Offenen Kanal zu zeigen, konnte ich die Filme sogar noch einem größeren Kreis zeigen. Und ich habe das Haus jetzt leer.

Was ist für Sie das besondere an diesem Offenen Kanal?

Der Kreis der Zuschauer ist also sehr sehr groß meiner Ansicht nach. Das merke ich an den Reaktionen, die kommen. Und die gehen ziemlich weit und ziemlich gestreut und das freut mich dann, wenn meine Arbeit gut ankommt, und von den Leuten gewissermaßen honoriert wird.

Ich habe den Leuten auch schon gesagt daß sie auch mal Kritik äußern sollen, aber da scheuen die sich wohl oder wollen einfach nicht. Ich kann mir nicht vorstellen, daß meine Beiträge so gut sind, daß überhaupt keine Kritik mötig ist. Ich bekam schon Anrufe von Leuten, die sich einfach für die vielen Beiträge bedankt haben und dann wächst man und wird richtig stolz.

Welches war bisher Ihr schönstes Erlebnis im Zusammenhang mit dem Offenen Kanal?

Es war die Live-Sendung von Herrn B., wo ich ja mitgewirkt habe. Die Sendung war einfach einmalig.

Und welches war Ihr schlechtestes Erlebnis mit dem Offenen Kanal?

Da kann ich mich an nichts erinnern, was unbedingt schlecht sein soll. Ich meine, Fehler werden überall gemacht, aber da kann man nicht sagen das es dann gleich ein schlechtes Erlebnis ist.

Wie sollten Ihrer Meinung nach Offenen Kanäle in fünf Jahren aussehen?

Ich wüßte im Moment nichts, was man unbedingt verbessern sollte. Aber man sollte doch vielleicht mal sehen, daß das allgemeine Niveau der Beiträge etwas besser wird. Wie man das machen kann, das weiß ich nicht. Daß Sie in die Beiträge nicht hineinreden dürfen, das weiß ich auch. Aber der Zuschauerkreis würde sich bedeutend erhöhen, wenn nicht so viele schlechte Beiträge dabei wären. Was nicht immer heißt, daß die Themen schlecht sind, sondern das hängt dann auch oft mit der Kameraführung zusammen. Außerdem scheuen wohl manche Leute die GEMA-Gebühren und lassen dann immer den Live-Ton drauf, obwohl er manchmal gar nicht zum Bild paßt. Das ist nicht richtig. Die Leute sollten dann doch schon mal den Liveton weglassen und etwas Musik unterlegen. Natürlich Musik, die zum Thema paßt.

Wie würden Sie einem Menschen, der noch nie etwas vom Offenen Kanal gehört hat, den Offenen Kanal erklären?

Den Offenen Kanal habe ich schon vielen Leuten erklärt, die mich gefragt haben: »Was ist denn das, wie ist denn das, bekommst du Geld dafür?« Dann habe ich gesagt: »Nein, ich muß noch dafür zahlen!«, der Offene Kanal ist eine Einrichtung des Landes Rheinland-Pfalz, soweit ich informiert bin, und es wird auch vom Land Rheinland-Pfalz unterstützt und bezahlt. Und da kann man hingehen und sich kostenlos für ein paar Tage eine Kamera ausleihen und dann kann man einen Beitrag produzieren. Man kann dann also etwas filmen und kann diesen Beitrag dort auch verarbeiten und dann kann man es senden«. So habe ich den Leuten den Offenen Kanal erklärt. Und es ist alles kostenlos, außer – wir vorhin angesprochen – die GEMA-Gebühren.

Gespräch mit Person C

Mein Name ist C. Ich wohne hier in Ludwigshafen. Ich bin zwar nicht hier geboren in Ludwigshafen, wohne hier aber seit 1960.

An was denken Sie als erstes, wenn Sie den Begriff Offener Kanal hören?

Der Name sagt es ja schon: Offen! Offen für jeden Bürger. Der Begriff Kanal besagt eben, daß ein Kanal zur Verfügung gestellt wurde, wo jeder Bürger seine Meinung sagen kann und auch selbst gemachte Beiträge senden kann.

Sie haben eben gesagt: Offen, das sagt ja schon das Wort. Was verstehen Sie denn darunter?

Ganz einfach. Die anderen Rundfunkanstalten, ob private oder öffentlich-rechtliche, machen ihre Beiträge halt profihaft und achten darauf, daß auch alles stimmt. Hier im Offenen Kanal ist dies nicht der Fall. Hier können die Nutzer das bringen, was sie richtig finden. Hier kann jeder Bürger seinen Beitrag, ohne daß dieser geschnitten wird. Hier werden die Szenen nicht groß gestellt. Hier können sich die Bürger so geben, wie sie wirklich sind.

Wenn Sie einmal zurückdenken: Was hat Sie dazu bewogen, zum Offenen Kanal zu kommen?

Ja ganz einfach. Am Anfang des Kabelpilotprojektes, 1984, wurden in einer Werbeaktion die verschiedenen privaten Kanäle vorgestellt u. a. auch der Offene Kanal. Da ich vorher schon Super-8-Filme gemacht habe, habe ich die Gelegenheit wahrgenommen – habe im Frühjahr 1984 an der Volkshochschule einen Videokurs gemacht – und habe dann angefangen, im Offenen Kanal Filmbeiträge zu produzieren. Ich habe mich am Anfang bei Herrn Kamp gemeldet. Er hat den Offenen Kanal damals als »Einmannbetrieb« alleine gemacht. Ich bin von ihm mit den Worten empfangen worden: »Es ist wahr, es gibt den Offenen Kanal, Sie träumen nicht« oder so in der Richtung. Er hat mir dann alles erklärt. Es war für mich eine günstige Gelegenheit, da ich sowieso immer mal etwas mit Fernsehen machen wollte. Ich konnte es aber leider nicht. Hier habe ich dann ohne großartige Prüfung die Gelegenheit bekommen, Filme zu machen.

Sie produzieren Beiträge ja sowohl im Hörfunk also auch im Fernsehbereich. Bringt Ihnen das eine mehr Spaß als das andere?

Nein, beides macht mir Spaß. Beides kann ich so manchen wie ich es möchte. Ich kann in beiden Bereichen meine Beiträge so herstellen, wie ich sie dem Zuschauer oder Zuhörer übermitteln möchte. Deshalb macht mir beides Spaß.

Und machen Ihnen dann mehr Ihre vorproduzierten Beiträge Spaß oder mehr Ihre Live-Sendungen?

Ich würde sagen, es hält sich die Waage. Live-Sendungen machen mir aber viel Spaß, weil ich den Zuschauern dann durch das Telefon direkt antworten kann. Weil ich dann mit den Zuschauern mehr Kontakt habe und mich mit ihnen unterhalten kann.

Erstellen Sie Ihre Beiträge allein oder in Zusammenarbeit mit anderen Personen?

Größtenteils mache ich meine Beiträge alleine. Es waren vielleicht zwei oder drei Beiträge, wo mir jemand geholfen hat. Ansonsten mache ich bis auf die Live-Sendungen alle Beiträge alleine. Bei diesen Live-Sendungen braucht man ein Team.

Welcher Themen haben Sie sich bisher im Offenen Kanal angenommen?

Hauptsächlich Lokales aus dem Bereich von Ludwigshafen und seinen Stadtteilen. Ich habe mit Berichten über die Stadtteile angefangen, habe eine Chronik über die Stadtgeschichte gemacht. Also alles Beiträge aus dem Lokalbereich.

Woher nehmen Sie eigentlich die Ideen für Ihre Beiträge?

Ich gehe durch Ludwigshafen, gucke nach links und rechts und nicht immer nur geradeaus und komme so auf die meisten Ideen. Ich gehe aber auch manchmal ins Wellenbad und hoffe dann niemanden zu sehen und meine Ruhe zu haben, damit ich auch mal entspannen kann.

Sehen Sie sich eigentlich Ihre Filme an, wenn diese gesendet werden?

Ich habe selbst kein Kabelfernsehen. Aber bei Bekannten sehe ich mir die Filme an. Ich sehe sie ja natürlich auch beim Schneiden, aber so sehe ich sie mir dann eben auch nochmal zur Kontrolle an. Man findet natürlich noch irgendetwas, was man besser machen könnte. Wenn mir so etwas auffällt, dann verwirkliche ich es in einem der nächsten Filme.

Sehen Sie sich auch Beiträge von anderen Nutzern des Offenen Kanals an?

Ja, solche sehe ich mir auch an. Hauptsächlich um zu erfahren, wie sie es machen, um vielleicht daraus zu lernen. Um zu sehen wo ich noch besser werden kann, ohne mit den anderen in Konkurrenz treten zu wollen.

Wenn Sie zurückdenken: Welche Beiträge sind Ihnen besonders in Erinnerung geblieben?

Ja, erst einmal meine Erstbeiträge über die Stadt Ludwigshafen. Da habe ich ein paar Teile gemacht. Und dann einige vorproduzierte Beiträge, wie z. B. die Kinder vom Hemshof. Und dann noch meine Live-Sendungen. Da war ich bei den ersten

Sendungen noch sehr aufgeregt. Das hat sich aber mittlerweile gelegt. Ich hoffe, die Zuschauer haben es mittlerweile gemerkt.

Mit welchen Problemen hatten oder haben Sie im Zusammenhang mit der Erstellung Ihrer Beiträge am meisten zu kämpfen: Mit der Technik des Offenen Kanals, mit dem organisatorischen Ablauf beim Offenen Kanal, mit Ihren Filmen oder mit Ihrer Freizeit?

Mit keinem der Punkte, die Sie genannt haben. Denn erstens habe ich keine technischen Probleme, weil ich ja schon so lange im Offenen Kanal produziere, wie dieser selbst besteht. Ich bin also einer der Pioniere. Zwar nicht der erste, aber einer der ersten. Im organisatorischen Teil habe ich eigentlich auch keine Probleme, weil ich da jetzt ein System ausgedacht habe.

Wie sieht dieses System denn aus?

Ganz einfach, ich stelle mir für die Live-Sendungen eine Mannschaft zusammen, mit der ich dann die Technik ausprobiere. Jeder soll wechselweise dann die verschiedenen Bereiche lernen. Ich habe dann auch Ersatzleute, sodaß ich für jede Sendung die Mitarbeiter habe, die ich für die verschiedenen Bereiche – Kamera, Schnittproduktion, Bildmischer oder Schriftgenerator – brauche.

Beurteilen Sie die kommerziellen Programme nach den gleichen Kriterien wie den Offenen Kanal?

Nein, ich vergleich die öffentlich-rechtlichen oder privaten Programme nicht mit dem Offenen Kanal. Denn der Offene Kanal ist ja ganz etwas anderes. Es ist zwar auch Fernsehen, auch privat, aber da ist die Qualität etwas anders. Obwohl, die Beiträge des Offenen Kanals könnten eigentlich auch bei den privaten oder öffentlich-rechtlichen Anstalten laufen. Ich würde sagen es gibt Beiträge, die besonders gut sind und es gibt welche, die nicht so gut sind. Ich sage fairerweise, daß auch meine Beiträge noch etwas zu wünschen übrig lassen. Aber wie gesagt, öffentlich-rechtliche Programme und den Offenen Kanal kann man eben nicht vergleichen, weil sie sich doch sehr unterscheiden.

Sehen Sie denn den Offenen Kanal als eine Konkurrenz zu den öffentlich-rechtlichen oder privaten Programmen?

Nein, ich sehe den Offenen Kanal nicht als Konkurrenz. Denn die öffentlich-rechtlichen Programme kann ja jeder sehen, den Offenen Kanal hingegen können nur Leute empfangen, die ans Kabel angeschlossen sind. Und da es zur Zeit in der Bundesrepublik noch wenig Kabelanschlüsse gibt, sehe ich den Offenen Kanal nicht als Konkurrenz.

In der Zukunft, wenn es in Deutschland mehr Offene Kanäle gibt, wird er vielleicht zu einer Konkurrenz.

Wenn Sie auf der Straße von Leuten gefragt werden, warum Sie den Offenen Kanal nutzen, was würden Sie diesen Leuten antworten?

Ganz einfach, um meine Ideen, die ich habe, zu verwirklichen. Und daß ich die Dinge, die mich selbst interessieren nicht für mich behalte, sondern auch anderen Leuten weitergebe. Und dies tue ich auf ganz einfache Weise, sodaß es jeder verstehen kann. Ganz einfach und simpel.

Was ist für Sie das besondere am Offenen Kanal?

Daß jeder einen Beitrag bringen kann, daß jeder seinen Beitrag senden kann; Hörfunk oder Fernsehen. Das ist bei anderen Fernsehanstalten ja nicht der Fall. Die haben ja feste Mitarbeiter, die die Aufnahmen so machen wie sie sich das vorstellen oder wie sie die Anweisungen bekommen. Wir können die Aufnahmen machen wie wir es wollen. Und wir können auch bringen was wir wollen. Natürlich mit Grenzen, das ist klar. Aber jeder kann eben das bringen, was ihm wichtig ist, was er denkt.

Welches war Ihr bisher schönstes Erlebnis im Zusammenhang mit dem Offenen Kanal?

Oh, darüber habe ich noch gar nicht nachgedacht. Ich habe schon viele schöne Erlebnisse hier erlebt. Ich möchte nicht irgendein Erlebnis herauspicken. Denn jedesmal wenn ich hier hereinkomme, erlebe ich neue und positive Überraschungen.

Fällt Ihnen denn ein schlechtes Erlebnis im Zusammenhang mit dem Offenen Kanal ein?

Nein, eigentlich auch nicht.

Es gibt ja immer mehr Offene Kanäle. Wie sollten Ihrer Meinung nach Offene Kanäle in fünf Jahren aussehen?

In fünf Jahren sollten Offene Kanäle wie der in Ludwigshafen aussehen, nur lokal begrenzt. Es müßte dann so sein, daß jede größere und kleinere Stadt Offene Kanäle hat. Die sollten dann genauso aussehen wie die Offenen Kanäle in Neustadt und Schifferstadt.

Gespräch mit Person D

Ich heiße D, und wohne hier im Hemshof in der Goethestraße 20, bin Rentnerin. Ich mache mit einer Gruppe hier im Offenen Kanal Filme, und wir machen Theater.

An was denken Sie als erstes, wenn Sie den Begriff Offener Kanal hören?

Also Offener Kanal das kann für mich nur Kanal sein, weil man das nicht direkt empfangen kann. Wir sind mit der Seniorengruppe hierher gekommen. Aber wir haben schon im Januar/Februar 1987 in Würzburg Filme gemacht.

Was waren das für Filme?

Über die Stadt Würzburg, z.B. die Ehrhardstraße. Wie war das früher: Hieß sie einmal anders? Wer war der Ehrhard? Das gleiche haben wir dann über die Theaterstraße gemacht. Das war früher die Adolf-Hitler-Straße. Wir haben den ganzen Werdegang dieser Straße aufgezeigt und die Leute auf der Straße gefragt, was sie darüber wissen. Das war eine Katastrophe. Bei dem Ehrhard haben die z.B. gesagt, daß sie ihn gar nicht kennen. Da waren dann schon lustige Antworten dabei und das hat wirklich Spaß gemacht.

Hier im Offenen Kanal haben wir dann mit einer Kamera des Offenen Kanals andere Filme gemacht. Zwei Filme von mir sind hier schon gelaufen, also hier im Kabelfernsehen. Und zwar »Widerstand der Frauen zwischen 1933 und 1945« und »Sport im Alter?«; was alte Leute so an Sport machen sollten und was nicht.

Und dann der Film über Pasadena. Den hat die Liesel dort mit uns gedreht. Der ist auch hier gelaufen. Wir wollen z.B. einen fertigen Film noch erweitern. Z.B. bei dem Film »Sport im Alter?«. Da haben wir nur Bilder eingeblendet und jetzt wollen wir dort noch lebende Bilder hineinschneiden. Der Film ist schon gelaufen hier, aber eben mit Bildern, die wir aus Büchern herausgeholt haben, weil es schnell gehen mußte. Und jetzt wollen wir eben noch lebende Bilder hinein tun. Also z.B. Kegler, wie sie richtig kegeln, oder Leute die schwimmen gehen, oder Leute die Gymnastik machen. Also ganz verschiedene Sportarten. Wir wollen also den Film durch lebende Bilder erweitern.

Sie sind ja eine Gruppe, die sich immer mehr erweitert. Glauben Sie, daß immer mehr ältere Menschen an dem Medium Video Interesse finden?

Also Interesse haben die schon. Aber viele haben auch noch ein bißchen Angst, denn es ist ja nicht jeder so wie ich. Ich mache ja was Neues immer gleich mit. Wir müssen aber in Zukunft sicher drei Gruppen haben, damit wir auch Ersatz haben, wenn mal jemand ausfällt. Und das ist ja gerade im Alter des öfteren der Fall.

In jeder Gruppe müßten immer so zwei bis drei Personen sein. Einer der die Kamera hält und einer der das Mikrophon hält. Beim Schneiden können wir nicht vier bis fünf Personen sein. Das ist auch zu zweit am sinnvollsten: Einer der schneidet und einer der beobachtet.

Glauben Sie eigentlich, daß es älteren Menschen schwerer fällt Filme mit dem Medium Video zu machen als jüngeren Menschen?

Wenn ich ein Mensch bin, der Interesse daran hat, die Videoarbeit zu lernen, dann kann ich jung oder alt sein. Ich darf natürlich nicht zu alt sein, denn dann klappt es vielleicht irgendwann gedanklich nicht mehr. Aber wenn ich Interesse daran habe, dann sind die Probleme dieselben, egal ob jung oder alt. Denn die Geräte sind ja die gleichen. Ich finde es nicht so besonders kompliziert, denn viel braucht man ja nicht zu machen. Wichtig ist eigentlich nur, die richtigen Bilder zu bekommen. Danach brauche ich ja nur noch ein paar Knöpfe zu drücken. Das Schwerste ist eigentlich, einen Film hinzubekommen, der dann auch ankommt.

Unsere Filme sind ja nur von Älteren gemacht. Das Durchschnittsalter ist bei uns ca. 73 Jahre. Es sind alles Männer, außer Frau I und mir. Es ist schon schwierig. Denn überall dort, wo etwas Elektrisches im Spiel ist, gehe ich mit Zittern und Zagen heran. Entweder ich kann dieses Gefühl nach einer Zeit überwinden, oder es fällt eine Klappe und dann ist nichts mehr drin. Also ganz einfach ist es nicht. Man muß schon dabei bleiben.

Sie haben eben gesagt, daß ihr Durchschnittsalter 73 Jahre beträgt. Wo fängt es denn an? Fängt Ihre Seniorengruppe so bei 60 Jahren an?

Die Seniorengruppe könnte schon bei 58 Jahren anfangen. Aber die bekommen wir noch nicht, weil die sagen: »Was sollen wir bei den Alten«. Die haben eben noch andere Interessen. Ich bin mit 66 Jahren die Jüngste. Die Älteste ist 82 Jahre

Wie würden Sie Ihre Filme mit einem Satz oder einem Begriff beschreiben?

Ich würde sagen für Jeden etwas. Über meine Stadt, Sport im Alter oder ... das andere will ich jetzt nicht sagen. Und dann sind wir auch schon an die Blies gegangen und haben die Kinder in diesem Schullandheim gefilmt. Ich war auch schon beim Oberbürgermeister und habe ihn gefilmt und interviewt. Jetzt wo die Wahl losgeht, filmen wir auch den Bürgermeister und was da sonst noch so los ist, damit wir diese Leute dann auch privat haben. Damit wir dann auch einmal dokumentieren können, was so ein Mensch eigentlich privat tut. Aber dann gehen wir auch in die Büros um zu zeigen, wie es ihm bei der Arbeit geht. Es sind eigentlich Sachen, die Jeden angehen. Es sind eigentlich Themen über dich und deine Stadt. Ein Film kommt bei uns meistens spontan. Eigentlich kann man alles machen. Wenn es nach mit ginge, ich würde alles filmen.

Sehen Sie sich eigentlich Ihren Film an, wenn er gesendet wird?

Ich habe selbst keinen Kabelanschluß. Aber ich gehe dann zu einer Bekannten und dort kann ich ihn mir ansehen. Aber meistens kenne ich ja den Film dann sowieso schon auswendig, weil ich ja beim Schneiden dabei bin. Und dann wird er ja auch meistens noch unter uns vorgeführt.

Die Bekannte von mit sieht sich oft den Offenen Kanal an, weil die Filme nicht so lang sind. Und wenn ich dort ein bis zweimal hingehe, dann ist das Fernsehen sowieso an und dann schalten wir durch die Kanäle durch. Mal eine Stunde, mal anderthalb Stunden. Die sieht wirklich sehr viel Kabelfernsehen.

Welche der anderen Sendungen im Offenen Kanal sind Ihnen da besonders in Erinnerung geblieben?

Komischerweise waren das alles Sendungen über Städte. Da war mal ein Film über den Hemshof. Wie der Hemshof früher ausgesehen hat und wie er heute aussieht, alt und neu. Also das meiste waren Ortsbilder. Das ist ja eigentlich das Wichtigste im Kabel oder? Daß man etwas von der Stadt mitbekommt.

Aber ich würde auch gerne mal etwas anderes sehen. Ich bin ein Mensch, der gerne Gesichter beobachtet. Also mein Gesicht möchte ich nicht unbedingt sehen, weil ich dann vor Lachen sowieso nicht mehr kann. Ich bin ein unruhiger Mensch, ich kann einfach nicht ruhig sitzen. Aber bei anderen kann ich so richtig schön die Gesichter beobachten und dann denke ich mir meinen Teil dabei.

Hat sich eigentlich Ihr privater Umgang mit dem Medium Fernsehen geändert seit Sie selber Filme machen?

Ich bin kritischer geworden. Ich beobachte jetzt genau, wie die Bilder laufen. Das sehe ich mir ganz genau an, denn davon kann ich ja nur lernen. Wenn ich filme, weiß ich am Anfang oft nicht, wie ich anfangen soll; aus welcher Perspektive ich z. B. eine Kirche zuerst aufnehmen soll.

Beurteilen Sie eigentlich ARD, ZDF, SAT 1 usw., nach den gleichen Kriterien wie den Offenen Kanal?

Nein, eigentlich nicht. Es ist vielleicht blöd wenn ich es sage, aber was soll ich mir diese alten Filme ansehen. Ich will das sehen, was geschieht. Z. B. hier bei uns die Hemshofsanierung. Da interessiert es mich einfach wenn ich Bilder von Häusern sehe, die ich kenne. Außerdem interessiert mich Aktuelles. Da sieht man ja im Ersten und Zweiten Programm nur die Nachrichten. Ich möchte aber Dinge sehen, die die Leute wirklich interessieren. Und diese Dinge möchte ich nicht nur in der Zeitung lesen – daß in unserem Ort wieder dies und jenes passiert ist –, sondern ich möchte sie auch sehen. Es ist für mich einfach interessanter, wenn ich von Veranstaltungen hier bei uns in der Umgebung einen Film sehe.

Sehen Sie den Offenen Kanal als eine Konkurrenz zu den anderen Programmen, die es sonst noch so gibt?

Da möchte ich mich eigentlich nicht festlegen. Also im Offenen Kanal gibt es ja mehr Kurzfilme. Mal 20 Minuten, mal ein halbe Stunde und meistens ist für jeden etwas dabei. Bei den anderen Programmen muß ich mir über zwei, drei Stunden immer das gleiche ansehen. Also ich finde es schön, immer etwas Abwechslung zu haben. Der Offene Kanal ist deshalb sicher keine 100 %ige Konkurrenz. Es ist ja auch gut, daß die anderen sich nicht umstellen, sondern bei ihren langen Sendungen bleiben. Diese kleinen Sendungen können wir ja gut im Offenen Kanal bringen.

Und was ist für Sie das besondere am Offenen Kanal?

Daß ich, wenn ich einen Film gemacht habe und der über den Offenen Kanal laufen muß, die Zeit angeben kann, den Tag angeben kann und meinen Film bringen kann, wann ich es will. Voraussetzung ist nur, daß noch ein Termin frei ist. Ich kann meinen Film auch drei- und viermal bringen. Wenn ich ihn beim großen Fernsehen einreichen würde, dann würden die ihn dort sicher nicht senden, nehme ich zumindest an. Und wenn, dann würde ich ihn dort nur einmal zeigen können. Ich kann hier eben ganz individuell Termine ausmachen. Wenn also z. B. mein Onkel aus Posemuckel-Ost kommt und der möchte mit seiner Familie unbedingt meinen Film sehen, dann kann ich hier wieder einen Termin ausmachen – vorausgesetzt es ist einer frei – und dann kann sich der Onkel diesen Film auch noch einmal ansehen.

Wenn Sie einmal zurückdenken, welches war eigentlich Ihr schönstes Erlebnis im Zusammenhang mit dem Offenen Kanal?

Ach, da muß ich erst einmal überlegen. Seit Oktober 1987 kommen wir hierher. Meine Erlebnisse habe ich eigentlich immer dann, wenn ich mit der Kamera in der Hand in der Gegend herumlaufe. Daß man selbst Filmen kann ist eigentlich das schönste an der ganzen Sache und das man hier die Möglichkeit hat, alles zu bekommen.

Fällt Ihnen auch ein schlechtes Erlebnis im Zusammenhang mit dem Offenen Kanal ein?

Ja, einmal war die Batterie leer als wir filmen wollten. Wir wollten einen Film machen und im Monitor sahen wir nur schwarz, schwarz, schwarz. Aber sonst hat immer alles geklappt. Man muß eben nur immer sehr genau auf die Termine achten, daß man Sie rechtzeitig ausmacht. Wenn eine Kamera da ist, bekommt man sie natürlich auch kurzfristig ausgeliehen. Aber das ist selten. Ich hätte gern eine Kamera 5 Tage mit in Münster gehabt. Das hätte sich wirklich gelohnt, aber dafür habe ich sie nicht bekommen.

Wenn ich eine Kamera dabei gehabt hätte, dann wäre ich überall herumgelaufen und hätte alles gefilmt. Wir haben uns auch den Film angesehen, der im Fernsehen über den SPD-Parteitag in Münster gelaufen ist. Aber da sieht man ja dann nur die Leute, die man sehen muß. Ich hätte aber von allen gerne ein paar Schnapschüsse gemacht.

Wie sollten Ihrer Meinung nach Offene Kanäle in fünf Jahren aussehen?

Viel mehr Kameras, sodaß man auch drei Tage vorher noch eine Kamera bestellen könnte. Sonst ist ja eigentlich alles schon gut. Ich bin mit den Filmen im Offenen Kanal eigentlich sehr zufrieden und die Leute sollen auch dabei bleiben und noch mehr Aktuelles zeigen. Mal einen Faschingsumzug oder so etwas. Es gibt ja auch ältere Leute, die nicht mehr raus können und die könnten sich das ja dann wenigstens im Fernsehen angucken. Hier gibt es wirklich Sendungen für die Leute, die hier wohnen.

Wie würden Sie einem Menschen, der noch nie etwas vom Offenen Kanal gehört hat, den Offenen Kanal erklären?

Ich würde mit ihm zusammen hingehen. Sie können sich das ja alles ansehen und wenn sie Interesse am Filmen haben, dann bekommen sie das ja alles erklärt. Da gehört natürlich richtig Mut dazu. Wie ich das erste Mal hier war habe ich gedacht, ich bin im Flugzeug.

Aber es hat sich doch in der Vergangenheit sehr viel gewandelt, oder? Liegt das an Ihrer Aufklärungsarbeit?

Nein, das liegt an den Menschen. Wir haben politische Seminare gemacht über ältere Leute, so z.B. zur Gesundheitsreform. Daraus hat sich dann unsere Gruppe entwickelt. Alleine ist da nichts zu machen.

Wir haben an Seminaren teilgenommen und daraus hat sich das dann einfach ergeben. Wir sind ja eigentlich die einzige Seniorengruppe in Deutschland, die filmt. In Münster haben wir zwar auch andere Gruppen getroffen, aber die hatten nur stehende Bilder produziert. Aber richtige Filme haben die dort nicht laufen lassen. Die sind noch ziemlich am Anfang. Die haben aber auch noch kein Kabel, sodaß sie auch noch nicht senden können.

Gespräch mit Person F

Mein Name ist E, komme aus Worms, bin 26 Jahre alt und von Beruf städtischer Angestellter bei der Stadt Worms.

Wenn Sie einmal zurückdenken, was hat Sie bewogen zum Offenen Kanal zu kommen?

Wir haben im Juni 1987 unsere Initiative »Single-Treff 2000« gegründet. Unter dieser Initiative konnten sich sehr wenige Leute etwas vorstellen. Viele zogen diese Initiative ins Lächerliche und dachten, daß dort die Frauen und Herren hingehen wenn Sie irgendwelche nötigen Gefühle haben. Ich habe dann irgendwann im Kabelfernsehen die Adresse des Offenen Kanals gelesen, habe dort angerufen und mir ist dann mitgeteilt worden, daß man dort selbst Sendungen machen kann; sowohl Aufzeichnungen als auch Live-Sendungen. Das hat mich dann dazu bewogen, die Initiative etwas anders zu gestalten als vorgesehen und in der Öffentlichkeit durch den Offenen Kanal bekannter zu machen.

Wir wollen mit unseren Sendungen der Öffentlichkeit mitteilen, was wir uns unter dem Begriff »Single« eigentlich vorstellen, welche Ziele unsere Initiative hat und was für Aktivitäten wir zusammen machen.

Sie erstellen ja Ihre Live-Sendungen, Ihre Beiträge, nicht alleine, sondern mit vielen anderen zusammen.

Die Beiträge sammle ich schon alleine, nur bei der Ausarbeitung sind wir drei, vier Leute. Bevor wir eine Sendung machen haben wir eine kleine Besprechung, auf der wir abklären, was eigentlich abläuft. Wir machen auch immer zwei Proben, wo wir unsere Ideen noch einmal testen können. Eigentlich sind es aber drei Leute, die diese Sendung machen.

Wie läuft bei Ihnen die Planung für eine Sendung ab? Von der Idee her bis hin zur fertigen Sendung. Können Sie dies einmal kurz schildern?

Ja, okay! Probleme gibt es immer bei Singles. Ich höre mir die Probleme an und wenn Sie wirklich aktuell sind, dann mache ich einen Beitrag darüber. Unsere Sendungen werden aus meiner Sicht eigentlich viel gesehen. Es bieten sich Firmen an, die Gutscheine stiften, die also bereit sind für ein Preisrätsel – welches wir in der Sendung machen – Preise zur Verfügung zu stellen. Wir verlosen diese Preise dann in unserer Sendung. Das gehört alles zu unserer Sendung mit dazu. Dann machen wir eine kurze Meinungsumfrage über gewisse Themen, wo dann auch meist viele Leute im Studio anrufen und ihre Meinungen und Erfahrungen schildern.

Ansonsten bekommen wir oft Angebote von Künstlern, die gerne in unserer Sendung – die sie auch schon gesehen haben – auftreten möchten. An und für sich kommt unsere Sendung sehr gut an.

Wie würden Sie Ihre Beiträge mit einem Satz oder einem Begriff kurz beschreiben?

Also überwiegend handelt es sich ja um persönliche Single-Probleme. Es gibt ja z. B. Singles, die auch ein oder zwei oder drei Kinder haben. Da kommen immer Probleme auf.

Sehen Sie sich ihren Beitrag denn hinterher noch einmal an?

Ja, richtig, und zwar aus einem ganz speziellen Grund: Wir wollen aus unseren Fehlern, die notwendigerweise in einer Live-Sendung passieren, lernen. Wir sehen uns das Videoband meistens noch zwei bis dreimal an um heraus zu bekommen, welche Fehler vermeidbar gewesen wären.

Wenn Sie einmal zurückdenken: Mit welchen Problemen hatten oder haben Sie im Zusammenhang mit dem Erstellen Ihrer Beiträge am meisten zu kämpfen? Mit der Technik des Offenen Kanals, mit dem organisatorischen Ablauf beim Offenen Kanal, Probleme mit Ihren Themen oder Freizeitprobleme?

Ich würde sagen alles. Eine Sendung zu erstellen kostet zuerst einmal viel Zeit und Mühe. Man muß Freizeit opfern und das ganze muß natürlich auch etwas Spaß machen. In letzter Zeit hatten wir an der Technik oft Wechsel. Manche sehen nur die Knöpfe und Schalter und schon flüchten sie. Jetzt sind wir soweit, daß wir ein festes Team an der Technik haben, die sich auch schon etwas auskennen, sodaß nicht mehr so viele technischen Pannen passieren.

Beurteilen Sie denn z. B. ARD oder RTL nach den gleichen Kriterien wie den Offenen Kanal oder gibt es da Unterschiede?

Ja, es gibt da doch Unterschiede in der Beurteilung. In den öffentlich-rechtlichen Anstalten und bei den privaten Anbietern ist komplettes Personal vorhanden. Da geht also überhaupt nichts schief. Beim Offenen Kanal sind wir eben doch mehr Laien.

Nach welchen Kriterien beurteilen Sie denn Sendungen?

Ich lege sehr großen Wert darauf, daß unsere Sendung locker läuft und nicht so verkrampft und so ernst. Die Zuschauer sollen auch ab und zu einmal etwas zu lachen haben; eine kleine Gag-Einlage, ein lustiger Anrufer usw. Das finde ich doch sehr sehr wichtig für eine gute Sendung.

Sehen Sie – andersherum – den Offenen Kanal als eine Konkurrenz für die kommerziellen Medien?

Nein, eigentlich nicht. Das sind ja zwei ganz verschiedene Sachen. Das eine läuft ja nach kommerziellen Prinzipien und hier stehen solche Prinzipien ja nicht zur Debatte. Hier darf ja auch keine Werbung gemacht werden.

Wozu nutzen Sie den Offenen Kanal?

Einmal um unsere Initiative in der Öffentlichkeit bekannter zu machen und zum anderen, weil es einfach Spaß macht.

Was ist für Sie das besondere am Offenen Kanal?

Man kann die Programme gestalten wie man will und man kann verschiedene Darstellungsformen wählen. Das finde ich schon toll. Man wird also nicht zensiert wenn etwas schiefläuft oder wenn man einen negativen Anruf bekommt. Wir haben schon negative Anrufe erhalten, die wir dann mit einem Schmunzeln übergangen haben.

Wie sollten Ihrer Meinung nach Offene Kanäle in fünf Jahren aussehen?

Da möchte ich am Anfang erst einmal vielleicht eine kleine Kritik am Offenen Kanal anbringen. Das ist meine persönliche Meinung, ich sage ausdrücklich »meine persönliche Meinung«. Ich meine, daß doch bestimmte Beiträge zensiert werden sollen. Als Bürger finde ich den Offenen Kanal hervorragend und er soll auch weiterbestehen, aber wenn da die Frau Olga Meier ihren 63. Geburtstag abspielen läßt dann weiß ich nicht, ob das die Leute interessiert.

Gespräch mit Person F

Mein Name ist F, ich bin 38 Jahre alt und Beamter im Land Baden-Württemberg. Ich bin aber natürlich Pfälzer und wohne in Gönnheim bei Bad-Dürkheim. Kabelanschluß hört zwar leider in Maxdorf auf, aber mein Bruder hat Kabelanschluß und ich habe auch bei Bekannten in Ludwigshafen die Möglichkeit, die Sendungen zu sehen. Mittlerweile habe ich schon sechs Beiträge gemacht und es ist sicher nicht mein letzter. Ich habe noch einiges geplant.

Was hat Sie eigentlich bewogen zum Offenen Kanal zu kommen?

Diese Frage ist eigentlich schnell beantwortet. Mein Kollege ist sozusagen ein Videopionier. Er hatte so eine alte und schwere Kamera, wie sie damals modern waren und ich habe mir dann eine etwas modernere Kamera gekauft. Wir haben uns in den Dienstzeiten und während der Pausen dann oft mit Video auseinander gesetzt und irgendwann hat er dann gesagt, daß wir ja zusammen mal eine Faschingsveranstaltung aufnehmen könnten und diese dann im Offenen Kanal bringen könnten. Das haben wir dann gemacht; das war eigentlich mein Einstieg hier. Wie ich dann die Mitarbeiter hier näher kennengelernt habe, da habe ich dann natürlich auch einmal andere Themen angesprochen. Die haben mich dann sofort ermutigt, darüber einen Film zu machen. So fing das Ganze an.

Sie produzieren ja ausschließlich im Fernsehbereich. Warum machen Sie nicht auch einmal eine Hörfunksendung?

Daran habe ich noch gar nicht gedacht. Da habe ich aber auch schon negative Erfahrungen gemacht. Bei meinen ersten Filmen hatte ich beim Kommentieren nämlich sehr große Schwierigkeiten, zumal man als Pfälzer beim Sprechen sowieso große Schwierigkeiten hat. Das ist mir am Anfang wirklich sehr schwer gefallen, aber ich hoffe, daß es jetzt schon besser geworden ist. Ich höre jetzt zumindest nicht mehr so viel Negatives.

Erstellen Sie Ihre Beiträge alleine oder in Zusammenarbeit mit anderen Personen?

Da muß ich unterscheiden. Die ersten Beiträge waren Filme über ein bestimmtes Land; die habe ich natürlich alleine gemacht. In einem anderen Beitrag habe ich eine Randgruppe vorgestellt und da habe ich die Mitarbeit einer ganzen Gemeinde gehabt.

Welcher Themen haben Sie sich überhaupt im Offenen Kanal angenommen?

Ja, das erste große Thema hing mit der Olympiade in Seoul zusammen. Ich habe ca. 12 Stunden Videofilme aus Südkorea mitgebracht, die ich da selbst gemacht habe. Und da habe ich beim Offenen Kanal einmal den Vorschlag gemacht, daß man aus diesen 12 Stunden – das sind natürlich auch Teile dabei, die ich nicht veröffentlichen möchte – schöne Szenen herausschneiden könnte und diese im Vorfeld der Olympiade einmal hier zeigen könnte, um auch hier im Offenen Kanal einmal sehr aktuell zu sein. Das war die Idee. Aus diesen kleinen Filmen sind dann fünf Filme à 40 Minuten geworden.

Über diese Filme habe ich dann sehr viel Positives gehört und das hat mich auch sehr gefreut. Es haben auch Leute bei mir zu Hause angerufen. Zum Teil waren das Leute, die ich schon seit Jahren nicht mehr gesehen habe und die haben gesagt: Es hat uns sehr gut gefallen und vor allen Dingen hat man auch einmal etwas Positives von diesem Land gesehen. Und das hat mich dann doch in meinen Bemühungen bestärkt, mal etwas Neutrales zu bringen.

Ich habe schon mehrere Anrufe bekommen. Es waren hauptsächlich gute Freunde oder Bekannte von mir, oder es waren Leute mit südkoreanischer Staatsangehörigkeit, die ich schon seit Jahren aus den Augen verloren hatte. Die haben sich durch diese Filme an mich erinnert und das hat mich schon sehr gefreut.

Aber aus der Bevölkerung selbst habe ich bisher keine Resonanz bekommen.

Ich habe natürlich viele Kontakte nach Südkorea und ich habe natürlich auch die Berichterstattung über dieses Land intensiv verfolgt und zum Teil auch gesammelt. Ich habe immer mal einen Bericht gesucht, der sich nicht nur mit den politischen oder wirtschaftlichen Verhältnissen des Landes befaßt, sondern auch einmal mit den Menschen die dort leben. Da ich einen solchen Bericht nicht gefunden habe, war es mein Ziel dieses Land einmal so darzustellen, wie man es als Tourist kennenlernt und wie man die Menschen und das Leben der Menschen kennenlernt. Ich wollte in meinen Filmen auf die Menschen eingehen und versuchen sie zu verstehen. Das war eigentlich der Anlaß.

Sehen Sie sich Ihre Filme eigentlich an wenn sie gesendet werden?

Die ersten Filme habe ich mir alle angesehen und habe eine Kopie gezogen die ich dann Leuten gegeben habe, die noch keinen Kabelanschluß haben.

Was ist Ihnen bei Ihren Beiträgen wichtiger: Die Erstellung eines Beitrages oder das Senden dieses Beitrages?

Man macht es ja immer schrittweise. Dei Erstellung eines solchen Filmes ist ja nicht billig. Das fängt mit der Kamera an, geht über die Reisekosten bis hin zu der aufgewendeten Zeit.

Dann ist es natürlich sehr viel Arbeit, den Film zu schneiden, nachzuvertonen bzw. einen Text für die einzelnen Szenen zu schreiben. Das hat sehr viel Arbeit gekostet, hat aber auch sehr viel Spaß gemacht. Und wenn so ein Film dann einmal fertig ist, dann freut man sich schon. Wenn man diesen Film dann auch noch senden kann – vielleicht sogar mehrfach senden kann – und dann auch noch Resonanz bekommt, dann freut man sich wieder. Es hat also alles Spaß gemacht.

Worin unterscheiden sich Ihrer Meinung nach Amateuraufnahmen von professionellen Filmen der Rundfunkanstalten?

Im Gegensatz zu meinem Film z. B. habe ich festgestellt, daß die professionellen Filme immer nach den gleichen Strickmustern aufgebaut sind. Es gibt also immer ein bestimmtes System und oft kann man dieses durchschauen. Die Themen werden in den Raum gestellt und dann von verschiedenen Seiten angesprochen, werden eingekreist, und werden dann zu einem Höhepunkt aufgebaut.

Und dann haben sie ein Land innerhalb von 40 Minuten von der politischen, über die kulturelle und vielleicht noch architektonische Ebene abgehandelt. Wenn ich mir dann überlege, daß man vom geheimnisvollen Asien spricht, dann kann da irgendetwas nicht stimmen.

In meinen Filmen hingegen habe ich versucht ein Land so darzustellen, wie man es als Tourist erlebt. Ich habe mir bei der Produktion meiner Filme dann immer jemanden vorgestellt, der vielleicht nur kurze Zeit oder geschäftlich in Südkorea ist und sich über meine Filme insoweit informieren möchte, daß er weiß was ihn erwartet, wenn er die westlichen Hotels verläßt und sich in die Bevölkerung begibt. Auf was er achten muß, was für Mentalitätsunterschiede es gibt, was für Essen ihn erwartet und wie er sich benehmen muß. Ich bin aber nicht zu weit in die Tiefe gegangen. Ich habe es eher unterhaltend aufgebaut und nicht wie ein Profi, der es ganz sensationell aufbaut und Straßenschlachten mit Studenten zeigt oder prachtvolle Hochhäuser und reiche Villen mit Bildern aus den Slums zeigt. Ich habe das auch alles gesucht, es aber selten gefunden.

Wir vom Offenen Kanal sind schon im Vorteil, weil wir keinen Chef haben. Ich habe also keinen Boss, dem ich Sensationen und Enthüllungen liefern muß. Ich will meine Filme ja nicht für Geld verkaufen, ich habe ja kein Profitstreben. Ich habe das Bestreben gehabt meine Filme neutral zu halten und auch einmal die guten Seiten, die man vielleicht für selbstverständlich und nicht erwähnenswert hält, zu zeigen. Denn ich weiß, daß die Leute eigentlich die gleichen Probleme haben wie wir. Daß sie eben auch in Ruhe leben wollen, in Frieden leben wollen, ihrer Arbeit nachgehen wollen, Geld verdienen wollen und sich um ihre Kinder und deren Ausbildung kümmern wollen. Und das kommt in den anderen Medien oft zu kurz. Das ist die große Chance des Offenen Kanals: Leute zu Wort kommen zu lassen, die es etwas neutraler sehen, die es aus der Sicht eines Bürgers sehen.

Hat sich Ihr privater Umgang mit dem Medium Fernsehen geändert seit Sie selbst Filme machen?

Ich sehe es mit anderen Augen. Ein gelungener Beitrag findet meine Bewunderung, weil ich weiß wie schwer es ist einen gelungenen Film zu produzieren. Ich war aber schon oft enttäuscht, daß Leute, die Filme hauptberuflich machen und die viel Geld dafür verbrauchen und viel Geld dafür bekommen und die beste Ausrüstung haben, so wenig aus dem Thema machen. Manchmal ist es sehr enttäuschend.

Beurteilen Sie die kommerziellen Programme nach den gleichen Kriterien wie den Offenen Kanal? Oder gibt es da für Sie Unterschiede?

Da gibt es für mich Unterschiede. Die Profis sind uns ja in manchen Dingen weit voraus; was also z.B. die Technik und die Möglichkeiten anbetrifft. Die Leute im Offenen Kanal hingegen müssen ja gegen eine unzulängliche Technik ankämpfen. Und wenn sie das dann in den Griff bekommen, dann haben sie meine Bewunderung.

Außerdem sind die Themen im Offenen Kanal ja ganz andere. Bei den speziellen Themen im Offenen Kanal hat man die Möglichkeit aufgrund der Bekanntgabe der Anschrift sich auch einmal mit den Leuten in Verbindung zu setzen. Und das ist wirklich schon ein ganz großer Vorteil, daß man speziell mit den Leuten reden kann.

Sehen Sie denn den Offenen Kanal als eine Konkurrenz zu den kommerziellen Fernsehanstalten?

Nein. Wenn ich mir den Offenen Kanal ansehe, dann sehe ich mir natürlich nicht Wim Thoelke an, ganz klar.

In meinem sechsten Beitrag habe ich eine Randgruppe vorgestellt. Es handelt sich dabei um die koreanische Gemeinde von Ludwigshafen-Mannheim und Umgebung. Das sind mittlerweile über 120 Familien, die sich da also ständig treffen. Ich habe mir einmal zur Aufgabe gemacht, diese Gemeinde im Offenen Kanal vorzustellen. Da gab es einen 40-minütigen Film der versucht hat, diese Bevölkerungsgruppe den Bürgern etwas näher zu bringen, um etwas Verständnis für diese Randgruppe zu wecken. Dies ist die große Chance des Offenen Kanals: Das man diese Leute einmal vorstellt und sie nicht pauschal in dieses Ausländerdenken – welches ja mitunter gepflegt wird – einordnet, sondern daß man die Zusammenhänge einmal etwas differenzierter sieht und die verschiedenen Bevölkerungsgruppen einmal kennenlernt.

Mit welchen Problemen hatten oder haben Sie im Zusammenhang mit der Erstellung Ihrer Beiträge am meisten zu kämpfen: Mit der Technik des Offenen Kanals, mit dem organisatorischen Ablauf beim Offenen Kanal, mit Ihren Themen oder mit Ihrer Freizeit?

Keine. Das Filmen ist ein altes Hobby von mir. Die Texte haben zwar viel Arbeit aber auch viel Spaß gemacht. Mit der Zeit eignet man sich die Technik ja auch in einer Weise an, daß man keine gravierenden Probleme mehr hat. Auch mit den Terminen hat es eigentlich nie Schwierigkeiten gegeben, obwohl manchmal eine Wartezeit von drei Wochen vorhanden war. Es hat mir aber eigentlich gut getan um mich mal wieder zu erholen.

Wenn ich Sie nach Ihrem schönsten Erlebnis im Zusammenhang mit dem Offenen Kanal frage, fällt Ihnen da etwas ein?

Das war, als ich meinen ersten Beitrag gesendet habe. Da waren viele Mitarbeiter versammelt. Da haben wir die Kassette hineingeschoben und ich mußte meine Sendung selbst aufschalten und da habe ich dann einen ostasiatischen Pflaumenschnaps aus der Tasche geholt, habe sechs Gläser hingestellt und dann haben wir zusammen angestoßen. Das war wirklich ein schöner Augenblick.

Und wenn ich Sie im Gegensatz dazu nach einem schlechten Erlebnis frage? Fällt Ihnen da etwas ein?

Ja, aber da war ich selbst dran schuld. Ich wollte in meinen fertigen Film eine neue Szene einfügen und habe anstatt auf »Insert« auf »Assemble« gedrückt und dann ist mir das Bild zusammengebrochen. Und dann habe ich gefragt, wie man dies wieder beseitigen kann und da wurde mir gesagt, das es überhaupt nicht ginge. An diesem Abend war ich erledigt.

Wie sollten Ihrer Meinung nach Offene Kanäle in fünf Jahren aussehen?

Vielleicht mehr Schnittplätze. Außerdem hoffe ich, daß dann das Angebot größer sein wird und man somit mehr Filme nach seinem Geschmack findet. Also bei mir z.B. Reisen. Viele Filme würde ich mir auch ansehen, um Anregungen für eigene Filme zu bekommen und um zu sehen, wie andere ihre Filme machen.

Gespräch mit Person G

Ich heiße G., wohnhaft in Hambach, Hambacher kennen mich. Ich bin seit 18 Jahren in Deutschland und mittlerweile deutscher Staatsbürger geworden. Ich mache aber Sendungen für jugoslawische Mitbürger.

Wie sind Sie zum Offenen Kanal gekommen?

Das hing mit dem Kabelanschluß zusammen. Ich habe mir Kabel legen lassen und habe dadurch etwas vom Offenen Kanal Neustadt gehört. Zuerst habe ich angefangen in Neustadt Sendungen zu machen. Ich würde auch jetzt noch gerne Sendungen in Neustadt machen, aber in Neustadt gibt es wenig jugoslawische Einwohner und diese sind nicht ans Kabel angeschlossen. Somit kann keiner von denen bei meiner Sendung zusehen. Ludwigshafen hingegen hat 6000 jugoslawische Einwohner und an das

Kabelnetz Ludwigshafen sind ja auch noch andere Gemeinden wie z.B. Worms, Haßloch, Edigheim, Edenkoben, Neustadt usw. angeschlossen. Ich habe auch schon Anrufe aus Edenkoben erhalten, was ich nie gedacht hätte. Und wenn ich jetzt merke, daß viele Leute meine Sendung sehen dann macht mir das Spaß. So bin ich zum Offenen Kanal gekommen.

Am Anfang habe ich etwas Hemmungen gehabt aber jetzt ist es kein Problem. Ich denke oft an meine erste Sendung. Da habe ich mir vor der Sendung genau aufgeschrieben was ich sagen wollte. Als die Sendung anfing habe ich dann ab der zweiten Zeile nicht mehr gewußt wo ich bin und habe dann doch alles frei gesprochen. Seitdem bereite ich eigentlich keine Texte mehr vor, außer wenn jemand etwas vorgelesen haben möchte.

Bekommen Sie zu Ihren Sendungen hauptsächlich Anrufe von Jugoslawen oder auch von Deutschen?

Hier rufen auch Deutsche an. Erst heute hat eine Deutsche angerufen, die einen Jugoslawen geheiratet hat. Nur mit dem Übersetzen gibt es manchmal Probleme. Die Jugoslawen möchten lieber Lieder hören als Gespräche sehen. Ich hoffe aber, daß ich es auch irgendwann einmal hinbekomme, daß es eine Sendung mit Gesprächen gibt.

Um welche Themen geht es eigentlich in Ihren Sendungen?

Viele Jugoslawen sind ohne Frauen hier oder viele Frauen sind ohne Männer hier. Die sind eben nur zum Arbeiten hier. Und denen möchte ich mit meinen Sendungen etwas Unterhaltung bringen.

Ich fahre z. B. in das jugoslawische Kulturzentrum nach Worms oder nach Speyer oder hier nach Ludwigshafen und nehme dort Veranstaltungen auf.

Wenn Ihre Sendungen wiederholt werden, sehen Sie sich diese dann selbst an?

Ja, selbstverständlich. Ich sehe ja sehr oft den Offenen Kanal Ludwigshafen, weil es mich einfach interessiert, wer was sendet. Ich kann dann ja vielleicht auch die eine oder andere Idee klauen. Letzten Freitag habe ich eine Sendung gesehen, wo sehr viele Zuschauer angerufen haben und die Veranstalter geärgert haben und Blödsinn gemacht haben. Das ist natürlich unverschämt, denn die Zuschauer die noch nie eine Sendung gemacht haben, können ja nicht wissen welch eine Mühe dahintersteckt.

Da habe ich hier angerufen und gesagt, daß mir die Sendung gefällt. Ich wollte einfach die Leute, die die Sendung gemacht haben, unterstützen.

Was ist Ihnen bei Ihren Beiträgen wichtiger: Die Erstellung des Beitrags oder das Aussenden des fertigen Beitrags?

Beides. Mir macht das Organisieren, das Filmen und das Schneiden Spaß. Aber auch das Machen hier im Studio macht mir Spaß. Wie oft schimpft meine Frau mit mir, daß ich so wenig zu Hause bin.

Hat sich eigentlich Ihr privater Umgang mit dem Medium Fernsehen geändert, seit Sie selbst Filme machen?

Seitdem ich Kabelfernsehen habe sehe ich kaum ARD oder ZDF. Ich sehe meistens den Offenen Kanal; entweder den Offenen Kanal Neustadt oder den Offenen Kanal Ludwigshafen.

Die Filme im Offenen Kanal sind mir einfach lieber, denn dort sehe ich Leute und Umgebung, die ich kenne. Und in den Western der anderen Programme wird immer irgendeiner erschossen und wer die Hauptrolle spielt überlebt.

Sie sehen also die anderen Programme nicht so besonders oft?

Nein, nicht so oft. Dann sehe ich mir lieber Video an. Wenn z.B. meine Frau bügelt oder auf der Arbeit ist – die Kinder haben einen eigenen Fernseher, damit ich nicht gestört werde –, dann lege ich mir eine von den Kassetten ein, die ich irgendwo aufgenommen habe und dann sehe ich sie mir zwei- oder drei- oder viermal am Tag an. Dann sehe ich wo Fehler sind und welche Stellen ich hinauswerfe.

Wenn Sie ein Bekannter befragt, warum Sie den Offenen Kanal nutzen. Was Sie eigentlich damit erreichen wollen. Was würden Sie demjenigen antworten?

Ich würde ihm sagen, daß es mir Spaß macht. Und daß mir die Technik Spaß macht. Bis vor zwei Jahren habe ich nie eine Kamera in der Hand gehabt. Aber jetzt empfinde ich es als sehr einfach und es macht mir Spaß.

Was ist für Sie eigentlich das besondere am Offenen Kanal?

Man kann hier hereinkommen, einen Termin ausmachen und sich wie zu Hause fühlen. Man kann alles machen und einstellen wie man will. Man kann hier Tische hinstellen wo man will und dekorieren wie man will. Das ist alles kein Problem. Das ist wirklich das gute hierbei. Hier wird einem die Tür aufgemacht, das Licht angemacht, und dann kann man machen was man will.

Wenn ich Sie nach Ihrem schönsten Erlebnis im Zusammenhang mit dem Offenen Kanal frage. Fällt Ihnen da etwas ein?

Wie wir das erste Mal zum Offenen Kanal gekommen sind. Da sind wir hier rein gekommen und haben uns mit den Mitarbeitern unterhalten. Einem Fräulein haben wir dann erklärt, was wir machen. Sie hat uns dann gesagt, daß es hier in Ludwigshafen ein jugoslawisches Kulturzentrum gibt. Das habe ich nicht gewußt und nie gedacht. Sie hat uns dann gesagt, das wir dahin gehen könnten denn dort würde es immer etwas zum Aufnehmen geben. Da sind wir dann sofort hingegangen und tatsächlich war die Bude voll. Die besten Lieder und die beste Musik wurden dort gespielt. Das habe ich mir nicht träumen lassen. Dann bin ich sofort zum Offenen Kanal zurückgelaufen und habe gefragt ob ich eine Kamera bekommen könnte. Zum Glück war gerade eine frei. Mit der habe ich dann die Veranstaltung bis morgens um 3.00 Uhr aufgenommen. Das war mein Anfang hier im Offenen Kanal und das war mein schönstes Erlebnis.

Gespräch mit Person H

Wann haben Sie zum ersten Mal vom Offenen Kanal gehört und wie sind Sie dann hierher gekommen?

Ja, also gehört hat man ja sehr sehr viel. Der Offenen Kanal war ja in der Diskussion mit dem Kabelpilotprojekt und wir von der SPD haben uns ja lange Zeit gegen das Kabelpilotprojekt gewehrt. Dann haben wir aber gesehen, daß der Offene Kanal eigentlich eine ganz gute Sache ist, daß der Bürger im Offenen Kanal zu Wort kommen kann, daß der Bürger also sein Anliegen irgendwie vorbringen kann und das ist doch eigentlich eine sehr demokratische Sache. Wir haben hier in Ludwigshafen eine Seniorengruppe, also eine SPD-Seniorengruppe. Mit dieser Gruppe haben wir uns den Offenen Kanal mal angeschaut, was da so vor sich geht und wie das aussieht. Wir waren dann bei einem Besuch hier und haben die Technik kennengelernt und dann überlegt, daß wir eigentlich mit Senioren auch mal den Versuch machen könnten, hier zu filmen.

Ältere Leute bringen Lebenserfahrung mit, bringen Berufserfahrung mit, manche haben auch als Hobbyfilmer früher schon gearbeitet oder fotografiert. Man entdeckt da doch manche Talente. Es kann sein, daß ältere Menschen nicht so schnell mit der Technik umgehen können, aber mit der Zeit lernen sie es dann doch. Irgendwann sitzt es dann und wenn man dann so ein Film gemacht hat und es kommt was dabei raus, dann gewinnen die auch mehr Selbstvertrauen. Aber wer sind eigentlich die Alten. Wir machen ja doch Unterschiede: Es gibt junge Alte, es gibt normale Alte und es gibt alte Alte und es gibt zur Zeit ja auch sehr viele Menschen, die sehr früh aus dem Beruf ausscheiden müssen, also die Frührentner oder die 58jährigen, die durchaus noch vital sind. Früher mußte man ja bis 65 arbeiten oder noch länger und jetzt sind also die, die 65 Jahre alt sind, schon freigesetzt von der Arbeit. Und da finde ich, daß der Offene Kanal ein sehr interessantes Betätigungsfeld ist. Es gibt Menschen, die müssen irgendwas machen damit sie zufrieden sind. Es gibt also Frauen, die häkeln Topflappen und haben dann ein gewisses Gefühl der Zufriedenheit oder sie betätigen sich karitativ. Irgendwas braucht wohl der Mensch. Es ist immer ein Fortschritt, wenn ein Mensch irgendwas dazulernt, irgendwas zu können und nicht zu konsumieren, sondern auch zu produzieren und solch ein Film ist ja dann ein Produkt. Es ist sehr unterschiedlich: Also da ist z.B. ein Mann dabei, der schafft sich ab und bringt nix zusammen. Aber irgendwie hat er wohl auch seine Befriedigung, daß er überhaupt die Sache macht. Auf die Idee haben wir ihn wahrscheinlich gebracht, denn wir haben irgendwann mal fotografiert und haben ihm dann die Kamera umgehängt und das sieht so toll aus. Als ob er jetzt der Reporter wäre und in dieser Rolle sieht er sich jetzt. Ich bin mal gespannt, denn irgendwann wird mal was fertig sein. Also er macht sehr langsam, aber er macht. Und es ist auch so, daß jetzt Frauen mitwirken. Das ist ja auch ungewöhnlich, vor allen Dingen für Frauen in dieser Generation. Daß die also auch sagen, ich kann das, ich kann eine Kamera halten und kann filmen. Das ist wirklich ein Erfolgserlebnis und für die Persönlichkeit auch sehr wichtig.

Ich bin in Bonn in einer Gruppe, die sich über die Gestaltung von Seniorenarbeit Gedanken macht. Wir wollen sehen, wie sich dieses Projekt entwickelt und wollen es dann auch zu Papier bringen, damit es dann vielleicht auch irgendwo anders Anwendung findet. Ich kann mir vorstellen, daß es immer mehr Offene Kanäle geben wird und diese auch Erfolg haben werden und man dieses Konzept dann auch auf die anderen Offenen Kanäle übertragen könnte. Das finde ich schon eine reizvolle Sache.

Ich glaube, daß die Interessen der älteren Leute am besten dadurch zum Ausdruck kommen, daß sie ihre Interessen selbst benennen und sich selbst darstellen können. Im Fernsehen wird ja meistens alles Junge und Tolle gezeigt. Natürlich werden auch im Fernsehen ältere Menschen dargestellt. Aber dann och meistens der ältere Mann, der noch sehr rüstig ist und noch sehr viel kann. Die ältere Frau wird hingegen immer als Heimchen am Herd oder als Großmutter oder etwas dappich dargestellt.

Mit diesen eigenen Filmen können die alten Leute dann zeigen, wie sie sich selbst sehen und wofür sie sich interessieren. Da kommen dann der eigene Wille und die eigenen Vorstellungen einfach mehr zur Geltung.

Ich könnte mir auch vorstellen, daß die Politiker daran interessiert sind, was diese Leute wollen. Denn Politiker wollen den Menschen ja gerecht werden und dann müssen sich diese Menschen auch selber artikulieren können. Ich denke für so etwas ist der Offene Kanal der richtige Platz. Ich denke schon, daß in ein paar Jahren in jedem Haushalt solche Programme laufen werden.

Gespräch mit Person I

Erzählen Sie einfach mal wie Sie zum Offenen Kanal gekommen sind, wie fing das bei Ihnen an?

Ich habe mit dem Offenen Kanal eigentlich dadurch angefangen, daß ich gegen die Verkabelung war. Ich verfolgte aber dann das Kabelpilotprojekt und erfuhr zu meinem damaligen Erstaunen, daß man einen Offenen Kanal eröffnen wollte in dem es hieß, jeder Bürger kann dort sich selbst darstellen. Und ich dachte mir, jetzt habe ich eigentlich keinen Grund gegen diese Verkabelung zu sein. Wenn das ein wirkliches demokratisches Instrument wäre dann wäre es ja eigentlich das, was ich als wirklicher Demokrat mir immer gewünscht habe. Ich hatte natürlich Zweifel an der Aufrichtigkeit der Offenen Kanäle. Ich ging dann einfach mal zum Offenen Kanal und fragte: »Ja, wie ist es, kann ich senden?« Da fragte man mich, »ja warum eigentlich nicht, was haben Sie da für Zweifel?«

Das war der Grund, warum ich zum Offenen Kanal kam und ich erfuhr ja dann gleich, daß man etwas selbst darstellen kann, wobei ich nicht meine »sich selbst darstellen« sondern »etwas darzustellen«, wovon man meint, daß es im Fernsehen erforderlich wäre, was an viele Leute herangetragen werden müßte.

Dann der Tatbestand, daß ich meine Gedichte schreibe, daß ich sie einigen Leuten vortragen konnte, was ich bisher eigentlich immer nur in irgendwelchen kleineren Veranstaltungen tun konnte. Aber das elementarste und wichtigste bei der ganzen Sache des Offenen Kanals bestand für mich darin, daß jemand, der glaubt, etwas mitteilen zu können, was bisher nicht mitgeteilt wurde, es tun kann. Meine ersten Aktionen im Offenen Kanal waren mehr oder weniger ein erweitertes Flugblatt. So habe ich das aufgefaßt und habe dann im Laufe der Zeit eben gemerkt, daß die Themen eigentlich nicht ausgehen, so wenig wie die menschlichen Probleme ausgehen.

Ich hätte lieber, daß man meine Gedichte liest, ich hätte lieber, daß man sich mit Politik selbst befaßt, aber ich weiß, daß viele Leute nach getaner Arbeitsmühe nicht dumm und nicht faul sind, sondern einfach erschöpft sind und sich dann ihren Monitor einschalten, um abzuspannen. Und durch meine Filme haben die jetzt die Möglichkeit, sich mit einer Sache zu beschäftigen mit der sie sich bisher nicht befaßt haben. Sei es nun ein religiöses Thema, über das ich ja auch schon einmal gesprochen habe, oder über Leute, die in Gefängnissen sitzen. Das hat zu dem Erfolg geführt, daß mich der Gefängnispfarrer des Gefängnisses Frankenthal gebeten hat, vor seinen Leuten eine Lesung zu machen.

Das heißt also, ohne dieses Medium ist es nicht möglich. Und genausogut kann man die Frage stellen, warum es Bücher gibt. Ohne Gutenberg gäbe es keine Bücher. Und für mich ist das Fernsehen nichts anderes als ein erweitertes Buch, wenn Sie so wollen.

Sie haben ja nun sehr sehr unterschiedliche Themen. Würden Sie sagen es gibt trotzdem irgendsowas wie einen gemeinsamen Nenner?

Ich habe eigentlich nur ein einziges Thema und das ist der Mensch und alles was den Menschen interessiert. Und das ist z. B. folgendes: Einmal handelt es sich um Tiere, die vielleicht nie in Filmen gebracht werden. Dann habe ich einmal einen Film gebracht über den Zirkus, hinter den Kulissen des Zirkus wo manche meinten, das ist ja eigentlich gar kein Zirkusfilm. Nein, es ist auch kein Zirkusfilm. Ich zeigte nicht die

Arena sondern ich zeigte die Leute hinter der Arena. Dann habe ich mal einen Film gemacht – es waren eigentlich zwei –, über die Leute die ein sehr gefährliches Leben führen, nämlich daß sie mit Autos zusammenbrummen, knallen, um dann möglicherweise einen Nervenkitzel zu bringen. Man meint, daß vielleicht solche Leute ganz bösartige wilde Fahrer sind. Aber da habe ich mich mit denen dann auch lange unterhalten – und habe das auch aufgenommen – und feststellen müssen, daß ihnen noch nie der Führerschein entzogen wurde, daß die noch nie ein Protokoll bekommen haben.

Wie würden Sie einem Menschen, der noch nie etwas vom Offenen Kanal gehört hat den Unterschied zwischen der Themenbehandlung im kommerziellen Fernsehen und der Themenbehandlung in Ihren Filmen erklären?

Also ich glaube der wesentliche Unterschied ist wenn ich etwas bringe, dann versuche ich meinen Eindruck einmal im Bild, teilweise auch in der persönlichen Empfindung, darzustellen und spreche dann auch direkt dazu den Text, so wie ich es empfinde. Und ich will den Leuten vor den Fernsehschirmen einen Teil des Eindrucks eines einfachen Bürgers von dem ich glaube einer zu sein, wiedergeben. Wobei ich das Gefühl habe, daß das reguläre, offizielle Fernsehen mir zu professionell ist.

Ich habe z.B., wie ich ein Radrennen gefilmt habe, Leute auf der Straße angesprochen und sie gefragt, ob sie bereit wären mir ein Interview zu geben. Die sagten dann: »Um Gottes Willen, nein, nur das nicht«. Dann habe ich gesagt: »Ja, warum nicht?« »Ja weil das Fernsehen ist, wie sehe ich da aus, dann muß ich erst geschminkt werden.« Da habe ich gesagt: »Geschminkt werden brauchen sie bei uns nicht und wenns uns nicht gefällt und dann löschen wir das wieder.« Und es war wie eine Befreiung für die Menschen. Die sagten dann: »Ach da kann ich mich ganz bewegen wie ich bin.« Dann habe ich gesagt: »Genau das ist es.«

Und vielleicht noch ein Beispiel von Leuten, die vor der Kamera Scheu haben. Die sagen dann oft, wenn Sie die Bilder im Fernsehen sehen, daß sie in Wirklichkeit ganz anders aussehen. Dann sage ich immer zu den Leuten: »So sehen sie aus, aber so sehen sie sich nicht. Denn was sie sehen können im Spiegel, das ist nicht ihr Gesicht, sondern das Spiegelbild ihres Gesichtes. Ihr Gesicht selbst haben sie noch nie gesehen. Wundern sie sich nicht wenn sie etwas anders aussehen, als sie glauben.«

Glauben Sie denn, daß sich jemand dafür interessiert. Es wird ja immer wieder die Ansicht vertreten, das sich kein Mensch für die Meinung und Filme der Bürger interessiert, da der Mensch im Fernsehen an andere Standards gewöhnt ist.

Es ist richtig, daß ein Journalist ungefähr weiß was »in« ist, was in der Journalistensprache üblich ist. Deshalb gibt es ja auch den Begriff »Live-Sendungen«. Nun bin ich nicht, lebe ich nicht in Rußland. Ich weiß auch nicht wie man es in russisch bezeichnet, ich weiß nur, daß ich in Deutschland lebe und deshalb sage ich, es ist eine »Direktsendung«. Und ich habe keine Hobbys, ich habe ein Steckenpferd. So kann man sagen, der lebt im vergangenen Jahrhundert. Gut, aber ich habe meine eigene Sprache und viele Leute haben ihre eigene Sprache und ich glaube der Journalist ist einfach gezwungen, um seinen Vorgesetzten gegenüber zu zeigen, daß er etwas kann, es möglicherweise anders darzustellen als er es vielleicht gerne darstellen würde. Wenn ich nur ein einfaches Beispiel nenne: Gestern ist eine DDR-Delegation nach Ludwigshafen gekommen. Die ist natürlich überhaupt nicht gewöhnt im anderen Teil der Welt d.h. in Westdeutschland zu sprechen. Und dann ist da auch noch so ein

Podium und so ein verrückter Kerl wie ich, der die Leute damit überfällt, daß jetzt praktisch Fernsehen gemacht wird. Die habe ich dann natürlich aufgenommen. Am nächsten Tag habe ich dann in der Zeitung den Bericht über diese Veranstaltung gelesen. Wenn ich nicht gewußt hätte, daß es sich um den gleichen Abend gehandelt hat dann hätte ich gedacht, daß es zwei völlig verschiedene Veranstaltungen waren.

Ich glaube, wenn noch weitaus mehr Leute Offene Kanäle machen würden, dann würde die Vielschichtigkeit der Gedanken weitaus besser herauskommen als nur durch die reine Sprache der Journalisten.

Und vielleicht noch eines. Die Leute haben fürchterliche Angst davor, nicht perfekt zu sein. Also ich bin nicht perfekt und jeder Mensch der Fehler hat ist mir sympathisch. Denn die ganz perfekten sind ja nichts anderes als Standbilder und mit denen könnte ich – und viele andere Leute sicher auch – nichts anfangen.

Welches war Ihr unangenehmstes Erlebnis im Zusammenhang mit dem Offenen Kanal?

Mein unangenehmstes Erlebnis im Offenen Kanal bzw. bei dem Versuch etwas aufzunehmen war, als ich damals vor zwei Jahren in Mainz im Philosophikum der Universität versuchte Aufnahmen zu machen. Da war auch der sowjetische Botschafter da und ich konnte ihn zu einem Interview bekommen. Ich war etwas aufgeregt, wußte nicht, ob er Deutsch konnte, sprach dann mit ihm ein Weilchen und prüfte gleich, ob alles richtig war. Da stellte ich fest, daß der Ton nicht drauf war. Ich bin ihm dann nachgelaufen, habe ihm mein Problem gesagt, und er sagte: »Mein lieber Freund, ich habe mir jetzt 5 Minuten Zeit genommen und die Leute warten schon auf mich. Warten sie bis wieder mal etwas ist.« Das war das unangenehmste und ich konnte es nicht senden. Ich hätte es aber gerne gemacht.

Und das schönste Erlebnis?

Mit den Technikern bei den Aufnahmen haben wir eigentlich die schönsten Erlebnisse. Die Jungs versuchten mich zum Lachen zu bringen und ich habe gedacht, daß sie mich nicht zum lachen bringen. Man brachte mich auch nicht zum Lachen, aber ich wollte gerade wie oftmals ein Gedicht als Vorspann bringen, verhaspelte mich dabei und sagte »ach du Scheiße« und das haben wir uns nachher angesehen. Da haben sie gesagt das war so herzlich, das war so schön. Wir haben uns das so oft angesehen dieses »ach du Scheiße« und da haben wir gesagt, warum bringen wir das nicht als Panne rein. Also das schönste um das gleich abzurunden war eine Panne die leider nicht zu sehen war.

Bekommen Sie eigentlich für Ihre Sendungen – auch Kritik?

Ich kriege Kritik, ja man ruft mich an und man schreibt mir. Wenn sie mich jetzt fragen was überwiegt, für mich überwiegt eigentlich das Positive, weil ich das Negative verarbeite. Für mich gibt es eigentlich keine negative Kritik. Wenn jemand sagt, das gefällt mir nicht oder sie rufen mich an und sagen, daß das ja der größte Mist ist, dann frage ich eigentlich immer »warum?« Das frage ich deshalb, weil ich mich nicht angegriffen fühle sondern weil ich Verbesserungen machen möchte. Wenn mich jemand anruft, dann will ich wissen was ich falsch gemacht habe.

Gespräch mit Person J

Wie sind Sie zum Offenen Kanal gekommen, wie haben Sie davon erfahren und wie fing das bei Ihnen an?

Ja, da muß ich ein bißchen weiter ausholen. Ich bin eigentlich ein absoluter Technik-Freak. Mich interessiert alles was mit Rundfunk, mit Elektronik zu tun hat und da ist natürlich Fernsehen auch ein interessantes Thema. Es ist nur immer ein bißchen weit weggewesen. An Video war eigentlich noch nicht zu denken. Das lag außerhalb der finanziellen Reichweite, denn die Kameras waren zu der Zeit noch sehr teuer. Dann hat man halt davon geträumt, aber das wars dann auch. Konkret ist die Sache eigentlich durch einen Freund geworden und zwar hat wieder rum ein Bekannter von ihm im Offenen Kanal eine Fastnachtsendung aufgenommen und die dann halt ablaufen lassen. Ja, man hat sie sich dann angeguckt. Das war mal was neues, was interessantes. Ja und irgendwann ist halt auch die Frage aufgekommen, wie man es eigentlich schafft, hier eine Sendung laufen zu lassen.

Ich habe dann die AKK angerufen und einfach mal dumm gefragt, wie es beim Offenen Kanal aussieht, was man da eigentlich tun muß und was es kostet. Das sind Fragen, die wahrscheinlich immer wieder aufgetaucht sind und ich war dann eigentlich überrascht, daß die gesagt haben: »Kommen Sie mal vorbei, gucken sie es sich an, kosten tut es nichts.« Das war schon mal sehr überraschend. Und, na ja gut, damals sind noch irgendwelche Vorbereitungskurse für Kameras gelaufen, denn das waren damals noch die großen U-Matic-Maschinen und da ist dann schon ein bißchen Wissen vorausgesetzt worden. Das fällt ja heute weg. Heute sind ja normale VHS-Kameras in Betrieb.

Und dann habe ich mir das halt mal angesehen und habe geguckt was da passiert. Man durfte da auch mal mit der Kamera spielen, das war ja schon mal was. Man durfte dort einen Film machen wenn man wollte. Na ja gut, angeboten hat sich dann in unserer Kindertagesstätte das Sommerfest. Das hat man dann eben gemacht und ich muß ehrlich sein, ich habe es wegen der Technik gemacht. Es war also nicht das Fernsehen, was mich zu der Zeit interessiert hat, sondern einfach die Technik. Man hat das gemacht, man hat es geschnitten und hat eigentliche dann schon bei der ersten Produktion ein Gefühl gekriegt für das, was eigentlich Fernsehen heißt. Daß es eben nicht nur ein Abnudeln ist von irgendeinem Band, sondern daß auch sehr sehr viel Vorbereitung dazugehört. Die Zeit, die man am Schneidetisch verbringt, die sieht man der Sendung ja nicht an. Man sieht zwar oft Sendungen von einer dreiviertel Stunde Länge, aber es kann sich kein Mensch vorstellen, wie lange man daran schneidet. Und die Erfahrung habe ich dann auch erst machen müssen. Wie ich gefragt wurde, wieviel Zeit ich zum Schneiden brauche, da war man großzügig und hat gesagt, einen Tag. Nur der hat nie gereicht. Das waren dann 10 Minuten Film am Ende. Da die Schneidetermine auch damals schon knapp waren, kann ich mich daran erinnern, daß ich dann eine ganze Nacht am Schneidetisch gesessen habe. In der AKK war das nämlich noch möglich, denn dort war auch nachts ein Pförtner, der einen hinein lassen konnte. Da hat man sich auch mal eine Nacht um die Ohren geschlagen, fürs Hobby. Na ja, irgendwann ist es dann halt gesendet worden und ich war dann überrascht über die Reaktionen, die damals schon kamen. Es war eigentlich noch Steinzeit Offener Kanal muß ich dazu sagen. Damals hat man also noch nicht sehr viele Leute verkabelt.

Was waren denn das für Reaktionen, die Sie auf Ihre Sendung erhalten haben?

Reaktionen eigentlich im positiven Sinne. Die Leute haben dann von der Ausstrahlung meiner Sendung gehört und haben sich Sonntags mittag bei denen getroffen, die Kabelfernsehen zu Hause hatten. Die haben dann Nachbarn und Bekannte eingeladen und die haben sich dann unser Kindergartenfest angesehen. Und ja, es war irgendwo ein lokales Ereignis, unser Kindergartenfest im Fernsehen.

Aber die Themen haben sich dann später verändert. Ich hatte so zwei, drei Sachen gemacht und dann lange Zeit eigentlich nichts mehr.

Ich bin gewerkschaftlich eingagiert, bin Vertrauensmann in unserem Betrieb. Auf einer Vertrauensleutesitzung stand dann das große Thema Ladenschlußveränderung über 19.30 Uhr hinaus an. Da ist dann natürlich auch überlegt worden, wie man die Leute die es betrifft, irgendwo informieren kann. Außerdem wie es gelingt die Leute, die es nur unmittelbar betrifft, also den Käufer, hinter die Kulissen schauen zu lassen. Ja, dann wurde überlegt ob wir z. B. eine Zeitung machen sollten. Aber mit Artikeln an eine Zeitung heranzutreten bedeutet ja immer, daß da wieder ein politischer Filter drin ist und eigentlich immer nur gebracht wird, was im Moment gerade genehm ist.

Ja, und dann hatte ich eigentlich ganz blitzartig den Gedanken, daß wir einfach eine Live-Sendung im Fernsehen machen könnten. Die Reaktion war zunächst mal ein Gelächter. Gelacht deshalb, weil es nicht vorstellbar war, im Fernsehen sowas unterzukriegen. Aber da ich eben den Offenen Kanal kannte, wußte ich auch, daß das möglich war. Ich wußte, daß ich im Offenen Kanal nicht eingeengt werden würde und daß ich das so bringen könnte, wie ich es wollte. Und das ist ein ganz wesentliches Merkmal im Offenen Kanal. Ich habe bis heute noch nie, das sage ich ganz bewußt, noch nie Einschränkungen bekommen in Bezug auf die Themen oder den Inhalt der Sendungen.

Ich will zunächst mal über die Reaktion nach unserer ersten Sendung berichten. Das war die Sendung »Feierabend, 19.30 Uhr«.

Zu dieser Sendung hatten wir 8 Betriebsratsmitglieder von Betrieben hier im Raum eingeladen. Dann hatten wir 2 Leute von der FDP dabei. Das sind eben die, die das ganze Thema hochziehen. Und dann hatten wir einen Moderator, der die Sendung auch geleitet hat. Ich muß sagen, das war die erste Live-Sendung, die ich geplant und gemacht hatte und ich war unheimlich überrascht über die Anzahl der Anrufe, die schon während der Sendung eingingen. Denn irgendwo hat man da gemerkt, daß es genug Leute gibt, auch in den Berufen des Einzelhandels, die sich für das Thema Ladenschlußzeiten interessieren. Aber es ist eben schwierig an die Leute heranzukommen, denn die haben um 18.30 Uhr Feierabend und wollen nach Hause, wollen essen und dann gehen die nicht mehr weg. Das kann ich auch verstehen. Aber vor den Fernseher setzen die sich dann doch noch. Dann wollen sie sich nicht nur berieseln lassen, sondern sind auch bereit sich eine Sendung anzusehen. Und vor allen Dingen, können sie sich dann auch selbst Luft machen indem sie hier anrufen. Reaktionen kamen natürlich auch nach der Sendung. Unheimlich viele Leute haben mich auf der Straße angehalten und gesagt, das war ganz toll was ihr gemacht habt. Es war zwar technisch noch nicht so perfekt, aber darum ging es ja eigentlich auch gar nicht. Es ging ja um das Thema »Ladenschlußzeiten« und das ist ja das wesentliche. Der Offene Kanal ist das Thema und nicht das Bild.

Ich habe es nach der Sendung dann an meinem Arbeitsplatz gemerkt, daß da plötzlich Diskussionen im Gang waren. Und zwar auch bei Leuten, die sich vorher noch nie um das Thema groß gekümmert hatten, obwohl es sie betrifft. Aber irgendwann haben die dann doch überlegt und haben festgestellt, irgendwo haben die ja Recht, irgendwo kümmern die sich um mich. Und dann waren plötzlich Diskussionen im Gange und das war was ganz Entscheidendes. Die Bereitschaft, über das Thema zu reden hat zugenommen und ich denke, daß ist das wichtigste.

Die erste Sendung, die habe ich noch irgendwo ganz alleine vorbereitet und die ganze Arbeit hing an mir. Ich habe damals irgendwo mit hängen und würgen ein paar Kameraleute herbekommen. Denn es ist ja nicht nur damit getan, daß irgendjemand da ist der eine Idee hat, sondern sie brauchen auch 4,5,6 Leute, die sich einfach an die Kamera stellen oder die Bildmischer bedienen oder den Ton usw. Und irgendwo war das für die Leute natürlich auch schwierig, denn die hatten zum Großteil keine Ahnung von Technik und jetzt sollten die plötzlich Fernsehkameras bedienen. Da hat man also schon sehr viel reden müssen um die zu überzeugen. Ein Teil ist dann sogar wieder abgesprungen, denn die hatten am Ende Angst vor ihrer eigenen Courage.

Aber irgendwie hat es dann doch geklappt. Was die Zuschauer angeht, wir hatten hier an die 60 Leute im Studio, das war dann eigentlich gar kein Problem mehr. Nachdem sich herumgesprochen hatte, daß wir Fernsehen machen war der Zulauf da. Und irgendwo hat sich die ganze Arbeit dann am Ende wieder bezahlt gemacht, denn dadurch wurde das Interesse geweckt. Und wenn sie sich einmal zurückerinnern: Es war eine wahnsinnige Stimmung hier im Studio, die von Buhrufen über Beifall bis wer weiß wohin ging. Es war mit anderen Worten wahnsinnig etwas los.

Nachdem der Anfang mal gamacht war, hatten wir dann plötzlich relativ viele Leute und es werden immer mehr, die sich aus verschiedenen Gründen für die Sache interessieren. Mittlerweile haben wir innerhalb der HBV so eine Videogruppe gegründet. Da treffen wir uns regelmäßig, bereiten Sendungen vor und wählen die Themen für die Sendungen aus. Wir sind mittlerweile so zu einem festen Stamm geworden.

Was sagt denn Ihr Arbeitgeber dazu?

Ich kann nicht sagen, daß ich Repressalien vom Betrieb bekommen hätte oder irgendwelchen Druck. Ich denke, die werden die Sache beobachten. Mehr kann ich im Moment dazu nicht sagen.

Herr K, wenn Sie jemanden, der noch nie in seinem Leben etwas mit dem Offenen Kanal zu tun gehabt hat erklären sollen, was der Offene Kanal ist. Wie machen Sie das?

Ich komme an sehr viele Menschen ran und es hat sich eigentlich gezeigt, daß ihn doch sehr viele Menschen gucken. Oft wird angenommen, der Offene Kanal ist irgendwo so ein Spielzeugkanal. Aber dem ist nicht so. Es gucken viele Leute.

Wesentlich ist beim Offenen Kanal für mich immer wieder, daß ich in der Thematik absolut nicht eingeschränkt werde. Der Offene Kanal bin nämlich eigentlich ich und nicht irgendetwas. Ich habe es natürlich zu verantworten, das ist klar, aber ich denke, das Risiko kann man eingehen. Schon alleine unter dem Aspekt, daß ich damit was erreichen kann, wo ich denke es ist richtig und es ist gut.

Und was war Ihr verrücktestes Erlebnis im Offenen Kanal?

Da gibt es eigentlich genügend verrückte Erlebnisse. Aber verrückt war eigentlich folgende Situation: Wir waren in Bonn zur Betriebsräteversammlung. Ich habe dann immer noch einen Freund dabei, der Ton oder Kamera macht und der mich da einfach ein bißchen unterstützt. Auf dieser Versammlung war natürlich auch die

Anke Fuchs am reden und wir haben da halt zugehört und irgendwann habe ich gesagt: »Komm, die interviewen wir jetzt«. Daraufhin fiel bei meinem Kollegen die Klappe runter. Na ja, das war für uns ja eigentlich eine Nummer zu hoch. Wir sind ihr dann mit der Kamera hinterhergelaufen und ich mußte sie interviewen, denn mein Kollege hat sich nicht getraut. Hinterher haben wir uns dann köstlich darüber amüsiert und es hat wirklich Spaß gemacht. Obwohl der Offene Kanal ja nur ein kleiner Sender ist, hat sie unsere Fragen bereitwillig beantwortet.

Gespräche mit Person K

Ich heiße K und wohne in Rheinhausen. Ich war bis 1971 beim Hüttenwerk tätig. Ich habe dort als Kranführer gearbeitet und bin später übergewechselt in die Versuchsanstalt, wo ich bis zu Frühpension beschäftigt war.

Wie sind Sie zum Offenen Kanal gekommen?

In unserem Briefkasten war ein Handzettel, auf dem wir darüber informiert wurden, daß ab Mitte Januar der Offene Kanal in Rheinhausen tätig wird und daß sich jeder Duisburger Bürger mit Beiträgen dort melden könnte.

Das erste was ich gemacht habe war eine Dichterlesung. Die machte ich mit einer Kollegin, die selbst auch schreibt. Das war also eine vorproduzierte Sendung, die dann eine Woche später im Offenen Kanal lief. Weil dann im Offenen Kanal ein kleines Studio eingerichtet wurde, habe ich mir überlegt, daß man soetwas doch ruhig auch einmal live machen könnte. Die Kollegin und ich, wir haben das dann gemacht und haben dann wöchentlich eine Live-Sendung gemacht, in Duisburger Umgangssprache, Mundart und hochdeutschen Texten. Ich habe das so ungefähr drei Monate mit ihr zusammen gemacht, bis sie mir dann mitteilte, daß sie eine kurze Verschnaufpause braucht, um neue Texte zu schreiben. Da habe ich mich dazu überwunden, alleine weiterzumachen. Ich habe dann live, so 25-30 Minuten lang, zu den Leuten gesprochen, jeden Donnerstag um 20.15 Uhr und nannte diese Sendung »Heiteres und Weiteres«. Dafür habe ich aktuelle Texte geschrieben, heitere Geschichten vom Niederrhein, wie gesagt in Mundart und Umgangssprache.

Ich habe dafür auch zwei Figuren erfunden. Die eine war der Rentner Willi, das war ich, die andere war seine Frau Erna, dabei habe ich an meine Frau gedacht. Die habe ich dann miteinander diskutieren lassen, im Ruhrdeutsch, vor dem Bildschirm. Die Resonanz darauf war auch ganz gut. Es kamen Anrufe und Karten zu mir nach Hause. Es sprachen mich auch Leute auf der Straße an, daß ich doch in dieser Form weitermachen soll.

Natürlich, jede Woche neue Texte zu machen, so 10–15 Geschichten, das ist doch eine schwierige Sache. Ich habe mir dann überlegt, zwischendurch mal einen Film zu machen. So habe ich über das alte Rheinhausen Filme gemacht.

Da war dann ein Kameramann dabei, weil ich mich mit der Technik nicht so gut auskenne. Dieser Kamermann ist eigentlich Feinmechaniker von Beruf. Ich habe ihn mit dem Offenen Kanal bekanntgemacht. Er filmt schon seit 15 Jahren, ist Amateurfilmer. Er hat die Kamera gemacht, ich habe ihn aber auch interviewt und andere Gespräche geführt, die dann als Aufzeichnung donnerstags um 20.15

Uhr gesendet wurden. Zwischendurch habe ich aber immer wieder Live-Sendungen gemacht. Mal einen Film, mal eine Live-Sendung, so läuft das in diesem Rhythmus.

Gestern habe ich dann zum ersten Mal selbst eine Kamera in die Hand genommen und versucht, das alles mal selber zu machen. Von der Technik habe ich zwar wie gesagt eigentlich gar keine Ahnung. Ich habe mich aber ein bißchen einweisen lassen, immer wieder. Ich habe z. B. gesagt bekommen, daß ich nicht so schnell mit der Kamera schwenken soll, sondern schön langsam, ohne Hektik. Das habe ich mir zu Herzen genommen und ich würde sagen, ein Drittel der gefilmten Bilder, die ich da gemacht habe, sind ganz brauchbar. Die werde ich heraussuchen und dann in dem Film verarbeiten, mit einem Text dazu

Sie haben auch heute zum ersten Mal geschnitten. Ist Ihnen das schwierig vorgekommen oder würden Sie sagen, daß Sie das relativ schnell im Griff hatten?

Ich würde sagen ja, das geht doch relativ schnell. So schwierig ist das wirklich nicht. Das sieht nur alles zunächst so schlimm aus, diese vielen Knöpfe und Hebel, aber das ist halb so wild. Ich traue mir jetzt schon zu, Morgen ganz alleine weiterzumachen. Ich weiß jetzt schon, wie ich das haben möchte, ich schaffe das schon.

Von der Thematik her, haben ihre Filme auch mit dem Arbeitskampf zu tun, oder wollten Sie eher Alternativen setzen?

Genau. Ich wollte nicht immer das gleiche machen und habe mehr an kulturelle Dinge gedacht. Ich bin z. B. zu einigen Behörden gegangen und habe mir die Veranstaltungskalender geben lassen. Ich war bei der Stadtinformation, in der Stadtbibliothek, wo auch im Sommer monatliche Hofkonzerte stattfinden. Die habe ich mit der Kamera aufgenommen, oder vielmehr aufnehmen lassen, und habe dann dazu meinen Kommentar gesprochen. Ich war der Meinung, der Arbeitskampf ist in Hülle und Fülle hier in Rheinhausen im Offenen Kanal und ich möchte auch kulturelle Dinge dazu beitragen.

Ich werde auch in dieser Richtung weitermachen. Ich interviewe alte Rheinhausener, ich gehe auch zu jungen Leuten. Es gibt da kein bestimmtes Schema.

Auf meine Sendungen werde ich auch von jungen Leuten auf der Straße angesprochen. Die sagen dann z. B.: »Das war gut«, oder sagen mir, was ich anders machen könnte.

Haben Sie das Gefühl, daß man sich durch den Offenen Kanal hier in Rheinhausen auch besser kennengelernt hat, mit mehr Menschen ins Gespräch gekommen ist?

Ja, das würde ich unbedingt sagen. Nicht nur ich, sondern sicher auch die anderen Kollegen vom Offenen Kanal. Ich würde schon sagen, daß der Offene Kanal beim Publikum gut ankommt.

Was war Ihr schönstes Erlebnis im Zusammenhang mit dem Offenen Kanal?

Das war in der vergangenen Woche. Auf unserem Dachbodenstudio mußte das Dach repariert werden, weil es durchregnete. Da mußten wir natürlich alle Videogeräte abbauen und vor allem auch den Computer. Wir hatten dann aber auch eine Live-Sendung, für die alles wieder aufgebaut werden mußte. Wir begangen so um viertel vor acht mit dem Aufbau, wir waren zu dritt. Wir hatten nur eine Kamera zur Verfügung. Um 20.15 Uhr, nach den Nachrichten und dem Wetterbericht, sollte die Live-Sendung starten. Aber über die Kamera kam und kam kein Bild. Ich würde sagen, Hektik ist da gar nicht entstanden. Wir haben nur gesucht und gesucht, wo der Fehler liegen könnte. Zwei Minuten vor der Sendung entdeckte plötzlich einer von uns, daß da noch ein Kabel heraushing. Das steckten wir dann in die Buchse und etwa 30 Sekunden vor Sendebeginn war das Bild da. Und hinterher kam uns erst zu Bewußtsein, daß das aber knapp war.

Das passiert eben bei so improvisierten Sachen, wie wir sie hier machen. Ich finde das ganz in Ordnung so, ich finde das irgendwie interessant, weil das so was wie eine Herausforderung ist.

Gespräche mit Person L

Ich heiße L, ich werde 49 Jahre alt im nächsten Jahr. Ich bin in Rheinhausen geboren und groß geworden. Mein Kind ist in Rheinhausen geboren. Jetzt wollen Sie sicher von mir wissen, wie ich dazu gekommen bin, für den Offenen Kanal etwas zu tun.

Als Ende 1987 durch eine Indiskretion bekannt wurde, daß das Stahlwerk plattgemacht werden sollte, da habe ich gedacht, mein Verstand setzt aus. Ich konnte mir das gar nicht vorstellen. Krupp und Rheinhausen sind Begriffe, die zusammengehören. Dann wurde ein Frauenkommitee gegründet. Da bin ich hingegangen und habe mir das mal angesehen. Da hat man allerlei Aktivitäten für Frauen angeboten, z. B. Plakate malen, Rosenbinden. Unter anderem fiel das Wort »Fernsehen machen« und »Offener Kanal«. Ich dachte, Fernsehen machen, das wäre eigentlich etwas für dich. Ich habe immerhin 25 Jahre in einem Fernsehfachgeschäft gearbeitet, habe da eine große Filiale geleitet. Da vor drei Jahren diese Filiale geschlossen wurde, wegen Arbeitsplatzmangel bei Krupp, war ich arbeitslos. Ich habe zwischendurch mal Artikel geschrieben für Zeitungen usw..

Da bin ich in die Medienwerkstatt gegangen und habe mir das angeschaut. Ich habe mir das aber eigentlich ganz anders vorgestellt, als es in Wirklichkeit ist. Ich habe gedacht, ich nehme eine Kamera auf die Schulter, vorne ist ein Mikrophon dran und gehe unter die Leute. Und mir vertrauen die Leute in Rheinhausen, weil ich ja eine von ihnen bin. Ich bin die Frau eines Stahlarbeiters, ich gehöre also zu denen dazu. Ich habe mir dann einen Kameramann genommen und einen Beleuchter und habe mir ein Konzept erarbeitet.

Ich habe mir gedacht, ich nenne meinen ersten Beitrag »Rheinhauser Gespräche«. Ich war so ungefähr bei 15 Leuten, meinem Arzt, meinem Bäcker, meinem Apotheker, in dem Lebensmittelgeschäft, in der Kneipe an der Ecke, beim Oberbürgermeister und die habe ich alle interviewt. Das war so in der 6. Woche des Arbeitskampfes in Rheinhausen. Ich habe denen Fragen gestellt, was die für Hoffnungen haben, was für Sorgen, für Nöte, wem sie die Schuld zuschieben an dem ganzen Dilemma. So ist mein erster Film entstanden. Mittwochs wurde der Offene Kanal vorgestellt, donnerstags lief mein Film.

Als ich mich dann zum ersten Mal auf dem Bildschirm gesehen habe und wußte, es schauen ungefähr 20.000 Leute zu, da wurde mir ganz komisch. Ich habe gesehen, daß ich keine Dagmar Berghoff mehr bin, aber auch noch keine Ida Wüst, und da habe ich gedacht, warum eigentlich nicht? Warum solltest du, die Frau eines Stahlarbeiters, das nicht auch können? Ich habe zwar nicht studiert, ich habe aber eine gute Aussprache, ich habe genug im Leben gesehen, ich habe viel Erfahrung. In dieser Medienwerkstatt sind fast nur Männer, 15 Männer. Ich bin die einzige Frau, ich werde hier aber akzeptiert. Ich habe mich von Anfang an durchgeboxt. Ich habe gezeigt, daß ich auch etwas kann. Inzwischen habe ich 14 Filme gedreht.

Als der Stahlkampf noch war, habe ich 6 - 7jährige Kinder interviewt und sie gefragt, was sie mitgekriegt haben. Die haben Bilder gemalt und das habe ich auch aufgenommen. Diese Bilder wurden dann auch bei uns in der Händelstraße aufgehängt. Das war eine riesengroße Bilderausstellung.

Mein vorletzter Film hieß: »Menschen wie Du und Ich«. Dabei ging es um eine Behindertenschule in Rheinhausen, die eigentlich keiner kennt. Diese Schule hat 80 Schüler. Ich habe versucht, die Sorgen und Nöte der Eltern zum Ausdruck zu bringen. Ich bin in die Wohnungen der Eltern gegangen, habe die behinderten Kinder interviewt, den Lehrer, den Rektor. An einem ganz normalen Schultag habe ich gedreht. Die Kinder dieser Schule haben mir bei meinem Film mithelfen dürfen. Ich wollte zeigen, daß das eben Menschen wie Du und Ich sind.

Es waren körperlich schwerst behinderte Kinder und auch geistig Behinderte. Die meisten Kinder in der Schule wohnten in dem Gebiet, wo der Offene Kanal empfangbar ist. Am Tag nach der Ausstrahlung hatte ich 12 Kinder vor meiner Tür stehen, eines hat mir ein Blümchen gebracht, eines hat mir ein Bildchen gemalt, eines hat mich einfach nur gedrückt und gesagt, es habe sich im Fernsehen gesehen. Das war ganz ergreifend.

Vorgestern lief wieder ein Film von mir, der hieß: »Ein mittelständiges Unternehmen stellt sich vor«. Das ist ein Film über die Firma EKZ in Rheinhausen. Die sind nach Krupp der größte Arbeitgeber und die machen eigentlich alles. Obst und Gemüse verkaufen sie, auch Nudeln, so wie ALDI. Sie bieten in Rheinhausen 80 Arbeitsplätze an. Ich war auch bei dem Inhaber dieser Kette, und habe ihn interviewt. Ich habe ihn gefragt, was er so von Rheinhausen hält, nach dem Arbeitskampf. Ich habe auch die Lehrlinge interviewt, die Verkäufer, ich habe die Kunden im Geschäft interviewt. Die Mitarbeiter habe ich über das Arbeitsklima befragt, ob sie gerecht behandelt werden oder ob sie etwas zu bemängeln hätten. Der Film ist vorgestern Abend gelaufen, um 20.10 Uhr und ist gestern Mittag wiederholt worden. Ich habe 40 Anrufe bekommen.

Dann war ich inzwischen auch beim »Mensch Meier« als Kandidatin. Eines Tages klingelte bei mir das Telefon, und mein Mann sagte zu mir: »Du, da ist der Alfred Biolek am Telefon«. Da sagte ich: »Verarschen kann ich mich selber«. Trotzdem ging ich ans Telefon und da sagt der Mann: »Nein, nein meine Dame, nichts mit verarschen, hier ist der Alfred Biolek. Wir finden das, was sie gemacht haben, toll. Wie ist das, wollen sie nicht unsere Kandidatin sein in der nächsten Live-Sendung?« Daraufhin sage ich: »Warum denn nicht, immer, jederzeit«. Dann mußte ich da 14 Tage vorher hin und so einen Idiotentest machen. Da hat man mich sowas gefragt wie: »Wer ist unser Bundeskanzler, Innenminister, Außenminister, von was werden wir regiert usw.. Und dann haben sie gesagt, daß ich Bescheid bekomme, ob ich genommen werde. Dann kam der Anruf und Biolek sagte: »Renate, Du bist der nächste Kandidat«.

Ich finde es einfach toll, daß eine Frau so viel Mut aufbringt. Da waren drei Kandidaten, ich habe eine ganze Stadt vertreten. Da war noch ein 18jähriger Mann, der hat über sein Skatebord gesprochen. Ich habe eine ganze Stadt vertreten.

Mit der Technik gab es bei Ihnen keine Probleme?

Ich habe diese Sachen ja mal verkauft. Ich habe auch Lehrlinge ausgebildet. Das kannte ich also alles. Nur mit den Leuten umgehen, auf die Leute zugehen, das kannte ich so noch nicht. Es waren ja oft tausende von Menschen vertreten. Ich war auch oft bei Filmfestspielen, bei den Kurzfilmtagen in Oberhausen war ich zum Podiumsgespräch da. Da habe ich oben auf dem Podium gesessen mit allen großen Professoren. Warum nicht auch ich, warum? Ich will keinem was, ich will nur meine Freizeit sinnvoll gestalten.

Der Offene Kanal ist ein heimatverbundener Sender, die Leute sind ganz froh damit. Ich wohne mitten im Offenen Kanal Sendegebiet, direkt neben dem Sender. Ich finde diesen Sender ganz toll und die Leute wären bei uns todtraurig, wenn es den Offenen Kanal nicht mehr gäbe. Ich bin jetzt einfach deren Renate. »Du Renate, was macht unser Sender?«, fragen mich die schon.

Glauben Sie, daß der Offene Kanal auch noch über den Arbeitskampf hinaus bestehen wird?

Ja, auf alle Fälle. Also ich selbst habe wahnsinnig viele Themen. Außerdem bieten mir Leute, die mich anrufen, Themen an, die ich drehen soll. Sie sind aber auch schon bereit, das selbst zu drehen und sich die Kameraausrüstung hier auszuleihen. Sie sind aber anfangs noch etwas gehemmt. Und dann gehe ich schon mal mit, und mache die Interviews.

Mich haben z. B. die Nutten aus Duisburg angerufen. Die wollen, glaube ich, eine Gewerkschaft gründen. Und eine hat mir am Telefon erzählt, daß sie sogar Lehrlinge ausbilden wollen. Also, das finde ich natürlich makaber. Jedenfalls habe ich noch nie so viele Kameramänner gehabt, wie da.

Themen hätte ich wirklich sehr sehr viele. Ich möchte z. B. gerne, da ich ja selber wie gesagt, in der Fernsehbranche gearbeitet habe, mal zeigen, wie so eine Ausbildung aussieht, was die jungen Leute da lernen müssen.

Zur Zeit drehe ich einen Film über meine Heimatstadt Rheinhausen, der soll heißen: »Rheinhausen, die Stadt im Grünen«. Der soll nur positiv sein. Die Leute haben in letzter Zeit so viel Negatives über unsere Stadt gesehen. Da will ich jetzt mal zeigen, wie schön unsere Stadt ist. Die Themen gehen mir nie aus.

Wenn ich hier im Offenen Kanal arbeite, dann haben die Männer meistens Schicht. Dann habe ich hier die Aufsicht. Es kommen junge Leute, die sich die Kamera ausleihen. Ich gebe die dann raus, schaue, daß die Akkus voll sind und das alles da ist, was dazu gehört. Ich sitze am Telefon und nehme Telefonate entgegen. Ich mache Termine mit den Leuten aus. Arbeit habe ich den ganzen Tag.

Wenn die Männer 10 Tage zu einem Kurs weg sind, zu Seminaren z. B., bin ich ganz alleine hier oben. Mir macht das wahnsinnig viel Spaß. Also für mich ist das das Ideale.

Was war Ihr schönstes Erlebnis im Zusammenhang mit dem Offenen Kanal?

Das war der Abend der ersten Live-Sendung im Offenen Kanal. Da war es noch sehr kalt. Es gibt ja in unserem Dachbodenstudio keine Heizung und als ich da rauf kam, habe ich vor lauter Kälte angefangen, zu zittern. Ich wollte in der Sendung über den Arbeitskampf sprechen. Als ich hochkam, war der ganze Speicher voll mit Männern. Das waren bestimmt 42 Männer da, vom NDR, vom WDR, von Rias Berlin, vom ZDF, mit Kameras, die das aufnehmen wollten. Ich setzte mich da hin und war immer noch am zittern. Als wir dann um 20.15 Uhr, nach der Wetterkarte in der ARD anfingen, habe ich gesagt: »Guten Abend meine Damen und Herren, hier ist Renate vom Offenen Kanal Rheinhausen«. In dem Moment habe ich alles um mich herum vergessen. Als ich das dann gesagt hatte und mein Film gelaufen war, bin ich gleich nach unten gelaufen, ich wohne ja gleich nebenan, habe den Videorekorder angemacht und mich angeschaut und das war ganz toll.

Ich habe einen kleinen Enkel von 4 Jahren und der sagte: »Oma, Du bist eine richtige Fernseh-Oma für mich«. Ich bin einfach die Renate von Rheinhausen, jetzt.

Gespräche mit Person M

Ich heiße M, bin 17 Jahre alt und seit ungefähr einem halben Jahr beim Offenen Kanal.

Ich bin dazugestoßen, als in Rheinhausen ein Solidaritätskonzert stattfand. Ich habe dort die Geräte vom Offenen Kanal gesehen. Da war z.B. ein Videobeam aufgestellt, aus Dortmund. Das hat mich alles fasziniert und ich habe gefragt, von wem das alles kommt. Dann hat man mir gesagt, daß das der Offene Kanal ist und daß jeder dort Fernsehen machen kann. Dann habe ich mir den Offenen Kanal einfach mal angeschaut, und weil mich das alles unheimlich fasziniert hat, habe ich einfach mitgemacht.

Welchen Inhalt hatten Deine bisherigen Beiträge?

Ich habe eigentlich ganz verschiedene Beiträge gemacht. Ich habe zunächst verschiedenen Leuten hier im Offenen Kanal bei ihren Beiträgen geholfen um erstmal Erfahrungen zu sammeln wie man filmt. Jetzt mache ich selber eine Beitrag über das Schulfest in unserem Gymnasium und über die 75-Jahr-Feier. Außerdem mache ich einen Film über den Zoo Duisburg. Also, ganz verschiedene Sachen. Ich glaube auch, daß ich noch andere Themen finden werde.

Machst Du Deine Beiträge eher alleine oder eher mit anderen zusammen?

Es ist ziemlich schwer, das alles alleine zu machen. Aber es ist auch ziemlich schwer, Leute zu finden, die einem dabei helfen. Es gibt zwar ein oder zwei, die gerne mithelfen würden. Das Problem ist, daß die Leute nicht immer Zeit haben, oder daß sie oft keine Lust haben, gerade bei dem Thema mitzumachen. Da muß man schon ganz schön suchen, bis man wirklich einen findet, der Zeit und Lust hat, mitzuhelfen.

Hat Dich zuerst die Technik interessiert oder war es eher so, daß Du zuerst gedacht hast ich will was machen und daß Du dann die Technik faszinierend fandest?

Die Technik hat mich schon immer fasziniert. Aber ich wollte auch regionales Fernsehen verwirklichen. Es ist schon was tolles, wenn man selber Fernsehen gestalten kann. Ich habe vor, etwas in dieser Richtung später vielleicht auch beruflich zu machen. Vielleicht als Kameraassistent.

Wie schätzt Du den weiteren Werdegang des Offenen Kanals ein?

Der Offene Kanal wird auf jeden Fall auf ewig bestehen. Der Arbeitskampf hier ist quasi nur die Einführung gewesen. Der Offene Kanal ist aber nicht ein Sender, der nur durch den Arbeitskampf besteht. Es war Zufall gewesen, daß der Sender durch den Arbeitskampf hier entstanden ist. Ich glaube schon, daß er weiterhin bestehen kann.

Gespräche mit Person N

Ich heiße N, bin verheiratet, wohnhaft hier in Duisburg Rheinhausen und arbeite bei Krupp Stahl AG als Kranfahrer. Ich bin 47 Jahre alt.

Wie ich weiß, sind Sie ja praktisch von Anfang an beim Offenen Kanal dabei. Würden Sie mal ein bißchen von den Anfängen hier erzählen?

Den Offenen Kanal hier in Rheinhausen habe ich ja praktisch mitbegründet. Zu der Videoarbeit bin ich voriges Jahr gekommen. Anfang des Jahres habe ich mir eine Videokamera gekauft, die eigentlich nur für Urlaubszwecke gedacht sein sollte. Aber als am 27. November 1987 herauskam, daß Krupp-Stahl das Werk in Rheinhausen schließen wird und die ganzen Großdemonstrationen anfingen, habe ich dann direkt mitgefilmt. Als wir diese Aktionen dann auf Video hatten, wollten das die Kollegen auch mal sehen und dann haben wir angefangen, die Kassette zu kopieren, auf VHS und auf andere Systeme, wie die Kollegen das eben haben wollten. Ein Kollege aus Dortmund, der kommt dort vom Offenen Kanal, wußte schon besser Bescheid über die Videoarbeit. Er hat uns leihweise aus Dortmund, aus dem Offenen Kanal, Geräte besorgt, damit wir unsere Beiträge auch schneiden konnten.

Dann haben wir uns Gedanken gemacht, wie wir das auch der Bevölkerung darbringen könnten. Wir kamen auf den Gedanken, die Radiogeschäfte in Rheinhausen zu fragen, ob sie das Video im Schaufenster zeigen würden. Die waren alle sehr solidarisch, haben das gezeigt und haben uns sogar ein paar Kassetten gespendet.

Die Resonanz war auf einmal riesengroß. Wenn man nachmittags durch die Stadt gegangen ist, dann waren 100 - 200 Menschen vor einem Radiogeschäft gestanden. Wir hatten auch einen Lautsprecher für den Ton draußen angebracht.

Eines Tages saßen wir alle in der Medienwerkstatt, die Räume hatte uns der Betriebsrat zur Verfügung gestellt. Wir haben uns überlegt, wie wir das noch weiterverbreiten könnten. Dann wollten wir erst, weil wir hier in Rheinhausen eine Großantennenanlage haben, schwarz senden. Wir haben uns dann aber mit dem Betreiber in Verbindung gesetzt und gefragt, ob es technisch überhaupt möglich ist, daß man in so einer Antennenanlage mit einem Videogerät reingeht. Wir erfuhren, daß es technisch keine Probleme gab und wir wollten dann einfach auf Sendung gehen. Dann erfuhren wir aber, daß es ein Gesetz von der Landesanstalt für Rundfunk gibt, und daß praktisch jede Stadt in Deutschland einen Offenen Kanal eröffnen kann. Dann wurden Anträge an die Landesanstalt für Rundfunk und an die Post gestellt. Das ging dann alles hopplahopp. Die vorläufige Genehmigung zum Sendebetrieb hatten wir Anfang Januar bekommen, wir durften dann praktisch ab 12.01. 1988 zum ersten Mal auf Sendung gehen, was wir dann auch sofort genutzt haben. Die endgültige Genehmigung für zwei Jahre, die haben wir am 26. Februar bekommen von der Landesanstalt.

Im Offenen Kanal habe ich viele Beiträge von dem Arbeitskampf gemacht, weil die ja aktuell waren. So wie eine Großdemonstration war, habe ich die gedreht, geschnitten und abends dann gesendet. Das war ein unheimlicher Aufwand. Jetzt nach dem Arbeitskampf habe ich mich auch anderen Themen zugewandt, habe z.B. einen Tierfilm gemacht. Aber hauptsächlich möchte ich meine Arbeit im gewerkschaftlichen Bereich weiterbetreiben, weil ich selber gewerkschaftlich sehr engagiert bin. Natürlich, wenn ich Themen aufgreifen kann, die z.B. aus dem kulturellen Bereich sind, dann mache ich das auch.

Die Resonanz war sehr gut. Die Leute haben mir gesagt, daß ich jeden Abend das bringen soll, was am Tag passiert ist. Aber da wir nur einmal die Woche senden durften, nach dem Prinzip der Schlange, habe ich mir dann doch die Hauptdemonstration herausgepickt, die ich dann auch jede Woche einmal gesendet habe. Wenn ich aber direkt, also live, gesendet habe, war die Bild- und Tonqualität bedeutend besser, als wenn das noch bearbeitet wurde, denn wir hatten nicht so gute Geräte. Wir haben ja alles geliehen. Jetzt haben wir von der Hans-Böckler-Stiftung einen Schnittplatz zur Verfügung gestellt bekommen, auch leihweise, aber dadurch wird jetzt auch die Qualität besser. Es liegt doch sehr viel an den Geräten.

Gab es mit der Technik denn keine Probleme?

Nun, wir hatten insofern keine Probleme, da es Einführungsseminare gab. Vorher waren das alles böhmische Dörfer für mich gewesen. Ich hatte gedacht, beim Schneiden müßte man mit der Schere ein Stück herausschneiden und wieder ankleben. Ich war ganz überrascht, daß man auch auf elektonischer Basis überspielen kann, und da mußte ich dann natürlich erst eingewiesen werden. Aber jetzt bin ich doch schon fit. Ich habe selbst schon zwei komplette Filme vom 1½ Stunden Länge, eine Dokumentation des Arbeitskampfes, ganz alleine gemacht.

Wie sehen Sie die Perspektiven des Offenen Kanals? Glauben Sie, daß er auch über Krupp, also über 1991 hinaus, eine Perspektive hat?

Ich gebe dem Offenen Kanal eine sehr gute Zukunft. Deswegen war ja auch mein Bestreben, daß ich auch andere Themen behandle, weil es in den Medien am Anfang immer hieß, der Offene Kanal sei der Stahlsender, der Kruppsender. Deswegen wünsche ich mir auch, daß in Rheinhausen mehrere Medienwerkstätten aufgemacht werden, weil das Gewerkschaftshaus hier als Medienwerkstatt für den Normalbürger doch eine kleine Hemmschwelle ist. Eine Medienwerkstatt die neutral wäre, wäre wirklich Gold wert. Dann könnten wir auch mehr Leute dazu bekommen.

Was war das schönste Erlebnis für Sie im Offenen Kanal?

Das schönste Erlebnis war der 12. Januar, als wir das erste Mal auf Sendung gingen. Da haben wie eine Live-Sendung gemacht. Da waren die Medien aus ganz Deutschland und sogar aus dem Ausland alle auf unserem Speicher vertreten. Das war ein sehr schönes Erlebnis.

Aber noch schöner fand ich es, als wir die endgültige Sendegenehmigung bekommen haben. Da waren zwei Herren von der Landesanstalt für Rundfunk hier und haben uns die Urkunde im Rathaus überreicht. Da haben wir eine kleine Feier gemacht und haben dann den einen Herrn gefragt, ob er sich bereiterklären würde, mit auf den Speicher zu kommen und in einer Live-Sendung den Zuschauern direkt sagen würde, daß wir jetzt endgültig die Genehmigung haben. Das war doch für mich das allerschönste Erlebnis. Spontan sind wir da auf Sendung gegangen. Dieser Herr hat dann auch das Mikrophon genommen und hat den Zuschauern erklärt, wie der Offene Kanal läuft, daß jeder einen Beitrag bringen kann, daß er dabei auch unterstützt wird von den Leuten, die hier arbeiten.

V. Postprobleme

Vorbemerkung des Herausgebers

Die während der Kabelpilotprojekte laufenden Offenen Kanäle waren im Rahmen der dafür verabschiedeten Gesetze politisch gewollt, waren über den sog. »Kabelgroschen« im Rahmen der jeweiligen Laufzeit finanziert und damit »gebührenfrei«, wie auch alle anderen politisch gewollten und über den »Kabelgroschen« finanzierten Verbreitungswege anderer Programme.

Die »Landschaft« der Kabelpilotprojekte hat sich seither geändert – spezifische landespolitische Lösungen sind für Rheinland-Pfalz, Nordrhein-Westfalen und Berlin gefunden und durch die jeweiligen Landtage gesetzlich festgeschrieben worden.

Hinsichtlich Offener Kanäle sind Bundesländer, die ohne den Ballast von Kabelpilotprojekten landesgesetzlich agieren konnten, auf die staatsvertragliche Möglichkeit der »Kann-Bestimmung« für Offene Kanäle eingegangen: Dieses sind Bremen, Hamburg, Hessen, das Saarland; Schleswig-Holstein bereitet derzeit eine Novellierung seines Landesrundfunkgesetzes auch unter Berücksichtigung des Offenen Kanals vor.

Den für die Deutsche Bundespost nun maßgeblichen Rahmen der Telekommunikationsordnung (TKO) wird zeitlich (und auch hinsichtlich der Gebühren) ein »Betriebsversuch zum Heranführen von lokalen/regionalen Programmen an Breitbandverteilnetze der Deutschen Bundespost« vorgeschaltet, der eine Laufzeit von zwei Jahren hat.

Da das Bundespostministerium zur Durchführung von Betriebsversuchen nicht die ausdrückliche Zustimmung des Postverwaltungsrates benötigt, bietet dieser »Versuch« dem Minister die Möglichkeit, die Gebührenschmerzgrenze« der »privaten« Veranstalter auszuloten und den späteren Normalfall der Gebührenphase zu simulieren.

Diese Simulation hat, ebenso wie der zu erwartende Ernstfall für Offene Kanäle, die möglicherweise fatale Folge, daß seitens der Post die Sendebeiträge einzelner Bürger in lokalen Bereichen (»Sendungen im Offenen Kanal«) behandelt werden wie die privatwirtschaftlichen, werbefinanzierten Programme.

Die Berechnungsgrundlage für die anfallenden Gebühren gestaltet sich von Seiten der Post und unter der Maßgabe der Wirtschaftlichkeit berechnet nach hauptsächlich drei Faktoren:

- der Anzahl der benutzerseitigen BK-Verteilstellen (BKVtSt),
- einer Einspeisung an übergeordneten BK-Verstärkerstellen (üBKVrST), denen eine unterschiedlich große Anzahl von benutzerseitigen BK-Verteilstellen zugeordnet sein kann,

– und den »längenabhängigen monatlichen Gebühren für die Heranführungsleitung« zwischen Studio und Einspeisepunkt.

Dieser Betriebsversuch trifft derzeit Offene Kanäle in unterschiedlicher Weise, da die historisch gewachsene Struktur in den einzelnen Bundesländern sich jeweils anders darstellt und neuhinzukommende Gesetzeslagen seit dem »Medienstaatsvertrag« für veränderte Konstellationen sorgen.

Das eine Kriterium mag eher auf die »traditionellen« OK-Länder wie Nordrhein-Westfalen, Rheinland-Pfalz und Berlin zutreffen (wobei der Unterschied zwischen den Flächenländern mit vielen Offenen Kanälen gegenüber einem Stadtstaat extrem divergierende Gebührenlagen produziert), das andere eher auf die »Nachzügler«, denen die Postgebührenproblematik nun erst auf den Tisch kommt.

Zu diesen »Problemfällen Offener Kanäle« gehört das Saarland, wo eine Realisierung der Gebührenvorstellung seitens des Bundespostministeriums zu einem sehr weitgehenden Verlust der Mittel führen würde, die die dortige Anstalt aus dem 2%-igen Rundfunkgebührenanteil erhält, um ihre gesetzlich zugewiesenen Lizenz-, Kontroll- und Aufsichtsaufgaben zu erfüllen. Einer sinnvollen Dezentralisierung Offener Kanäle in Richtung auf lokale Kommunikationssysteme, die von einer Werkstatt Offener Kanal Saarland in die Wege geleitet werden müßte und auch soll, wären damit faktisch enge Grenzen gesetzt.

Die für diese Entwicklung zuständigen Gremien der Landesanstalt für das Rundfunkwesen in Saarbrücken haben sich vor diesem Hintergrund für eine eher pragmatische Vorgehensweise entschieden und werden »Offene Kanäle« auch in unterschiedlichen Formen entwickeln.

Die Stadtstaaten, denen die Gebührenfrage nicht so heiß auf den Nägeln brennt, haben in Hamburg und Berlin ein auf den ersten Blick »leichtes Spiel«.

Es geht dort jeweils nur um ein einziges Kabelnetz, welches die Deutsche Bundespost gebührenrelevant veranschlagt, das aber auch seitens der Post noch in »gebührenrelevante Tatbestände« aufgesplittet werden kann.

Die Entscheidung dieser Länder wird auch viel zu dem beitragen, was in den »neuen OK-Ländern« wie Hessen, Bremen und Schleswig-Holstein dann geschehen und für möglich gehalten wird. Der Lernbereitschaft der sog. gesellschaftlich relevanten Gruppen, die ja die Kontrollgremien aller Landesanstalten bilden, ist hier ein weites Feld eröffnet und da eben diese Gruppen auch im Postverwaltungsrat vertreten sind, ist hier auch eine Mitgestaltung zugunsten einer für die Offenen Kanäle akzeptablen Gebührengestaltung gefordert.

1. Beispiel: Rheinland-Pfalz

Da Rheinland-Pfalz hinsichtlich der Postgebühren und als Flächenstaat mit den derzeit meisten existierenden Offenen Kanälen zunächst und als erstes Bundesland rechtlich von dieser Problematik betroffen war, sei hier exemplarisch der Fall der »Postgebühren« durchgespielt.

Seitens der zuständigen öffentlich-rechtlichen Landesanstalt, der »Landeszentrale für private Rundfunkveranstalter« wurde die Planung für lokale Offene Kanäle vor dem Hintergrund zweier Faktoren wie folgt kalkuliert:

Der erste Faktor ist die Gebührenberechnung der Deutschen Bundespost vor dem Hintergrund des Betriebsversuches zum »Heranführen von lokalen/regionalen Rundfunkprogrammen an Breitbandverteilnetze der Deutschen Bundespost«.

Die Entgelte dafür ergeben sich aus der Anzahl der angeschlossenen benutzerseitigen BK-Verstärkerstellen, der Entfernung des Standortes des Offenen Kanals vom Einspeisepunkt der Deutschen Bundespost und gestalten sich für lokale Offene Kanäle wie folgt

Anzahl der bBK-Verstärkerbereiche	monatliches Entgelt DM	Entgelt für die betriebsfähige Bereitstellung einmalig DM	als monatl. Rate für 5 Jahre DM
bis 3	900,–	25 000,–	490,–
für 4 bis 10	1 800,–	43 500,–	852,–
für 11 bis 20	3 150,–	88 500,–	1 735,–
für 21 und mehr	3 480,–	99 500,–	1 950,–

Eine mögliche, darüberhinausgehende »längenabhängige« monatliche Gebühr ist nach der TKO (Telekommunikationsordnung) geregelt und in dieser Planung vernachlässigt, da hierfür noch keine Erfahrungswerte vorliegen.

Der zweite Faktor ist die Grundlagenkalkulation für die notwendigen Mittel zur Ausstattung lokaler Offener Kanäle in den kommunalen Einheiten von Rheinland-Pfalz, die z. T. seit 1986 gefördert worden sind.

Die Erfahrungen der Werkstatt Offener Kanal der Landeszentrale für private Rundfunkveranstalter in Rheinland-Pfalz haben gezeigt, daß von einer durchschnittlichen Summe pro lokaler Einheit in Höhe von DM 150 000,– ausgegangen werden muß.

Dieser Betrag berücksichtigt lediglich eine zureichende technische Grundausstattung, nicht die notwendigen Folgekosten (Reparatur, Ersatzteile, Versicherungen etc.) oder die »Kosten zur sachgerechten Handhabung, der technischen Einrichtungen Offener Kanäle«, wie sie in der Begründung zur Art. 6 des Rundfunkstaatsvertrages beschrieben sind.

Da die Fragen der Postgebühren noch nicht geklärt und für die Folgejahre noch nicht schlußendlich zwischen LPR und dem Bundesministerium für das Post- und Fernmeldewesen verhandelt war, werden hier zwei Planungsvarianten beschrieben.

Beide gründen auf den möglichen Basisrechnungen der Deutschen Bundespost, entweder im Wege einer Einmalzahlung des Entgeltes für die »betriebsfähige Bereitstellung« zu verfahren oder diese Summe über fünf Jahre als monatliche Rate abzugelten und dieses der anfallenden Heranführungs- und Verteilgebühr hinzuzurechnen.

Die erste Variante beschreibt den Zeitraum von 1988 bis 1991 nach dem anliegenden Schlüssel.

Variante 1: Heranführungs- und Verteilungsgebühren der Deutschen Bundespost für lokale Offene Kanäle in Rheinland-Pfalz
Grundgebühren bei Ratenzahlung + monatliche Gebühren (5) in DM

1988		1989			1990		1991 ff.
48 120		175 800			239 448		
Worms 5 304	(1)	Koblenz 31 824	(4)	neu: 95 472	Kaisersl. 31 824	neu: 63 648	Bei fünf- jähriger Laufzeit
Schif. 8 340	(2)	Trier 31 824	(4)		Speyer 31 824		und ohne eventuelle
Neustadt 34 476	(3)	Pirmasens 31 824	(4)		Koblenz 31 824	alt: 175 800	neue lokale Offene Kanäle verringert sich
		Worms 31 824	(4)	alt: 80 328	Trier 31 824		die Belastung:
		Schif. 16 680	(4)		Pirmasens 31 824		1991 239 448
		Neustadt 31 824	(4)		Worms 31 824		1992 238 596
					Schif. 16 680		1993 224 580
					Neustadt 31 824		1994 182 448
							1995 ff. 162 000

(1) 2 Raten Grundgebühr + 2 monatliche Raten.
(2) 6 Raten Grundgebühr + 6 monatliche Raten.
(3) 13 Raten Grundgebühr + 13 monatliche Raten.
(4) 12 Raten Grundgebühr + 12 monatliche Raten.
(5) unter der Annahme gleichbleibender Gebühren.

Die zweite Variante beschreibt diesen Vierjahresplan der Förderung Offener Kanäle in Rheinland-Pfalz unter der Maßgabe der einmaligen Zahlung für die betriebsfähige Bereitstellung von Einspeisepunkten für lokale Offene Kanäle seitens der Deutschen Bundespost:

Variante 2: Heranführungs- und Verteilungsgebühren der Deutschen Bundespost für lokale Offene Kanäle in Rheinland-Pfalz
Grundgebühren bei einmaliger Zahlung + monatliche Gebühren (6) in DM

1988		1989			1990			1991 ff.	
144 400		249 300			249 000			162 000	
Worms 47 100	(1)	Koblenz 65 100	(4)	neu: 195 300	Kaisersl. 65 100	(4)	neu: 130 200	Kaisersl. 21 600	(5)
Schif. 30 400	(2)	Trier 65 100	(4)		Speyer 65 100	(4)		Speyer 21 600	(5)
Neustadt 66 900	(3)	Pirmasens 65 100	(4)		Koblenz 21 600	(5)	alt: 118 800	Koblenz 21 600	(5)
		Worms 21 600	(5)	alt: 54 000	Trier 21 600	(5)		Trier 21 600	(5)
		Schif. 10 800	(5)		Pirmasens 21 600	(5)		Pirmasens 21 600	(5)
		Neustadt 21 600	(5)		Worms 21 600	(5)		Worms 21 600	(5)
					Schif. 10 800	(5)		Schif. 10 800	(5)
					Neustadt 21 600	(5)		Neustadt 21 600	(5)

(1) einmalige Grundgebühr + 2 monatliche Gebühren.
(2) einmalige Grundgebühr + 6 monatliche Gebühren.
(3) einmalige Grundgebühr + 13 monatliche Gebühren einschl. Dez. 1987)
(4) einmalige Grundgebühr + 12 monatliche Gebühren.
(5) 12 monatliche Gebühren.
(6) unter der Annahme gleichbleibender Gebühren.

Die erste Variante hat den augenscheinlichen Vorteil, daß für 1988 und 1989 nennbare Fördermittel für lokale Offene Kanäle in Rheinland-Pfalz zur Verfügung stehen; der Nachteil dieser Variante liegt eindeutig darin, daß vom Jahre 1990 bis 1995 keine neuen Offenen Kanäle in Rheinland-Pfalz gefördert werden können.

Die zweite Variante hat den Vorteil, daß vor dem Hintergrund der derzeit geplanten Mitteleinteilung innerhalb des Haushaltes der LPR von DM 300 000,– p. a. für den Zeitraum von 1988 bis 1991 für die Förderung lokaler Offener Kanäle Handlungssicherheit besteht, die nach vier Jahren wieder eine Neukonstituierung Offener Kanäle zuläßt.

Der eindeutige Nachteil dieser Variante liegt in der »Spitze« der Postgebühren in den Jahren 1989 und 1990, wodurch eine technische Neuausstattung von lokalen Offenen Kanälen nicht möglich ist; von Vorteil bei dieser Variante ist über das Gesagte hinaus, daß hiermit auch relativ kurzfristig die vor Ort jeweils gewünschten Projekte in Pirmasens, Trier, Koblenz, Speyer und Kaiserslautern netzfähig werden.

Die genannte »Spitze« der Postgebühren läßt allerdings eine materielle und personelle Förderung dieser Offenen Kanäle im Rahmen des o. g. Haushaltsansatzes nicht zu. Diese Förderung wäre erst ab 1991 wieder möglich und würde eine, dann allerdings lediglich auf das Technische beschränkte, Förderung weiterer Offener Kanäle in Rheinland-Pfalz auf die Zeit nach der Mitte des nächsten Jahrzehnts verschieben.

Vor dem Hintergrund dieser Problemlage hat die Versammlung der öffentlich-rechtlichen Landesanstalt Rheinland-Pfalz folgende Entschließung zu Postgebühren und Offenen Kanälen verabschiedet:

1. § 18 des Landesrundfunkgesetzes verpflichtet die Landeszentrale für private Rundfunkveranstalter (LPR), ausreichende Übertragungskapazitäten für einen Offenen Kanal freizuhalten. Diese lokalen Offenen Kanäle in Hörfunk und Fernsehen erweisen sich zunehmend als wichtiger Beitrag zu bürgernaher kommunaler Kommunikationskultur und zu aktiver Beteiligung des Einzelnen am Meinungsbildungsprozeß im örtlichen Lebensbereich. Sie erlauben Jedermann, in selbst produzierten und selbst verantworteten Beiträgen unbeeinflußt seine Meinung zu äußern und auch mit den Mitteln moderner Kommunikationstechnik über Kabel zu verbreiten. Von dieser Möglichkeit haben tausende von Bürgern aus allen gesellschaftlichen und Altersgruppen mit der Produktion und Verbreitung ihrer Beiträge im Offenen Kanal Ludwigshafen Gebrauch gemacht; in acht weiteren Städten des Landes haben inzwischen lokale Offene Kanäle entweder ihren Betrieb aufgenommen bzw. die Vorbereitungen hierzu weit vorangetrieben. Sie werden organisatorisch durch ehrenamtliches Engagement von Bürgern getragen, die sich jeweils in einem gemeinnützigen Trägerverein zusammengeschlossen haben. Offene Kanäle nehmen so als »Rundfunk von Bürgern für Bürger« insgesamt eine wichtige Funktion im freien Meinungsbildungsprozeß unserer Gesellschaft wahr.
   Rundfunkstaatsvertrag und Landesrundfunkgesetz übertragen der LPR die Aufgaben, Aufbau und technischen Betrieb Offener Kanäle in Rheinland-Pfalz nach Maßgabe ihres Haushalts zu fördern. Die Anstalt kommt diesem gesetzlichen Auftrag mit erheblichem Mittelaufwand für die technische Ausstattung vor Ort und im Bereich personeller Planung und Betreuung nach. Der Haushaltsplan 1988 sieht hierfür insgesamt 1,681 Mio. DM = 29,5 Prozent des der LPR zufließenden Rundfunkgebührenanteils vor. Dabei sind 50 Prozent der LPR-Mitarbeiter ausschließlich mit den Aufgaben der in der Anstalt eingerichteten »Werkstatt Offener Kanal« beschäftigt. Neben ihrer originären Aufgabenstellung im Zulassungs-, Aufsicht- und Beratungsbereich für private Hörfunk- und Fernsehveranstalter sowie dem – gesetzlich begrenzten – Förderungsbereich der technischen Infrastruktur setzt die LPR damit in herausragendem Umfang ihre personellen und finanziellen Möglichkeiten ein, um lokale Offene Kanäle in Rheinland-Pfalz in ihrem Bestand zu sichern und schrittweise auszubauen.
2. Die Deutsche Bundespost unterwirft die Verbreitung der Einzelbeiträge im Offenen Kanal gebührenrechtlich in ihrem Betriebsversuch zur »Heranführung von lokalen/regionalen Rundfunkprogrammen an Breitbandverteilnetze« denselben Bedingungen wie sie dort für Kabelverbreitung regionaler Hörfunk- bzw. Fernsehprogramme festgelegt sind. Diese Betriebsversuchsregelung orientiert sich

dabei mit ihrer Gebührenstruktur nach Art und Umfang ausschließlich an der herkömmlichen Kategorie des zusammenhängenden, von einem einheitlichen Veranstalter verbreiteten, aus Werbung finanzierten Programms. Die Regelung trägt weder dem gemeinnützigen Charakter Offener Kanäle noch ihren übrigen Besonderheiten Rechnung, die nicht zuletzt in der Vielzahl der Nutzer bestehen, die diese Beiträge verbreiten. So sieht der Betriebsversuch eine fünfjährige vertragliche Bindung mit Gebührenhöhen vor, die die finanzielle Leistungsfähigkeit der Trägervereine Offener Kanäle (mit bis zu 99 500,– DM einmaliger und bis zu 3 480,– DM laufender monatlicher Gebühr) jetzt wie künftig spürbar überschreiten. Dasselbe gilt erst recht für die Gebührenbelastung, die entstehen würde, wenn der einzelne Nutzer des Offenen Kanals als »Veranstalter« des einzelnen Beitrags stattdessen anteilig mit entsprechenden Gebühren belastet würde; diese Lösung lehnt die Deutsche Bundespost schon im Hinblick darauf ab, daß der ihr entstehende Verwaltungsaufwand die Gebühreneinnahmen um ein Mehrfaches übersteigen würde.

Sie verlangt deshalb von der LPR, die Gebührenschuld der Nutzer des Offenen Kanals in vollem Umfang zu übernehmen. Für die LPR würde dies bedeuten, daß nach Aufbau und Erstausstattung der genannten acht Offenen Kanäle vor Mitte der 90iger Jahre keine neuen Offenen Kanäle in Rheinland-Pfalz mehr eingerichtet werden könnten. Die verfügbaren Mittel würden vielmehr von den anfallenden Postgebühren aufgezehrt. Zusätzliche Mittel kann die LPR dagegen ohne Gefährdung ihres übrigen gesetzlichen Auftrags nicht zur Verfügung stellen.

Verhandlungen mit der Deutschen Bundespost über eine sachgerechte Gebührenerhöhung für Offene Kanäle sind bisher erfolglos geblieben.

3. Angesichts dieser Sachlage und Entwicklung stellt die Landeszentrale für private Rundfunkveranstalter deshalb fest:

a) Die gegenwärtige Gebührenpolitik der Deutschen Bundespost gefährdet ernsthaft den landesgesetzlichen Auftrag und die medienpolitische Zielsetzung Offener Kanäle in Rheinland-Pfalz und anderen Bundesländern.

b) Die Regelungen des Betriebsversuchs der Deutschen Bundespost zur »Heranführung von lokalen/regionalen Rundfunkprogrammen an Breitbandverteilnetze« werden der gesetzlichen Ausgestaltung und den Besonderheiten, die Offene Kanäle und ihre Nutzer gegenüber herkömmlichen Programmen und ihren Veranstaltungen aufweisen, in keiner Weise gerecht.

Offene Kanäle bedürfen vielmehr einer eigenständigen Gebührenregelung, die dem gemeinnützigen Charakter und der besonderen Ausprägung dieser Angebote entspricht. Vor einer abschließenden Regelung der Deutschen Bundespost müssen hierzu Erfahrungen im Rahmen eines gesonderten Betriebsversuchs gewonnen werden. Die LPR fordert die Deutsche Bundespost auf, unverzüglich die Rahmenbedingungen eines solchen Betriebsversuchs festzulegen.

c) Sollte eine spezifische, den Bestand und den Ausbau Offener Kanäle ermöglichende Gebührenregelung der Deutschen Bundespost auf diesem Wege nicht erreichbar sein, so wird der Landesgesetzgeber zu prüfen haben, ob durch Änderung des Landesrundfunkgesetzes künftig eine Weiterverbreitung von Rundfunkprogrammen über Breitbandkabel entsprechend dem angloamerikanischen Vorbild nur noch unter der Bedingung zugelassen wird, daß im

Breitbandkabel ein Kanal postgebührenfrei für Beiträge im Offenen Kanal zur Verfügung gestellt wird«.

In ihrer Sitzung am 04. Oktober 1988 hatte die Versammlung eine Entschließung über lokale Offene Kanäle in Rheinland-Pfalz verabschiedet. Der Direktor der Landeszentrale für private Rundfunkveranstalter hatte diese Entschließung dem Bundesminister für das Post- und Fernmeldewesen und – mit der Bitte um Unterstützung – dem Ministerpräsidenten des Landes Rheinland-Pfalz zugeleitet. Der Minister für das Post- und Fernmeldewesen hat mit Schreiben vom 08. August 1989 u. a. mitgeteilt, daß er sich nicht in der Lage sehe, dem Anliegen einer Fernmeldegebührenermäßigung zu entsprechen. Er hat seine Haltung wie folgt erläutert:

»1. Die Leistungen der Deutschen Bundespost für die Offenen Kanäle (Heranführung eines Tn/TV-Signals von einem Postübergaberaum am Standort eines Studios zu einem Einspeisepunkt und Einspeisung in ein BK-Netz) sind identisch mit denen für die Heranführung und Einspeisung von regionalen/lokalen Programmen. Insofern kann ich die Offenen Kanäle nicht anders behandeln als andere Nutzer der gleichen Dienstleistung.
Jeder über den vorstehend genannten Leistungsumfang hinausgehenden Aufwand müßte zusätzlich berücksichtigt werden.
2. Aufgrund der mir auferlegten gesetzlichen Vorschriften bin ich verpflichtet, die Ausgaben durch entsprechende Einnahmen zu decken. Folglich sind alle Aufwendungen für die Heranführung (also auch die der Nutzung der »Offenen Kanäle«) von den Nutzern zu tragen. Die Eigenart der »Offenen Kanäle« begründet sich aus der medienrechtlichen Vorgabe und ist programmrelevanter Art. Die Kompetenz hierfür liegt ausschließlich bei den Bundesländern und keinesfalls bei der Deutschen Bundespost. Folglich kann eine Unterstützung der »Offenen Kanäle« auch nur durch die Länder und nicht durch die Deutsche Bundespost erfolgen. Die Möglichkeiten hierfür sind den Ländern nach Artikel 6 des Rundfunkstaatsvertrages gegeben.
3. Der mit dem Verwaltungsrat der Deutschen Bundespost abgestimmte Betriebsversuch sieht ausdrücklich die Einbeziehung der »Offenen Kanäle« und die entgeltmäßige Gleichbehandlung vor. [. . .]«

Der Minister hat ferner mitgeteilt, daß er diese Haltung auch in einem Gespräch mit dem Chef der Staatskanzlei, der sich engagiert für die Belange der Landeszentrale für private Rundfunkveranstalter eingesetzt habe, dargelegt habe, daß es ihm jedoch auch dort nicht möglich gewesen sei, eine andere Haltung einzunehmen.

2. Der Beschluß der Konferenz der Direktoren der Landesmedienanstalten

Die Direktoren der Landesmedienanstalten (DLM) haben auf ihrer 21. Sitzung im September 1988 in Düsseldorf folgenden Beschluß gefaßt:

»Die Konferenz der Direktoren der Landesmedienanstalten (DLM) hat bereits wiederholt darauf hingewiesen, daß die in mehreren Landesmediengesetzen vorgesehenen Offenen Kanäle nur erhalten und ausgebaut werden können, wenn sie fernmeldegebührenfrei zur Verfügung stehen. Die DLM hebt hervor, daß es in der rundfunkrechtlichen Kompetenz der Länder liegt, die Verbreitung zusätzlicher Programme in Kabelanlagen der Deutschen Bundespost und privater Betreiber von medienrechtlichen Auflagen abhängig zu machen. So kann z. B. festgelegt werden, daß je ein Kanal für Hörfunk und Fernsehen gebührenfrei für einen Offenen Kanal zur Verfügung gestellt wird. Die Entscheidung obliegt dem Landesgesetzgeber. Es besteht Übereinstimmung darüber, daß dies nur für die Verbreitung innerhalb des Netzes gilt, nicht für die Heranführung«.

3. Der Appell der Expertengruppe Offener Kanal

Die Expertengruppe Offener Kanal (EOK), ein pluralistisch/interdisziplinärer Kreis von Mediensachverständigen, hat sich Ende August d. Js. (1987,–Red.) in neuer Zusammensetzung konstituiert [. . .] Sie wählte Christian Longolius zu ihrem Vorsitzenden und beschloß, in Dortmund eine Geschäftsstelle zu errichten. [. . .]

Ohne die Probleme zu verkennen, die sich aus einzelnen, dem Wesen des Offenen Kanals unangemessenen gesetzlichen Grundlagen und deren politischer Begründung sowie aus ungünstigen institutionellen Anbindungen hier und da ergeben haben, hält die Gruppe die weit überwiegend positiven Ergebnisse der Versuche mit Offenen Kanälen für ausreichend gesichert, um dieser neuen Form der selbstverantworteten Medienarbeit und kulturellen Aktivierung von Bürgern und Bürgergruppen einen festen Platz in der Medien- und Kulturlandschaft einzuräumen.

Die EOK begrüßt daher, daß die Ministerpräsidenten auch nach Abschluß der Kabelpilotprojekte eine finanzielle Grundlage für Offene Kanäle in allen Bundesländern, deren Gesetze Offenen Bürgerrundfunk zulassen, ermöglicht haben.

Sie appelliert an den Bundesminister für das Post- und Fernmeldewesen sowie an den Postverwaltungsrat, den besonderen gemeinnützigkulturellen Charakter der kabelgebundenen bestehenden und neuen Offenen Kanäle bei der Gebührenfestsetzung für Einspeisung und Verbreitung zu berücksichtigen.

Mit Sorge beobachtet die Expertengruppe Offener Kanal, daß zunehmend und offenbar gezielt von Anbietern werbefinanzierter Programme und anderen Interessenten der Begriff »OK« mißbräuchlich verwendet wird. Offene Kanäle müssen, schon um Verwirrung bei den Zuschauern/Zuhörern zu vermeiden, frei sein von Verwechslungsgefahr mit benachbarten professionellen oder semiprofessionellen, den journalistischen Anforderungen unterliegenden Sendungen auf denselben Kanälen. Hörfunk- und Fernsehprogramme von Vereinen und Verbänden, auch sog. Freie Radios u. ä., können sich als sinnvolle Bereicherung der Medienlandschaft erweisen; von Offenen Kanälen als Foren für selbstinitiierte, selbstgestaltete und selbstverantwortete Beiträge von Jedermann sind sie deutlich zu trennen. [. . .]

Mitglieder:

Dr. Hansjörg Bessler, Leiter der Hauptabteilung Öffentlichkeitsarbeit im öffentlich-rechtlichen Süddeutschen Rundfunk, Stuttgart

Arthur Fischer, Geschäftsführer des Psydata-Instituts für Marktanalysen, Sozial- und Mediaforschung, Frankfurt

Dr. Ortlieb Fliedner, Fachjurist für Bürgermedien, Stadtverordneter und kulturpolitischer Sprecher der SPD-Fraktion im Rat der Stadt Bonn, Bonn

Angelika Jaenicke, Geschäftsführerin der Werkstatt Offener Kanal Dortmund e. V., Dortmund

Ulrich Kamp, Leiter der Werkstatt Offener Kanal Rheinland-Pfalz der öffentlich-rechtlichen Landeszentrale für private Rundfunkveranstalter, Ludwigshafen

Christian Longolius, Leiter des Offenen Kanals beim Kabelfunk Dortmund des öffentlich-rechtlichen Westdeutschen Rundfunks Köln, Dortmund – Vorsitzender der EOK

Günter Scheer, Leiter der Abteilung Medienpolitik beim Bundesvorstand des Deutschen Gewerkschaftsbundes, Düsseldorf

Herbert Scherer, Vorstand des Vereins Offener Kanal Berlin e. V. Berlin

Christian Schurig, Direktor der öffentlich-rechtlichen Landesanstalt für Kommunikation, Stuttgart

Zudem werden zwei Plätze für Sachverständige aus den Bereichen der evangelischen und der katholischen Kirche offengehalten.

VI. Der Bundesverband Offene Kanäle

Ziele und Mitglieder

Der Bundesverband Offene Kanäle e. V. wurde am 9. September 1988 in Bonn gegründet und hat sich die Förderung Offener Kanäle zum Ziel gesetzt. Dies will der Bundesverband insbesondere durch folgende Aktivitäten erreichen:

- Beratung von Veranstaltern/Trägern und Nutzern Offener Kanäle bei der Organisation von lokalen/regionalen Kommunikationssystemen, deren Nutzungsberechtigte ihre Beiträge unmittelbar, in eigener Verantwortung, unentgeltlich und auf hierfür eigens vorgesehenen Veröffentlichungswegen verbreiten können;
- Fortbildung von haupt- und ehrenamtlichen Mitarbeitern im Hinblick auf die Förderung Offener Kanäle;
- Unterstützung von Veranstaltern/Trägern und Nutzern Offener Kanäle in Fragen der Öffentlichkeitsarbeit;
- Information der Öffentlichkeit über Aufgaben und Bedeutung von Offenen Kanälen;
- Dokumentation von und Erfahrungsaustausch mit kommunikationspädagogischen Projekten des In- und Auslandes.

Dortmund

Anschrift:	Wittekindstraße 36 4600 Dortmund 1 Telefon 02 31 – 12 60 66 Telefax 02 31 – 12 60 05
Betreiber/Träger:	Offener Kanal Dortmund e. V.
Vorsitzender:	Wolfgang Chadt, Stellv. Leiter der Volkshochschule Dortmund
Stellv. Vorsitzende:	Bernd Häfner, Landesgeschäftsführer des Wirtschaftsrats der CDU e. V. Nordrhein-Westfalen Hilmar Krannich, Betriebsdirektor bei der Ruhrkohle AG, Mitglied des Rates der Stadt Lünen (SPD-Fraktion)
Beisitzer:	Markus Bazan, Medienreferent im Einzelhandelsverband Westfalen-Mitte Edith Brune, Hausfrau, sachkundige Bürgerin im Kulturausschuß des Rates der Stadt Dortmund
Geschäftsführer:	Angelika Jaenicke
Rechtsgrundlagen:	Rundfunkgesetz für das Land Nordrhein-Westfalen vom 19. Januar 1987, geändert am 8. Dezember 1987; Satzung der Landesanstalt für Rundfunk Nordrhein-Westfalen für die Nutzung Offener Kanäle vom 19. Februar 1988; Lizenz vom 25. Mai 1988
Lizenzdauer:	1. Juni 1988 bis 31. Mai 1991
Leitung:	Christian Longolius
Nutzungsberechtigte:	584 089
Sendegebiet:	Stadtgebiet Dortmund
Frequenz/en:	Fernsehen Kabel-Kanal 3 Hörfunk Kabel-Frequenz 92,6 MHz
Netzträger:	Deutsche Bundespost

Duisburg

Anschrift:	Schwarzenbergerstraße 147 4100 Duisburg 14 Telefon 0 21 35 – 5 80 85 (Achtung! In Kürze neue Tel.-Nr.)
Betreiber/Träger:	Offener Kanal Duisburg e. V.
Vorsitzender:	Hermann Verhufen, Maschinenschlosser, freigestelltes Betriebsratsmitglied bei der Krupp Stahl AG
Stellv. Vorsitzende:	Wolfgang Eigemann, Leiter des Diakonischen Werks in Duisburg N. N.
Beisitzer:	Petra Kelp, Rechtsanwältin in Duisburg Uwe Linsen, Geschäftsführer des Jugendrings der Stadt Duisburg
Geschäftsführer:	N. N.
Rechtsgrundlagen:	siehe Offener Kanal Dortmund; Lizenz vom 26. Februar 1988
Lizenzdauer:	26. Februar 1988 bis 25. Februar 1990
Leitung:	Klaus Nikodem
Nutzungsberechtigte:	525 378
Sendegebiet:	Stadtgebiet Duisburg (derzeit nur Duisburg-Rheinhausen)
Frequenz/en:	Fernsehen Kabel-Kanal 4 Hörfunk derzeit via Fernsehsignal
Netzträger:	Krupp Wohnungsbau GmbH

Hagen

Anschrift:	c/o Herbert Szczukowski Herderstraße 12 5800 Hagen 1 Telefon 0 23 31 – 2 25 15
Betreiber/Träger:	Offener Kanal Hagen e. V.
Vorsitzender:	Herbert Szczukowski, Gemeindepfarrer der evang.-lutherischen Lukas-Gemeinde in Hagen
Stellv. Vorsitzende:	Dr. Paul Compes, Bildungs- und Öffentlichkeitsreferent beim Märkischen Arbeitgeberverband Hagen-Witten-Ennepe-Ruhr e. V. Thomas Dreiski-Mousset, Gewerkschaftssekretär beim DGB-Bildungswerk Nordrhein-Westfalen
Beisitzer:	Paul-Friedrich Schmittdiel, Pressereferent der Südwestfälischen Industrie- und Handelskammer zu Hagen Jutta Stallkamp, Studienleiterin an der Volkshochschule Hagen
Geschäftsführer:	N. N.
Rechtsgrundlagen:	siehe Offener Kanal Dortmund; Lizenz-Beschlußvorlage wird derzeit vom LfR-Direktor vorbereitet
Lizenzdauer:	Beginn ca. Dezember 1989 für zwei Jahre
Leitung:	N. N.
Nutzungsberechtigte:	209 363
Sendegebiet:	Stadtgebiet Hagen
Frequenz/en:	noch nicht bekannt
Netzträger:	Deutsche Bundespost

Meckenheim

Anschrift:	c/o Rolf Bausch Auf den Köppen 20 5309 Meckenheim Telefon 0 22 25 – 1 20 84
Betreiber/Träger:	Offener Kanal Meckenheim e. V.
Vorsitzender:	Rolf Bausch, Beamter im Bundeskanzleramt, Mitglied des Rates der Stadt Meckenheim (CDU-Fraktion)
Stellv. Vorsitzende:	Hermann-Josef Echterhoff, Medienpublizist Prof. Dr. Hans Komnick, Universitätsprofessor
Beisitzer:	Gert Felten, Bau-Ingenieur im Bundesministerium für Arbeit und Sozialordnung, Mitglied des Rates der Stadt Meckenheim (UWG-Fraktion) Dr. Karl-Heinz Lamberty, Redakteur beim Bundespresseamt, stellv. Ortsverbandsvorsitzender der FDP Meckenheim
Geschäftsführer:	Johannes Vennebusch
Rechtsgrundlagen:	siehe Offener Kanal Dortmund; Lizenz vom 30. November 1988
Lizenzdauer:	1. Februar 1989 bis 31. Januar 1991
Leitung:	N. N.
Nutzungsberechtigte:	22 116
Sendegebiet:	Stadtgebiet Meckenheim
Frequenz/en:	Fernsehen Hörfunk
Netzträger:	Entwicklungsgesellschaft Meckenheim-Merl mbH und Deutsche Bundespost

Ludwigshafen, Vorderpfalz und Worms

Anschrift:	Prinzregentenstraße 48 6700 Ludwigshafen Telefon 06 21 – 52 40 65 Telefax 06 21 – 51 76 82
Betreiber/Träger:	Werkstatt Offener Kanal Rheinland-Pfalz der Landeszentrale für private Rundfunkveranstalter (LPR), Anstalt des öffentlichen Rechts Vorsitzender der Anstaltsversammlung: Dr. Paul Schädler, Regierungspräsident Stellvertreter: Klaus-Jürgen Lais, Mitglied des Landtags von Rheinland-Pfalz (SPD-Fraktion) Direktor der LPR: Dr. Reiner Hochstein Stellvertreter: Ulrich Kamp
Rechtsgrundlagen:	Rundfunkgesetz für das Land Rheinland-Pfalz vom 24. Juni 1986, geändert am 5. Juli 1988; Landesgesetz über die Errichtung einer »Stiftung zur Förderung gemeinnützigen privaten Rundfunks in Rheinland-Pfalz« vom 17. Dezember 1986, geändert am 5. Juli 1988; Satzung der LPR für Offene Kanäle vom 29. 11. 1988
Lizenzdauer:	–
Leitung:	Ulrich Kamp
Nutzungsberechtigte:	ca. 504 000
Sendegebiet:	ehemaliges Kabelpilotprojektgebiet
Frequenz/en:	Fernsehen Kabel-Kanal 20 Hörfunk Kabel-Frequenz 105,4 MHz
Netzträger:	Deutsche Bundespost

Neustadt

Anschrift:	Von-Hartmann-Straße 11 a 6730 Neustadt/Weinstraße 1 Telefon 0 63 21 – 78 77
Betreiber/Träger:	Offener Kanal Neustadt/Weinstraße e. V. – Hörfunk und Fernsehen –
Vorsitzender:	Jürgen-Andreas Kaub, Dipl.-Verwaltungswirt
Stellv. Vorsitzende:	Hans Metzger, Konrektor
Beisitzer:	Anton Frey, Direktor der Volkshochschule Neustadt Dietmar Kaimer, Techn. Beamter Wolfram Müller, Gymnasiallehrer
Rechtsgrundlagen:	siehe Offener Kanal Ludwigshafen; Linzenz vom 7. Oktober 1987
Lizenzdauer:	6. Dezember 1987 bis 5. Dezember 1990
Leitung:	(vom Vereinsvorstand wahrgenommen)
Nutzungsberechtigte:	50 120
Sendegebiet:	Stadtgebiet Neustadt/Weinstraße
Frequenz/en:	Fernseh Kabel-Kanal 20 Hörfunk derzeit via Fernsehsignal
Netzträger:	Deutsche Bundespost

Schifferstadt

Anschrift:	Rehbachstraße 4 6707 Schifferstadt Telefon 0 62 35 – 8 24 29
Betreiber/Träger:	Förderverein Offener Kanal Schifferstadt e. V.
Vorsitzender:	Siegfried Seufert, Sparkassendirektor
Stellv. Vorsitzende:	Hans-Hermann Schade, Architekt
Beisitzer:	Alice Johann, Hausfrau, Mitglied des Rates der Stadt Schifferstadt (CDU-Fraktion) Edwin Mayer, Kaufmann, Mitglied des Rates der Stadt Schifferstadt (CDU-Fraktion) Fritz Obermann, Angestellter, Mitglied des Rates der Stadt Schifferstadt (SPD-Fraktion)
Geschäftsführer:	Manfred Scharfenberger
Rechtsgrundlagen:	siehe Offener Kanal Ludwigshafen; Lizenz vom 29. März 1988
Lizenzdauer:	31. Juli 1988 bis 30. Juli 1991
Leitung:	Manfred Scharfenberger
Nutzungsberechtigte:	17 322
Sendegebiet:	Stadtgebiet Schifferstadt
Frequenz/en:	Fernseh Kabel-Kanal 20 Hörfunk derzeit via Fernsehsignal
Netzträger:	Deutsche Bundespost

VII. Urteile, Verträge, Satzungen, Gesetze

1. Zum rechtlichen Status Offener Kanäle – Eine Vorbemerkung

Otfried Jarren, Universität Hamburg

Generell: Rundfunk ist Ländersache und die Länder sind – das hat das Bundesverfassungsgericht auch in seinem 4. Rundfunkurteil 1986 erneut bestätigt – für die Zulassung und Kontrolle privaten Rundfunks auf der Basis von zu erlassenden (Landes)Gesetzen zuständig. Innerhalb dieser Gesetze sind u. a. auch Vorkehrungen zu treffen, die sicherstellen, daß das Rundfunkprogrammangebot hinreichend vielfältig ist. Entsprechend diesen Vorgaben haben die meisten Bundesländer Landesmediengesetze erlassen.

Aufgrund technischer Notwendigkeiten (u. a. Regelungen bei der Verbreitung von Satellitenprogrammen), ökonomischer Zwänge (u. a. Schaffung von vergleichbaren Voraussetzungen für private Hörfunk- und Fernsehanbieter) und politischer Notwendigkeiten (u. a. Erhaltung der Rundfunkkompetenz für die Bundesländer) waren die Bundesländer gezwungen – relativ – einheitliche Rahmenbedingungen für die Verbreitung privaten Rundfunks in der Bundesrepublik zu schaffen. Dieser Regelungsversuch liegt in Form eines ›Staatsvertrags‹ vor.

Die Schwierigkeiten bei der Aushandlung dieses Staatsvertrags ergaben sich vor allem aufgrund eines Problems: Schaffung von – auch langfristig funktionsfähigen – Rahmenbedingungen für eine duale Rundfunkstruktur, die sowohl dem öffentlich-rechtlichen Rundfunk gerecht wird (sog. »Bestands- und Entwicklungsgarantie«) und auch dem privaten Rundfunk ähnliche Entfaltungsmöglichkeiten bietet wie dem öffentlich-rechtlichen (also möglichst gleiche Zulassungsbedingungen in den einzelnen Bundesländern).

Mit dem vorliegenden Staatsvertrag liegt ein derartiger Regelungsversuch vor, der jedoch noch viele Unklarheiten beinhaltet. Wichtig aber ist eines: Die Behandlung der »Offenen Kanäle« zeigt abermals an, daß sich die Leidenschaft für diese Form der Kommunikation in Grenzen hält.

»Offene Kanäle« wurden und werden vielfach als »Vielfaltsreserve« für die Durchsetzung des privaten Rundfunks betrachtet. Die bisherige medienpolitische und medienrechtliche Diskussion bestätigt dies, sieht man einmal von dem noch mit der Idee der Kabelpilotprojekte stark verknüpften Experimentierfeld »Kabelpilotprojekt Dortmund«, ab.

Da nach dem 4. Rundfunkurteil des Bundesverfassungsgerichts, das die Spielräume für die Landesgesetzgeber zur Zulassung privaten Rundfunks in der Bundesrepublik erheblich erweiterte (nach dem Urteil von 1981), die Vielfaltsanforderungen an den privaten Rundfunk recht gering sein dürfen, entfällt damit mehr und mehr auch die rechtliche – und erst recht die politische – Notwendigkeit für die Errichtung »Offener Kanäle«.

So nimmt es nicht wunder, daß die Landesgesetzgeber bereits im Vorfeld der Verfassungsgerichtsentscheidung dem Aspekt »Offene Kanäle« nur noch geringe Bedeutung beimaßen. Es lassen sich drei unterschiedliche Reaktionsformen festmachen:

Zum Ersten: Es wird auf Regelungen zugunsten »Offener Kanäle« ganz verzichtet (Bayern, Baden-Württemberg, Niedersachsen).

Zum Zweiten: Es wurden Regelungen getroffen, bei denen schon aufgrund gemachter Erfahrungen und gefundener formaler Regelungen zu erwarten steht, daß diese »Offene Kanäle« scheitern oder vor großen Problemen stehen werden.

Zum Dritten: Es wurden Regelungen getroffen, in denen »Offene Kanäle« eher als Experiment denn als notwendige Einrichtung festgeschrieben werden. Beispiel: Die Regelungen zu den »Offenen Kanälen« in Nordrhein-Westfalen müssen im Kontext mit den Lokalfunküberlegungen gesehen werden. Dem Lokalfunk wird explizit eine lokal-publizistische Funktion zuerkannt, nicht aber den kabelgebundenen »Offenen Kanälen«.

Der deutlich geringer gewordene rechtliche Druck und das ohnehin geringe politische Interesse zur Errichtung »Offener Kanäle« könnten zur Folge haben, daß diese zur Marginalie in der Rundfunklandschaft werden.

Andererseits: Grundsätzlich ist die Finanzierung »Offener Kanäle« aus dem Gebührenaufkommen jetzt möglich. Zumindest in Ländern, die Mut zum Experiment zeigen, kann die Chance genutzt werden. Gebührenfinanzierte »Offene Kanäle«, angesiedelt zwischen privaten und öffentlich-rechtlichem Rundfunk, müssen aber einiges an »Leistung« erbringen, um auf Dauer anerkannt zu werden.

Eine – auch von den Theoretikern »Offener Kanäle« verbal vorzunehmende – neue Funktionsbestimmung für »Offene Kanäle« ist angesagt. M. E. gehört dazu, »Offene Kanäle« als kulturelle Einrichtungen – und weniger als »lokal-politisches Gegen-Medium« – zu begreifen. Dieser Wandel ist nicht nur nötig, um auch in Zukunft Legitimation für »Offene Kanäle« zu erhalten, sondern vorrangig deshalb, weil die Erfahrungen zeigen, daß »Offene Kanäle« von ihren Nutzern faktisch so gesehen werden. Ein nicht unerheblicher Aspekt – auch für Landesgesetzgeber.

2. Rundfunkstaatsvertrag

Inhalt, Begründung und Protokollerklärungen

Staatsvertrag

zur Neuordnung des Rundfunkwesens (Rundfunkstaatsvertrag)

vom 1./3. April 1987 (GVBl. S. 353)

Das Land Baden-Württemberg,
der Freistaat Bayern,
das Land Berlin,
die Freie Hansestadt Bremen,
die Freie und Hansestadt Hamburg,
das Land Hessen,
das Land Niedersachsen,
das Land Nordrhein-Westfalen,
das Land Rheinland-Pfalz,
das Saarland und
das Land Schleswig-Holstein

schließen nachstehenden

Staatsvertrag

Präambel

Dieser Staatsvertrag enthält Regelungen für den öffentlich-rechtlichen und den privaten Rundfunk in einem dualen Rundfunksystem.

Mit der Vermehrung des elektronischen Medienangebots sollen Informationsvielfalt und kulturelles Angebot im deutschsprachigen Raum verstärkt werden. Gleichzeitig müssen beide Rundfunksysteme in der Lage sein, den Anforderungen des künftigen nationalen und internationalen Wettbewerbs zu entsprechen.

Für den öffentlich-rechtlichen Rundfunk sind Bestand und weitere Entwicklung zu gewährleisten. Dazu gehört seine Teilhabe an allen neuen technischen Möglichkeiten zur Verbreitung von Rundfunkprogrammen und die Erhaltung seiner finanziellen Grundlagen einschließlich des dazugehörigen Finanzausgleichs.

Den privaten Veranstaltern sollen der Aufbau und die Fortentwicklung eines privaten Rundfunksystems ermöglicht werden. Dazu sollen ihnen ausreichende Sendekapazitäten zur Verfügung gestellt und angemessene Einnahmequellen erschlossen werden. Sie sollen dabei ihre über Rundfunksatelliten ausgestrahlten Fernsehprogramme unter Berücksichtigung lokaler und regionaler Beiträge nach Maßgabe des jeweiligen Landesrechts auch über verfügbare terrestrische Fernsehfrequenzen verbreiten können, die bundesweit möglichst gleichgewichtig aufgeteilt werden sollen.

Artikel 1

Nutzung der Satellitentechnik

(1) Drei Fernsehkanäle auf einem von der Deutschen Bundespost zur Verfügung gestellten Rundfunksatelliten können aufgrund von Staatsverträgen zwischen Ländern nach Länderquoten von verschiedenen privaten Veranstaltern genutzt werden.

(2) Für die Länderquoten nach Absatz 1 wird von folgender Aufteilung für drei Fernsehkanäle jeweils in Prozenten ausgegangen: Baden-Württemberg 35, Bayern 40, Berlin 20, Bremen 10, Hamburg 15, Hessen 30, Niedersachsen 35, Nordrhein-Westfalen 60, Rheinland-Pfalz 25, Saarland 10, Schleswig-Holstein 20. Der Aufteilung nach Länderquoten entsprechen die bisher abgeschlossenen Staatsverträge zwischen einzelnen Ländern.

(3) Der Fernsehkanal, über dessen Nutzung durch private Veranstalter bei Unterzeichnung dieses Staatsvertrages noch kein besonderer Staatsvertrag zwischen einzelnen Ländern abgeschlossen ist, steht bis zu einer derartigen Nutzung dem Zweiten Deutschen Fernsehen (ZDF) für das in Artikel 2 Absatz 2 genannte Programm zur Verfügung. Das ZDF kann dieses Programm auch über andere Satelliten verbreiten.

(4) Der vierte Fernsehkanal steht den in der Arbeitsgemeinschaft der öffentlich-rechtlichen Rundfunkanstalten der Bundesrepublik Deutschland (ARD) zusammengeschlossenen Landesrundfunkanstalten für das in Artikel 2 Absatz 1 genannte Programm zur Verfügung. Die in der ARD zusammengeschlossenen Landesrundfunkanstalten können dieses Programm auch über andere Satelliten verbreiten. Solange nicht auf einem Kanal ganztägig digitaler Hörfunk verbreitet wird, wird der vierte Fernsehkanal mindestens in der Zeit von 1 Uhr bis 18 Uhr für die digitale Übertragung von 15 Hörfunkprogrammen in Stereoqualität und zwei Hörfunkprogrammen in Monoqualität genutzt. Jedes Land erhält einen Kanl in Stereoqualität, außerdem das Land Berlin und der Deutschlandfunk je einen Kanal in Monoqualität; die Länder Nordrhein-Westfalen, Bayern, Baden-Württemberg und Niedersachsen erhalten je einen weiteren Kanal in Stereoqualität. Die Ministerpräsidenten können feststellen, daß Hörfunkkanäle nach Satz 4 nicht genutzt werden; in diesem Fall erhalten zunächst Berlin und der Deutschlandfunk statt der Kanäle in Monoqualität je einen Kanal in Stereoqualität und danach die Länder Hessen, Rheinland-Pfalz, Schleswig-Holstein, Hamburg, Saarland und Bremen in dieser Reihenfolge jeweils einen der nicht genutzten Kanäle.

(5) Der fünfte Kanal steht dem ZDF für das in Artikel 2 Absatz 2 genannte Programm zur Verfügung, wenn die Fernsehkanäle nach Absatz 1 an drei private Veranstalter vergeben sind. Absatz 3 Satz 2 gilt auch in diesem Fall.

(6) Werden Kanäle nicht nach den Absätzen 1 bis 5 genutzt oder benötigt, können die Ministerpräsidenten über eine andere Nutzung entscheiden.

(7) Für die künftige Zuordnung von Kanälen für Rundfunkzwecke auf anderen Satelliten werden die Ministerpräsidenten Verfahrensgrundsätze vereinbaren.

Artikel 2

Weitere Fernsehprogramme für ARD und ZDF

(1) Die in der ARD zusammengeschlossenen Landesrundfunkanstalten sind ermächtigt und verpflichtet, über Satelliten gemeinsam ein zusätzliches Fernsehprogramm mit kulturellem Schwerpunkt zu veranstalten; dabei können ausländische Veranstalter aus den europäischen Ländern beteiligt werden.

(2) Das ZDF ist ermächtigt und verpflichtet, über Satelliten ein zusätzliches Fernsehprogramm mit kulturellem Schwerpunkt zu veranstalten; dabei können ausländische Veranstalter aus den europäischen Ländern beteiligt werden.

(3) Soweit dieser Staatsvertrag nichts anderes bestimmt, finden auf das Programm nach Absatz 1 das Länderabkommen über die Koordinierung des Ersten Fernsehprogramms und auf

das Programm nach Absatz 2 der Staatsvertrag über die Errichtung der Anstalt des öffentlichen Rechts »Zweites Deutsches Fernsehen« (ZDF-Staatsvertrag) Anwendung.

(4) Die in der ARD zusammengeschlossenen Landesrundfunkanstalten und das ZDF können sich an einem von europäischen Rundfunkveranstaltern ausgestrahlten Fernsehprogramm beteiligen, wenn ihr Programmanteil einen nicht erheblichen Umfang am Gesamtprogramm hat und das Programm keine auf die Bundesrepublik Deutschland abzielende Werbung enthält.

(5) Weitere bundesweit verbreitete gemeinsame Fernsehprogramme der in der ARD zusammengeschlossenen Landesrundfunkanstalten und des ZDF sind nur auf der Grundlage besonderer staatsvertraglicher Vereinbarungen aller Länder zulässig.

Artikel 3

Finanzierung des öffentlich-rechtlichen Rundfunks

(1) Für die in der ARD zusammengeschlossenen Landesrundfunkanstalten und das ZDF ist die Rundfunkgebühr weiterhin die vorrangige Finanzierungsquelle. Der Finanzausgleich unter den Landesrundfunkanstalten bleibt Bestandteil des Finanzierungssystems der ARD; er hat insbesondere eine funktionsgerechte Aufgabenerfüllung der Anstalten Saarländischer Rundfunk, Radio Bremen und Sender Freies Berlin sicherzustellen. Der Umfang der Finanzausgleichsmasse und ihre Anpassung an die Rundfunkgebühr bestimmen sich nach einem besonderen Staatsvertrag über einen Finanzausgleich zwischen den Rundfunkanstalten. Das Bereithalten eines Rundfunkempfangsgeräts begründet auch künftig die Rundfunkgebührenpflicht.

(2) Werbung im öffentlich-rechtlichen Rundfunk ist vom übrigen Rundfunkprogramm deutlich zu trennen und als solche zu kennzeichnen. Sie darf das übrige Rundfunkprogramm inhaltlich nicht beeinflussen. Werbung, die sich auch an Kinder oder Jugendliche richtet, darf nicht deren Unerfahrenheit ausnutzen.

(3) Fernsehwerbung darf nur in Blöcken verbreitet werden. Fernsehsendungen von mehr als 60 Minuten Dauer dürfen zu einer im voraus angegebenen Zeit einmal Werbeeinschaltungen enthalten; dies gilt auch bei Unterteilungen der Sendungen. Für Sportsendungen können die für die Programmaufsicht zuständigen Gremien der Rundfunkanstalten Ausnahmen von Satz 2 gestatten.

(4) Die in der ARD zusammengeschlossenen Landesrundfunkanstalten haben in dem von ihnen veranstalteten Ersten Fernsehprogramm außerdem die gleichen Verpflichtungen einzuhalten, wie sie in § 22 Absatz 3 des ZDF-Staatsvertrages und der dort vorgesehenen Vereinbarung der Ministerpräsidenten dem ZDF auferlegt worden sind. In anderen bundesweit verbreiteten Fernsehprogrammen der in der ARD zusammengeschlossenen Landesrundfunkanstalten und des ZDF findet Werbung nicht statt. Artikel 5 bleibt unberührt.

(5) Der am 1. Januar 1987 bestehende zeitliche Umfang der Werbung in den Dritten Fernsehprogramm, ihre tageszeitliche Begrenzung auf die Zeit vor 20 Uhr, die Beschränkung auf Werktage und die Verbreitungsgebiete werden beibehalten. Der Hessische Rundfunk wird die Werbung im Dritten Fernsehprogramm einstellen, sobald ihm die Mittel für das vierte Hörfunkprogramm im Rahmen der Gebührenfinanzierung zur Verfügung stehen. Artikel 5 bleibt unberührt.

(6) Der am 1. Januar 1987 geltende zeitliche Umfang der Werbung im Hörfunk, ihre tageszeitliche Begrenzung, die Beschränkung auf Werktage und die Verbreitungsgebiete werden beibehalten. Die Länder sind abweichend von Satz 1 jeweils berechtigt, den Landesrundfunkanstalten bis zu 90 Minuten werktäglich im Jahresdurchschnitt Werbung im Hörfunk einzuräumen. Artikel 5 bleibt unberührt.

(7) Sendungen, die ein Dritter finanziell fördert (Sponsor), sind in der bisherigen Weise gestattet, wenn sie nicht den wirtschaftlichen Interessen des Sponsors oder eines anderen dienen.

(8) Die in der ARD zusammengeschlossenen Landesrundfunkanstalten und das ZDF erlassen Richtlinien zur Durchführung der Absätze 2, 3 und 7.

Artikel 4

Feststellung des Finanzbedarfs des öffentlich-rechtlichen Rundfunks

(1) Der Finanzbedarf des öffentlich-rechtlichen Rundfunks wird regelmäßig entsprechend den Grundsätzen von Wirtschaftlichkeit und Sparsamkeit geprüft und mindestens alle zwei Jahre festgestellt.

(2) Bei der Ermittlung des Finanzbedarfs sind insbesondere zugrunde zu legen

1. die wettbewerbsfähige Fortführung der bestehenden Hörfunk- und Fernsehprogramme, die durch Landesgesetz jeweils bestimmten neuen Hörfunkprogramme sowie die Fernsehprogramme nach Artikel 2,
2. die Teilhabe an den neuen rundfunktechnischen Möglichkeiten,
3. die allgemeine Kostenentwicklung und die besondere Kostenentwicklung im Medienbereich,
4. die Entwicklung der Werbeeinnahmen und der sonstigen Einnahmen.

(3) Unter Berücksichtigung des bisherigen Verfahrens soll bei der Ermittlung des Finanzbedarfs ein hoher Grad der Objektivierbarkeit erreicht werden.

(4) Über eine Anpassung der Rundfunkgebühr wird jeweils anschließend an die Feststellung des Finanzbedarfs entschieden. Artikel 5 bleibt unberührt.

Artikel 5

Änderung der Werbung im öffentlich-rechtlichen Rundfunk

Die Ministerpräsidenten können Änderungen der Gesamtdauer der Werbung und der tageszeitlichen Begrenzung der Werbung im öffentlich-rechtlichen Rundfunk vereinbaren. Werben private Veranstalter an Sonn- und Feiertagen, so lassen die Ministerpräsidenten auch für den öffentlich-rechtlichen Rundfunk die Werbung an diesen Tagen zu, wenn und soweit unter Zugrundelegung der Werbeeinnahmen des Vorjahres und unter Berücksichtigung der zu erzielenden Einnahmen aus der Werbung an Sonn- und Feiertagen zu erwarten ist, daß die Änderung einnahmeneutral sein wird; sie hören hierzu Sachverständige.

Artikel 6

Finanzierung besonderer Aufgaben

(1) Ein zusätzlicher Anteil an der einheitlichen Rundfunkgebühr in Höhe von 2 vom Hundert kann für die Finanzierung folgender Aufgaben verwendet werden:

1. die Zulassungs- und Aufsichtsfunktionen der für private Veranstalter nach Landesrecht zuständigen Stellen,
2. die Förderung offener Kanäle,
3. die Förderung von landesrechtlich gebotener technischer Infrastruktur zur terrestrischen Versorgung des gesamten Landes für den Zeitraum von 4 Jahren ab Inkrafttreten dieses Staatsvertrages.

(2) Soweit der Anteil nach Absatz 1 nicht in Anspruch genommen wird, steht er den jeweiligen Landesrundfunkanstalten zu. Eine landesgesetzliche Zweckbestimmung ist zulässig.

(3) Eine Finanzierung privater Veranstalter aus der Rundfunkgebühr ist unzulässig. Absatz 1 bleibt unberührt.

Artikel 7

Zulassung und Finanzierung des privaten Rundfunks

(1) Private Veranstalter bedürfen zur Veranstaltung von Rundfunkprogrammen einer Zulassung. Sie wird von den nach Landesrecht zuständigen Stellen erteilt.

(2) Die Finanzierung privater Rundfunkveranstalter erfolgt vorrangig durch Einnahmen aus Werbung und durch Entgelte.

(3) Die Werbung darf 20 vom Hundert der täglichen Sendezeit nicht überschreiten.

(4) Werbung ist vom übrigen Rundfunkprogramm deutlich zu trennen und als solche zu kennzeichnen. Sie darf das übrige Rundfunkprogramm inhaltlich nicht beeinflussen.

(5) Werbung, die sich auch an Kinder oder Jugendliche richtet, darf nicht deren Unerfahrenheit ausnutzen.

(6) Fernsehwerbung darf nur in Blöcken verbreitet werden. Fernsehsendungen von mehr als 60 Minuten Dauer dürfen zu einer im voraus angegebenen Zeit einmal Werbeeinschaltungen enthalten; dies gilt auch bei Unterteilungen der Sendungen. Für Sportsendungen kann die für die Zulassung des Veranstalters nach Landesrecht zuständige Stelle Ausnahmen von Satz 2 gestatten.

(7) Sendungen, die ein Dritter finanziell fördert (Sponsor) und deren Inhalt nicht im unmittelbaren Zusammenhang mit den wirtschaftlichen Interessen des Sponsors oder eines anderen steht, sind neben der Werbung zulässig. Sie dürfen nicht mißbräuchlich politischen oder weltanschaulichen Interessen dienen. Andere Sendungen dürfen durch die Sponsorsendungen nicht unterbrochen werden; die Sponsorsendungen dürfen nicht durch Werbung unterbrochen werden. Der Name des Sponsors ist am Anfang und am Ende der Sendung anzugeben. Absatz 4 gilt entsprechend.

(8) Die für private Veranstalter nach Landesrecht zuständigen Stellen erlassen gemeinsame Richtlinien zur Durchführung der Absätze 3 bis 7.

Artikel 8

Sicherung der Meinungsvielfalt im bundesweit verbreiteten privaten Rundfunk

(1) Im privaten Rundfunk ist inhaltlich die Vielfalt der Meinungen im wesentlichen zum Ausdruck zu bringen. Die bedeutsamen politischen, weltanschaulichen und gesellschaftlichen Kräfte und Gruppen müssen in den Vollprogrammen angemessen zu Wort kommen; Auffassungen von Minderheiten sind zu berücksichtigen. Die Möglichkeit, Programme mit gleichartigen Nutzungsinhalten (Spartenprogramme) anzubieten, bleibt hiervon unberührt.

(2) Solange nicht mindestens drei im Geltungsbereich des Grundgesetzes veranstaltete private Vollprogramme von verschiedenen Veranstaltern bundesweit verbreitet werden, ist jedes der Rundfunkprogramme zur Meinungsvielfalt nach Absatz 1 verpflichtet. Wenn mindestens drei derartige Rundfunkprogramme bundesweit verbreitet werden, wird davon ausgegangen, daß das Gesamtangebot dieser Rundfunkprogramme den Anforderungen an die Meinungsvielfalt entspricht. Dies gilt nicht, wenn und solange die für diese Rundfunkprogramme nach Landesrecht zuständigen Stellen übereinstimmend feststellen, daß die Anforderungen an die Meinungsvielfalt durch das Gesamtangebot dieser Rundfunkprogramme nicht erfüllt sind; in diesem Fall ist jedes der Rundfunkprogramme zur Meinungsvielfalt nach Absatz 1 verpflichtet.

(3) Ein einzelnes Programm darf die Bildung der öffentlichen Meinung nicht in hohem Maße ungleichgewichtig beeinflussen.

(4) Die für die Zulassung des Veranstalters nach Landesrecht zuständige Stelle soll darauf hinwirken, daß an Veranstaltergemeinschaften auch Interessenten mit kulturellen Programmbeiträgen beteiligt werden. Ein Rechtsanspruch auf Beteiligung besteht nicht.

(5) Ein Veranstalter darf im Geltungsbereich des Grundgesetzes bundesweit jeweils nur ein Vollprogramm und ein Spartenprogramm im Hörfunk und im Fernsehen verbreiten; dabei sind auch anderweitige deutschsprachige Programme des Veranstalters einzubeziehen, die bundesweit ortsüblich empfangbar sind. In diesen Programmen sind regionale Programmteile (Fensterprogramme) nach Maßgabe des jeweiligen Landesrechts zulässig. Einem Veranstalter ist zuzurechnen, wer zu ihm oder zu einem an einer Veranstaltergemeinschaft Beteiligten im Verhältnis eines verbundenen Unternehmens im Sinne von § 15 Aktiengesetz steht oder sonst auf seine Programmgestaltung allein oder gemeinsam mit anderen maßgeblich einwirken kann oder wer unter einem entsprechenden Einfluß eines anderen Veranstalters oder einer Veranstaltergemeinschaft steht. Der Einfluß gilt als nicht maßgeblich, wenn er sich auf unter 25 vom Hundert der Kapital- und Stimmrechtsanteile oder des Programms beschränkt und kein anderer Fall nach Satz 3 vorliegt.

(6) Wenn die Voraussetzungen des Absatzes 2 Satz 1 vorliegen, hat der Veranstalter durch geeignete Vorkehrungen – wie einen Programmbeirat mit wirksamem Einfluß auf das Rundfunkprogramm – zu gewährleisten, daß eine vorherrschende Einwirkung auf die Meinungsbildung durch bundesweiten privaten Rundfunk ausgeschlossen ist. Bei einem von einer Veranstaltergemeinschaft veranstalteten Programm bedarf es solcher Vorkehrungen nicht, wenn durch Vertrag oder Satzung ein vorherrschender Einfluß eines der Beteiligten mit mehr als 50 vom Hundert der Kapital- und Stimmrechtsanteile ausgeschlossen ist.

(7) Die Absätze 1 bis 6 gelten nur für bundesweit verbreiteten privaten Rundfunk. Bestimmungen des Landes, in dem die Zulassung nach Artikel 7 Absatz 1 erteilt wird, mit weitergehenden Anforderungen an die Sicherung der Meinungsvielfalt bleiben unberührt.

Artikel 9

Programmgrundsätze für bundesweit verbreiteten privaten Rundfunk

(1) Für die Rundfunkprogramme gilt die verfassungsmäßige Ordnung. Die Rundfunkprogramme haben die Würde des Menschen sowie die sittlichen, religiösen und weltanschaulichen Überzeugungen anderer zu achten. Sie sollen die internationale Verständigung fördern. Die Vorschriften der allgemeinen Gesetze und die gesetzlichen Bestimmungen zum Schutz der persönlichen Ehre sind einzuhalten.

(2) Die Rundfunkvollprogramme sollen zur Darstellung der Vielfalt im deutschsprachigen und europäischen Raum mit einem angemessenen Anteil an Information, Kultur und Bildung beitragen; die Möglichkeit, Spartenprogramme anzubieten, bleibt hiervon unberührt. Die Rundfunkvollprogramme sollen einen wesentlichen Anteil an Eigen- und Auftragsproduktionen einschließlich Gemeinschaftsproduktionen aus dem deutschsprachigen und europäischen Raum enthalten.

(3) Informationssendungen haben den anerkannten journalistischen Grundsätzen zu entsprechen. Sie müssen unabhängig und sachlich sein. Nachrichten sind vor ihrer Verbreitung mit der nach den Umständen gebotenen Sorgfalt auf Wahrheit und Herkunft zu prüfen. Kommentare sind von der Berichterstattung deutlich zu trennen und unter Nennung des Verfassers als solche zu kennzeichnen.

(4) Bei Meinungsumfragen, die im Rundfunk durchgeführt werden, ist ausdrücklich anzugeben, ob sie repräsentativ angelegt sind und ein entsprechend abgesichertes Meinungsbild wiedergeben.

(5) Den evangelischen Kirchen, der katholischen Kirche und den jüdischen Gemeinden sind auf Wunsch angemessene Sendezeiten zur Übertragung religiöser Sendungen einzuräumen; die Veranstalter können die Erstattung ihrer Selbstkosten verlangen. Politische Parteien oder Vereinigungen, für die ein Wahlvorschlag zum Deutschen Bundestag oder zum Europäischen Parlament zugelassen ist, erhalten zur Vorbereitung der Wahlen angemessene Sendezeiten entsprechend § 5 Absätze 1 bis 3 des Parteiengesetzes; sie sind bei einer Kostenerstattung gemäß dem Umfang der jeweiligen Sendungen gleichzubehandeln.

(6) Die Absätze 1 bis 5 gelten nur für bundesweit verbreiteten privaten Rundfunk.

Artikel 10

Unzulässige Sendungen, Jugendschutz

(1) Sendungen sind unzulässig, wenn sie

1. zum Rassenhaß aufstacheln oder grausame oder sonst unmenschliche Gewalttätigkeiten gegen Menschen in einer Art schildern, die eine Verherrlichung oder Verharmlosung solcher Gewalttätigkeiten ausdrückt oder die das Grausame oder Unmenschliche des Vorgangs in einer die Menschenwürde verletzenden Weise darstellt (§ 131 StGB),
2. den Krieg verherrlichen,
3. pornographisch sind (§ 184 StGB),
4. offensichtlich geeignet sind, Kinder oder Jugendliche sittlich schwer zu gefährden.

(2) Sendungen, die geeignet sind, das körperliche, geistige oder seelische Wohl von Kindern oder Jugendlichen zu beeinträchtigen, dürfen nicht verbreitet werden, es sei denn, der Veranstalter trifft aufgrund der Sendezeit oder auf andere Weise Vorsorge, daß Kinder oder Jugendliche der betroffenen Altersstufen die Sendungen üblicherweise nicht wahrnehmen; der Veranstalter darf dies bei Sendungen zwischen 23 und 6 Uhr annehmen. Filme, die nach dem Gesetz zum Schutze der Jugend in der Öffentlichkeit für Jugendliche unter 16 Jahren nicht freigegeben sind, dürfen nur zwischen 22 und 6 Uhr und Filme, die für Jugendliche unter 18 Jahren nicht freigegeben sind, nur zwischen 23 und 6 Uhr verbreitet werden.

(3) Sendungen, die ganz oder im wesentlichen mit Schriften inhaltsgleich sind, die in die Liste nach § 1 des Gesetzes über die Verbreitung jugendgefährdender Schriften aufgenommen sind, sind nur in der Zeit zwischen 23 und 6 Uhr und nur dann zulässig, wenn die mögliche sittliche Gefährdung von Kindern oder Jugendlichen unter Berücksichtigung aller Umstände nicht als schwer angesehen werden kann.

(4) Die für die Zulassung nach Landesrecht zuständige Stelle kann in Richtlinien oder für den Einzelfall Ausnahmen von den Zeitgrenzen nach Absatz 2 Satz 2 und Absatz 3 gestatten und von der Bewertung nach Absatz 2 Satz 2 und Absatz 3 abweichen. Dies gilt im Falle des Absatz 2 Satz 2 vor allem für Filme, deren Bewertung länger als 15 Jahre zurückliegt.

Artikel 11

Weiterverbreitung bundesweit herangeführter Rundfunkprogramme

(1) Die zeitgleiche und unveränderte Weiterverbreitung von bundesweit herangeführten inländischen Rundfunkprogrammen, die in rechtlich zulässiger Weise veranstaltet werden, ist durch Landesrecht zu ermöglichen.

(2) Die zeitgleiche und unveränderte Weiterverbreitung von bundesweit herangeführten ausländischen Rundfunkprogrammen, die im Herkunftsland in rechtlich zulässiger Weise veranstaltet werden, ist jedenfalls dann durch Landesrecht zu ermöglichen, wenn die Anforderungen an die Veranstaltung von Rundfunkprogrammen nach diesem Staatsvertrag bei entsprechender Anwendung erfüllt sind und auch das Recht der Gegendarstellung oder ein ähnliches Recht gewährleistet ist.

(3) Im übrigen gelten die landesgesetzlichen Bestimmungen insbesondere über die Rangfolge bei der Weiterverbreitung.

Artikel 12

Aufsicht über den privaten Rundfunk

(1) Die für die Zulassung des Veranstalters nach Landesrecht zuständige Stelle überprüft bei und nach der Zulassung die Einhaltung der für die privaten Programmveranstalter geltenden Bestimmungen dieses Staatsvertrages. Sie trifft entsprechend den landesrechtlichen Regelungen die jeweiligen Entscheidungen.

(2) Die für die Zulassung der Veranstalter nach Landesrecht zuständigen Stellen stimmen sich mit dem Ziel einer ländereinheitlichen Verfahrensweise hinsichtlich der Anwendung des Absatzes 1 untereinander ab. Sie sollen gemeinsame Verfahrensgrundsätze festlegen.

(3) Jede nach Landesrecht zuständige Stelle zur Aufsicht über private Veranstalter kann gegenüber der für die Zulassung des Veranstalters zuständigen Stelle nach Absatz 1 beanstanden, daß ein bundesweit verbreitetes Programm gegen die Bestimmungen dieses Staatsvertrages verstößt. Die für die Zulassung zuständige Stelle ist verpflichtet, sich mit der Beanstandung zu befassen und die beanstandende Stelle von der Überprüfung und von eingeleiteten Schritten zu unterrichten.

Artikel 13

Anpassung des Rundfunkgebührenrechts

(1) Der Rundfunkgebührenstaatsvertrag vom 5. Dezember 1974 wird wie folgt geändert:

1. Artikel 6 Absatz 4 erhält folgende Fassung:
   »(4) Die Deutsche Bundespost, die öffentlich-rechtlichen Rundfunkanstalten und die für private Veranstalter nach Landesrecht zuständigen Stellen sind von der Rundfunkgebührenpflicht befreit, soweit sie Rundfunkempfangsgeräte für dienstliche Zwecke bereithalten. Private Rundfunkveranstalter oder -anbieter werden auf Antrag gegen Vorlage ihrer Berechtigung zur Veranstaltung oder zum Anbieten von Rundfunk im Geltungsbereich des Grundgesetzes von der Rundfunkgebührenpflicht befreit, soweit sie Rundfunkempfangsgeräte für betriebliche Zwecke bereithalten.«

2. Artikel 8 erhält folgende Fassung:
   »(1) Das Aufkommen aus der Grundgebühr steht der Landesrundfunkanstalt und in dem im besonderen Staatsvertrag über die Höhe der Rundfunkgebühr bestimmten Umfang der nach Landesrecht zuständigen Stelle zu, in deren Bereich das Rundfunkempfangsgerät zum Empfang bereitgehalten wird.

   (2) Das Aufkommen aus der Fernsehgebühr steht der Landesrundfunkanstalt und in dem im besonderen Staatsvertrag über die Höhe der Rundfunkgebühr bestimmten Umfang der navh Landesrecht zuständigen Stelle, in deren Bereich das Fernsehempfangsgerät zum Empfang bereitgehalten wird, sowie dem ZDF zu. Der Anteil des ZDF nach § 23 Absatz 1 des ZDF-Staatsvertrages errechnet sich aus dem Aufkommen aus der Fernsehgebühr nach Abzug der Anteile der nach Landesrecht zuständigen Stellen.

   (3) Nimmt eine nach Landesrecht zuständige Stelle ihr zustehende Anteile an den Rundfunkgebühren nicht in Anspruch, stehen diese Anteile den Landesrundfunkanstalten zu.

   (4) Die Rundfunkgebühren sind an die zuständige Landesrundfunkanstalt als Schickschuld zu entrichten. Die Landesrundfunkanstalten können eine andere Stelle mit der Einziehung beauftragen; diese Stelle ist in den amtlichen Verkündungsblättern der Länder öffentlich bekanntzumachen. Die Landesrundfunkanstalten oder die von ihnen beauftragte Stelle führen die Anteile, die dem ZDF und den nach Landesrecht zuständigen Stellen zustehen, an diese ab. Die Kosten des Gebühreneinzugs tragen die Landesrundfunkanstalten, das ZDF und die nach Landesrecht zuständigen Stellen entsprechend ihren Anteilen.

   (5) Ist eine Rundfunkgebühr ohne rechtlichen Grund entrichtet worden, hat derjenige, auf dessen Rechnung die Zahlung bewirkt worden ist, gegen die zuständige Landesrundfunk-

anstalt einen Anspruch auf Erstattung des entrichteten Betrages. Der Erstattungsanspruch verjährt mit Ende des vierten Jahres, das auf das Jahr folgt, in dem der Anspruch entstanden ist. Das ZDF und die nach Landesrecht zuständigen Stellen haben die auf sie entfallenden Anteile des Erstattungsbetrages an die zuständige Landesrundfunkanstalt abzuführen.

(6) Bescheide über rückständige Rundfunkgebühren werden im Verwaltungszwangsverfahren vollstreckt. Ersuchen um Vollstreckungshilfe gegen Gebührenschuldner, die in anderen Ländern ihren Wohnsitz oder ständigen Aufenthaltsort haben, können von der Landesrundfunkanstalt, an die die Gebühr zu entrichten ist, unmittelbar an die für den Wohnsitz oder ständigen Aufenthaltsort zuständige Vollstreckungsbehörde gerichtet werden.«

(2) Der Staatsvertrag über die Höhe der Rundfunkgebühr und zur Änderung des Staatsvertrages über einen Finanzausgleich zwischen den Rundfunkanstalten vom 6. Juli/26. Oktober 1982 wird wie folgt geändert:

1. Artikel 1 enthält folgende Fassung:
»Die Rundfunkgebühr wird wie folgt festgesetzt:
Die Grundgebühr beträgt monatlich 5,15 DM,
die Fernsehgebühr monatlich 11,44 DM.«

2. Artikel 2 erhält folgende Fassung:
»Die Landesrundfunkanstalten haben jährlich den Betrag von 52,125 Millionen DM von der ihnen zustehenden Grundgebühr an den Deutschlandfunk abzuführen. Die Anteile dieser Rundfunkanstalten bemessen sich nach dem zum Zeitpunkt des Inkrafttretens dieses Staatsvertrages geltenden Grundgebührenschlüssel.«

3. Artikel 3 erhält folgende Fassung:
»(1) Die Höhe des Anteils der nach Landesrecht zuständigen Stellen beträgt 2 vom Hundert des Aufkommens aus der Grundgebühr und 2 vom Hundert des Aufkommens aus der Fernsehgebühr. Aus dem jährlichen Gesamtaufkommen des Anteils aller nach Landesrecht zuständigen Stellen erhält jede nach Landesrecht zuständige Stelle vorab einen Sockelbetrag von 500 000 DM. Das verbleibende Aufkommen steht den einzelnen nach Landesrecht zuständigen Stellen im Verhältnis des Aufkommens in ihren Ländern zu.

(2) Die nach Landesrecht zuständigen Stellen erhalten auf Anforderung von ihrer zuständigen Landesrundfunkanstalt jeweils zur Mitte eines Kalendervierteljahres angemessene Abschlagszahlungen. Die Schlußzahlung für ein Kalenderjahr ist spätestens sechs Monate nach Ablauf des Kalenderjahres zu leisten.«

(3) Die Änderungen nach Absatz 1 Nummer 2 und Absatz 2 gelten ab 1. Januar 1988 zunächst bis zum 31. Dezember 1988. Sie gelten ab 1. Januar 1989 bei einer Änderung des besonderen Staatsvertrages über die Höhe der Rundfunkgebühr aufgrund der nächsten Rundfunkgebührenerhöhung fort.

(4) Die Kündigungen des Rundfunkgebührenstaatsvertrages und des Vertragsverhältnisses nach dem Ersten Abschnitt des Staatsvertrages über die Höhe der Rundfunkgebühr und zur Änderung des Staatsvertrages über einen Finanzausgleich zwischen den Rundfunkanstalten durch die Länder Baden-Württemberg, Bayern, Niedersachsen und Rheinland-Pfalz zum 31. Dezember 1987 sind mit Unterzeichnung dieses Rundfunkstaatsvertrages aufgehoben.

Artikel 14

Kündigung

(1) Dieser Staatsvertrag gilt für unbestimmte Zeit; Artikel 13 Absatz 3 bleibt unberührt. Der Staatsvertrag kann von jedem der vertragschließenden Länder zum Schluß des Kalenderjahres mit einer Frist von einem Jahr gekündigt werden. Die Kündigung kann erstmals zum 31. De-

zember 1998 erfolgen. Wird der Staatsvertrag zu diesem Termin nicht gekündigt, kann die Kündigung mit gleicher Frist jeweils zu einem vier Jahre späteren Termin erfolgen. Die Kündigung ist gegenüber dem Vorsitzenden der Ministerpräsidentenkonferenz schriftlich zu erklären. Kündigt ein Land diesen Staatsvertrag, kann es zugleich den Rundfunkgebührenstaatsvertrag und den Staatsvertrag über die Höhe der Rundfunkgebühr zum gleichen Zeitpunkt kündigen; jedes andere Land kann daraufhin innerhalb von sechs Monaten nach Eingang der Kündigungserklärung dementsprechend ebenfalls zum gleichen Zeitpunkt kündigen. Zwischen den übrigen Ländern bleiben diese Staatsverträge in Kraft.

(2) Im Falle der Kündigung verbleibt es bei der vorgenommenen Aufteilung der Kanäle, solange für diese Kanäle noch Berechtigungen bestehen.

(3) Artikel 3 Absätze 4 bis 6 kann von jedem der vertragschließenden Länder auch gesondert zum Schluß des Kalenderjahres, das auf die Feststellung des Finanzbedarfs des öffentlich-rechtlichen Rundfunks gemäß Artikel 4 folgt, mit einer Frist von einem Jahr gekündigt werden, wenn der besondere Staatsvertrag über die Höhe der Rundfunkgebühr nicht nach der Feststellung des Finanzbedarfs gemäß Artikel 4 aufgrund einer Rundfunkgebührenerhöhung geändert wird. Die Kündigung kann erstmals zum 31. Dezember 1990 oder bei einer Änderung des besonderen Staatsvertrages über die Höhe der Rundfunkgebühr aufgrund einer Rundfunkgebührenerhöhung zum 1. Januar 1989 erstmals zum 31. Dezember 1992 erfolgen. Wird Artikel 3 Absätze 4 bis 6 zu einem dieser Termine nicht gekündigt, kann die Kündigung mit gleicher Frist jeweils zu einem vier Jahre späteren Termin erfolgen. Die Kündigung ist gegenüber dem Vorsitzenden der Ministerpräsidentenkonferenz schriftlich zu erklären. Kündigt ein Land, kann jedes Land innerhalb von drei Monaten nach Eingang der Kündigungserklärung den Rundfunkgebührenstaatsvertrag und den Staatsvertrag über die Höhe der Rundfunkgebühr zum gleichen Zeitpunkt kündigen. In diesem Fall kann jedes Land außerdem innerhalb weiterer drei Monate nach Eingang der Kündigungserklärung nach Satz 5 die Artikel 3 Absatz 1 Satz 4 sowie Artikel 4 und 5 hinsichtlich einzelner oder sämtlicher Bestimmungen zum gleichen Zeitpunkt kündigen. Zwischen den übrigen Ländern bleiben die gekündigten Bestimmungen dieses Staatsvertrages und die in Satz 5 angegebenen Staatsverträge in Kraft.

(4) Für die Länder, die durch Kündigung aus diesem Staatsvertrag ganz oder teilweise ausscheiden, gelten für die Werbung die staatsvertraglichen oder aufgrund von Staatsverträgen vereinbarten Regelungen, die vor Inkrafttreten dieses Staatsvertrages maßgebend waren. Bis zum Ausscheiden getroffene Vereinbarungen nach Artikel 5 für die Werbung im Fernsehen gelten fort. Artikel 2 bleibt im Falle der Kündigung einzelner Länder unberührt.

Artikel 15

Regelung für Bayern

Der Freistaat Bayern ist berechtigt, eine Verwendung des Anteils an der Rundfunkgebühr nach Artikel 6 zur Finanzierung der landesgesetzlich bestimmten Aufgaben der Bayerischen Landeszentrale für neue Medien im Rahmen der öffentlich-rechtlichen Trägerschaft vorzusehen. Im übrigen finden die für private Veranstalter geltenden Bestimmungen dieses Staatsvertrages auf Anbieter nach bayerischem Recht entsprechende Anwendung.

Artikel 16

Geltungsbereich, Inkrafttreten

(1) Soweit dieser Staatsvertrag keine anderweitigen Regelungen für die Veranstaltung und Verbreitung von Rundfunkprogrammen enthält oder zuläßt, sind die für die jeweilige Rundfunkanstalt oder den jeweiligen privaten Veranstalter geltenden landesrechtlichen Vorschriften anzuwenden.

(2) Für die in der ARD zusammengeschlossenen Landesrundfunkanstalten und das ZDF gelten Artikel 9 Absatz 4 und Artikel 10 entsprechend. Im Fall des Artikel 10 Absatz 4 entscheidet die Rundfunkanstalt.

(3) Dieser Staatsvertrag tritt am 1. Dezember 1987 in Kraft. Sind bis zum 30. November 1987 nicht alle Ratifikationsurkunden bei der Staatskanzlei des Vorsitzenden der Ministerpräsidentenkonferenz hinterlegt, wird der Staatsvertrag gegenstandslos.

(4) Die Staatskanzlei des Vorsitzenden der Ministerpräsidentenkonferenz teilt den Ländern die Hinterlegung der Ratifikationsurkunden mit.

Begründung zum Staatsvertrag zur Neuordnung des Rundfunkwesens (Rundfunkstaatsvertrag)

A. Allgemeines

I.

Die Regierungschefs der Länder haben am 12. 3. 1987 Einvernehmen über einen Staatsvertrag zur Neuordnung des Rundfunkwesens (Rundfunkstaatsvertrag) erzielt. Bei der Unterzeichnung am 1./3. 4. 1987 haben sie die in der Anlage zu dieser Begründung enthaltenen Protokollerklärungen abgegeben.

Ausgangspunkt der Überlegungen zu einem Gesamtstaatsvertrag der Länder war die Entwicklung im Bereich der neuen Medientechniken, insbesondere der Satelliten- und Kabeltechniken, die eine Vervielfachung der Sendemöglichkeiten erlauben und zu einer grenzüberschreitenden Empfangbarkeit der über Satelliten abgestrahlten Rundfunkprogramme führen. Ziel des Staatsvertrages ist die gemeinsame Fortentwicklung des Rundfunkrechts der Länder in der Bundesrepublik Deutschland. Kernpunkt ist dabei die Normierung von Grundsätzen für ein duales Rundfunksystem. Es geht darum, sowohl dem öffentlich-rechtlichen als auch dem privaten Rundfunk die Möglichkeit zu geben, in einem fairen Nebeneinander die Rundfunkaufgabe zu erfüllen, die Informationsvielfalt zu verstärken und den künftigen Anforderungen des nationalen und internationalen Wettbewerbs zu entsprechen. Der Staatsvertrag gibt beiden Rundfunksystemen die hierfür notwendigen Instrumente organisatorischer, technischer und finanzieller Art an die Hand.

Der Staatsvertrag berücksichtigt die Erfahrungen mit den Kabelpilotprojekten, neuen Landesrundfunkgesetzen sowie europäische Entwicklungen und das vierte Rundfunkurteil des Bundesverfassungsgerichts vom 4. 11. 1986 (1 BvF 1/84).

Über die nächste Rundfunkgebührenerhöhung soll mit Wirkung zum 1. Januar 1989 entschieden werden. Zur Vorbereitung wird die Vorlage des KEF-Berichts bis Ende September 1987 für erforderlich gehalten.

Zu Artikel 5:

Dieser Artikel steht einer Vereinbarung der Ministerpräsidenten nicht entgegen, für den öffentlich-rechtlichen Rundfunk im digitalen Hörfunk eine einnahmenneutrale Verlagerung aus der sonstigen Hörfunkwerbung zuzulassen.

Zu Artikel 6 Absatz 1:

Die Regierungschefs der Länder stimmen überein, daß der zusätzliche Anteil an der Rundfunkgebühr auch künftig nicht mehr als 2 vom Hundert betragen soll.

Zu Artikel 6 Absatz 1 Nummer 3:

Die Regierungschefs der Länder sind der Auffassung, daß der Versorgung mit regionalen und lokalen Programmen einschließlich der Restversorgung zu angemessenen Bedingungen auch außerhalb der Ballungsgebiete besondere Bedeutung zukommt. Sie erwarten deshalb, daß die Deutsche Bundespost entsprechend ihrer dienenden Funktion Gebührentarife schafft, die dieser medienpolitischen Zielsetzung Rechnung tragen.

Zu Artikel 8:

Die Streichung des Artikel 8 Absatz 1 des Staatsvertragsentwurfs vom 14. Dezember 1984 bedeutet nicht einen Ausschluß der Kooperation der öffentlich-rechtlichen Rundfunkanstalten mit privaten Veranstaltern. Die Möglichkeiten und Grenzen einer Kooperation richten sich nach dem jeweiligen Landesrecht.

Zu Artikel 13 Absatz 2 Nummer 2:

Die Regierungschefs der Länder gehen bei der Fortführung der Mitfinanzierung des Deutschlandfunks aus der allgemeinen Rundfunkgebühr davon aus, daß er seinen gesetzlichen Programmauftrag entsprechend der bisherigen Übung auf den Bereich des Hörfunks begrenzt.

Anlage

Protokollerklärungen

der Regierungschefs der Länder zum Staatsvertrag

zur Neuordnung des Rundfunkwesens

(Rundfunkstaatsvertrag)

Zu Artikel 3:

Die Regierungschefs der Länder gehen davon aus, daß der Ausgleich der Werbeeinnahmen durch die Rundfunkgebühr im Sinne des Absatzes 5 Satz 2 bis spätestens 1991 abgewickelt ist.

Zu Artikel 4 Absatz 1:

Für die Feststellung des Finanzbedarfs bleiben die Kosten der bundesweiten Verbreitung von Fernsehprogrammen einzelner Landesrundfunkanstalten außer Betracht, wobei etwaige gleichzeitige Einsparungen in anderen Bereichen nicht zu Lasten des Finanzbedarfs der Rundfunkanstalten berücksichtigt werden. Der landesspezifische Charakter der Dritten Fernsehprogramme soll erhalten bleiben.

Zu Artikel 4 Absatz 3:

Das Verfahren zur Ermittlung des Finanzbedarfs der Rundfunkanstalten durch die KEF soll überprüft werden; etwaige Änderungsvorschläge sollen vorgelegt werden. Die in der KEF vertretenen vier Staatskanzleien werden beauftragt, insbesondere Vorschläge zur Zusammensetzung der KEF vorzubereiten; dabei sollen vor allem die Möglichkeiten einer verstärkten Beteiligung aus dem Bereich der Betriebswirtschaft und einer Einschaltung von Wirtschaftsprüfern untersucht werden, wie dies bereits im Ministerpräsidentenbeschluß vom 17.–19. Oktober 1984 in Bremerhaven beabsichtigt war.

II.

Wie in der Präambel des Staatsvertrages hervorgehoben, enthält er Regelungen für den öffentlich-rechtlichen und den privaten Rundfunk in einem dualen Rundfunksystem, in welchem Informationsvielfalt und kulturelles Angebot verstärkt werden sollen. Bestand und Entwicklung des öffentlich-rechtlichen Rundfunks und Aufbau und Fortentwicklung des privaten Rundfunks werden sichergestellt. Dem entspricht es, daß dem Staatsvertrag auch das Ziel vorangestellt wurde, einerseits dem öffentlich-rechtlichen Rundfunk seine finanziellen Grundlagen zu erhalten und ihn an allen neuen Medientechniken teilhaben zu lassen und andererseits den privaten Veranstaltern angemessene Einnahmequellen, vor allem aus Werbung und Entgelten, zu erschließen und ihnen nach Maßgabe des Landesrechts ausreichende Sendekapazitäten einschließlich terrestrischer Fernsehfrequenzen zur Verbreitung nationaler, regionaler und lokaler Programme zur Verfügung zu stellen; die terrestrischen Fernsehfrequenzen sollen bundesweit möglichst gleichgewichtig aufgeteilt werden.

Bei diesen Grundanlagen des Staatsvertrages waren einheitliche Regelungen erforderlich vor allem
- für die Nutzung der Satellitentechnik durch beide Rundfunksysteme,
- über den Umfang des Programmauftrages für weitere Fernsehprogramme von ARD und ZDF,
- zur Finanzierung beider Systeme,
- zur Sicherung der Meinungsvielfalt im bundesweit verbreiteten privaten Rundfunk,

- zu den Programmgrundsätzen für den bundesweit verbreiteten privaten Rundfunk,
- über einen verstärkten Jugendschutz in beiden Systemen,
- für die Weiterverbreitung bundesweit herangeführter inländischer und ausländischer Rundfunkprogramme,
- zur Aufsicht über den privaten Rundfunk einschließlich der Finanzierung externer Aufsichts- und Kontrollorgane für den privaten Rundfunk,
- zur Anpassung des Rundfunkgebührenrechts,
- über die Kontinuität und Planungssicherheit für beide Rundfunksysteme.

Damit geht der Staatsvertrag über eine bloße Rahmenregelung hinaus. Soweit der Staatsvertrag keine anderweitigen Regelungen für die Veranstaltung und Verbreitung von Rundfunkprogrammen enthält und soweit er es zuläßt, sind die für die öffentlich-rechtlichen Rundfunkanstalten oder die privaten Rundfunkveranstalter geltenden landesrechtlichen Vorschriften anzuwenden.

Der Staatsvertrag soll einheitlich am 1. 12. 1987 in Kraft treten. Sind nicht bis zum 30. 11. 1987 alle Ratifikationsurkunden hinterlegt, so wird der Staatsvertrag gegenstandslos.

Die Kündigungen des Rundfunkgebührenstaatsvertrages und des Vertragsverhältnisses nach dem Ersten Abschnitt des Staatsvertrages über die Höhe der Rundfunkgebühr und zur Änderung des Staatsvertrages über einen Finanzausgleich zwischen den Rundfunkanstalten durch die Länder Baden-Württemberg, Bayern, Niedersachsen und Rheinland-Pfalz zum 31. 12. 1987 sind mit der Unterzeichnung des Staatsvertrages aufgehoben worden. Darüber haben die Regierungschefs der Länder bereits in ihrer Besprechung am 12. 3. 1987 Einvernehmen erzielt.

Die Regelung der Veranstaltung von Rundfunk fällt in die Zuständigkeit der Länder (Artikel 30, 70 GG). Eine Bundeskompetenz wird nicht dadurch begründet, daß über Satelliten abgestrahlte Programme über Länder- und Bundesgrenzen hinaus empfangbar sind.

B. Zu den einzelnen Bestimmungen

<u>Zu Artikel 1:</u>
Die Bestimmung enthält die Aufteilung der Kanalkapazitäten eines von der Deutschen Bundespost zur Verfügung gestellten Rundfunksatelliten auf beide Rundfunksysteme, die technische Art ihrer Nutzung, ihre Zuordnung nach Länderquoten mit der Ermächtigung, regionale Staatsverträge über die Nutzung durch private Veranstalter abzuschließen, den Vorbehalt anderweitiger Nutzungsentscheidungen der Ministerpräsidenten im Falle nicht bestimmungsgemäßer Nutzung sowie die Absicht der Ministerpräsidenten, für die künftige Zuordnung von Kanälen auf anderen Satelliten Verfahrensgrundsätze zu vereinbaren.

Im Gegensatz zu Fernmeldesatelliten (auch Verteil- oder Nachrichtensatelliten genannt), die für eine Punkt-zu-Punkt-Übertragung von Signalen bestimmt sind, sollen Rundfunksatelliten einen direkten Einzelempfang von Rundfunkprogrammen ermöglichen. Deshalb müssen sie mit weit höherer Strahlungsleistung senden als Fernmeldesatelliten. Im Zuge fortschreitender Entwicklungen der Sende- und Empfangstechnik können sich aber die Unterschiede in der Nutzung und Empfangbarkeit beider Satellitensysteme verwischen. In der weltweiten Funkverwaltungskonferenz (Satelliten-Konferenz, WARC 1977) wurden – mit wenigen Ausnahmen – jedem Staat 5 Kanäle auf Rundfunksatelliten zur nationalen Versorgung zugewiesen. Ein Kanal erlaubt die Verbreitung eines Fernsehprogramms oder die digitale Übertragung von 16 Hörfunkprogrammen in Stereoqualität. Statt eines Hörfunkprogramms in Stereoqualität ist auch die Übertragung zweier Hörfunkprogramme in Monoqualität möglich.

Der erste deutsche Rundfunksatellit TV-SAT wird eine Kapazität von vier Fernsehkanälen haben. Der Start ist für Herbst 1987 in Aussicht genommen. Wird dieser Zeitplan eingehalten, so kann der Satellit nach einer Einmeßphase von etwa 3 Monaten Ende 1987 genutzt werden.

Der Start eines zweiten deutschen Rundfunksatelliten, der teilweise auch Ersatzfunktion übernehmen soll, wird 1989 oder 1990 möglich sein. Der Staatsvertrag geht demgemäß davon aus, daß bis dahin nur 4 Kanäle zur Verfügung stehen. Auch beim Start eines zweiten Rundfunksatelliten dürfen jedoch nicht mehr als 5 Kanäle insgesamt für Rundfunkzwecke genutzt werden. Wenn der Staatsvertrag »einen« Rundfunksatelliten bezeichnet, so wird damit zum Ausdruck gebracht, daß Gegenstand der Nutzung auch ein anderer von der Deutschen Bundespost zur Verfügung gestellter (also z. B. ein gemieteter) Rundfunksatellit sein kann.

Im einzelnen ist folgendes zu bemerken:
Absatz 1 läßt die Nutzung dreier Fernsehkanäle auf einem Rundfunksatelliten durch verschiedene private Veranstalter aufgrund von Staatsverträgen zwischen Ländern auf der Grundlage der in Absatz 2 bezeichneten Länderquoten zu. Aufgrund regionaler Staatsverträge dürfen also nicht dieselben, sondern müssen drei verschiedene Veranstalter zugelassen werden, was auch in Absatz 5 Satz 1 vorausgesetzt wird; dabei ist für jeden Veranstalter im übrigen die Zurechnungsvorschrift des Art. 8 Abs. 5 zu beachten. Bei der Bemessung der Quoten ist die Größe der einzelnen Länder berücksichtigt. Absatz 2 Satz 2 stellt klar, daß die bisher abgeschlossenen Staatsverträge, nämlich der Staatsvertrag über die Veranstaltung von Fernsehen über Rundfunksatellit zwischen den Ländern Berlin, Hamburg, Niedersachsen und Schleswig-Holstein vom 20. 3. 1986 und der Staatsvertrag über die gemeinsame Nutzung eines Fernseh- und eines Hörfunkkanals auf Rundfunksatelliten zwischen den Ländern Baden-Württemberg, Bayern und Rheinland-Pfalz vom 12. 5. 1986 dieser Quotenaufteilung entsprechen, auch wenn sich für die an dem ersteren Staatsvertrag beteiligten Länder rechnerisch nur eine Quote von 90 Prozent ergibt. Damit ist für die beiden ersten Fernsehkanäle eine Verfügung getroffen. Solange ein dritter Fernsehkanal nicht von einem privaten Veranstalter aufgrund eines Staatsvertrages zwischen einzelnen Ländern genutzt wird (in Betracht kommen die Länder, die noch keinen regionalen Staatsvertrag geschlossen haben), steht dieser dem ZDF für ein zusätzliches Fernsehprogramm mit kulturellem Schwerpunkt ungeachtet der Möglichkeit zu, dieses Programm auch über einen anderen Satelliten (gemeint sind inländische und ausländische Satelliten aller Satellitensysteme) zu verbreiten. Der vierte Fernsehkanal steht den in der ARD zusammengeschlossenen Landesrundfunkanstalten für ein weiteres Gemeinschaftsfernsehprogramm zur Verfügung, das ebenfalls kulturelle Schwerpunkte haben muß und auch über einen anderen Satelliten verbreitet werden darf. Der fünfte Kanal fällt an das ZDF, wenn drei Kanäle an verschiedene private Veranstalter vergeben sind; eine vorherige Nutzung des dritten Kanals durch das ZDF ist aber nicht Voraussetzung für dessen Anspruch auf den fünften Kanal. Auch in diesem Falle kann das ZDF sein Programm zusätzlich über einen anderen Satelliten verbreiten.

Solange nicht auf einem Kanal ganztägig digitaler Hörfunk verbreitet wird, wird der der ARD zugewiesene vierte Fernsehkanal mindestens in der Zeit von 1 Uhr bis 18 Uhr für die digitale Übertragung von 15 Hörfunkprogrammen in Stereoqualität und von zwei Hörfunkprogrammen in Monoqualität genutzt (Absatz 4). Dies bedeutet, daß kein digitaler Hörfunk mehr auf dem ARD-Kanal stattfindet, wenn ganztägig digitaler Hörfunk unter voller Nutzung eines anderen Kanals auf einem deutschen oder ausländischen Rundfunksatelliten verbreitet werden kann (z. B. nach einer Feststellung der Ministerpräsidenten gemäß Absatz 6, daß ein Kanal nicht für Fernsehen genutzt oder benötigt wird). Umgekehrt kann auf dem ARD-Kanal auch ganztägig digitaler Hörfunk veranstaltet werden, wenn die ARD auf die Verbreitung ihres Satellitenfernsehprogramms auf diesem Kanal verzichtet. Für die Zuordnung von Kanälen für Hörfunkzwecke nach Ländern enthält Absatz 4 eine detaillierte Regelung, die sich an der Größe der Länder orientiert und Berlin sowie den Deutschlandfunk berücksichtigt. Dieser Verteilungsmodus gilt entsprechend, wenn ein anderer Kanal auf dem TV-SAT für digitalen Hörfunk zur Verfügung steht. Die Regelung des Absatzes 4 über den digitalen Hörfunk gibt lediglich eine Berechtigung zur Nutzung der digitalen Hörfunktechnik; sie enthält also keine Ermächtigung zur Veranstaltung zusätzlicher Programme, für deren Zulassung das Landesrecht maßgebend ist. Die Vergabe der Hörfunkkanäle an öffentlich-rechtliche Rundfunkanstalten oder private Rundfunkveranstalter richtet sich nach dem jeweiligen Landesrecht.

Werden Kanäle auf dem Rundfunksatelliten nicht in der beschriebenen Weise genutzt oder benötigt, so können die Ministerpräsidenten über eine andere Nutzung entscheiden (Absatz 6); dabei bleiben bestehende Berechtigungen nach den Absätzen 1 bis 5 unberührt. Eine solche Entscheidung kommt insbesondere vor Inbetriebnahme des zweiten Rundfunksatelliten TV-SAT 2 in Betracht.

Für andere Satelliten (Fernmeldesatelliten, Medium-Power-Satelliten) haben die Ministerpräsidenten in Aussicht genommen, Verfahrensgrundsätze zu vereinbaren, damit auch insoweit eine gegenseitige Unterrichtung und Abstimmung möglich ist (Absatz 7). Dies gilt ebenfalls für Kanäle auf ausländischen Satelliten, die von der Deutschen Bundespost zur Verfügung gestellt werden.

Zu Artikel 2:
Artikel 2 ermächtigt und verpflichtet die in der ARD zusammengeschlossenen Landesrundfunkanstalten, über Satelliten gemeinsam ein zusätzliches Fernsehprogramm zu veranstalten. Es muß kulturelle Schwerpunkte haben; ausländische Veranstalter aus den europäischen Ländern können beteiligt werden. Eine inhaltlich gleiche Ermächtigung und Verpflichtung wird für das ZDF begründet. Auf diese Programme finden die Rechtsgrundlagen für das Gemeinschaftsprogramm der ARD und der ZDF-Staatsvertrag Anwendung, soweit der vorliegende Staatsvertrag nichts anderes bestimmt. Diese Bestimmung betrifft die Fortführung und Weiterentwicklung des gegenwärtigen Programms ARD-Eins Plus und des 3-SAT-Programms des ZDF. Diese Programme können gleichzeitig über ein anderes Satellitensystem verbreitet werden (vgl. Art. 1 Abs. 3 Satz 2 und Abs. 4 Satz 2). Die Koordinierungsverpflichtungen von ARD und ZDF nach Ziff. I Nr. 3 des Schlußprotokolls zum ZDF-Staatsvertrag gelten für diese neuen Programme nicht. Darüber hinaus können sich die in der ARD zusammengeschlossenen Landesrundfunkanstalten und das ZDF noch jeweils an einem von europäischen Rundfunkveranstaltern ausgestrahlten Fernsehprogramm beteiligen, wenn ihr Programmanteil einen nicht erheblichen Umfang am Gesamtprogramm hat und das Programm keine auf die Bundesrepublik Deutschland abzielende Werbung enthält.

Die Absätze 1 bis 4 enthalten eine abschließende Regelung für die Verbreitung zusätzlicher bundesweiter Fernsehprogramme und für die Beteiligung an Fernsehprogrammen europäischer Veranstalter seitens der ARD und des ZDF. Weitere bundesweit verbreitete gemeinsame Fernsehprogramme der ARD und Fernsehprogramme des ZDF bedürfen eines besonderen Staatsvertrages aller Länder (Absatz 5).

Weitere landesweite oder regionale Rundfunkprogramme richten sich nach Landesrecht; sie werden allerdings nur nach Maßgabe des Art. 4 Abs. 2 Nr. 1 aus der Rundfunkgebühr finanziert.

Zu Artikel 3:
Artikel 3 regelt die Finanzierungsquellen für den öffentlich-rechtlichen Rundfunk. Dies sind:

- vorrangig die Rundfunkgebühr in Verbindung mit dem Gebot eines Finanzausgleichs unter den Landesrundfunkanstalten,

- Einnahmen aus Werbung.

Die näheren Vorschriften zur Erhebung der Rundfunkgebühr, zur Aufteilung in eine Grund- und eine Fernsehgebühr, zur Höhe sowie zu den Anteilen der einzelnen Landesrundfunkanstalten und des ZDF enthalten der Rundfunkgebührenstaatsvertrag, der Staatsvertrag über die Höhe der Rundfunkgebühr, die in Artikel 13 dem vorliegenden Staatsvertrag angepaßt werden, sowie § 23 des ZDF-Staatsvertrages. Der Finanzausgleich richtet sich nach dem besonderen Staatsvertrag über einen Finanzausgleich zwischen den Rundfunkanstalten und den darauf beruhenden Vereinbarungen der Landesrundfunkanstalten; das ZDF ist am Finanzausgleich nicht beteiligt. Daneben enthält Artikel 4 des vorliegenden Staatsvertrages ergänzende Regelungen zur Feststellung des für die Höhe der Rundfunkgebühr maßgebenden Finanzbedarfs des öffentlich-rechtlichen Rundfunks und Artikel 6 des vorliegenden Staatsvertrages Vorschriften zur Verwendung eines zusätzlichen Anteils an der einheitlichen Rundfunkgebühr zur Finanzierung besonderer Aufgaben des Rundfunks, die ebenfalls durch Artikel 13 des vorliegenden Staatsvertrages ergänzt werden. Schließlich haben die Regierungschefs der Länder zu den Artikeln 3, 4 und 6 mehrere Protokollerklärungen abgegeben. Über die nächste Rundfunkgebührenerhöhung soll mit Wirkung zum 1. 1. 1989 entschieden werden.

Wesentliche Aussagen zur Rundfunkgebühr in Art. 3 Abs. 1 des vorliegenden Staatsvertrages sind die Verankerung der Rundfunkgebühr als weiterhin vorrangiger Finanzierungsquelle für den öffentlich-rechtlichen Rundfunk, die Anknüpfung der Rundfunkgebührenpflicht an das Bereithalten eines Rundfunkempfangsgeräts und die Verbindung mit einem Finanzausgleich, insbesondere zur funktionsgerechten Aufgabenerfüllung des Saarländischen Rundfunks, von Radio Bremen und des Senders Freies Berlin.

Entsprechend der Zielsetzung der Bestimmung, die Finanzierung des öffentlich-rechtlichen Rundfunks dauerhaft zu gewährleisten, wird hier vor allem der Finanzausgleich in besonderer Weise rechtlich abgesichert. Das Grundprinzip, daß ein Finanzausgleich unter den Landesrundfunkanstalten staatsvertraglich sicherzustellen ist, besteht demnach auch dann weiter, wenn der jeweilige Finanzausgleichstaatsvertrag gekündigt werden sollte. Außerdem ist diese Grundaussage über den Finanzausgleich im Unterschied zu den nachstehend genannten Bestimmungen nicht gesondert kündbar. Art. 3 Abs. 1 S. 1 bis 3 ist erstmals zum 31. 12. 1998 kündbar (Art. 14 Abs. 1), Art. 3 Abs. 1 S. 4 allerdings auch früher im Wege der gesonderten Kündigung bei Kündigungen der Werberegelungen des Art. 3 Abs. 4 bis 6 (Art. 14 Abs. 3). Werden der Rundfunkgebührenstaatsvertrag oder der Finanzausgleichsstaatsvertrag gekündigt, bestehen die Bindungen des Art. 3 Abs. 1 – insbesondere hinsichtlich einer staatsvertraglichen Finanzausgleichsregelung durch alle Länder – fort, bis der vorliegende Staatsvertrag selbst nach Art. 14 Abs. 1 oder hinsichtlich der Rundfunkgebührenpflicht des Art. 3 Abs. 1 S. 4 gekündigt werden.

Die Aussage in Art. 3 Abs. 1 S. 1, daß die Rundfunkgebühr weiterhin die vorrangige Finanzierungsquelle für den öffentlich-rechtlichen Rundfunk ist, ist auch im Zusammenhang mit den nachfolgenden Werbebestimmungen zu sehen. Diese Grundaussage über die Rundfunkgebühr ist ebenfalls nicht gesondert kündbar. Ist eine ausreichende Finanzierung des öffentlich-rechtlichen Rundfunks durch die Rundfunkgebühr nicht möglich, können die durch Art. 3 Abs. 4 bis 6 begrenzten Werberegelungen im öffentlich-rechtlichen Rundfunk geändert werden.

Die Regelungen des Art. 3 Abs. 4 bis 6 über die Werbung als ergänzende Finanzierungsgrundlage des öffentlich-rechtlichen Rundfunks können gesondert, je nachdem, ob die Feststellung des Finanzbedarfs zu einer Rundfunkgebührenerhöhung führt, erstmals bereits zum 31. 12. 1990 bzw. zum 31. 12. 1992 gekündigt werden (Art. 14 Abs. 3); mit einer solchen Teilkündigung würden aber die öffentlich-rechtlichen Rundfunkanstalten nicht frei von werberechtlichen Bindungen werden. Vielmehr würden in einem solchen Falle die vor Inkrafttreten des vorliegenden Staatsvertrages maßgebend gewesenen Werberegelungen wieder gelten (Art. 14 Abs. 4). Außerdem können die Ministerpräsidenten Änderungen der Gesamtdauer der Werbung und deren tageszeitlicher Begrenzung vereinbaren (Artikel 5).

Die Werberegelungen der Absätze 2 bis 8 gelten für alle in der ARD zusammengeschlossenen Landesrundfunkanstalten und für das ZDF. Sie werden Landesrecht und ändern das bestehende Landesrecht unmittelbar ab. Im einzelnen wird hierzu bemerkt:

Absatz 2 enthält Ordnungsvorschriften für die Werbung. Er entspricht im wesentlichen dem bisherigen Recht oder bisheriger Übung bei der Fernsehwerbung und überträgt diese Grundsätze nunmehr allgemein auch auf die Hörfunkwerbung. Der private Rundfunk wird den gleichen Ordnungsregelungen unterworfen (Art. 7 Abs. 4 und 5).

Absatz 3 enthält zusätzliche Ordnungsvorschriften für die Fernsehwerbung. Sie darf nur in Blöcken verbreitet werden. Er sieht die Möglichkeit einer einmaligen Einschaltung von Werbung bei Fernsehsendungen von mehr als 60 Minuten Dauer vor. Bei Sportsendungen können im Hinblick auf tatsächliche Abläufe Ausnahmen von Satz 2 im Einzelfall oder in Richtlinien gestattet werden. Eine Werbeeinschaltung liegt auch dann vor, wenn diese nicht nur Werbung, sondern zusätzlich auch Kurzbeiträge wie z. B. eine Programmvorschau oder den Wetterbericht enthält. Sinn der Regelung hinsichtlich der Unterteilung von Sendungen ist es, Umgehungen durch willkürliche Aufteilungen zu verhindern. Auch unterteilte Sendungen dürfen deshalb nur einmal Werbeeinschaltungen enthalten, wenn die unterteilte Sendung insgesamt länger als 60 Minuten dauert. Dies gilt auch, wenn die Teile der Sendung jeweils länger als 60 Minuten dauern. Dem Abspiel- oder Übertragungsvorgang der Sendung können Zeiten einer An- und Absage und von Erläuterungen hinzugerechnet werden, soweit diese in einem unmittelbaren und untrennbaren sachlichen Zusammenhang mit der Fernsehsendung stehen; auch der eingeschaltete Werbeblock bildet eine zeitliche Einheit mit der Fernsehsendung. Eine allgemeine Aussage über anrechenbare Zeiten ist wegen der Vielfalt und der Unterschiedlichkeit allerdings nicht möglich. Deshalb wird es Zweck der Richtlinien nach Art. 3 Abs. 8 und Art. 7 Abs. 8 sein, praktikable Grundsätze hierzu festzulegen. Art. 7 Abs. 6 enthält für den privaten Rundfunk eine inhaltsgleiche Regelung.

Absatz 4 bestimmt, daß die in der ARD zusammengeschlossenen Landesrundfunkanstalten in dem von ihnen veranstalteten Ersten Fernsehprogramm die gleichen Verpflichtungen einzuhalten haben, wie sie in § 22 Abs. 3 des ZDF-Staatsvertrages und der dort vorgesehenen Vereinbarung der Ministerpräsidenten dem ZDF auferlegt worden sind. Dies bedeutet auch für das Erste Fernsehprogramm Werbeverbot nach 20.00 Uhr sowie an Sonntagen und im ganzen Bundesgebiet anerkannten Feiertagen und eine Begrenzung der Gesamtdauer des Werbeprogramms auf höchstens 20 Minuten werktäglich im Jahresdurchschnitt mit der Möglichkeit, nicht ausgenutzte Werbezeit höchstens bis zu 5 Minuten werktäglich nachzuholen (Beschluß der Ministerpräsidenten vom 8. 11. 1962). Die übrigen in § 22 Abs. 3 des ZDF-Staatsvertrages genannten Beschränkungen (Trennung der Werbung vom übrigen Programm, keine Beeinflussung des übrigen Programms durch die Werbung) sind nunmehr auch in Art. 3 Abs. 2 des vorliegenden Staatsvertrages für alle Programme des öffentlich-rechtlichen Rundfunks festgelegt. Gemäß dem Hinweis in Art. 3 Abs. 4 S. 3 können die Ministerpräsidenten eine andere Gesamtdauer der Werbung und eine andere tageszeitliche Begrenzung der Werbung sowie die Zulassung der Sonn- und Feiertagswerbung im öffentlich-rechtlichen Rundfunk vereinbaren.

Absatz 5 legt fest, daß es mit der vorübergehenden Ausnahme im Falle des Hessischen Rundfunks keine Werbung in den Dritten Fernsehprogrammen geben darf; soweit diese bundesweit ausgestrahlt werden, folgt dies bereits aus Absatz 4 Satz 2. Der Hessische Rundfunk muß seine Werbung in seinem Dritten Fernsehprogramm einstellen, sobald ihm die Mittel für das Vierte Hörfunkprogramm im Rahmen der Gebührenfinanzierung zur Verfügung stehen. Entsprechend ihrer Protokollnotiz gehen die Ministerpräsidenten der Länder davon aus, daß der Ausgleich der Werbeeinnahmen durch die Rundfunkgebühr bis spätestens 1991 abgewikkelt ist. Die Möglichkeit, durch Vereinbarungen der Ministerpräsidenten hiervon abzuweichen, bleibt auch hier unberührt (Absatz 5 Satz 3).

Mit Absatz 6 wird die Hörfunkwerbung im öffentlich-rechtlichen Rundfunk auf den am 1. 1. 1987 geltenden Stand begrenzt. Dies gilt für den zeitlichen Umfang, die tageszeitliche Begrenzung, die Beschränkung auf Werktage und die Verbreitungsgebiete. Insoweit werden auch Landesrundfunkgesetze, die eine andere Regelung zulassen, abgeändert. Jedoch können durch Landesgesetz bis zu 90 Minuten Werbung werktäglich eingeräumt werden mit der Möglichkeit, nicht ausgenutzte Werbezeit so nachzuholen, daß 90 Minuten im Jahresdurchschnitt nicht überschritten werden. Durch Bezugnahme auf Artikel 5 wird die Möglichkeit eröffnet, durch Vereinbarung der Ministerpräsidenten die Gesamtdauer der Werbung und ihre tageszeitliche Begrenzung sowie die Beschränkung auf Werktage zu ändern. Durch Protokollerklärung zu Artikel 5 haben die Ministerpräsidenten klargestellt, daß sie auch eine einnahmeneutrale Verlagerung in den digitalen Hörfunk aus der sonstigen Hörfunkwerbung vereinbaren können.

Mit Absatz 7 werden im öffentlich-rechtlichen Rundfunk Sendungen, die ein Dritter finanziell fördert (Sponsor), nur in der bisherigen Weise und nur dann gestattet, wenn die Sendungen nicht den wirtschaftlichen Interessen des Sponsors oder eines anderen dienen. Es soll dadurch rechtlich klargestellt werden, daß Sponsoring von Sendungen nicht auf einen wirtschaftlichen

Vorteil (insbesondere für ein bestimmtes Wirtschaftsunternehmen) abzielen darf. Dies bedeutet z. B., daß von Dritten kostenlos zur Verfügung gestellte Ausstattungsgegenstände für eine Fernsehsendung in dieser Fernsehsendung nicht besonders hervorgehoben werden, sondern nur im Rahmen des natürlichen Handlungsablaufs in Erscheinung treten dürfen. Nicht ausgeschlossen sind Sendungen, in denen ausschließlich ein Ereignis selbst finanziell gefördert und übertragen wird.

Durch gemeinnützige Organisationen gesponserte Sendungen, wie z. B. Verbraucherinformationen und Sendungen der Verkehrswacht, bleiben zulässig. Für den privaten Rundfunk enthält Art. 7 Abs. 7 im Gegensatz zu Art. 3 Abs. 7 bewußt eine weitergehende Regelung.

Bei der Durchführung der Absätze 2, 3 und 7 können Grenzfälle auftreten, wie z. B. bei der Übernahme ausländischer Sendungen. Deshalb werden die in der ARD zusammengeschlossenen Landesrundfunkanstalten nach Absatz 8 verpflichtet, gemeinsame Richtlinien zur einheitlichen Handhabung der genannten Vorschriften zu erlassen. Das ZDF erläßt für sich ebenfalls Richtlinien. Die Richtlinien der ARD-Anstalten und des ZDF werden für beide Systeme getrennt erlassen. Es ist aber sinnvoll, daß sich beide Systeme in materieller Hinsicht auf inhaltsgleiche Regelungen verständigen.

Zu Artikel 4:
Zur Sicherung der finanziellen Grundlagen des öffentlich-rechtlichen Rundfunks (Artikel 3) gehört die turnusmäßige Prüfung und Feststellung seines Finanzbedarfs (Art. 4 Abs. 1 und 2) und damit eine Entscheidung über die Notwendigkeit einer Anpassung der Rundfunkgebühr (Art. 4 Abs. 4). Eine Überprüfung und Anpassung der Werbungsbegrenzungen nach Artikel 5 ist hierbei möglich.

Art. 4 Abs. 1 und 3 lehnt sich an den Beschluß der Ministerpräsidenten über die Errichtung der Kommission zur Ermittlung des Finanzbedarfs der Rundfunkanstalten vom 20. 2. 1975 an; in einer Protokollerklärung hierzu haben die Ministerpräsidenten jedoch eine Überprüfung des Verfahrens und der Zusammensetzung der Kommission in Aussicht genommen und sich darauf verständigt, daß über die nächste Gebührenerhöhung mit Wirkung zum 1. 1. 1989 entschieden werden soll; zu diesem Zwecke halten sie die Vorlage des nächsten Berichts der Kommission bis Ende September 1987 für erforderlich.

Bei der Prüfung des Finanzbedarfs ist die Beachtung der Grundsätze von Wirtschaftlichkeit und Sparsamkeit von besonderer Bedeutung (Absatz 1); einbezogen ist dabei die Frage der Ausschöpfung des Einsparungs- und Rationalisierungspotentials. Zu Art. 4 Abs. 1 haben die Ministerpräsidenten außerdem eine Protokollerklärung abgegeben, welche die Nichtberücksichtigung der Kosten für eine bundesweite Verbreitung von Fernsehprogrammen einzelner Landesrundfunkanstalten und den landesspezifischen Charakter der Dritten Fernsehprogramme betrifft.

Art. 4 Abs. 2 benennt die wesentlichen Kriterien für die Ermittlung des Finanzbedarfs. Dabei können zur wettbewerbsfähigen Fortführung der bestehenden Hörfunkprogramme nach Nr. 1 und zur Teilhabe an den neuen rundfunktechnischen Möglichkeiten nach Nr. 2 die Kosten für digitalen Hörfunk gehören. Hinsichtlich der allgemeinen und besonderen Kostenentwicklung im Medienbereich nach Nr. 3 sowie der Entwicklung der Werbeeinnahmen und der sonstigen Einnahmen nach Nr. 4 bietet es sich an, künftig allgemeine oder spezifische Parameter für den Gesamtbereich der Rundfunkanstalten oder für Teilbereiche wie Programm, Technik, Investitionen und Personal als Orientierungshilfen zur Bewertung der Kostenentwicklung zu erarbeiten, ohne daß damit eine automatische Indexierung verbunden ist.

Zu Artikel 5:
Mit dieser Vorschrift können die Ministerpräsidenten sowohl für den Hörfunk als auch für das Fernsehen Änderungen der Gesamtdauer der Werbung und ihrer tageszeitlichen Begrenzung vereinbaren. Sie lassen Sonn- und Feiertagswerbung im öffentlich-rechtlichen Rundfunk durch besonderen Beschluß zu, wenn private Veranstalter, die auch insoweit nur den allgemeinen

Beschränkungen des Artikel 7 unterliegen, an diesen Tagen werben. Voraussetzungen für eine solche Zulassung ist, daß sie einnahmeneutral sein wird; sie hören hierzu Sachverständige. In einer Protokollnotiz haben die Ministerpräsidenten hierzu festgestellt, daß auch eine Vereinbarung über eine einnahmeneutrale Verlagerung der Werbung in den digitalen Hörfunk aus der sonstigen Hörfunkwerbung zulässig ist.

Die Möglichkeiten des Artikel 5 sind ausdrücklich unberührt gelassen in Art. 3 Abs. 4, 5 und 6 sowie in Art. 4 Abs. 4.

Die Ermächtigung, Werberegelungen für den öffentlich-rechtlichen Rundfunk im Vereinbarungswege zu ändern, ist der des § 22 Abs. 3 des ZDF-Staatsvertrages nachgebildet. Sie ist in Verbindung mit Artikel 4, für die Sonn- und Feiertagswerbung außerdem unmittelbar durch Artikel 5 hinreichend konkretisiert (vgl. auch die Protokollerklärungen zu den Artikeln 4 und 5).

Zu Artikel 6:
Absatz 1 läßt die Verwendung eines zusätzlichen Anteils an der einheitlichen Rundfunkgebühr zur Finanzierung der darin abschließend genannten besonderen Aufgaben des Rundfunks zu. Der Anteil von 2 vom Hundert ist Bestandteil der allgemeinen Rundfunkgebühr und erfaßt sowohl die Grundgebühr als auch die Fernsehgebühr. Ergänzt wird diese Regelung durch Artikel 13, mit welchem die Folgeänderungen für den Rundfunkgebührenstaatsvertrag und für den Staatsvertrag über die Höhe der Rundfunkgebühr getroffen werden, sowie durch Artikel 15, der den besonderen Verhältnissen Bayerns Rechnung trägt.

Zulässig ist die Verwendung des Anteils zunächst für die Finanzierung der Zulassungs- und Aufsichtsfunktionen der für private Veranstalter nach Landesrecht zuständigen Stellen (Absatz 1 Nr. 1; wegen der »nach Landesrecht zuständigen Stellen« vgl. Begründung zu Artikel 7 im letzten Absatz). Dazu gehört vor allem der Personal-, Raum- und Sachaufwand. Es kommt darauf an, wer die Zulassungs- und Aufsichtsfunktionen ausübt. Dies sind in der Regel die Landesmedienanstalten; es kommen aber auch andere Stellen in Betracht.

Zulässig ist die Verwendung des Anteils ferner für die Förderung offener Kanäle, soweit solche landesrechtlich vorgesehen sind (Absatz 1 Nr. 2). Dazu gehören vor allem Kosten für die Errichtung und Einrichtung von Studios sowie von Produktionseinrichtungen für den laufenden Betrieb, für die technischen Kosten der Deutschen Bundespost für die Zuführung und Verteilung dieser Programme sowie Kosten zur sachgerechten Handhabung der technischen Einrichtungen für offene Kanäle.

Schließlich kann mittels des zusätzlichen Anteils eine landesrechtlich gebotene technische Infrastruktur zur terrestrischen Versorgung des gesamten Landes für einen Zeitraum von 4 Jahren ab Inkrafttreten des Staatsvertrages gefördert werden (Absatz 1 Nr. 3); auch hier werden nicht nur einmalige Investitionskosten, sondern auch Kosten für das Betreiben sendetechnischer Anlagen erfaßt. Hierzu haben die Ministerpräsidenten eine Protokollerklärung abgegeben, derzufolge der Versorgung mit regionalen und lokalen Programmen einschließlich der Restversorgung zu angemessenen Bedingungen auch außerhalb der Ballungsgebiete, vor allem also in dünner besiedelten Gebieten, besondere Bedeutung zukommt. Deshalb erwarten sie, daß die Deutsche Bundespost entsprechend ihrer dienenden Funktion Gebührentarife schafft, die dieser medienpolitischen Zielsetzung Rechnung tragen.

Eine Finanzierung privater Veranstalter aus dem zusätzlichen Anteil an der einheitlichen Rundfunkgebühr ist unzulässig (Absatz 3). Dies bedeutet für Absatz 1 Nr. 3, daß Zuwendungen der nach Landesrecht zuständigen Stellen an private Veranstalter nicht, z. B. an die Deutsche Bundespost hingegen möglich sind.

Soweit der Anteil nach Absatz 1 nicht in Anspruch genommen wird, steht er ausschließlich der jeweiligen Landesrundfunkanstalt, also nicht anteilig auch dem ZDF, zu (Absatz 2). Der Landesgesetzgeber kann eine Zweckbestimmung hierfür vorsehen.

Die Verwendung des Anteils unterliegt der staatlichen Rechtsaufsicht und nach Maßgabe landesrechtlicher Vorschriften der Prüfung durch den Rechnungshof.

Zu Artikel 7:
Artikel 7 enthält die grundlegenden Vorschriften über die Zulassung und Finanzierung privaten Rundfunks. Er gilt nicht nur für bundesweiten, sondern auch für regionalen und lokalen privaten Rundfunk ohne Rücksicht auf die verwendete Übertragungstechnik. Seine Anwendung setzt voraus, daß der Landesgesetzgeber den Rundfunk für private Veranstalter geöffnet hat. Der Staatsvertrag beschränkt sich in diesem Falle darauf, zu fordern, daß private Veranstalter einer Zulassung der nach Landesrecht zuständigen Stelle bedürfen (Absatz 1).

Als vorrangige Finanzierungsquellen des privaten Rundfunks nennt Absatz 2 die Werbung und Entgelte der Teilnehmer. Zu den letzteren zählen Abonnements und Einzelentgelte. Finanzierungsquellen sind auch Eigenmittel und Mittel Dritter, z. B. von Spendern und Sponsoren. Da private Veranstalter keine Rundfunkgebühren erhalten, auch nicht in Form eines zusätzlichen Anteils (Art. 6 Abs. 3), ist ihnen Werbung in weit größerem Umfang gestattet, als dem öffentlich-rechtlichen Rundfunk. Damit entspricht der Staatsvertrag der Zielsetzung seiner Präambel, dem privaten Rundfunk angemessene Einnahmequellen zu erschließen. Für den privaten Rundfunk gilt weder das Werbeverbot an Sonn- und Feiertagen noch eine tageszeitliche Begrenzung; Art. 7 Abs. 3 begrenzt vielmehr nur den Anteil der Werbung an der täglichen Sendezeit, und zwar auf 20 vom Hundert. Des weiteren sind Sponsorsendungen in einem weit größeren Rahmen erlaubt als beim öffentlich-rechtlichen Rundfunk. Im Gegensatz zu Art. 3 Abs. 7 dürfen private Veranstalter durch Sponsorsendungen wirtschaftliche Vorteile haben, wenn nur der Inhalt dieser Sendungen nicht im unmittelbaren Zusammenhang mit den wirtschaftlichen Interessen des Sponsors oder eines anderen steht (Art. 7 Abs. 7 Satz 1); anderenfalls wäre die »Sponsorsendung« selbst als Wirtschaftswerbung nach Art. 7 Abs. 3 bis 6 zu behandeln. Aus der grundsätzlichen Zulassung von Sponsorsendungen im privaten Rundfunk ergibt sich aber die Notwendigkeit weitergehender Ordnungsvorschriften als für den öffentlich-rechtlichen Rundfunk: Sie dürfen nicht mißbräuchlich politischen oder weltanschaulichen Interessen dienen; andere Sendungen dürfen durch sie nicht unterbrochen werden, sie dürfen ihrerseits nicht durch Werbung unterbrochen werden, der Sponsor ist am Anfang und am Ende der Sendung zu benennen, das übrige Programm darf inhaltlich nicht beeinflußt werden (Art. 7 Abs. 7 Sätze 2 bis 5).

Im übrigen entsprechen die Ordnungsvorschriften für Werbung im privaten Rundfunk nach Art. 7 Abs. 4ff. weitestgehend denen für den öffentlich-rechtlichen Rundfunk nach Art. 3 Abs. 2ff. Die für private Veranstalter nach Landesrecht zuständigen Stellen erlassen gemeinsame Richtlinien zur Durchführung des Art. 7 Abs. 3 bis 7 (Art. 7 Abs. 8). Wie bei Art. 3 Abs. 8 handelt es sich hier um gemeinsame Richtlinien zur einheitlichen Handhabung (vgl. auch Begründung zu Artikel 3).

Da Artikel 7 für den gesamten Bereich des privaten Rundfunks gilt, ändert er unmittelbar anderweitige Regelungen des Landesrechts ab (vgl. auch Art. 16 Abs. 1).

Art. 7 Abs. 1 Satz 2 nennt – wie schon Art. 6 Abs. 1 Nr. 1 – »die nach Landesrecht zuständigen Stellen«. Diese Formulierung wird sodann in den folgenden Bestimmungen durchweg verwendet (vgl. Art. 7 Abs. 6 und 8, Art. 8 Abs. 2 und 4, Art. 10 Abs. 4, Artikel 12). Sie wurde bewußt gewählt, um nicht in das nach den jeweiligen Verhältnissen vielfach unterschiedliche Organisationsrecht der einzelnen Länder einzugreifen. Es bleibt somit den Ländern überlassen zu bestimmen, welche Stelle jeweils zuständig ist. Nach Landesrecht können für ein und dieselbe Aufgabe sogar mehrere Stellen zuständig sein. Bereits bestehende Zuständigkeitsregelungen der einzelnen Länder werden auch nicht durch den Staatsvertrag als späteres Recht abgelöst. Dies gilt insbesondere auch für die bereits vorhandenen Zuständigkeitsbestimmungen im norddeutschen und im süddeutschen Staatsvertrag vom 20. 3. bzw. 12. 5. 1986, die erhalten bleiben.

Zu Artikel 8:
Im Gegensatz zu den Artikeln 7 und 10 gilt Artikel 8 nur für den bundesweit verbreiteten, d. h. in allen Ländern empfangbaren, privaten Rundfunk. Er stellt Mindestanforderungen zur Sicherung der Meinungsvielfalt auf und läßt Bestimmungen der Länder mit weitergehenden Anforderun-

gen an die Sicherung der Meinungsvielfalt im bundesweit verbreiteten Rundfunk (wie z. B. die Verpflichtung zur Meinungsvielfalt in jedem Programm) sowie die Vorschriften der Länder zur Sicherung der Meinungsvielfalt in anderen privaten Rundfunkprogrammen unberührt (Absatz 7). Maßgebend ist dabei das Recht des Landes, in welchem nach Art. 7 Abs. 1 die Zulassung erteilt worden ist.

Absatz 1 enthält die Grundaussagen zum Erfordernis der Meinungsvielfalt entsprechend den Anforderungen, die das Bundesverfassungsgericht in seinem vierten Rundfunkurteil vom 4. 11. 1986 an den privaten Rundfunk gestellt hat. Hiervon bleibt die Möglichkeit unberührt, Programme mit gleichartigen Nutzungsinhalten (Spartenprogramme) anzubieten.

An Absatz 1 muß sich jedes einzelne private Rundfunkprogramm messen lassen, solange nicht mindestens drei Vollprogramme im Geltungsbereich des Grundgesetzes von verschiedenen privaten Veranstaltern bundesweit verbreitet werden (Absatz 2 Satz 1). Werden mindestens drei derartige Vollprogramme bundesweit verbreitet, so wird darauf abgestellt, ob das Gesamtangebot dieser Programme den Anforderungen an die Meinungsvielfalt nach Absatz 1 entspricht. Es muß sich um mindestens drei Hörfunkvollprogramme oder um mindestens drei Fernsehvollprogramme handeln. Das Gesamtangebot ist für die Meinungsvielfalt maßgebend, wenn und solange nicht die für diese Rundfunkprogramme nach Landesrecht zuständigen Stellen übereinstimmend feststellen, daß die Anforderungen an die Meinungsvielfalt durch das Gesamtangebot nicht erfüllt sind; bei einer solchen Feststellung ist jedes dieser Rundfunkprogramme zur Meinungsvielfalt nach Absatz 1 verpflichtet (Absatz 2). Wie diese Verpflichtung durchgesetzt wird, richtet sich nach Landesrecht (vgl. Art. 16 Abs. 1).

Solange jedes einzelne private Rundfunkprogramm zur Meinungsvielfalt nach Absatz 1 verpflichtet ist, also sowohl im Falle des Absatzes 2 Satz 1 als auch im Falle des Absatzes 2 Satz 3 letzter Halbsatz, hat jeder Veranstalter durch geeignete Vorkehrungen zu gewährleisten, daß eine vorherrschende Einwirkung auf die Meinungsbildung durch bundesweiten privaten Rundfunk ausgeschlossen ist (Absatz 6). Als Beispiel für eine geeignete Vorkehrung bezeichnet der Staatsvertrag die Bildung eines Beirates mit wirksamem Einfluß auf das Rundfunkprogramm. Bei einem von einer Veranstaltergemeinschaft veranstalteten Programm genügt ein vertraglich oder auf Satzung beruhender Ausschluß eines vorherrschenden Einflusses durch einen Beteiligten mit mehr als 50 vom Hundert der Kapital- und Stimmrechtsanteile.

Die Absätze 3 und 4 enthalten losgelöst, also unabhängig von den Absätzen 1 und 2, Regelungen zu den Programminhalten: Nach Absatz 3 darf ein einzelnes Programm die Bildung der öffentlichen Meinung in keinem Fall im hohen Maße ungleichgewichtig beeinflussen. Dies dient auch dem Schutz der anderen Veranstalter, die nicht zum Ausgleich völlig einseitiger Programme verpflichtet sind. Absatz 4 enthält eine Bemühensvorschrift zur Beteiligung von Interessenten mit kulturellen Programmbeiträgen an Veranstaltergemeinschaften. Rechtsansprüche der Beteiligten oder Dritter können daraus nicht abgeleitet werden. Der Staatsvertrag enthält keine Begriffsbestimmung zur Veranstaltergemeinschaft. Es bestehen keine Bedenken, die Begriffe der einzelnen Landesrundfunkgesetze hierzu zugrundezulegen, wenn Sinn und Zweck des Staatsvertrages nicht entgegenstehen (Veranstaltergemeinschaft kann z. B. auch eine juristische Person des Privatrechts sein, an der mehrere Gesellschafter beteiligt sind).

Mit Absatz 5 soll der Entstehung vorherrschender Meinungsmacht im Rundfunk und der Gefahr einer Konzentration entgegengewirkt werden: Ein Veranstalter darf im Geltungsbereich des Grundgesetzes bundesweit jeweils nur ein Vollprogramm und ein Spartenprogramm, und zwar sowohl im Hörfunk als auch im Fernsehen, verbreiten; bundesweit ortsüblich empfangbare deutschsprachige Programme werden dabei mitgezählt. Gleichzeitig legt die Vorschrift fest, wer dem Veranstalter unter dem Gesichtspunkt einer maßgeblichen Einwirkung oder eines maßgeblichen Einflusses rundfunkrechtlich zuzurechnen ist; auf die Rechtsform der Verbindung kommt es dabei nicht an. Schließlich werden Fensterprogramme nach Maßgabe des jeweiligen Landesrechts für zulässig erklärt. Zu Artikel 8 haben die Regierungschefs der Länder eine Protokollerklärung über eine Kooperation des öffentlich-rechtlichen Rundfunks mit privaten Veranstaltern abgegeben.

Zu Artikel 9:

Wie Artikel 8, gilt auch Artikel 9 – im Gegensatz zu den Artikeln 7 und 10 – nur für bundesweit verbreiteten privaten Rundfunk (Absatz 6). Unberührt gemäß Art. 16 Abs. 1 bleiben also landesrechtliche Vorschriften für landesweite, regionale und lokale Programme.

Absatz 1 normiert die allgemeinen Programmgrundsätze entsprechend den für den öffentlich-rechtlichen Rundfunk geltenden Grundsätzen. Sie werden in Absatz 3 für Informationssendungen konkretisiert und ergänzt. Auch Absatz 3 lehnt sich an das geltende Recht in Landesrundfunkgesetzen und in anstaltsinternen Richtlinien für den öffentlich-rechtlichen Rundfunk an.

Für Rundfunkvollprogramme (ausgenommen Spartenprogramme) enthält Absatz 2 das Gebot, zur Darstellung der Vielfalt im deutschsprachigen und europäischen Raum mit einem angemessenen Anteil an Information, Kultur und Bildung beizutragen. Unabhängig hiervon sollen Vollprogramme einen wesentlichen Anteil an Eigen- und Auftragsproduktionen einschließlich Gemeinschaftsproduktionen aus dem deutschsprachigen und europäischen Raum enthalten. Es handelt sich um qualitative Auflagen, mit denen vor allem der besonderen Bedeutung des länderübergreifenden Rundfunks auch im Bereich des privaten Rundfunks Rechnung getragen werden soll (für den öffentlich-rechtlichen Rundfunk enthält Art. 2 Abs. 1 und 2 eine Verpflichtung, im Satellitenrundfunk kulturelle Schwerpunkte zu setzen). Es handelt sich bei Art. 9 Abs. 2 um eine Soll-Vorschrift ohne Festlegung von Quoten; die Vorschrift ist hinreichend konkretisiert und damit im Rahmen der Aufsicht einer Kontrolle zugänglich. Dabei ist hinsichtlich der einzelnen Programmanteile eine stufenweise Entwicklung möglich und zulässig.

Absatz 4, der gemäß Art. 16 Abs. 2 auch für den öffentlich-rechtlichen Rundfunk gilt, schreibt vor, daß bei der Bekanntgabe der Ergebnisse von Meinungsumfragen im Rundfunk ausdrücklich anzugeben ist, ob sie repräsentativ angelegt sind und ein entsprechend abgesichertes Meinungsbild wiedergeben. Absatz 4 gilt nicht für Berichte über Meinungsumfragen, die außerhalb des Rundfunks durchgeführt werden; im Rahmen einer Berichterstattung hierüber ist aber die Beachtung der journalistischen Sorgfaltspflicht nach Absatz 3 geboten.

Entsprechend ihrer besonderen Stellung sind den beiden großen Kirchen und den jüdischen Gemeinden in der Bundesrepublik Deutschland nach Absatz 5 angemessene, d. h. zweckentsprechende Sendezeiten zur Übertragung religiöser Sendungen, einzuräumen. Unter religiösen Sendungen sind Übertragungen zu verstehen, die im unmittelbaren Zusammenhang mit der Ausübung des jeweiligen Bekenntnisses oder dem Verkündigungsauftrag stehen. Mit der Kostenregelung hierzu wird ein angemessener Ausgleich geschaffen. Hiervon bleibt die Möglichkeit unberührt, mit den Veranstaltern Vereinbarungen über kostenfreie Sendungen zu treffen.

Politischen Parteien und politischen Vereinigungen müssen nach Absatz 5 angemessene Sendezeiten eingeräumt werden, wenn für sie ein Wahlvorschlag zum Deutschen Bundestag oder zum Europäischen Parlament zugelassen ist und die Sendezeiten zur Vorbereitung dieser Wahlen beansprucht werden. In diesem Fall gilt § 5 Abs. 1 bis 3 des Parteiengesetzes entsprechend, d. h., es ist der Grundsatz der Gleichbehandlung zu beachten, der je nach Bedeutung eine Abstufung der Sendezeiten zuläßt. Entsprechend dem Umfang der jeweiligen Sendungen sind die Parteien und Vereinigungen auch bei der Kostenerstattung gleich zu behandeln.

Zu Artikel 10:

Artikel 10 ergänzt die Regelungen des Artikel 9 zu den allgemeinen Programmgrundsätzen. Im Gegensatz zu Artikel 9, der nur für bundesweit verbreiteten privaten Rundfunk (Art. 9 Abs. 5) und begrenzt für den öffentlich-rechtlichen Rundfunk (Art. 16 Abs. 2) gilt, enthält Artikel 10 eine generelle Regelung über unzulässige Sendungen und den Jugendschutz für den gesamten Bereich des Rundfunks, also für alle privaten Programme unabhängig von bundesweiter, regionaler oder lokaler Verbreitung, und ebenso für alle Programme der Landesrundfunkanstalten und des ZDF (Art. 16 Abs. 2). Die Regelung ist – vorbehaltlich der Möglichkeiten des Art. 10 Abs. 4 und des Art. 16 Abs. 2 Satz 2 – abschließend und setzt deshalb anderweitige Regelungen für Programme privater Veranstalter und für die in der ARD zusammengeschlossenen Landesrundfunkanstaltenen und das ZDF außer Kraft (Art. 16 Abs. 1).

Damit trägt der Staatsvertrag dem Umstand Rechnung, daß dem Jugendschutz, dem Schutz vor Pornographie sowie dem Schutz vor Rassenhaß, Kriegsverherrlichung und Verherrlichung oder Verharmlosung von Gewalt im Sinne einer ländereinheitlichen Regelung eine ganz besondere Bedeutung zukommt.

Absatz 1 bezeichnet Sendungen, die ausnahmslos unzulässig sind. Er erfaßt mit den Nummern 1 und 3 Straftatbestände und mit der Nummer 2 die Kriegsverherrlichung sowie mit der Nummer 4 sonstige Darstellungen, die offensichtlich geeignet sind, Kinder oder Jugendliche sittlich schwer zu gefährden.

Die Absätze 2 und 3 enthalten keine Ausnahmen von den Verboten des Absatzes 1; sie treffen vielmehr Vorsorge gegen eine Beeinträchtigung des körperlichen, geistigen oder seelischen Wohls von Kindern oder Jugendlichen, indem sie vorschreiben, zu welchen Tageszeiten ungeeignete Sendungen nicht verbreitet werden dürfen, es sei denn, daß anderweitig ausgeschlossen wird, daß die Sendungen von Kindern oder Jugendlichen üblicherweise wahrgenommen werden. Es hat sich angeboten, hierbei weitestgehend an das Gesetz zum Schutze der Jugend in der Öffentlichkeit und an das Gesetz über die Verbreitung jugendgefährdender Schriften anzuknüpfen. Soweit sich Regelungen über Filme nach dem neuen Jugendschutzrecht z. B. auch auf bespielte Videokassetten beziehen, gilt Artikel 10 ebenfalls. Die Vorschrift erfaßt alle Bildträger, die unter das Gesetz zum Schutze der Jugend in der Öffentlichkeit fallen.

Absatz 4 läßt Abweichungen von den Grundsätzen der Absätze 2 und 3 zu. Dies kann im Einzelfall oder durch Richtlinien für die Sendezeitgrenzen gelten. Ebenfalls im Einzelfall oder durch Richtlinien kann von den Bewertungen abgewichen werden, die den Absätzen 2 und 3 zugrundeliegen; dies gilt vor allem für Filme, deren Bewertung länger als 15 Jahre zurückliegt. Es ist also z. B. auch zulässig, von einer Bewertung von Filmen hinsichtlich der Freigabe für Jugendliche bestimmter Altersgruppen im Einzelfall oder generell abzuweichen, auch wenn die Bewertung noch keine 15 Jahre zurückliegt.

Mit Absatz 4 ist eine flexible Regelung getroffen, mit der den heutigen Anschauungen voll entsprochen werden kann. Sie trägt den Rundfunkveranstaltern, aber auch dem betroffenen Personenkreis Rechnung. Zuständig für Ausnahmeregelungen sind für den privaten Rundfunk die nach Landesrecht bestimmten Stellen, für den öffentlich-rechtlichen Rundfunk die jeweilige Rundfunkanstalt selbst (Art. 16 Abs. 2). Zwar sind hier – anders z. B. als bei Art. 3 Abs. 8 und Art. 7 Abs. 8 – keine gemeinsamen Richtlinien vorgeschrieben; wenn von der Möglichkeit des Art. 10 Abs. 4 Gebrauch gemacht werden soll, empfiehlt sich dennoch (schon wegen Art. 12 Abs. 2 und 3) die Vereinbarung gemeinsamer Anwendungsgrundsätze für jedes Rundfunksystem. Auch sollten im Hinblick auf den einheitlichen Schutzzweck der Norm unterschiedliche Handhabungen im öffentlich-rechtlichen und privaten Rundfunk vermieden werden.

Zu Artikel 11:
Herangeführte Programme sind Programme, die außerhalb des Gebietes, in dem sie veranstaltet werden, durch fernmeldetechnische Übertragungswege (Kabel, Richtfunk, Fernmeldesatellit) empfangbar gemacht werden sollen. Ihre Weiterverbreitung in Kabelanlagen stellt rundfunkrechtlich keine neue Rundfunkveranstaltung dar, wenn eine zeitgleiche und unveränderte Weiterverbreitung erfolgt. Es handelt sich jedoch nicht nur um einen fernmeldetechnischen, sondern auch um einen rundfunkrechtlich relevanten Vorgang, der rundfunkrechtliche Regelungen erfordert.

Artikel 11 regelt nur die Weiterverbreitung bundesweit herangeführter Programme, unabhängig von der Organisation des Rundfunkveranstalters, und er erfaßt nur solche, die im Herkunftsland in rechtlich zulässiger Weise veranstaltet werden. Bundesweit herangeführt ist ein Rundfunkprogramm dann, wenn die in Anspruch genommene Verbreitungstechnik geeignet ist, das Programm in allen Ländern in die vorhandenen Kabelnetze einzuspeisen (z. B. bei einer Ausstrahlung über Fernmeldesatelliten). Erfaßt werden also z. B. nicht Rundfunkprogramme, die gezielt nur in ein einzelnes Bundesland oder in einige Bundesländer transportiert werden und über die nur dort weiterverfügt wird. Nicht bundesweit herangeführte Programme unterliegen ausschließlich den landesrechtlichen Vorschriften (Art. 16 Abs. 2).

Werden bundesweit herangeführte inländische Rundfunkprogramme in rechtlich zulässiger Weise veranstaltet, d. h. ist der Veranstalter nach dem für ihn geltenden Recht zur Verbreitung des betreffenden Rundfunkprogramms befugt, und erfolgt die Weiterverbreitung zeitgleich und unverändert, so muß sie durch Landesrecht ermöglicht werden (Absatz 1). Bei ausländischen Rundfunkprogrammen kommt als Voraussetzung hinzu, daß sie den Anforderungen an die Veranstaltung von Rundfunkprogrammen entsprechend dem Staatsvertrag gerecht werden und daß ein Gegendarstellungs- oder ähnliches Recht gewährleistet ist. Es ist nur eine entsprechende Anwendung des Staatsvertrages vorzunehmen, weil ausländisches Recht aus der Natur der Sache heraus gar nicht identisch mit inländischen Normen sein kann (vgl. z. B. Artikel 8). Das Landesrecht kann allerdings geringere Voraussetzungen für eine Weiterverbreitung vorsehen.

Die Pflicht zur Ermöglichung der Weiterverbreitung nach Absatz 1 und 2 berührt nicht sonstige landesgesetzliche Regelungen, vor allem über die in Absatz 3 selbst genannte »Rangfolge« bei der Weiterverbreitung und z. B. das Urheberrecht.

Zu Artikel 12:

Wegen der »nach Landesrecht zuständigen Stelle« wird auf die Begründung zu Artikel 7 im letzten Absatz verwiesen.

Artikel 12 enthält Mindestbestimmungen für die Aufsicht über den privaten Rundfunk. Soweit er keine anderweitigen Regelungen enthält, gilt das jeweilige Landesrecht einschließlich der bereits abgeschlossenen norddeutschen und süddeutschen Staatsverträge fort (Art. 16 Abs. 1). Artikel 12 gilt nicht für die staatliche Rechtsaufsicht, die sich ausschließlich nach Landesrecht richtet.

Artikel 12 läßt lediglich eine Rechtskontrolle, und nur in bezug auf die Bestimmungen des Staatsvertrages, zu. Die Kontrolle kann sowohl den bundesweit verbreiteten privaten Rundfunk als auch sonstige private Programme, also auch regionale und lokale Programme (vgl. z. B. Artikel 7), betreffen. Die Aufsicht über die Einhaltung von Bestimmungen, die nicht Gegenstand des Staatsvertrages sind, regelt Artikel 12 nicht.

Bei Rechtsverstößen gegen die Bestimmungen des Staatsvertrages sind die nach den landesrechtlichen Regelungen zulässigen Aufsichtsmaßnahmen zu ergreifen (Absatz 1 Satz 2). Sowohl bezüglich der Durchführung der Aufsicht als auch bezüglich der Aufsichtsmaßnahmen stimmen sich die nach Landesrecht zuständigen Stellen ab und erarbeiten gemeinsame Verfahrensgrundsätze (Absatz 2). Dadurch wird eine ländereinheitliche Handhabung gewährleistet.

Absatz 3 normiert ein Beanstandungsrecht auch der Aufsichtsstelle, die das ausgestrahlte Rundfunkprogramm nicht zugelassen hat; dies gilt allerdings nur für bundesweit verbreitete Programme. Die für die Zulassung zuständige Stelle ist verpflichtet, der Beanstandung in der in Absatz 3 Satz 2 bezeichneten Weise nachzugehen.

Zu Artikel 13:

Die Absätze 1 und 2 passen den Rundfunkgebührenstaatsvertrag und den Staatsvertrag über die Höhe der Rundfunkgebühr unter teilweiser Wiederholung unverändert gebliebener Vorschriften den Regelungen des vorliegenden Staatsvertrages an und nehmen zusätzlich einige Änderungen vor, die ihre Ursache nicht unmittelbar in den Vorschriften dieses Staatsvertrages haben. Im einzelnen ist folgendes zu bemerken:

Zu Absatz 1 Nr. 1:

Art. 6 Abs. 4 des Rundfunkgebührenstaatsvertrages erstreckt die gesetzliche Befreiung von der Rundfunkgebührenpflicht auf Rundfunkempfangsgeräte, die von den nach Landesrecht für private Veranstalter zuständigen Stellen für dienstliche (also vor allem für zulassungs- und aufsichtsrechtliche Zwecke) bereitgehalten werden. Private Rundfunkveranstalter oder -anbieter werden gegen Nachweis ihrer Veranstalterberechtigung auf besonderen Antrag für Rundfunkempfangsgeräte von der Gebührenpflicht befreit, die sie für betriebliche (also vor allem für studio- und überwachungstechnische) Zwecke bereithalten; die Befreiungen werden nicht befristet, entfallen aber bei einer Zweckänderung oder beim Wegfall der Veranstalterberechtigung.

Zu Absatz 1 Nr. 2:
Art. 8 Abs. 1 und 2 des Rundfunkgebührenstaatsvertrages erweitert die Gebührengläubigerschaft bezüglich des im Staatsvertrag über die Höhe der Rundfunkgebühr in Verbindung mit Artikel 6 des vorliegenden Staatsvertrages bestimmten Anteils um die nach Landesrecht zuständige Stelle (vgl. hierzu Begründung zu Art. 7 im letzten Absatz). Art. 8 Abs. 2 des Rundfunkgebührenstaatsvertrages stellt außerdem klar, daß auch das ZDF bezüglich seines Anteils an der Fernsehgebühr unmittelbar Gebührengläubiger ist. Art. 8 Abs. 3 bestimmt, daß der zusätzliche Anteil an der einheitlichen Rundfunkgebühr der jeweiligen Landesrundfunkanstalt zusteht, wenn und soweit er von der nach Landesrecht zuständigen Stelle nicht in Anspruch genommen wird (vgl. auch Art. 6 Abs. 2 des vorliegenden Staatsvertrages). Dies gilt auch dann, wenn eine nach Landesrecht zuständige Stelle nicht besteht. Das ZDF partizipiert an diesem Anteil nicht. Für den der jeweiligen Landesrundfunkanstalt verbleibenden Anteil ist eine landesgesetzliche Zweckbestimmung möglich (Art. 6 Abs. 2 Satz 2). Art. 8 Abs. 4 des Rundfunkgebührenstaatsvertrages übernimmt zunächst die bisherigen Regelungen der Absätze 2 und 3, regelt sodann die Abführung der Gebührenanteile an die Gebührengläubiger seitens der Landesrundfunkanstalten und teilt die Kosten des Gebühreneinzugs anteilig auf. Die Regelungen der Gebührengläubigerschaft erfordern dabei keine Änderungen der bisherigen Praxis bei Gebührenbefreiungen und beim Gebühreneinzug. Art. 8 Abs. 5 und 6 übernehmen die bisherigen Absätze 4 und 5, passen aber die Verjährungsfrist für Ansprüche auf Rückerstattung ohne rechtlichen Grund entrichteter Rundfunkgebühren aus Gründen der Gleichbehandlung aus dem gegenseitigen Rechtsverhältnis der vierjährigen Verjährungsfrist für Ansprüche auf Rundfunkgebühren nach Art. 5 Abs. 3 an.

Zu Absatz 2:
Nr. 1 erhöht die Rundfunkgebühr (unter Aufrundung der Gesamtgebühr) um den zusätzlichen Anteil nach Art. 6 Abs. 1 des vorliegenden Staatsvertrages durch Änderung des Artikel 1 des Staatsvertrages über die Höhe der Rundfunkgebühr. Die durch die Aufrundung entstehenden Mehrbeträge stehen den ARD-Landesrundfunkanstalten und dem ZDF zu; sie sind aber bei der nächsten Gebührenerhöhung zu berücksichtigen.

Nr. 2 übernimmt den bisherigen Artikel 2 des Staatsvertrages über die Höhe der Rundfunkgebühr; der Betrag für den Deutschlandfunk ist allein aus dem Anteil der Grundgebühr zu finanzieren, der den Landesrundfunkanstalten zusteht. In einer Protokollerklärung hierzu gehen die Ministerpräsidenten davon aus, daß der Deutschlandfunk seinen gesetzlichen Programmauftrag entsprechend der bisherigen Übung auf den Bereich des Hörfunks begrenzt.

Nr. 3 konkretisiert Art. 6 Abs. 1 des vorliegenden Staatsvertrages und ordnet im Interesse eines angemessenen Ausgleichs für Länder mit einem geringeren Gebührenaufkommen an, daß in jedem Land die nach Landesrecht zuständige Stelle vorab einen einheitlichen Sockelbetrag von 500 000,– DM erhält; falls es mehrere nach Landesrecht zuständige Stellen gibt, kann nur eine landesrechtlich festgelegte Stelle den Sockelbetrag erhalten. Nur das verbleibende Aufkommen wird anteilig aufgeteilt. Schließlich wird der Zahlungsmodus geregelt.

Zu Absatz 3:
Die Gewährung eines zusätzlichen Anteils an der einheitlichen Rundfunkgebühr an die nach Landesrecht zuständigen Stellen und die damit im unmittelbaren Zusammenhang stehenden Folgeänderungen gelten zunächst nur für ein Jahr, beginnend am 1. 1. 1988. Sie gelten ab 1. 1. 1989 nur – dann allerdings unbefristet – weiter, wenn die von den Ministerpräsidenten in ihrer Protokollerklärung zu Art. 4 Abs. 3 des vorliegenden Staatsvertrages in Aussicht genom-

mene Entscheidung über eine Gebührenerhöhung mit Wirkung zum 1. 1. 1989 tatsächlich zu einer Gebührenerhöhung zu diesem Zeitpunkt führt. Ist dies nicht der Fall, so werden die Änderungen des Rundfunkgebührenstaatsvertrages und des Staatsvertrages über die Höhe der Rundfunkgebühr in bezug auf den zusätzlichen Anteil an der Rundfunkgebühr für die nach Landesrecht zuständigen Stellen gegenstandslos mit der Folge, daß die beiden genannten Staatsverträge insoweit in der vor dem Inkrafttreten des vorliegenden Staatsvertrages geltenden Fassung zwischen allen Ländern fortgelten; die Änderung des Rundfunkgebührenstaatsvertrages gemäß Absatz 1 Nummer 1 mit den erweiterten Gebührenbefreiungen bleibt jedoch in Kraft.

Zu Absatz 4:
Die Grundlage für die in Absatz 4 bezeichneten vorsorglichen Kündigungen ist mit der durch die Unterzeichnung des vorliegenden Staatsvertrages erfolgten Einigung aller Ministerpräsidenten entfallen. Sie haben deshalb bereits durch ihren einstimmigen Beschluß vom 12. 3. 1987 die Aufhebung der Kündigungen mit Wirkung für den Zeitpunkt der Staatsvertragsunterzeichnung am 1./3. 4. 1987 erklärt und damit die Aufhebung vereinbart. Die Aufhebung wird in Absatz 4 nochmals vertraglich bestätigt.

Zu Artikel 14:
Zu Absatz 1:
Eine grundlegende Neuordnung des Rundfunkwesens in einem dualen Rundfunksystem kann sich nur in einem auf Dauer angelegten Vertragsverhältnis entfalten. Andererseits gebietet es die Eigenstaatlichkeit der Länder, sich von einem Vertragsverhältnis lösen zu können. Absatz 1 bestimmt daher, daß von dem außerordentlich einschneidenden Instrument der Kündigung erstmals mit Wirkung zum 31. 12. 1998 Gebrauch gemacht werden kann und daß ohne erstmalige Kündigung das Vertragsverhältnis jeweils eine angemessene Zeit lang fortbestehen soll. Wegen des engen Zusammenhangs können bei einer Kündigung des vorliegenden Staatsvertrages auch die beiden Gebührenstaatsverträge gekündigt werden. Die Möglichkeit der Anschlußkündigung ist eröffnet; sie besteht aber nur innerhalb von 6 Monaten nach Eingang der Kündigungserklärung des Erstkündigenden, um Ausweitungen der Kündigungen zu vermeiden. Selbstverständlich ist, daß der Vorsitzende der Ministerpräsidentenkonferenz als Adressat einer wirksamen Kündigung die anderen Ministerpräsidenten unverzüglich von einer Kündigung und dem Zeitpunkt ihres Eingangs unterrichtet, zumal die Fristenberechnung nach Absatz 1 Satz 6 hiervon abhängt. Im Falle einer Kündigung bleiben die gekündigten Staatsverträge zwischen den nichtkündigenden Ländern in Kraft. Unabhängig von den beschriebenen Kündigungsmöglichkeiten können die beiden Gebührenstaatsverträge und der Finanzausgleichstaatsvertrag nach den Regeln dieser Verträge gekündigt werden.

Zu Absatz 2:
Absatz 2 gewährt im Falle von Kündigungen Bestands- und Vertrauensschutz für die Nutzer von Kanälen nach Art. 1 Abs. 1 bis 6 im Rahmen der Befristung ihrer Berechtigungen.

Zu Absatz 3:
Absatz 3 läßt eine gesonderte Teilkündigung der dort in Bezug genommenen Werberegelungen für den öffentlich-rechtlichen Rundfunk nach Maßgabe der beschriebenen Modalitäten zum Ende 1990 oder 1992 sowie danach alle vier Jahre zu, wenn es zweimal nacheinander zu keiner Einigung über eine Gebührenerhöhung kommt (Art. 4 Abs. 1 und 4). Bei Einigung darüber, daß die Rundfunkgebühr nicht erhöht wird, besteht ein Recht zur Teilkündigung nicht. Kündigt ein Land, so besteht das Recht einer abgestuften Anschlußkündigung bezüglich der beiden Gebührenstaatsverträge, bezüglich der Rundfunkgebührenpflicht beim Bereithalten eines Rundfunkempfangsgeräts (Art. 3 Abs. 1 Satz 4), bezüglich der Prüfung und Feststellung des Finanzbedarfs des öffentlich-rechtlichen Rundfunks und der Anpassung der Rundfunkgebühr (Artikel 4) sowie hinsichtlich der Änderung von Werberegelungen für den öffentlich-rechtlichen Rundfunk (Artikel 5), wobei Art. 3 Abs. 1 Satz 4, Artikel 4 und 5 auch nur hinsichtlich einzelner Bestimmungen gekündigt werden können. Im Wege der Anschlußkündigung nicht

gekündigt werden kann die Finanzausgleichsbestimmung des Art. 3 Abs. 1 Sätze 2 und 3, um zu verhindern, daß der Finanzausgleich für die finanzschwächeren Rundfunkanstalten ersatzlos entfällt. Unabhängig davon ist eine Kündigung des Finanzausgleichstaatsvertrages nach den darin enthaltenen Kündigungsbestimmungen möglich, mit der Verpflichtung zum Abschluß eines neuen Finanzausgleichstaatsvertrages. Des weiteren ist eine Anschlußkündigung hinsichtlich der Finanzierung besonderer Aufgaben nach Artikel 6 ausgeschlossen. Für nichtkündigende Länder bleiben die gekündigten Bestimmungen des Staatsvertrages und die beiden Gebührenstaatsverträge in Kraft. Auch für Absatz 3 gilt, daß der Vorsitzende der Ministerpräsidentenkonferenz die anderen Ministerpräsidenten unverzüglich über Teilkündigungen und Anschlußkündigungen unterrichtet, damit die Kündigungs- und Anschlußkündigungsrechte sachgerecht wahrgenommen werden können.

Mit den Teilkündigungsregelungen des Absatzes 3 soll der langfristigen Bindung nach Absatz 1, aber auch den möglicherweise unterschiedlichen Interessen der einzelnen Länder Rechnung getragen werden.

<u>Zu Absatz 4:</u>
Absatz 4 gilt sowohl für eine Kündigung des gesamten Staatsvertrages (Absatz 1) als auch für Teilkündigungen (Absatz 3). Er stellt sicher, daß für die kündigenden Länder nach derem ganzen oder teilweisen Ausscheiden aus dem Staatsvertrag die Werberegelungen verbindlich sind, die aufgrund von Staatsverträgen oder Vereinbarungen aufgrund von Staatsverträgen vor Inkrafttreten des vorliegenden Staatsvertrages maßgebend waren. Dies sind neben Artikel 5 des vorliegenden Staatsvertrages vor allem § 22 Abs. 3 des ZDF-Staatsvertrages, der Beschluß der Ministerpräsidenten vom 8. 11. 1962 sowie Ziff. I Nr. 1 des Schlußprotokolls zum DF-Staatsvertrag (vgl. auch Begründung zu Artikel 3). Werberegelungen in Staatsverträgen einzelner Länder und in Rundfunkgesetzen der Länder sind in Absatz 4 nicht angesprochen. Auch Werberegelungen für den privaten Rundfunk werden von Absatz 4 nicht erfaßt.

Außerdem gilt bei einer Kündigung durch einzelne Länder unverändert Artikel 2 mit den dortigen Bestimmungen über weitere Fernsehprogramme für ARD und ZDF fort.

<u>Zu Artikel 15:</u>
Diese Bestimmung trägt der besonderen verfassungsrechtlichen Situation des Freistaates Bayern Rechnung. Eine Zulassung eigenverantwortlich tätiger privater Rundfunkveranstalter schließt Art. 111 a Abs. 2 der Bayerischen Verfassung aus. Die Beteiligung privater Anbieter erfolgt in Bayern vielmehr unter der öffentlich-rechtlichen Trägerschaft und der öffentlichen Verantwortung der Bayerischen Landeszentrale für neue Medien. Die entsprechende Anwendung der für private Veranstalter geltenden Bestimmungen des Staatsvertrages auf Anbieter nach bayerischem Recht läßt diese Stellung der Landeszentrale unberührt.

<u>Zu Artikel 16:</u>
<u>Zu Absatz 1:</u>
Die Bestimmung stellt klar, daß das jeweilige Landesrecht fortgilt, soweit keine anderslautenden Regelungen im Staatsvertrag oder aufgrund des Staatsvertrages bestehen.

Soweit dieser Staatsvertrag anderweitige Regelungen für die Veranstaltung und Verbreitung von Rundfunkprogrammen enthält oder solche nicht zuläßt, werden die für die jeweilige Rundfunkanstalt oder den jeweiligen privaten Veranstalter geltenden landesrechtlichen Vorschriften mit Inkrafttreten des vorliegenden Staatsvertrages aufgehoben, ohne daß es einer besonderen Aufhebung bedarf. Erfaßt werden Bestimmungen in Landesgesetzen und in Staatsverträgen einzelner Länder (wie z. B. die Staatsverträge der nord- und süddeutschen Länder zur Nutzung von Kapazitäten des Rundfunksatelliten, die Staatsverträge über den Norddeutschen Rundfunk und über den Südwestfunk) sowie der ZDF-Staatsvertrag.

Zur Frage einer »anderweitigen Regelung« enthält der Staatsvertrag vor allem in Art. 8 Abs. 7, Art. 9 Abs. 6 und Art. 11 Abs. 3 nähere Bestimmungen. Eine Zulassung »anderweitiger Regelungen« durch den vorliegenden Staatsvertrag ergibt sich mit unterschiedlichen Regelungsmöglichkeiten insbesondere aus Art. 3 Abs. 3 S. 3 und Abs. 6 S. 2, aus Artikel 5, Art. 7 Abs. 6 S. 3, Art. 10 Abs. 4, Artikel 15 und Art. 16 Abs. 2 S. 2. Im übrigen ist nach Sinn und Zweck der einzelnen Vorschriften zu entscheiden, inwieweit für Landesrecht noch Raum ist. In der Bestimmung »der nach Landesrecht zuständigen Stellen « ist der Landesgesetzgeber in jedem Falle frei (vgl. hierzu auch Begründung zu Artikel 7 im letzten Absatz).

Zu Absatz 2:
Absatz 2 bezeichnet die auf die ARD-Landesrundfunkanstalten und das ZDF entsprechend anwendbaren Vorschriften über privaten Rundfunk. Da in den Fällen der Art. 9 Abs. 4 und Artikel 10 nur einheitliche Grundsätze im gesamten Rundfunk gelten können, ist insoweit auch der öffentlich-rechtliche Rundfunk in diese Regelungen einbezogen.

Zu Absatz 3 und 4:
Durch Absatz 3 wird sichergestellt, daß der Staatsvertrag nur einheitlich in allen Ländern, und zwar am 1. 12.987, in Kraft treten kann. Die Mitteilung über die Hinterlegung aller Ratifikationsurkunden (Absatz 4) verschafft Klarheit, ob und wann die Voraussetzungen hierfür erfüllt sind. Sind bis zum 30. 11. 1987 nicht alle Ratifikationsurkunden hinterlegt, wird der Staatsvertrag gegenstandslos, ohne daß es dazu einer Aufhebung der bereits vorliegenden Zustimmungsgesetze in den einzelnen Ländern bedarf.

3. Satzungen Offener Kanäle

3.1 Berlin

Aus einer Vorankündigung des Offenen Kanals Berlin, November 1988:

Der Kabelrat hat zum 1. Januar 1989 eine neue Satzung erlassen, die den Zugang zum Offenen Kanal flexibler als bisher regelt. Was bisher möglich war, bleibt unverändert; darüber hinaus wurde für die Nutzung des Offenen Kanals ein größerer Gestaltungsspielraum eröffnet, ohne daß jedesmal die Satzung geändert werden muß.

Die neuen Regelungen im einzelnen:

1. Jeder Nutzer hat nur die Möglichkeit, jeweils zwei Sendungen anzumelden und kann bereits nach Ausstrahlung der ersten Sendung eine weitere buchen. Wiederholungen werden künftig wie andere Sendungen behandelt.
2. Der Nutzer wählt nach wie vor seine Sendezeit selbst aus, jedoch muß er sie vorher mit der Disposition persönlich (mündlich oder fernmündlich) absprechen.
3. Drei Trailer können vor der Sendung ausgestrahlt werden. Die Ausstrahlung erfolgt nach den Grundsätzen der Chancengleichheit; ein Anspruch auf bestimmte Sendezeiten besteht nicht.
4. Für gemeinschaftliche Beiträge mehrerer Nutzer verdoppelt sich die maximale Sendelänge von 90 Minuten auf 180 Minuten. Dies gilt auch für getrennt angemeldete, aber erkennbar zusammenhängende Beiträge mehrerer Nutzer.
5. Die Eintragungen in das Nutzverzeichnis gelten künftig jeweils für ein Jahr.

Die neue Satzung eröffnet die Möglichkeit, nach entsprechender organisatorischer Vorbereitung und je nach Auslastung der Kapazitäten
- die Anmeldefrist zu verkürzen,
- längere Beiträge zuzulassen,
- Livesendungen und aktuelle Beiträge neben einer laufenden Produktion anzumelden,
- für besondere Ereignisse (z. B. Funkausstellung) andere Regelungen des chancengleichen Zugangs zu erlassen.

Satzung über den Zugang zum Offenen Kanal vom 4. November 1988

Der Kabelrat der Anstalt für Kabelkommunikation hat gemäß § 26 Abs. 2 Kabelpilotprojektgesetz und Versuchsgesetz für drahtlosen Rundfunk im Land Berlin vom 17. Juli 1984 (GVBl. Seite 964), zuletzt geändert durch das 2. Änderungsgesetz vom 18. Dezember 1987 (GVBl. Seite 2746)
(Kabelpilotprojektgesetz – KPPG), folgende Satzung beschlossen:

§ 1
Nutzerverzeichnis

(1) Der Zugang zum Offenen Kanal setzt die Eintragung in ein Nutzerverzeichnis voraus. Die Eintragung berechtigt zur Nutzung der Produktionsmittel und der Sendezeiten des Offenen Kanals nach Maßgabe des KPPG und dieser Satzung.

(2) Die Eintragung erfolgt auf der Grundlage der persönlichen Angaben des Nutzers unter Vorlage des Personalausweises. Ausländische Nutzer haben den Nachweis zu erbringen, daß sie den Wohnsitz oder Sitz im Geltungsbereich des Grundgesetzes haben. Minderjährige müssen eine schriftliche Einverständniserklärung des Erziehungsberechtigten vorlegen.

(3) Die Eintragung in das Nutzerverzeichnis erfolgt für ein Jahr.

§ 2
Sendeanmeldungen

(1) Jeder Beitrag ist beim Leiter des Offenen Kanals anzumelden.

(2) Die Sendeanmeldung muß Namen und Adresse des Nutzers enthalten, wie er im Nutzerverzeichnis ausgewiesen ist. Bei gesellschaftlichen Gruppen, Organisationen und Institutionen ist daben eine volljährige natürliche Person als Sendeverantwortlicher zu benennen, die ebenfalls als Nutzer im Nutzerverzeichnis eingetragen sein muß.

(3) In die Sendeanmeldung sind die Sendezeit (§ 3) und die Länge des Beitrages einzutragen.

(4) Mit der Sendeanmeldung ist eine Erklärung abzugeben, daß der Nutzer die Anstalt für Kabelkommunikation und die Projektgesellschaft von Ansprüchen Dritter freistellt, die aufgrund der Sendung entstehen.

(5) Die Sendeanmeldung ist vom Nutzer zu unterschreiben. Sie wird vom Direktor der Anstalt für Kabelkommunikation oder von einem von ihm bestimmten Mitarbeiter genehmigt.

§ 3
Sendezeiten

(1) Der Nutzer wählt die Sendezeiten nach vorheriger mündlicher oder fernmündlicher Rücksprache mit der Disposition des Offenen Kanals aus. Die Sendezeiten werden von der Disposition in der Reihenfolge der Rücksprachen gebucht. Die Sendeanmeldung (§ 2) muß unverzüglich nach Buchung der Sendezeit beim Leiter des Offenen Kanals eingehen.

(2) Die Zeiten, in denen Sendungen gebucht, und die Zeiten, in denen sie ausgestrahlt werden können, werden vom Direktor der Anstalt für Kabelkommunikation auf Vorschlag des Leiters des Offenen Kanals festgelegt.

(3) Ein Beitrag kann frühestens acht Wochen und spätestens sechs Tage vor dem geplanten Sendetermin angemeldet werden.

(4) Der Nutzer kann jeweils nur zwei Beiträge für Fernsehen und Hörfunk anmelden. Nach jeweils einer Sendung kann ein weiterer Beitrag der gleichen Nutzungsform angemeldet werden.

(5) Im Fernsehen wird Sendezeit bis zu einer Stunde täglich für eine aktuelle Sendeschiene freigehalten. Sendezeiten in der aktuellen Sendeschiene können frühestens fünf Tage im voraus und spätestens bis 14 Uhr desselben Tages, an Samstagen, Sonn- und Feiertagen bis 14 Uhr des vorherigen Arbeitstages gebucht werden.

§ 4
Sendebeiträge

(1) Ein Beitrag darf eine Länge von höchstens 90 Minuten haben.

(2) Gemeinschaftliche Beiträge mehrerer Nutzer dürfen bis zu drei Stunden lang sein. Dies gilt auch für getrennt angemeldete, aber erkennbar zusammenhängende Beiträge mehrerer Nutzer.

(3) Beiträge in der aktuellen Sendeschiene dürfen bis zu 30 Minuten lang sein.

(4) Der Name des Nutzers, bei gesellschaftlichen Gruppen, Organisationen und Institutionen der Name des Sendeverantwortlichen, ist am Anfang und am Ende der Sendung zu nennen.

(5) Ein Beitrag kann bis zu dreimal vor der Sendung durch einen Trailer von höchstens fünf Minuten angekündigt werden. Die Ausstrahlung des Trailers ist mit der Sendeanmeldung zu beantragen und wird von der Disposition des Offenen Kanals nach den Grundsätzen des chancengleichen Zugangs gebucht. Ein Anspruch für eine bestimmte Sendezeit besteht nicht.

§ 5
Produktionsmittel

(1) Jede Produktion mit Mitteln des Offenen Kanals ist beim Leiter des Offenen Kanals anzumelden.

(2) Der Direktor der Anstalt für Kabelkommunikation legt auf Vorschlag des Leiters des Offenen Kanals die Zeiten für die Ausleihe von Produktionsmitteln sowie die Einzelbedingungen der Buchung und Ausleihe fest. Er kann dabei unterscheiden zwischen Live-Sendungen, Vorproduktionen und aktuellen Produktionen.

(3) Der Nutzer kann jeweils nur eine Produktion für Fernsehen und Hörfunk anmelden. Eine neue Produktion kann erst dann angemeldet werden, wenn der fertig produzierte Beitrag abgeliefert und zur Sendung angemeldet oder die Produktion abgebrochen worden ist.

(4) Produktionsmittel werden in der Reihenfolge der Anmeldungen gebucht und können bis zu acht Wochen im voraus angemeldet werden.

(5) Bei Produktionen im Fernseh- oder Hörfunkstudio des Offenen Kanals muß der Nutzer persönlich anwesend sein.

(6) Werden Beiträge, die mit Produktionsmitteln des Offenen Kanals hergestellt oder bearbeitet worden sind, außerhalb des Offenen Kanals gegen Entgelt verwertet, so bedarf dies der Genehmigung des Direktors der Anstalt für Kabelkommunikation. In diesem Falle sind die Produktionskosten zu erstatten.

§ 6
Abweichungen

(1) Der Direktor der Anstalt für Kabelkommunikation kann auf Vorschlag des Leiters des Offenen Kanals allgemein

1. in den Fällen des § 3 Abs. 1 die schriftliche Sendeanmeldung als Kriterium für die Reihenfolge der Buchungen festlegen,
2. in den Fällen des § 3 Abs. 3 die Anmeldefrist unter sechs Tage verkürzen,
3. in den Fällen des § 3 Abs. 4 bis zu vier Anmeldungen derselben Nutzungsform zulassen,
4. in den Fällen des § 4 Abs. 1 die zulässige Höchstsendezeit für einen Beitrag auf bis zu drei Stunden und in den Fällen des § 4 Abs. 2 auf bis zu vier Stunden festsetzen,
5. in den Fällen des § 4 Abs. 1 und Abs. 2 eine zulässige monatliche Höchstsendezeit pro Nutzer festsetzen,

wenn und soweit dies im Rahmen der verfügbaren Sendezeit und der Organisation des Offenen Kanals gerechtfertigt ist.

(2) Verkürzt sich im Falle des Abs. 1 Nr. 2 die Anmeldefrist unter zwei Tage, so kann von einer aktuellen Sendeschiene abgesehen werden.

(3) Entscheidungen nach Abs. 1 und 2 bedürfen der Zustimmung des Kabelrates.

§ 7
Besondere Ereignisse

(1) Der Direktor der Anstalt für Kabelkommunikation kann einen zeitlichen Rahmen für besondere Ereignisse festlegen, für den die Vorschriften der § 3 Abs. 3, 4, 5, § 4, § 5 nicht gelten.

(2) Die Entscheidung muß spätestens acht Wochen vor dem Ereignis bekanntgegeben werden. Gleichzeitig ist das Verfahren für die Buchung von Sendezeiten und die Ausleihe der Produktionsmittel festzulegen.

(3) Der zeitliche Rahmen darf 14 Tage pro Jahr insgesamt nicht überschreiten.

§ 8
Urheberrechte

Anfallende Gebühren für urheber- und leistungsschutzrechtliche Verwertungsgesellschaften trägt der Sendeverantwortliche. Mit Ablieferung des sendefertigen Beitrags, bei Live-Sendungen unmittelbar nach Beendigung der Sendung, hat der Nutzer eine vollständige Liste der verwendeten urheberrechtlich geschützten Werke abzugeben.

§ 9
Mißbrauch

(1) Wer gegen die gesetzlichen Bindungen verstößt oder die rechtlichen Verpflichtungen dieser Satzung und der auf ihrer Grundlage getroffenen Entscheidungen nicht beachtet, kann zeitweise oder auf Dauer von der Nutzung des Offenen Kanals ausgeschlossen werden. Über den zeitweisen Anschluß entscheidet der Direktor der Anstalt für Kabelkommunikation, über den dauernden Ausschluß entscheidet der Kabelrat.

(2) Wer Produktionsmittel verspätet zurückgibt, wird für zwei Monate von der weiteren Anmeldung und Nutzung der Produktionsmittel des Offenen Kanals ausgeschlossen.

(3) Wer gebuchte Produktionsmittel nicht in Anspruch nimmt, verliert den Anspruch auf weitere gebuchte Produktionsmittel. Im Wiederholungsfall kann er für zwei Monate von der weiteren Anmeldung der Produktionen ausgeschlossen werden.

(4) Wer Sendezeiten nicht in Anspruch nimmt und dies nicht spätestens zwei Wochen vor dem gebuchten Sendetermin, bei kürzerer Anmeldefrist als zwei Wochen unverzüglich, der Disposition des Offenen Kanals anzeigt, verliert den Anspruch auf weitere bereits gebuchte Sendezeiten. Im Wiederholungsfall kann er für zwei Monate von der weiteren Anmeldung der Sendezeiten ausgeschlossen werden.

§ 10
Bekanntmachung

Entscheidungen des Kabelrates oder des Direktors der Anstalt für Kabelkommunikation werden durch Aushang im Offenen Kanal bekannt gemacht.

§ 11
Übergangsregelung

Genehmigungen, die vor dem Inkrafttreten dieser Satzung erteilt wurden, behalten ihre Gültigkeit.

§ 12
Inkrafttreten

Diese Satzung tritt am 1. Januar 1989 in Kraft. Sie tritt mit Ende des Kabelpilotprojektes außer Kraft.

3.2 Hamburg

Satzung der Hamburgischen Anstalt für neue Medien für den »Offenen Kanal Hamburg«

(OK-Satzung) vom 10. Juni 1987
In Ausführung des § 30 Absatz 9 des Hamburgischen Mediengesetzes (HmbMedienG) vom 3. Dezember 1985 (Hamburgisches Gesetz- und Verordnungsblatt Seite 315) hat der Vorstand der Hamburgischen Anstalt für neue Medien gemäß § 53 Absatz 2 Nummer 3 HmbMedienG folgende Satzung erlassen:

§ 1: Zweck
(1) Der Offene Kanal Hamburg gibt im Rahmen der gesetzlichen und technischen Möglichkeiten Einzelpersonen, gesellschaftlichen Gruppen, Organisationen und Institutionen (Nutzern) Gelegenheit zur Verbreitung eigener Sendebeiträge im Hörfunk und im Fernsehen. Der Offene Kanal ist so einzurichten und auszugestalten, daß von seinem Angebot möglichst viele Gebrauch machen können. Sein Angebot gilt vor allem denjenigen, die in anderen Medien nur unterdurchschnittlich zu Wort kommen.

(2) Der Offene Kanal Hörfunk soll in einem von der Hamburgischen Anstalt für neue Medien (HAM) näher zu bestimmenden zeitlichen Umfang spätestens ab 1. Dezember 1987 drahtlos auf der Frequenz 95,0 MHz und zugleich in den hamburgischen Kabelanlagen verbreitet werden. Für den Offenen Kanal Fernsehen soll spätestens ab 1. September 1988 ein Kanal in den hamburgischen Kabelanlagen zur Verfügung gestellt werden.

§ 2: Organisation
Die HAM richtet den Offenen Kanal ein. Der Träger des Offenen Kanals stellt mit Hilfe eigener Studios technische Produktionsmittel zur Verfügung und übernimmt die Sendeabwicklung. Der Beauftragte für den Offenen Kanal berät die Nutzer bei der Vorbereitung und Durchführung von Beiträgen, ohne damit Programmverantwortung für den einzelnen Beitrag zu übernehmen.

§ 3: Zugang
(1) Zugang zu den Produktionsmitteln und Sendemöglichkeiten des Offenen Kanals haben Personen, die in Hamburg ihre Wohnung, ihre Arbeitsstätte oder ihren Ausbildungsort haben. Organisationen und Institutionen erhalten diese Möglichkeiten nur dann, wenn sie ihren Sitz in Hamburg haben. Darüber hinaus können Nutzer aus dem Hamburger Umland Zugang erhalten, soweit Sendezeiten und Produktionsmittel hinreichend zur Verfügung stehen.

(2) Anbieter von Hörfunk- und Fernsehprogrammen sowie staatliche Stellen haben keinen Zugang.

§ 4: Sendeanmeldung
(1) Für jeden Sendebeitrag ist mindestens eine natürliche Person zu benennen, die die Anforderungen des § 30 Absatz 6 in Verbindung mit § 10 Absatz 2 HmbMedienG erfüllt und für den Inhalt des Beitrages die rechtliche Verantwortung übernimmt. Dieser Verantwortliche hat für jeden Beitrag rechtzeitig eine Sendeanmeldung und eine Freistellungserklärung einzureichen sowie zu versichern, daß er an ihn gerichtete Gegendarstellungsansprüche nach § 30 Absatz 7 HmbMedienG unverzüglich an die HAM weiterleiten wird.

(2) Die Sendeanmeldung muß Angaben enthalten über Titel und Länge des Beitrages, über die gewünschte Verbreitungsart (Hörfunk oder Fernsehen) sowie über die Produktionsart (live im Studio des Offenen Kanals oder vorproduziert mit dem vorgesehenen Abspielsystem). Der Anmeldung kann eine Kurzbeschreibung über Inhalt und Absicht des Beitrages, auch mit Fotografien über seine Entstehung, beigefügt werden.

(3) Mit der Freistellungserklärung versichert der Verantwortliche, daß er die HAM von Ansprüchen Dritter freihält, die auf Grund der Verbreitung des Beitrages entstehen. Der Verantwortliche verpflichtet sich zur Beachtung der gesetzlichen Anforderungen, insbesondere auch der Voraussetzungen nach § 30 Absatz 2 HmbMedienG.

§ 5: Sendezeiten

(1) Der Beauftragte für den Offenen Kanal legt die Sendezeiten für die Verbreitung von Beiträgen im Offenen Kanal fest.

(2) Die Länge eines einzelnen Sendebeitrages soll fünf Minuten nicht unter- und sechzig Minuten nicht überschreiten. Der Beauftragte für den Offenen Kanal kann in begründeten Fällen Ausnahmen zulassen.

(3) Die monatliche Höchstzahl der Beiträge eines Nutzers wird auf vier festgelegt. Absatz 2 Satz 2 gilt entsprechend.

(4) Die Beiträge werden grundsätzlich in der Reihenfolge des Eingangs verbreitet. Die Nutzer können Wünsche hinsichtlich Sendezeit und eines etwaigen Sendeblocks äußern, ohne daß daraus Ansprüche entstehen. Der Beauftragte für den Offenen Kanal kann, soweit dies nicht zur unangemessenen Benachteiligung anderer Nutzer führt, Abweichungen von der Reihenfolge nach dem Zeitpunkt der Anmeldung zulassen.

a) unter Berücksichtigung der zeitlichen Wünsche der Nutzer,

b) zwecks Zusammenfassung thematisch ähnlich gelagerter Sendebeiträge unterschiedlicher Nutzer zu Sendeblöcken (Spartenbildung),

c) zur Ermöglichung von Live-Sendungen,

d) zur optimalen Ausnutzung der verfügbaren Sendezeit für möglichst viele Nutzer,

e) für Sendungen mit Hamburg-Bezug oder

f) aus Gründen der Aktualität.

Der Beauftragte für den Offenen Kanal kann, um möglichst vielen Nutzern Gelegenheit zur Verbreitung ihrer Beiträge zu geben, in der ersten halben Stunde eines Sendetages vorrangig kurze Beiträge berücksichtigen. Im übrigen gilt § 2 Satz 3 entsprechend.

(5) Hinsichtlich der Nutzung der Produktionsmittel finden, sofern ein Engpaß auftritt, die Grundsätze des Absatzes 4 entsprechende Anwendung. Im Zweifelsfall entscheidet der Beauftragte für den Offenen Kanal.

§ 6: Kosten

(1) Die Verbreitung von Beiträgen im Offenen Kanal und die Nutzung seiner Produktionsmittel sind kostenfrei. Ein Entgelt für die Ausleihe von Produktionsmitteln kann mit der Maßgabe erhoben werden, daß es bei Einreichung des Sendebeitrages erstattet wird. Die HAM kann nach Maßgabe ihres Haushaltsplans Kosten der Benutzung von Produktionsmitteln an Dritte gegen Entgelt zur Verfügung stellen, anteilig übernehmen, sofern Produktionsmittel des Offenen Kanals nicht oder nicht zeitgerecht bereitstehen.

(2) Anfallende Entgelte für urheber- und leistungsschutzrechtliche Verwertungsgesellschaften trägt der Nutzer, hilfsweise der Verantwortliche; er führt entsprechende Entgelte vor der Verbreitung des Beitrages über den Träger des Offenen Kanals ab. Der Verantwortliche trägt auch das wirtschaftliche Risiko für die Herstellung seines Beitrages. Ein Ersatzanspruch für zurückgewiesene oder nicht gesendete Beiträge besteht nicht.

(3) Werden Beiträge, die mit den kostenlos gestellten Produktionsmitteln hergestellt oder bearbeitet worden sind, gegen Entgelt verwertet, sind die entsprechenden Einnahmen zur Hälfte an die HAM abzuführen. Entsprechendes gilt im Falle von Absatz 1 Satz 3.

§ 7: Versagung
Die Verbreitung eines Beitrages darf nur versagt werden, wenn der Beitrag gegen die Anforderungen in § 30 HmbMedienG und in dieser Satzung verstößt. Über die Versagung entscheidet der Beauftragte für den Offenen Kanal. Unberührt bleibt die Zuständigkeit des Vorstandes der HAM nach § 53 Absatz 2 Nummer 1 Buchstabe b) HmbMedienG.

§ 8: Beschwerden
Beschwerden über einen im Offenen Kanal gesendeten Beitrag werden vom Beauftragten für den Offenen Kanal beschieden, nachdem er dem Nutzer und Verantwortlichen die Möglichkeit zur Stellungnahme gegeben hat. Hilft er der Beschwerde nicht ab, so leitet er sie mit den vorliegenden Stellungnahmen dem Vorstand der HAM zur abschließenden Bescheidung zu.

§ 9: Inkrafttreten
Diese Satzung tritt am 1. Juli 1987 in Kraft.

Hamburg, den 29. Juni 1987
Hamburgische Anstalt für neue Medien

3.3 Nordrhein-Westfalen

Satzung der Landesanstalt für Rundfunk Nordrhein-Westfalen (LfR) für die Nutzung Offener Kanäle in Kabelanlagen vom 19. Februar 1988

Die Rundfunkkommission der Landesanstalt für Rundfunk Nordrhein-Westfalen (LfR) hat am 19. 2. 1988 gem. § 35 Abs. 8 des Rundfunkgesetzes für das Land Nordrhein-Westfalen (LRG NW) in der Fassung der Bekanntmachung vom 11. 1. 1988 (GV NW S. 6) folgende Satzung über die Nutzung Offener Kanäle in Kabelanlagen beschlossen:

§ 1 Zweck

(1) Offene Kanäle geben im Rahmen der gesetzlichen Vorschriften Einzelpersonen und Personengruppen (Nutzern) Gelegenheit zu eigenen Beiträgen in Hörfunk und Fernsehen. Offene Kanäle sind so einzurichten und zu gestalten, daß alle Nutzungsberechtigten von ihnen Gebrauch machen können.

§ 2 Organisation/Verfahren

(1) Die LfR läßt auf Antrag juristische Personen oder auf Dauer angelegte Personenvereinigungen für mindestens zwei und höchstens vier Jahre mit der Aufgabe zu, technische Einrichtungen (einschließlich Aufnahmegeräte und andere technische Produktionshilfen) für einen Offenen Kanal in Hörfunk und Fernsehen bereit zu halten, in dem Beiträge über Kabel verbreitet werden (Arbeitsgemeinschaft).

(2) Jeder Nutzer, der unbeschränkt geschäftsfähig ist und im Verbreitungsgebiet seine Hauptwohnung, seinen ständigen Aufenthalt oder Sitz hat und keiner Veranstaltergemeinschaft angehört, hat nach Maßgabe des § 35 LRG NW und dieser Satzung der LfR gegenüber der Arbeitsgemeinschaft Anspruch darauf, im Offenen Kanal zu Wort kommen zu können.

(3) Jeder Beitrag muß am Anfang und am Ende Namen und Anschrift des Nutzers oder des Verantwortlichen (§ 15 Abs. 1 LRG NW) enthalten. Für jeden Beitrag ist eine Sendeanmeldung vor der Sendung einzureichen. Für den Beitrag ist der Nutzer selbst verantwortlich. Der Nutzer muß sich schriftlich verpflichten, die LfR und die Arbeitsgemeinschaft von Schadensersatzansprüchen Dritter freizustellen. Namen und Anschriften der Unterzeichner der Sendeanmeldung und der Freistellungserklärung müssen mit den in der Sendung zu nennenden Verantwortlichen übereinstimmen.

(4) Der Offene Kanal kann für live oder vorproduzierte Beiträge genutzt werden.

(5) Die Sendeanmeldung muß Angaben enthalten über:
a) vorläufigen Titel und voraussichtliche Länge des Beitrags im Rahmen der Regelungen gem. § 4 dieser Satzung;
b) die Programmart: Fernsehen oder Hörfunk oder beides ggf. zeitgleich oder unabhängig voneinander;
c) die Produktionsart (live oder vorproduziert mit dem vorgesehenen Abspielsystem);
d) eine Erklärung darüber, ob der Nutzer mit der Vorführung des Beitrags außerhalb der angemeldeten Sendung im Offenen Kanal einverstanden ist;
e) Name und Anschrift des Nutzers und des Verantwortlichen.

(6) Mit der Freistellungserklärung versichert die für einen Beitrag verantwortliche Person oder Personengruppe, daß
a) der Beitrag nicht gegen das geltende Recht insbesondere die Grundsätze des § 35 LRG NW verstößt;
b) sie alle Rechte für die Verbreitung des Beitrags besitzt,

c) sie sich verpflichtet, die LfR sowie die Arbeitsgemeinschaft von Schadensersatzansprüchen Dritter freizustellen, die aus der Verbreitung des Beitrags entstehen.

§ 3 Aufgaben der Arbeitsgemeinschaft

(1) Die Arbeitsgemeinschaft ist für den technischen und organisatorischen Ablauf des Sendebetriebs verantwortlich.

(2) Die Arbeitsgemeinschaft ist gegenüber der LfR dafür verantwortlich, daß eine Aufzeichnung eines jeden gesendeten Beitrags erfolgt und für die Dauer der Frist gem. § 17 Abs. 2 LRG NW aufbewahrt wird.

(3) Die Arbeitsgemeinschaft stellt innerhalb von 3 Monaten nach Zulassung eine Nutzungsordnung auf, die insbesondere die Gleichbehandlung aller Nutzungsberechtigten beim Zugang zu den produktions- und sendetechnischen Einrichtungen der Arbeitsgemeinschaft gewährleistet.

(4) Die Arbeitsgemeinschaft kann jeden Nutzer beraten.
Sie bietet dabei den Nutzern des Offenen Kanals organisatorische, produktionstechnische und redaktionelle Beratung und deren Vermittlung an.

(5) Die Arbeitsgemeinschaft informiert die Öffentlichkeit über den Sendeablauf.

§ 4 Sendezeiten

(1) Die Sendezeiten, getrennt nach Hörfunk und Fernsehen, werden von der Arbeitsgemeinschaft festgelegt.

(2) Einzelne Beiträge sollen eine Länge von 90 Minuten nicht überschreiten. Die Höchstdauer der Beiträge einer Person oder einer Personengruppe wird auf 360 Minuten monatlich festgelegt. Die Arbeitsgemeinschaft kann unter Berücksichtigung des Gleichbehandlungsgrundsatzes den Nutzern weitere Sendezeiten anbieten, sofern die Kapazitäten des Offenen Kanals dies zulassen.

(3) Die Beiträge werden grundsätzlich in der Reihenfolge des Eingangs der Sendeanmeldung verbreitet. Für kurze Beiträge kann die Nutzungsordnung besondere Sendeplätze vorsehen. Die Nutzer können Wünsche hinsichtlich der Sendezeit und des Sendedatums äußern.

(4) Live-Beiträge und aktuelle Beiträge werden nur dann außerhalb der Reihenfolge des Eingangs der Sendeanmeldung ausgestrahlt, wenn
a) der Zeitpunkt des zu übertragenden oder zu kommentierenden Ereignisses der anmeldenden Person oder Personengruppe nachweislich erst kurzfristig bekannt geworden ist,
b) dieser Zeitpunkt von der anmeldenden Person oder Personengruppe nicht beeinflußt werden kann,
c) dem nicht früher eingegangene außerordentliche Live-Anmeldungen anderer Nutzer entgegenstehen.

§ 5 Gegendarstellung

Gegendarstellungsansprüche (§ 18 LRG NW) sind an den für den Beitrag Verantwortlichen zu richten; die Arbeitsgemeinschaft teilt seinen Namen und seine Anschrift auf Verlangen mit.

Für die Kosten der Gegendarstellung haftet der Nutzer und seine Verantwortlicher gesamtschuldnerisch.

§ 6 Schlußbestimmungen

(1) In Zweifelsfällen entscheidet die LfR.

(2) Die LfR kann von den Arbeitsgemeinschaften Berichte über ihre Erfahrungen bei der Umsetzung der Vorschriften dieser Satzung und ihrer Nutzungsordnung für Offene Kanäle in Kabelanlagen verlangen.

(3) Diese Satzung tritt am Tage nach der Bekanntmachung im Gesetz- und Verordnungsblatt für das Land Nordrhein-Westfalen in Kraft.

Düsseldorf, dem 19. 2. 1988

3.4 Rheinland-Pfalz

Die Versammlung der Landeszentrale für private Rundfunkveranstalter hat aufgrund der §§ 18 Abs. 5, 24 Abs. 1 Satz 2, 28 Nr. 3 des Landesrundfunkgesetzes vom 24. Juni 1986 (GVBl. S. 159), geändert durch Landesgesetz zur Änderung rundfunkrechtlicher Vorschriften vom 5. Juli 1988 (GVBl. S. 123), die nachstehende Satzung erlassen:

Satzung der Landeszentrale für private Rundfunkveranstalter für Offene Kanäle (OK-Satzung)

vom 29. November 1988

§ 1 Förderung Offener Kanäle

(1) Die Anstalt hält in ausreichendem Umfang in Kabelnetzen in Rheinland-Pfalz je einen Offenen Kanal in Hörfunk und Fernsehen frei. Sie legt den Kanal im jeweiligen Kabelnetz in Abstimmung mit der Deutschen Bundespost fest.

(2) Im Rahmen ihrer technischen und haushaltsrechtlichen Möglichkeiten gewährleistet die Anstalt, daß jeder auf eigene Kosten den Offenen Kanal in Hörfunk und Fernsehen zur Verbreitung einzelner, sachlich und zeitlich bestimmter und nicht regelmäßig wiederkehrender Beiträge nach näherer Bestimmung dieser Satzung nutzen kann.

(3) Die Anstalt fördert den Aufbau und den Betrieb Offener Kanäle in Rheinland-Pfalz nach Maßgabe ihres Haushalts. In diesem Rahmen

- berät sie die Trägervereine (§ 2),
- stellt sie ihnen sende- und produktionstechnische Einrichtungen und Haushaltsmittel für deren sachgerechte Handhabung zur Verfügung,
- entwickelt und erprobt sie technische, organisatorische und finanzielle Voraussetzungen für Offene Kanäle.

(4) Der Direktor regelt die Überlassung der von der Anstalt bereitgestellten sende- und produktionstechnischen Einrichtungen.

§ 2 Technische und organisatorische Trägerschaft

(1) Die technische und organisatorische Trägerschaft des Offenen Kanals soll von einem eingetragenen Verein jeweils für ein räumlich begrenztes örtliches Verbreitungsgebiet übernommen werden (Trägerverein).

(2) Die Förderung eines Trägervereins nach § 1 Abs. 3 setzt voraus, daß der Verein von der Anstalt als förderungswürdig anerkannt ist (anerkannter Trägerverein).

§ 3 Anerkennungsverfahren

(1) Die Anerkennung erfolgt, wenn der Trägerverein folgende Anforderungen erfüllt:

a) Er muß allgemeine Regelungen treffen, die den chancengleichen Zugang zu den sende- und produktionstechnischen Einrichtungen und zum zugewiesenen Kanal in Hörfunk bzw. Fernsehen gewährleisten (Nutzungsordnung);

b) er muß die Gewähr bieten, daß nur solche Beiträge im Offenen Kanal verbreitet werden, für die eine Einzelgenehmigung der Anstalt vorliegt;

c) er muß gegenüber der Anstalt nachweisen, daß die sende- und produktionstechnischen Einrichtungen sowie die Übertragungskapazitäten ausschließlich zur Verbreitung selbstgestalteter und selbstverantworteter Beiträge genutzt werden;
d) er darf – mit Ausnahme von Informationen über die zur Verbreitung vorgesehenen Beiträge und abgesehen von allgemeinen Hinweisen über die Tätigkeit des Vereins – selbst keine Beiträge im Offenen Kanal verbreiten;
e) er muß sicherstellen, daß von jedem verbreiteten Beitrag für die Dauer von sechs Wochen eine Aufzeichnung verfügbar ist; sie ist der Anstalt auf Verlangen vorzulegen.
f) er muß als gemeinnützig anerkannt sein.

(2) Die Anstalt kann die Anerkennung widerrufen, wenn eine der in Absatz 1 genannten Voraussetzungen nachträglich wegfällt oder wenn der Trägerverein die Verbreitung von Beiträgen zuläßt, bei denen offenkundig erkennbar ist, daß sie gegen das Landesrundfunkgesetz oder gegen Strafgesetze verstoßen. Die Anstalt kann die Anerkennung zurücknehmen, wenn sich nachträglich herausstellt, daß eine der in Absatz 1 genannten Voraussetzungen nicht vorgelegen hat.

(3) Die Anstalt teilt dem Trägerverein die Anerkennung schriftlich mit. Zugleich weist sie ihm den zur Verbreitung von Hörfunk und Fernsehen gemäß § 1 Abs. 1 Satz 2 festgelegten Kanal im Kabelnetz zu.

(4) Die Anstalt ist berechtigt, jederzeit Auskunft über die in Absatz 1 genannten Voraussetzungen sowie einen Nachweis über die verbreiteten Beiträge zu verlangen.

§ 4 Nutzungsordnung

(1) Der Zugang zu den sende- und produktionstechnischen Einrichtungen ist in einer Nutzungsordnung des Trägervereins (§ 3 Abs. 1 a) zu regeln, die der Zustimmung der Anstalt bedarf.

(2) Die Nutzungsordnung soll vorsehen, daß die Verbreitung der Beiträge grundsätzlich in der Reihenfolge des Eingangs der Einzelgenehmigungen erfolgt.

(3) Aktuelle Beiträge sollen nur dann außerhalb der Reihenfolge des Absatzes 2 verbreitet werden, wenn
a) der Zeitpunkt des zu übertragenden oder kommentierenden Ereignisses dem Nutzer erst kurzfristig bekannt geworden ist,
b) dieser Zeitpunkt von ihm nicht beeinflußt werden kann und
c) andere nach diesen Kriterien vorrangig zu verbreitende Beiträge nicht entgegenstehen.

(4) Die Nutzung produktionstechnischer Einrichtungen soll auf Personen oder Personengruppen beschränkt werden, die im Verbreitungsgebiet ihre Wohnung, ihren ständigen Aufenthalt oder ihren Arbeitsplatz haben oder sich dort in Ausbildung befinden.

(5) Sende- und produktionstechnische Einrichtungen dürfen nicht zur Herstellung und Verbreitung von Beiträgen zur Vorbereitung von Wahlen zur Verfügung gestellt werden.

§ 5 Einzelgenehmigung

(1) Zur Nutzung des Offenen Kanals ist eine Einzelgenehmigung erforderlich, die der Direktor der Anstalt erteilt.

(2) Die Einzelgenehmigung darf nur versagt oder zurückgenommen werden, wenn der Nutzer des Offenen Kanals
a) seinen Sitz oder Wohnsitz nicht im Geltungsbereich des Grundgesetzes hat,
b) nicht die Gewähr bietet, daß er die gesetzlichen Vorschriften und die Satzungsbestimmungen nach Maßgabe des Landesrundfunkgesetzes beachtet.

Inhabern einer Erlaubnis nach § 4 Abs. 1 des Landesrundfunkgesetzes, Gebietskörperschaften, öffentlich-rechtlichen Rundfunkanstalten, ihren gesetzlichen Vertretern und leitenden Bediensteten sowie Inhabern einer rundfunkrechtlichen Zulassung außerhalb von Rheinland-Pfalz darf eine Einzelgenehmigung nicht erteilt werden.

(3) Die Erteilung der Einzelgenehmigung setzt die schriftliche Erklärung des Nutzers voraus, daß

a) sein Beitrag nicht gegen geltendes Recht verstößt und

b) der Nutzer über die zur Herstellung und Verbreitung des Beitrags erforderlichen Rechte verfügt.

Ferner muß der Nutzer den Trägerverein, die Anstalt und die Deutsche Bundespost schriftlich von der Inanspruchnahme Dritter aus der Verletzung ihrer Rechte einschließlich der Kosten eines Rechtsstreits freistellen.

(4) Beiträge im Offenen Kanal dürfen keine Werbung enthalten. Für die Vorbereitung von Wahlen gilt ausschließlich § 15 des Landesrundfunkgesetzes.

(5) Der Direktor kann von ihm bestimmte Dritte widerruflich ermächtigen, Einzelgenehmigungen auszuhändigen, wenn die gesetzlichen Voraussetzungen und die Voraussetzungen dieser Satzung erfüllt sind. Die Ablehnung von Anträgen bleibt dem Direktor vorbehalten.

§ 6 Entgelt

(1) Wenn die Anstalt sende- und produktionstechnische Einrichtungen zur Verfügung stellt und/oder deren Handhabung finanziell unterstützt, darf der Trägerverein für die Nutzung dieser Einrichtungen und für die Beratung bei der Handhabung kein Entgelt erheben.

(2) Werden Beiträge, die unter Inanspruchnahme kostenlos bereitgestellter sende- und produktionstechnischer Einrichtungen und/oder unter Beratung über deren Handhabung hergestellt oder bearbeitet worden sind, gegen Entgelt verwertet, so hat der Nutzer die Einnahmen zur Hälfte an die Anstalt abzuführen. Diese ist berechtigt, von ihm entsprechende Auskunft zu verlangen.

§ 7 Beschwerden

Beschwerden über Beiträge im Offenen Kanal oder über den Zugang zu sende- und produktionstechnischen Anlagen sowie zum freigehaltenen Kanal sind an den Direktor der Anstalt zu richten. Der Beschwerdeführer erhält einen mit Gründen versehenen schriftlichen Bescheid.

§ 8 Inkrafttreten

(1) Diese Satzung ist im Staatsanzeiger für Rheinland-Pfalz bekannt zu machen.

(2) Sie tritt am Tage nach ihrer Veröffentlichung in Kraft.

Ludwigshafen am Rhein, den 29. November 1989

Dr. Paul Schädler
Vorsitzender der Versammlung

3.5 Saarland

Satzung der Landesanstalt für das Rundfunkwesen für den Offenen Kanal im Saarland vom 29. 11. 1988

Der Landesrundfunkausschuß der Landesanstalt für das Rundfunkwesen – LAR – hat am 29. 11. 1988 gem. §§ 52 c, 54 Abs. 1 Nr. 9 Rundfunkgesetz für das Saarland (Landesrundfunkgesetz) – LRG – in der Fassung der Neubekanntmachung vom 11. August 1987 (Amtsbl. S. 1005) folgende Satzung beschlossen:

§ 1 Begriffsbestimmung, Zweck

(1) Der Offene Kanal ist ein Kommunikations- und Kulturforum. Er soll gesellschaftlichen Gruppen, Organisationen und Institutionen sowie Einzelpersonen Gelegenheit geben, eigene Sendebeiträge im Hörfunk und im Fernsehen zu verbreiten. Der Offene Kanal kann für live- und für vorproduzierte Beiträge genutzt werden.

(2) Im Offenen Kanal soll möglichst vielen Interessenten Gelegenheit gegeben werden, ihre Beiträge innerhalb eines angemessenen Zeitraums zu verbreiten.

§ 2 Verbreitungsgebiet

(1) Sendebeiträge im Offenen Kanal Hörfunk werden drahtlos über UKW-Hörfunk-Frequenzen verbreitet. Sendebeiträge im Offenen Kanal Fernsehen werden auf einem noch zu bestimmenden Kanal der Deutschen Bundespost über Breitbandkabel verbreitet. Näheres bestimmt der Landesrundfunkausschuß im Einvernehmen mit dem Vorstand durch Beschluß.

(2) Nach Ablauf von 5 Jahren legt der Vorstand der LAR der Landesregierung einen Bericht über die Erfahrungen mit der Durchführung des Offenen Kanals vor.

§ 3 Organisation

(1) Die LAR richtet den Offenen Kanal unter eigener Trägerschaft ein. Sie stellt den Nutzungsberechtigten Studios und Herstellungshilfen (Produktionsmittel) zur Verfügung. Die LAR übernimmt die Sendeabwicklung. Sie bietet den Nutzern organisatorische, produktionstechnische und redaktionelle Beratung an. Die Verantwortung für den jeweiligen Beitrag trägt der Nutzer.

(2) Die technische und organisatorische Durchführung kann auf Vorschlag des Vorstandes durch Beschluß des Landesrundfunkausschusses auf Dritte übertragen werden.

(3) Die im Offenen Kanal erbrachten Beiträge werden von der LAR aufgezeichnet. Die Aufzeichnungen werden 4 Wochen bei der LAR aufbewahrt; im übrigen gilt § 6 LRG entsprechend.

§ 4 Nutzungsberechtigung

Nutzungsberechtigt ist, wer im Saarland seine Wohnung oder seinen Sitz hat; ausgenommen sind Personen, die selbst Rundfunkveranstalter sind, staatliche und kommunale Behörden sowie Parteien und an allgemeinen Wahlen beteiligte Vereinigungen. Zugang zu den sende- und produktionstechnischen Einrichtungen des Offenen Kanals hat, wer sich in die Nutzerkartei unter Vorlage des Personalausweises eingetragen hat. Bei Minderjährigen ist eine schriftliche Einverständniserklärung des/der Erziehungsberechtigten vorzulegen.

§ 5 Sendeanmeldung

(1) Über die Zulassung zur Verbreitung einzelner Beiträge entscheidet die LAR auf schriftli-

chen Antrag (Sendeanmeldung). Die Beiträge sind bei dem Leiter/der Leiterin des Offenen Kanals anzumelden.

Für jeden Sendebeitrag muß mindestens eine natürliche Person verantwortlich zeichnen. Die verantwortliche Person hat für jeden Beitrag eine Sendeanmeldung (Abs. 3) und eine Freistellungserklärung (Abs. 4) einzureichen. Mehrere Verantwortliche haften als Gesamtschuldner.

(3) Die Sendeanmeldung muß Name, Anschrift und Unterschrift der verantwortlichen Person enthalten sowie Angaben über
a) Titel und Länge des Beitrages;
b) Sendeart (Fernsehen/Hörfunk);
c) Produktionsart (live- oder vorproduziert, mit dem vorgesehenen Abspielsystem).
Die Sendeanmeldung kann Angaben enthalten über
a) die gewünschte Sendezeit (§ 7)
b) Inhalt und Absicht des Beitrages als Kurzinformation.
(4) Mit der Freistellungserklärung versichert die für den Sendebeitrag verantwortliche Person,
a) in dem Beitrag nicht gegen geltendes Recht, insbesondere nicht gegen die in § 3 LRG genannten Grundsätze zu verstoßen;
b) daß Rechte Dritter der Verbreitung des Beitrages nicht entgegenstehen;
c) die LAR von Ansprüchen Dritter freizustellen, die aus der Verbreitung des Beitrages entstehen.

(5) Mit dem fertigen Sendebeitrag bzw. unmittelbar nach Beendigung von Livesendungen hat die für den Sendebeitrag verantwortliche Person eine vollständige Liste der verwendeten urheberrechtlich geschützten Werke abzuliefern.

(6) Vorproduzierte Beiträge sollen spätestens 48 Stunden vor dem vorgesehenen Sendetermin vorliegen.

§ 6 Nutzung
(1) Name und Anschrift der verantwortlichen Person sind am Anfang und am Ende jedes Beitrages anzugeben; sie sind Bestandteil des Beitrages. Die Beiträge müssen unentgeltlich erbracht werden. Sie dürfen keine Werbung enthalten.

(2) Für nichtgesendete oder zu einem anderen als dem vorgesehenen Termin gesendete Beiträge entstehen gegen die LAR keine Ersatzansprüche.

§ 7 Produktionsmittel
(1) Der Leiter/die Leiterin des Offenen Kanals erstellt eine Liste aller Produktionsmittel des Offenen Kanals und legt die Ausleihzeiten sowie Bedingungen für die Ausleihe der Produktionsmittel fest. Die Festlegungen bedürfen der Genehmigung durch den Direktor/die Direktorin der LAR.

(2) Produktionsmittel werden in der Reihenfolge der Anmeldung gebucht. Die Anmeldung kann bis zu 8 Wochen vor dem beabsichtigten Ausleihtermin erfolgen.

(3) Die Ausgabe von Produktionsmitteln erfolgt erst nach Eintragung in die Nutzerkartei.

(4) Für vorsätzliche oder grob fahrlässige Beschädigungen von Produktionsmitteln haftet der Nutzer. Beschädigungen sind dem Leiter/der Leiterin des Offenen Kanals unverzüglich anzuzeigen.

(5) Ausgeliehenes Bandmaterial bleibt auch nach der Nutzung im Eigentum der LAR.

(6) Wer Produktionsmittel verspätet zurückgibt, kann bis zu zwei Monate von der weiteren Anmeldung und Nutzung der Produktionsmittel des Offenen Kanals ausgeschlossen werden. Im Wiederholungsfall kann der Ausschluß auf Dauer ausgesprochen werden (§ 10).

§ 8 Sendezeiten/Sendetermine

(1) Die LAR soll im Rahmen der Übertragungsmöglichkeiten möglichst vielen Interessenten Gelegenheit geben, ihre Beiträge innerhalb eines angemessenen Zeitraums zu verbreiten. Über die Sendetermine entscheidet der Leiter/die Leiterin des Offenen Kanals nach Maßgabe der Absätze 2 bis 4.

(2) Ein einzelner Sendebeitrag soll mindestens 5 Minuten und höchstens 60 Minuten dauern. Er darf spätestens 4 Wochen nach der Erstsendung wiederholt werden. Die monatliche Höchstzahl der Beiträge eines Nutzers wird auf 4 festgelegt. Der Leiter/die Leiterin des Offenen Kanals kann Ausnahmen zulassen.

(3) Die Beiträge werden grundsätzlich in der Reihenfolge des Eingangs der Sendeanmeldung zur Ausstrahlung vorgemerkt. Der Leiter/die Leiterin des Offenen Kanals kann, sofern keine unangemessene Benachteiligung anderer Nutzer damit verbunden ist, Abweichungen von der Reihenfolge der Sendeanmeldung zulassen

a) unter Berücksichtigung der zeitlichen Wünsche der Nutzer;
b) zur Zusammenfassung thematisch ähnlicher Sendebeiträge verschiedener Nutzer zu Sendeblöcken (Spartenbildung);
c) zur Ermöglichung von Livesendungen;
d) zur optimalen Ausnutzung der vorhandenen Sendezeit für möglichst viele Nutzer;
e) aus Gründen der Aktualität.

Ein Anspruch auf einen bestimmten Sendetermin besteht nicht.

(4) Live-Beiträge (Abs. 3 Nr. c) werden nur dann außerhalb der Reihenfolge des Eingangs der Sendeanmeldung ausgestrahlt, wenn

a) der Zeitpunkt des zu übertragenden oder des zu kommentierenden Ereignisses der anmeldenden Person/-engruppe nachweislich erst kurzfristig bekanntgeworden ist;
b) dieser Zeitpunkt von der Person/-nengruppe nicht beeinflußt werden kann;
c) dem nicht früher eingegangene außerordentliche Live-Anmeldungen anderer Nutzer entgegenstehen.

§ 9 Kosten

(1) Für die Verbreitung von Beiträgen und die Nutzung der Herstellungshilfen werden keine Kostenbeiträge erhoben.

(2) Für zu leistende Entgelte an urheber- und leistungsschutzrechtliche Verwertungsgesellschaften haften die Nutzer und die verantwortliche Person gesamtschuldnerisch.

(3) Erlangt ein Nutzer aus der Verwertung von Beiträgen, die mit kostenloser Herstellungshilfe der LAR produziert wurden, mehr als geringfügige Einnahmen, ist die LAR berechtigt, eine Kostenerstattung in Höhe der Hälfte der Einnahmen zu fordern.

§ 10 Mißbrauch, Beschwerden

(1) Wer in einem Sendebeitrag gegen gesetzliche Vorschriften oder diese Satzung verstößt, kann zeitweise oder auf Dauer von der Nutzung des Offenen Kanals ausgeschlossen werden. Über den Verstoß und den Ausschluß entscheidet der Vorstand der LAR auf Vorschlag des Leiters/der Leiterin des Offenen Kanals.

(2) Beschwerden über einen im Offenen Kanal gesendeten Beitrag werden vom Leiter/von der Leiterin des Offenen Kanals geprüft, nachdem er/sie dem Nutzer und der verantwortlichen Person die Möglichkeit zur Stellungnahme gegeben hat. Hilft er/sie der Beschwerde nicht ab, leitet er/sie sie mit den vorliegenden Stellungnahmen dem Vorstand der LAR zur Bescheidung zu.

§ 11 Gegendarstellung

Gegendarstellungsansprüche sind über die LAR an die für den Beitrag verantwortliche Person zu richten. Die LAR stellt die Verbreitung der Gegendarstellung sicher.

§ 12 Inkrafttreten
Diese Satzung tritt am Tage nach der Bekanntmachung im Amtsblatt des Saarlandes in Kraft.

Saarbrücken, den 29. 11. 1988

Der Direktor
Thomas Kleist

VIII. Sehens- und Lesenswertes zum Offenen Kanal

Artikel in Zeitungen, Zeitschriften und Mediendiensten

Baab, P., »Kamp, hamse noch'n Schnaps?!« Der Redakteur des Offenen Kanals gegen den Rest der Welt oder: Kabelfernsehen zwischen Landfunk und Kommerz, in: »Transmitter« (Studentenzeitung), Mannheim, Juni/Juli, 1985, S. 44–55.

Bausch, H., Rundfunkfreiheit für jedermann. Alternativen einer künftigen Medienpolitik, in: Rundfunk und Fernsehen, Jg. 26, H. 1, 1978, S. 1–11.

Beck, Th./Hartmann, S., First Amendment. Eine Reise zu offenen Fernsehkanälen in den USA, in: Medium, 19, (1989) 2, S. 71–75.

Bendisch, R., Witte, M., Community-TV Modell Berlin? Zum Offenen Kanal im »Pilotprojekt« Berlin, in: medium, 15 (1985 415, S. 25–31.

Bendisch, R./Witte, M., Neuer Anstoß zur Diskussion – Das Berliner Modell des Offenen Kanals, in: medium, 14 (1984) 718, S. 33–38.

Bessler, H. J., Ein »dritter Weg« für den lokalen Rundfunk?, in: Media Perspektiven, (1987) 11, S. 725–732.

Bessler, H. J., Offene Kanäle im Rundfunk – Abstrich von der reinen Lehre, in: Teleforum (Das Parlament), Nr. 16, 12. 10. 1981.

Böhmer, N., Private Bürger machen ihr Programm. Halbzeit beim Offenen Kanal Dortmund, in: Media Perspektiven, (1987) 2, S. 81–89.

Bosshart, L., Poretti, R., Lokalkommunikation und lokales Kabelfernsehen. Drei Versuche mit lokalen Fernsehsendungen in Fribourg (Schweiz), in: Rundfunk und Fernsehen, (1978) 3, S. 309–318.

Dieterich, J., Elektrojanisches Pferd. Die Offenen Kanäle nach ihrer Anlaufzeit, in: epd/Kirche und Rundfunk, Nr. 34, 6. 5. 1987, S. 3–6.

Fischer, W., Offene Kanäle im Rundfunk – Warnung vor Kollegen, in: Teleforum (Das Parlament), Nr. 50, 12. 12. 1981.

Friedebold, F., Dortmund statt Dallas. Gemeinnütziger Bürgerrundfunk heißt die Parole, in: Neue Medien, Nr. 6, Juli 1985, S. 40–44.

Hategan, Ch., Bürgerfernsehen. Über die erfolgreiche Praxis in den USA, in: medium, 13 (1983) 6, S. 5–11.

Heyn, J., Lokales Kabelfernsehen in Großbritannien, in: Media Perspektiven, (1980) 11, S. 719–732.

Hunziker, P./Schors, H.-W., Lokales Bürgerfernsehen in der Schweiz. Erste Ergebnisse der Begleituntersuchung des Lokalfernsehversuchs in Wil, in: Rundfunk und Fernsehen, 29 (1981) 4, S. 474–478.

Kamp, U., Geschlossen: »Offener Kanal«, in: Weiterbildung & Medien, (1984) 1, S. 7–10.

Kamp, U., Wollt ihr den Offenen Kanal?, in: Chips & Kabel, (1983 2, S. 19–21.

Kellner, H., Chancen für einen »offenen Fernsehkanal«? Ein kommunikationswissenschaftliches Plädoyer, in: epd/Kirche und Rundfunk, (1979) 10, S. 1–6.

Kellner, H., Public Access – Kabelfernsehen in New York. Ein Erfahrungsbericht, in: Media Perspektiven, (1978) 2, S. 91–102.

Körte, P., Offener Kanal: Halb Medium, halb Therapie, in: TAZ-Hamburg, 2. 9. 1988.

Longolius, Ch., Abschied von der Illusion der Bürgernähe. Wie in Baden-Württemberg der Offene Kanal abhanden kam, in: medium, 11 (1981) 5.

Longolius, Ch., Der Offene Kanal als Bürgerforum. Auftrag – Praxis – Perspektive, in: Das Parlament, 30. 8. 1986.

Longolius, Ch., Ein Strich unter die Jeins. Neue Beschlußlage: Der DGB begrüßt Offene Kanäle, in: epd/Kirche und Rundfunk, Nr. 50, 28. 6. 1986

Longolius, Ch., Frühstart für den Offenen Kanal. Simulationsprojekte zum »Offenen Kanal«. Ein Vorschlag, z. B. für Bürger in Dortmund, in: Informationen der Landesarbeitsgemeinschaft Massenkommunikation Nordrhein-Westfalen e. V., Nr. 1/2 (1981) 1/2, S. 3–6.

Longolius, Ch., Offizielles Fernsehen und der Offene Kanal. Anmerkungen zu einer zwiespältigen Beziehung, in: epd/Kirche und Rundfunk, Nr. 83, 22. 10. 1980.

Longolius, Ch., Placebos als Verfassungsauftrag. Über den Sinn eines Offenen Kanals, in: epd/Kirche und Rundfunk, Nr. 61, 3. 8. 1985.

Longolius, Ch., Programme von Bürgern für Bürger. Zum Entwicklungsstand der Offenen Kanäle in der Bundesrepublik Deutschland, in: Neue Zürcher Zeitung, 15. 4. 1988.

Massenmedien spontan. Die Zuschauer machen ihr Programm, in: Magazin Brennpunkte, Jg. 9, Bd. 12, Frankfurt, 1978.

Mohn, E., Der »offene Kanal« – Alibi oder Chance? Kabelkommerz aus Ludwigshafen (7), in: Hörfunk Fernsehen Film, 35 (1985) 7/8, S. 34–37.

Mörgen, T., Ein Offener Kanal Saarbrücken. Fifi, Oma und Rauschebart, in: Stadtzeitung Saarbrücken, September 1988, S. 32–33.

Müller-Schöll, N., Jeder kann senden. Keiner hört zu. Ein Streifzug durch alternative Sender und Offene Kanäle in Freiburg, Nürnberg und Hamburg, in: Die Zeit, Nr. 46, 11. 11. 1988.

Nitschmann, J., Videoworkshops contra Infotainment. Offene Kanäle als »Endlagerstätte« für kreative Gruppen, in: TAZ, 13. Juni 1989.

Oberreuter, H., Der Offene Kanal. Teil I: Eine Bresche für den Wildwuchs; Teil II: Anwalt ohne Anmaßung, in: Teleforum (Das Parlament), Nr. 12, 27. 3. 1982 und Nr. 14/15, 10./17. 4. 1982

Ossig, G., Offener Kanal im Äther. Zur jüngsten Hörfunk-Entwicklung in Berlin, in: Medium, (1987 3, S. 75.

Schacht, M., »Community television« versus Lokalfernsehen. Eine Bewertung der lokalen Kabelfernsehprojekte in Großbritannien und den Niederlanden, in: Rundfunk und Fernsehen, 26 (1978) 3, S. 295–308.

Schätzler, W., Mediale Erschließung des lokalen Bereichs. Plädoyer für den Offenen Kanal, in: Funk-Korrespondenz, Nr. 16/17, 15. 4. 1981, S. 1–3.

Scheer, G., Vor Ort. Bürgerfernsehen als ein Stück Arbeiterbewegung, in: epd/Kirche und Rundfunk, Nr. 98, 11. 12.985, S. 6–8.

Schuett, E. Ch., Bürgerbeteiligung. Überlegungen zum »Offenen Kanal«, in: medium, 10 (1980) 12, S. 19–21.

Schuett, E. Ch., Kabelfernsehen mit Bürgerbeteiligung? Der »Offene Kanal« in den Planungen für die Pilotprojekte, in: medium, 13 (1983) 6, S. 12–16.

Schule der Eunuchen – Zum Berufsbild der Kommunikationshelfer, in: Kanal (Karben), (1987) 1, S. 11–14.

Stappers, J., Hollander, E., Bürgernahes Kabelfernsehen und Kabelpilotprojekte. Aufgaben und Probleme der Forschung, in: Rundfunk und Fernsehen, 29 (1981) 1, S. 13–25.

Straub, U., Offene Kanäle – Lokale Bürgermedien drängen auf den Medienmarkt, in: Der Städtetag, (1988) 12, S. 812–814.

Straub, U., Tournai, Ludwigshafen, Amsterdam – Bürgerfernsehen in Europa, in: Medium, 19 (1989) 1, S. 24–26.

Straub, U., Auseinandersetzungen ohne »Pädagogische Eingriffe«. Schüler nutzen den Offenen Kanal, in: Praxis Schulfernsehen, Heft 157/58, 1989, S. 6–7 und 102.

Straub, U., Niederlande: Professionalisierung und Kommerzialisierung im Offenen Kanal, in: Funk-Korrespondenz, (1989) 23, S. 14.

Tamir, A., Neue Wege im Nachbarschaftsfernsehen. Offener Kanal, in: Landesfilmdienst Rheinland-Pfalz, Info 1/88.

Aufsätze

Bauer, H. G., Die Offenen Kanäle im Kabelpilotprojekt Ludwigshafen und die Voraussetzung für ihre künftige Organisation, in: Rundfunk und Fernsehen im Lichte der Entwicklung des nationalen und internationalen Rechts, Baden-Baden 1986, S. 45–59.

Behrens, G., Offener Kanal: Politischer Lockvogel oder reale Chance?, in: Television total? Leben und Erziehen an der Schwelle zu einer neuen Medienwelt, Heidelberg 1982, S. 167–173.

Bergmann, D., Verfassungsschutz für den Artikel 5. Bürgerrundfunk in Dortmund, in: Der Lokomotive in voller Fahrt die Räder wechseln. Geschichte und Geschichten aus Nordrhein-Westfalen, Hrsg.: Grafe, Hombach, Grätz, Berlin-Bonn 1986.

Daumann, H. U., Nicht einmal eine Nebenrolle? Ein Jahrzehnt Bürgerfernsehen, ein Vierteljahr Offener Kanal Ludwigshafen, in: Medienforschung, Bd. 2: Wünsche, Zielgruppen, Wirkungen, Hrsg.: D. Prokop, Frankfurt/M. 1985, S. 486–497.

Eurich, C., Gegen- oder Komplementär-Medizin? Zu Gegenstand, Funktion und Ursache »alternativer« Kommunikation, in: Jarren, O. (Hrsg.), Stadtteilzeitung und lokale Kommunikation, München u. a. 1980, S. 13–37.

Fabris, H. H., Laien-Journalisten: Experten des Alltags, in: Jarren, O. (Hrsg.), Stadtteilzeitung und lokale Kommunikation, München u. a. 1980, S. 107–117.

Grundheber, H., Das Experiment der Offenen Kanäle, in: Faul, E. (Hrsg.): Versuch mit Breitbandkabel in der Region Ludwigshafen/Vorderpfalz. Die Fernsehprogramme im dualen Rundfunksystem, Berlin/Offenbach 1988, S. 325–377.

Gundelsheimer, E., Der offene Kanal, in: Televisionen-Medienzeiten: Beiträge zur Diskussion um die Zukunft der Kommunikation. Projekt »Technik und Massenmedien« an der TU Berlin. Hrsg.: S. Zielinski, Berlin 1983, S. 85–89.

Hiegemann, S., Kabel- und Satellitenfernsehen. Die Entwicklung in der Bundesrepublik Deutschland unter ökonomischen, politischen und inhaltlichen Aspekten, in: Bundeszentrale für politische Bildung (Hrsg.) (Kapitel Offene Kanäle), Bonn 1988, S. 81–84.

Hollander, E. H., Medienszene Niederlande – Erfahrungen mit dem Bürgerfernsehen, in: Die neuen Medien – eine Gefahr für die Demokratie? Hrsg.: Rau/v. Rüden, Frankfurt/M. 1984, S. 322–340.

Kamp, U., Ich bin kein Macher. Erfahrungen mit dem Offenen Kanal, in: Medienforschung, Bd. 2: Wünsche, Zielgruppen, Wirkungen, Hrsg.: D. Prokop, Frankfurt/M. 1985, S. 498–525.

Kellner, H., Objektivität und Offener Kanal. Oder: Annäherung an die Wirklichkeit, in: Wie objektiv sind unsere Medien?, Hrsg.: Bentele, Ruoff, Frankfurt/M. 1982.

Lohmar, U., Die freie Medienstraße der Bürger – Erfahrungen mit Offenen Kanälen, in: Rummel, A. (Hrsg.), Die Medienwelt bewegt sich doch, Mainz 1987.

Scherer, H., Die Erprobung von »Offenen KanäleN« im Kabelpilotprojekt, in: Medienstadt Berlin, Hrsg.: Beutele/Jarren, Berlin 1988.

Schlötzer, Ch., Nichtprofessionelles Lokalfernsehen. Bürgerkanäle – Offene Kanäle, in: Familie am Bildschirm: Neue Medien im Alltag, hrsg. v. B. Schorb in Zusammenarbeit mit dem SWF, Frankfurt u. a. 1982, S. 116–130.

Stappers, J., Bürger, gesellschaftliche Gruppen und Kommunen, in: Neue technische Kommunikationssysteme und Bürgerdialog, Hrsg.: Graetz u. a. München 1979.

Stappers, J., Das Beispiel Niederlande, in: Lokalkommunikation – Analysen, Beispiel, Alternative, Hrsg.: Langenbucher, München 1980, S. 293–300.

Windhager, F., Offener Kanal und politische Kultur. Eine nicht nur polemische Skizze, in: Neue Medien. Informationsparadies oder elektronischer Sündenfall, Hrsg.: Ludwig, Bohatsch, Wien 1983.

Wissenschaftliche Begleitkommission zum Versuch mit Breitbandkabel in der Region Ludwigshafen/Vorderpfalz, Abschlußbericht an die Landesregierung Rheinland-Pfalz, Berlin/Offenbach 1987, S. 156–161; 171–174, 466–478.

Wissenschaftliche Begleitkommission: Zwischenbericht an die Landesregierung Rheinland-Pfalz, hier: Das Experiment des Offenen Kanals, Berlin/Offenbach 1986, S. 236–247.

Wunden, W., Was Bürger zu sagen haben. »Offene Kanäle« in der Bundesrepublik, Manuskript einer Sendung des Süddeutschen Rundfunks vom 22. 6. 1985.

Bücher

Bürgerservice Rheinland-Pfalz e. V. (Hrsg.), Gemmeinnütziger privater Rundfunk in Rheinland-Pfalz. Bürgerservice, Offener Kanal, Landau/Pfalz 1987.

Der Offene Kanal. Kriterien für ein Bürgermedium (Schriftenreihe der Bundeszentrale für politische Bildung, Bd. 164), Bonn 1982.

Eurich, C., Kommunikative Partizipation und partizipative Kommunikationsforschung, Frankfurt/M. 1980.

Eurich, C. (Hrsg.), Lokales Bürgerfernsehen und die Erforschung seiner Wirkungen, München 1980.

Fabris, H. H., Journalismus und bürgernahe Medienarbeit. Formen und Bedingungen der Teilhabe an gesellschaftlicher Kommunikation, Salzburg 1979, S. 205 ff.

Friedrich-Ebert-Stiftung, Büro Berlin (Hrsg.), Ist der Offene Kanal noch zu retten? Materialien zur Tagung vom 7./8. 12. 1985, Berlin 1985.

Glahn, H./Scheffler, H., Offener Kanal. Angebot für die politische Bildung. Erfahrungen, Anregungen, Chancen, Hrsg.: Landeszentrale für politische Bildung, Rheinland-Pfalz, Mainz o. J.

Heyn, J., Partizipation und Lokalkommunikation in Großbritannien. Video, Fernsehen, Hörfunk und das Problem der Demokratisierung kommunaler Kommunikation, München 1979.

Hunziker, P./Schors, H.-W., Lokales Bürgerfernsehen. Die Wil-Studie, Aarau/Frankfurt 1983.

Kamp, U. (Hrsg.), Der Offene Kanal. Erfahrungen und Perspektiven (Schriftenreihe der Bundeszentrale für politische Bildung, Bd. 240), Bonn 1986.

Lokaler Rundfunk, Offener Kanal in Nordrhein-Westfalen, Hrsg.: Landeszentrale für politische Bildung, Nordrhein-Westfalen, Düsseldorf 1987.

Meyn, H., Die neuen Medien. Neue Chancen und Risiken, Berlin 1984, S. 34–37 (Offener Kanal).

Pätzold, U., u. a., Die Landesregierung Nordrhein-Westfalen informiert. Der Offene Kanal im Kabelpilotprojekt Dortmund (Begleitforschung des Landes Nordrhein-Westfalen zum Kabelpilotprojekt Dortmund, Bd. 3), Düsseldorf 1987.

Rolli, H.-W., Der Offene Kanal als Bürgermedium. Möglichkeiten, Erfahrungen, Grenzen, Konsequenzen, Frankfurt/M. 1981.

Verbizh, R./Hueber, P., Video – Lokales Fernsehen, Projekte Burgenland und Steiermark, Hrsg.: Institut für Informationsentwicklung (IFJ), Wien/Graz 1977.

Werkstatt Offener Kanal Dortmund e. V., Regeln für den Offenen Kanal. Zitate, Fakten, Kommentare, Dortmund 1988.

Weitere Arbeiten zum Offenen Kanal

Daumann, H.-U., Möglichkeiten und Probleme des Kabelfernsehens: Der Offene Kanal – Ausländische Erfahrungen und Deutsche Planungen, Universität Mannheim, November 1983, Diplomarbeit (Soziologie).

Diedrich, St./Heß, S./Lehmann, A./Mikus, R./Stelter, D./Uhle, T., Der Offene Kanal Berlin, Bereich TV, Hochschule der Künste Berlin, Mai 1988, Kommunikationsprojekt (Gesellschafts- und Wirtschaftskommunikation).

Falk, St./Hendrich, B./Kasch, H./Kirchgeßner, O., Die Offenen Kanäle, der Bürgerservice und die Stiftung zur Förderung gemeinnützigen privaten Rundfunks in Rheinland-Pfalz, Johannes Gutenberg Universität Mainz, Juli 1987, Seminararbeit (Publizistik).

Fritsche, A., Wer hat Angst vorm Offenen Kanal?, Hochschule der Künste Berlin, Oktober 1987, Diplomarbeit (Diplom-Kommunikationswirtin).

Herrmann, D., Der Offene Kanal in Ludwigshafen – eine andere Form von Rundfunk und seine Nutzer, Johannes Gutenberg Universität Mainz, Dezember 1987, Magisterarbeit (Publizistik).

Herrmann, E., Offener Kanal in Hamburg – Artikulations- und Kommunikationsmöglichkeit für benachteiligte einzelne Bürger und Gruppen, Hamburg, Juni 1987, Projektarbeit (AG Medienrecht und Medienpolitik).

Hillebrand, S., Bedeutung und Funktion des »Offenen Kanals« für ein Alternatives Rundfunksystem, Johannes Gutenberg Universität Mainz, 1987, Magisterarbeit (Publizistik).

Mahr, C., Der Offene Kanal als kommunikationspolitische Herausforderung, Universität Wien, März 1985, Diplomarbeit (Politikwissenschaft).

Rosenthal, G., Abschlußbericht zum Forschungsprojekt ›Offener Kanal‹, Evangelische Fachhochschule Rheinland-Westfalen-Lippe (Sozialpädagogik), April 1985.

Schneider, S., Entstehung und Entwicklung der »Public Access Channels« in den USA – Intentionen, Realisationen, Schlußfolgerungen für das bundesdeutsche Fernsehen, Universität Göttingen, August 1987, Diplomarbeit (Diplom-Sozial-Wirtin).

Schwampe, D., Der Offene Kanal. Eine neue Form von Bürgerbeteiligung im Hörfunk- und Fernsehbereich – dargestellt am Offenen Kanal des Kabelpilotprojekts Ludwigshafen/Vorderpfalz und Worms, Universität Hamburg, Juni 1987, Examensarbeit (Soziologie).

Zellweger, L., Regeln für den Offenen Kanal, Hrsg.: Werkstatt Offener Kanal Dortmund e. V., November 1984.

Videokassette

Der Offene Kanal – Bürger machen Fernsehen. Regie: Brigitte Sontheimer, Prod.: Uwe Kremp, Bundesrepublik Deutschland 1988, Format: 44 Min., Video (F), Lizenz: unbegrenzt, Ausleihe/ Bezug: Anfragen an Bundeszentrale für politische Bildung, Referat Neue Medien, Berliner Freiheit 7, 5300 Bonn.

Inhalt: Der genannte Filmbeitrag beschreibt die Situation der Offenen Kanäle in der Bundesrepublik Deutschland, insbesondere im Raum Ludwigshafen, und bringt mit einer breiten Palette an Inhaltsbeispielen die Funktion und die Aufgaben des Offenen Kanals anschaulich ins Bewußtsein des Betrachters. Der Film ist damit auch für politische Bildungsarbeit in diesem Sektor für die Darstellung und Diskussion des allgemeinen Problems der Bürger-Partizipation geeignet.

Die Autoren

EBERSBERGER, WOLFGANG, Beauftragter für den Offenen Kanal Hamburg

ECHTERHOFF, HERMANN-JOSEF, Leiter Offener Kanal Meckenheim

FERENZ, HANS, Bürgerradio Berlin e. V.

FRITSCHE, ANNE, Verein Offener Kanal Berlin e. V.

HELF, KLAUS, Leiter des Offenen Kanals Saarland

JARREN, OTFRIED PROF. DR., Universität Hamburg

KAMP, ULRICH, Leiter der Werkstatt Offener Kanal Rheinland-Pfalz, Beauftragter für Offene Kanäle in Rheinland-Pfalz

KÜBLER, HANS-DIETER PROF. DR., Fachhochschule Hamburg

LINKE, JÜRGEN, Leiter Offener Kanal Berlin

LONGOLIUS, CHRISTIAN, Leiter Offener Kanal Dortmund

NIKODEM, KLAUS, Leiter Offener Kanal Duisburg

OBERREUTER, HEINRICH PROF. DR., Lehrstuhl für Politikwissenschaft der Universität Passau

PÄTZOLD, ULRICH PROF. DR., Universität Dortmund, Mitglied der Wissenschaftlichen Kommission für die Begleitung des Kabelpilotprojekts Dortmund

SCHARFENBERGER, MANFRED, Geschäftsführer Offener Kanal Schifferstadt

SCHERER, HERBERT DR., *Verein Offener Kanal Berlin e. V.*

WEIDNER, CHRISTIANE, Projektgesellschaft für Kabelkommunikation mbH Berlin

WEIRICH, DIETER, MdB, Vorsitzender Bundesfachausschuß Medienpolitik der CDU; 1989 zum Intendaten der Deutschen Welle gewählt

ZEHE, HARALD, Justitiar der Landeszentrale für private Rundfunkveranstalter Rheinland-Pfalz

ZÖLLNER, MARTINA, Verein Offener Kanal Berlin e. V.